JOHNSON, Kirk A. "Prayer: A Helpful Aid in Recovery from Depression". *Journal of Religion and Health*, 57, n. 6, 30 jan. 2018, 2290-2300. https://doi.org/10.1007/s10943-018-0564-8.

MANNING, Lydia K. "Spirituality as a Lived Experience: Exploring the Essence of Spirituality for Women in Late Life". *The International Journal of Aging and Human Development*, 75, n. 2, set. 2012, 95-113. https://doi.org/10.2190/ag.75.2.a.

MCMAHON, Brendan T.; BIGGS, Herbert C. "Examining Spirituality and Intrinsic Religious Orientation as a Means of Coping with Exam Anxiety". *Vulnerable Groups & Inclusion*, 3, n. 1, jan. 2012, 14918. https://doi.org/10.3402/vgi.v3i0.14918.

ROSS, Julianne; KENNEDY, Gerard; MACNAB, Francis. "The Effectiveness of Spiritual/Religious Interventions in Psychotherapy and Counselling: A Review of the Recent Literature". *Psychotherapy and Counsiling Federation of Australia*, 2015. Disponível em: https://www.pacfa.org.au/wp-content/uploads/2012/10/Spiritual-and-Religious-Therapy-Literature-Review.pdf.

VERGHESE, Abraham. "Spirituality and Mental Health". *Indian Journal of Psychiatry*, 50, n. 4, 2008, 233. https://doi.org/10.4103/0019-5545.44742.

WACHHOLTZ, Amy B.; SAMBAMTHOORI, Usha. "National Trends in Prayer Use as a Coping Mechanism for Depression: Changes from 2002 to 2007". *Journal of Religion and Health*, 52, n. 4, 6 out. 2012, 1356-68, https://doi.org/10.1007/s10943-012-9649-y.

WHITEHEAD, B. R.; BERGEMAN, C. S. "Coping with Daily Stress: Differential Role of Spiritual Experience on Daily Positive and Negative Affect". *The Journals of Gerontology Series B: Psychological Sciences and Social Sciences*, 67, n. 4, 22 dez. 2011, 456-59. https://doi.org/10.1093/geronb/gbr136.

SALLY THORNE
AUTORA BEST-SELLER DE *O JOGO DO AMOR/ÓDIO*

São Paulo
2022

99 percent mine
Copyright © 2019 by Sally Thorne

© 2022 by Universo dos Livros

Todos os direitos reservados e protegidos pela Lei 9.610 de 19/02/1998. Nenhuma parte deste livro, sem autorização prévia por escrito da editora, poderá ser reproduzida ou transmitida sejam quais forem os meios empregados: eletrônicos, mecânicos, fotográficos, gravação ou quaisquer outros.

Diretor editorial
Luis Matos

Gerente editorial
Marcia Batista

Assistentes editoriais
Letícia Nakamura
Raquel F. Abranches

Tradução
Marcia Men

Preparação
Carlos César da Silva

Revisão
Bia Bernardi
Nathália Ferrarezi

Arte e capa
Renato Klisman

Dados Internacionais de Catalogação na Publicação (CIP)
Angélica Ilacqua CRB-8/7057

```
T413m
    Thorne, Sally
        99% meu / Sally Thorne ; tradução de Marcia Men. – São Paulo : Universo dos
    Livros, 2022.
        320 p.

        ISBN 978-65-5609-330-7
        Título original: 99 percent mine

        1. Ficção norte-americana
        I. Título II. Men, Marcia

22-5479                                                                    CDD 813
```

UNIVERSO DOS LIVROS Editora Ltda.
Avenida Ordem e Progresso, 157 — 8º andar — Conj. 803
CEP 01141-030 — Barra Funda — São Paulo/SP
Telefone: (11) 3392-3336
www.universodoslivros.com.br
e-mail: editor@universodoslivros.com.br

Para Rowland, o Flamethrowers, e eu.

CAPÍTULO 1

NINGUÉM ME ENSINOU ISSO quando comecei a trabalhar como bartender, mas, por sorte, eu aprendo rápido: quando um grupo de homens aparece, você deve decifrar qual deles é o alfa.

Se você conseguir lidar com ele, pode ganhar um pouco de respeito dos outros. Essa noite, eu consigo identificá-lo logo de cara. Ele é o mais alto e mais bonito, com um brilho de *de nada* nos olhos. Que previsível.

Ele e os amigos saíram de uma festa de fraternidade local, entediados e em busca de aventura. Estão todos vestindo camisas polo em tons pastéis. Bem, apertem os cintos, criançada. Se vocês jogarem as cartas certas, as coisas podem ficar absolutamente empolgantes. O bar Beco do Diabo não é para gente de coração fraco. Vejo alguns dos motoqueiros trocando um olhar divertido por cima das mesas de sinuca. Junto à porta, nosso segurança está mais aprumado em seu lugar. Estranho como temos mais problemas quando esse tipo de garoto entra aqui.

Eu não sorrio para o alfa.

— Estão perdidos, meninos?

— Olá, senhor — responde ele, fazendo uma piadinha com meu cabelo curto.

Os amigos dele riem e fazem um coro de: *Uuuuuuuh!*

Meu nome é Darcy e, sem querer, ele fez uma piadinha remetendo a Jane Austen. Duvido que fosse entender. A risada desaparece dele um pouco quando estreito os olhos e o encaro fixamente. O Garoto Alfa se lembra de que eu tenho controle total sobre o álcool.

— Mas, sério, fica bem em você.

Minha colega, Holly, afasta-se. Ela é nova demais nisso e sente o olhar deles.

— Eu vou só até ali buscar mais... rolinhos para a caixa registradora.

Ela some numa nuvem de body spray de gardênia.

Ainda estou na disputa de encaradas com o alfa e sinto uma pontada de triunfo por dentro quando ele desvia o olhar primeiro. Eu sou a alfa agora.

— Devemos frequentar a mesma barbearia, porque você também está bem bonita. Agora, peçam alguma coisa ou caiam fora.

O garoto no comando não costuma ver isso vindo de uma mulher e, para sua surpresa, ele gosta. Enquanto masca chiclete de boca aberta, seus olhos ávidos não saem do meu rosto.

— A que horas você sai do serviço?

Imagino um boneco Ken largado no sol por tempo demais e piso naquela cabeça bronzeada e mole como se fosse uma bituca.

— Nem em um milhão de anos.

Ele fica visivelmente irritado. Afinal, ter boa aparência é o seu passe VIP na vida. Não deveria funcionar comigo também? Será que eu estava com defeito? A luz bate no rosto dele numa panorâmica de beges sem sombra, e ele não é nada que me interesse. Sou uma esnobe para rostos. É tudo uma questão de sombras.

— O que você quer? — Eu já estou reunindo copos de shot.

— Shots de sambuca — grita um cara.

É claro. O elixir dos idiotas.

Sirvo uma fileira e aceito os pagamentos, e o pote de gorjetas fica mais cheio. Eles adoram ser tratados como lixo. Esses garotos querem a experiência completa do safári num bar de motoqueiros, e eu sou a guia turística. O líder do grupo continua flertando comigo, determinado a me vencer pelo cansaço, mas eu me afasto no meio de uma frase dele.

É domingo à noite, mas o pessoal aqui não está preocupado em descansar para o trabalho amanhã.

Minha avó Loretta disse certa vez que, se você sabe como servir uma bebida num copo, pode arranjar emprego em qualquer lugar. Ela também foi bartender quando tinha seus vinte anos. Foi um bom conselho; já servi bebidas em copos no mundo todo e já lidei com toda variante possível de macho alfa.

Eu me pergunto o que Loretta diria se pudesse me ver agora, servindo essa cerveja com um insulto já na ponta da língua. Ela riria, bateria palmas e diria: *Nós poderíamos ser irmãs gêmeas, Darcy Barrett*, porque ela sempre dizia isso. Em seu velório, houve uma projeção de slides com fotos dela, e pude sentir os olhares de esguelha dirigidos a mim.

Gêmeas. Sem brincadeira. Agora estou dormindo no quarto dela e acabando com seus enlatados. Se eu começar a carregar cristais na minha bolsa e ler tarô, serei oficialmente sua reencarnação.

Holly deve ter ido buscar os rolos de papel para o caixa na fábrica. Um dos motoqueiros com jaqueta de couro está esperando há tempo demais e começou a olhar meio atravessado para os Pastéis. Meneio a cabeça para ele e levanto um dedo — *um minuto*. Ele resmunga, bufa, mas decide não causar nenhum dano físico sério.

— Isso é uma calça de couro? — Um garoto dos Pastéis se debruça por cima do bar, olhando para a metade inferior do meu corpo. — Você é igual a Sandy Malvadona, de *Grease, nos tempos da brilhantina*. — Os olhos dele se concentram no crachá com nome falso que prendi acima do peito. — Joan.

Seus olhos, céticos, deslizam mais para baixo. Acho que não tenho cara de Joan.

— Eu sou a Rizzo, obviamente, seu idiota. E se você não parar de se debruçar desse jeito para olhar para os meus peitos, o Keith vai vir para cá. Ele é aquele ali, do lado da porta. Tem dois metros de altura e parece entediado.

Agito os dedos num aceno para Keith, que copia o gesto de volta, sentado em seu banquinho.

— Ele tá entediado, eu tô entediada, e os Jaquetas de Couro estão muito, muito entediados mesmo. — Eu me movimento pelo bar, entregando copos, aceitando pagamentos, fechando a gaveta do caixa com o quadril várias vezes.

— Joan tem razão. Estamos muito entediados — diz um dos motoqueiros mais jovens, num tom divertido. Ele está reclinado no bar, assistindo à conversa com interesse. Os Pastéis todos se encolhem e ficam olhando para seus telefones. O motoqueiro e eu trocamos um sorriso e deslizo uma cerveja para ele, por conta da casa.

Estou de saco cheio de vê-los se amontoando aqui.

— Sambuca vai encolher as bolas de vocês. Ah, espere aí... tarde demais. Agora se mandem, caralho.

Eles saem.

Os olhos enormes de Holly aparecem numa espiada pelo cantinho da porta quando a poeira baixa. Não tem nada nas mãos dela. Ela é toda pernas e cotovelos, e foi contratada pelo nosso chefe, Anthony, sem que lhe fizessem uma única pergunta como entrevista. Rostos como o dela são muito fáceis de contratar. Ela não sabe contar o troco, servir as bebidas nem lidar com homens.

— Eu fico sempre tão aliviada quando vejo que estamos escaladas juntas! — Holly se senta e expira de um jeito longo e audível, como se estivesse trabalhando pesado. O crachá dela sempre diz HOLLY e ela acrescentou um adesivo de coração, rosa e cheio de glitter. — Eu me sinto mais segura sempre que estou com você. Aposto que está até cuidando do Keith.

— É verdade, estou mesmo. — Chamo a atenção de Keith e ele levanta o queixo para mim em reconhecimento, apoiando-se contra a parede em seu lugar. Outra dica de bartender? Faça amizade com o segurança. Eu embebedo os caras e Keith mantém as coisas sob controle por aqui. Passa pela minha cabeça que eu deveria repassar a Holly essas pérolas de sabedoria. Mas não quero que ela se demore nesse emprego por mais tempo do que o necessário. — Quando eu me demitir, você vai ter que ficar mais durona.

Holly franze os lábios.

— Por quanto tempo você fica aqui ainda?

— A reforma na casa da minha avó começa daqui a dois meses, a menos que seja adiada outra vez. E aí caio fora daqui. — O adesivo de glitter de Holly me estressa. — Eu nunca colocaria meu nome verdadeiro no peito neste lugar.

Ela inclina a cabeça para o lado. Seria uma ótima modelo de noivas, com um vestidão fofo branco e a coroa.

— Eu nunca pensei em fazer um crachá falso. Quem eu poderia ser?

Se meu velho camarada, o etiquetador, ainda tiver um restinho de fita útil dentro dele, será um milagre real. O coeficiente de preocupação de Anthony com a rotatividade dos funcionários pode ser resumido por seu volumoso saco de crachás. Tem cerca de outros cem na fila antes que ele precise pensar nisso.

— Você seria uma ótima Doris.

Holly franze o nariz.

— Isso é nome de velha.

— Quer um nome falso sexy? Vamos lá, Hol. — Eu imprimo uma etiqueta e monto o crachá. Quando o entrego, ela fica em silêncio por um momento.

— Você acha que eu tenho cara de Bertha?

— Definitivamente. — Sirvo mais alguns clientes.

— Acho que pareço mais com Gwendolyn. Ou Violet? — Obediente, ela coloca o crachá novo, mesmo assim.

Peço o crachá antigo e o jogo no lixo. Talvez eu possa relaxar um pouco nos meus turnos se ela continuar nessa trajetória.

— Um dia, você será a doutora Bertha Sinclair, aconselhando papagaios deprimidos e indo dormir toda noite às nove horas. — Eu soo como uma irmã superprotetora, então acrescento: — Ou você pode ser uma veterana na selva sul-americana, ajudando as araras a aprender a amar de novo.

Ela enfia as mãos nos bolsos apertados e sorri.

— É sério, nós estudamos mais do que só papagaios na faculdade de Veterinária. Eu sempre digo isso.

— E aí, gata — diz um cara a Holly. Os bad boys adoram as meninas certinhas.

— Se você tá dizendo — respondo a ela. Para ele, eu digo: — Vá se foder.

Ela continua o nosso joguinho.

— Aposto que, quando eu estiver fazendo uma laparoscopia num gato rajado, você vai estar na selva sul-americana de mochilona, abrindo caminho a facão em meio aos cipós.

Ela faz um movimento imitando os cortes.

— Eu já fiz isso nos Andes — admito, tentando não soar como se estivesse me gabando. Não tem nada pior do que uma pessoa que se acha por viajar muito. — Rapaz, um facão seria muito útil agora.

Olho para nossa clientela.

— Eu dei uma olhada no seu Instagram. Perdi a conta de em quantos países você já esteve.

— Eu perdi meu passaporte, senão poderia contar os carimbos para você.

Começo a juntar os copos sujos. Mentalmente, analiso a planta da casa de campo outra vez. É possível que o fantasma de Loretta esteja brincando comigo. Isso, ou meu irmão, Jamie, escondeu a planta.

Só de pensar nos belos olhos de Holly espiando minha vida antiga, tenho comichões de privacidade. Imagino meus ex olhando. Os casos de uma noite, curiosos. Antigos clientes de fotografia. Ou pior: Jamie. Eu preciso colocar minha conta como privada. Ou deletá-la.

— E havia fotos de você e seu irmão. Não acredito o quanto vocês se parecem. Ele é tão bonito! Podia ser modelo.

O último trecho foi dito num arroubo involuntário. Já ouvi isso muitas vezes antes.

— Ele tentou uma vez. Não gostou que lhe dissessem o que fazer. Mas, enfim, obrigada. Isso também é um elogio para mim — digo, mas ela não entende.

Jamie e eu somos parecidos porque somos gêmeos. Existe um ranking de gêmeos, e nós estamos na parte mais baixa. Um menino e uma menina. Nem mesmo podemos nos vestir do mesmo jeito e trocar de lugar. Fraternais, que saco.

Mas, se revelamos nosso status de gêmeos, tornamo-nos fascinantes para algumas pessoas. Elas sempre perguntam: *Quem nasceu primeiro? Vocês conseguem ouvir o pensamento um do outro? Sentir a dor um do outro?* Eu me belisco forte na perna. Espero que ele esteja soltando um grito em um bar elegante no centro da cidade, derramando seu drinque.

Se ele é bonito, em teoria, eu também deveria ter boa aparência, mas fui chamada de *Jamie de peruca* na escola vezes demais para acreditar nisso. Se você nos colocar lado a lado, eu, de rosto lavado, seria confundida com um irmão mais novo dele. Sei disso porque já aconteceu.

— Para onde você vai primeiro? — Holly é definitivamente o tipo de garota que usaria uma boina numa rua de paralelepípedos. Uma baguete na cesta da bicicleta.

— Vou enterrar todos os meus crachás com nome num bosque de suicidas no Japão chamado Aokigahara. Só então minha alma ficará livre do Beco do Diabo.

— Nada de Paris, então — diz ela, marcando uma risca no chão com o tênis branco, e quase rio ao confirmar o quanto eu estava certa. Encosto um esfregão na perna dela, mas Holly apenas o segura com as mãos, repousando o rosto contra o cabo, como alguém num musical prestes a começar a cantar. — Por que você viaja tanto?

— Já me disseram que tenho pouco controle sobre meus impulsos. — Faço uma careta.

Ela ainda está pensando no que viu em meu perfil.

— Você era fotógrafa de casamentos. Como?

Holly me olha de cima a baixo.

— É bem fácil. Você encontra a moça de vestido branco e faz assim. — Ergo uma câmera invisível e pressiono o dedo para baixo.

— Não, quero dizer, você não estava sempre viajando?

— Eu trabalhava na temporada de casamentos e morava aqui com a minha avó. Viajava no resto do ano. — *Orçamento apertado* seria um eufemismo, mas mantive esse arranjo por seis anos. — Trabalho em bares quando preciso de dinheiro. Também faço fotografia de viagem, mas não vende muito bem.

— Bom, sem querer ofender...

— Essa em geral é a parte em que alguém diz algo ofensivo — interrompo e sou salva por um dos velhos motoqueiros com tatuagens azuladas marcando seus antebraços e uma mancha marrom na barba. Ele é a personificação de repugnante, mas não comenta nada enquanto sirvo seu drinque, então sorrio como recompensa. Ele parece perturbado.

Quando ele sai, vou ao banheiro e sorrio educadamente para mim mesma no espelho. Acho que não tento fazer isso há algum tempo. Meu reflexo parece ter saído de uma cena do Semana do Tubarão.

Holly é boa em apertar o botão de pausa em seus pensamentos. Eu mexo no cabelo, passo mais delineador, lavo as mãos por um século e, mesmo assim, quando volto, ela continua, com tranquilidade:

— Mas você não parece se encaixar no negócio de casamentos.

— E por que não, Bertha?

Já ouvi esse comentário de inúmeros bêbados em recepções de casamento, puxando-me pelo cotovelo enquanto tento captar imagens da primeira dança.

Holly diz:

— Casamentos são românticos. E você não é romântica.

— Eu não tenho que ser romântica, só tenho que saber o que o cliente acha romântico.

Eu não deveria me sentir ofendida, mas endireito uma caixa de papelão no chute debaixo do balcão e olho feio para as massas encardidas.

Tem um casal se pegando agora mesmo na parede dos fundos, perto dos banheiros. O bombear giratório dos quadris dele me dá vontade de vomitar. No entanto, às vezes, quando eles fazem uma pausa para respirar e seus lábios se separam... A mão dele está nos cabelos dela e eles olham um para o outro. É aí que eu tiraria uma foto. Eu poderia fazer até esses babacas parecerem lindos.

Aí abriria a mangueira de incêndio e os expulsaria daqui com o jato.

— Então, nada de romance com aquele cara, o Vince? — pergunta Holly, como se soubesse a resposta. Quando ela o viu se esgueirando para cá pela primeira vez, disse: *Ele não é um cara bacana, Darcy.* Eu respondi: *Ele tem um piercing na língua, então uma parte dele é bem bacana.* Ela ficou boquiaberta e sem palavras.

Reviso o nível do estoque na geladeira mais próxima de mim.

— Estou com um soneto no bolso de trás. Quando eu o vir de novo, vou ler para ele.

— Mas você não está apaixonada.

Eu rio como resposta a isso. Já desisti de sentir qualquer coisa por um homem.

— Ele é um jeito de distrair. Eu estou aqui há muito mais tempo do que planejava. — Por favor, não faça a pergunta que costuma seguir: *Você já se apaixonou?* — Humm, tá bem, acho que não sou romântica.

— Por que você desistiu dos casamentos?

A palavra *desistir* é um ponto dolorido, e Holly vê isso nos meus olhos. Ela olha para baixo e mexe com seu crachá de Bertha.

— Desculpe. Seu site diz que você não está aceitando reservas, por tempo indefinido. E você faz fotografia de produtos agora. O que é isso?

— Por que você não joga no Google, Bertha? — Eu tento fazer disso uma piada, mas estou com raiva. Por que ela tenta constantemente fazer amizade assim? Ela não entende que estou de saída?

Vou deletar aquele site todinho.

— Você nunca me conta nada direito — protesta ela, numa voz fraca. — Você nunca fala sério.

Seu rosto bonito está todo rosado e espremido de preocupação. Vou até a outra ponta do bar e viro de costas para ela. Pego o copo de cerveja contendo meus crachás. Estou de saco cheio de ser Joan. Resolvo ser Lorraine pelo resto do turno.

Estou de saco cheio de ser Darcy.

— Desculpa — diz Holly outra vez, numa voz baixa.

Encolho os ombros e arrasto garrafas de vodca na geladeira daquela ponta.

— Tudo bem. Eu só... — *Estou presa, sem um passaporte nem uma passagem marcada. Estou vivendo meu pesadelo.* — Eu sou uma vaca. Não se incomode comigo.

De esguelha, vejo a luz batendo numa garrafa de uísque, dando-lhe um tom dourado. Sinto uma pontada no fundo da barriga e solto o ar, até não restar mais nada lá dentro. Ando com um caso crônico de suspiros pesados e tristes nos últimos tempos, em especial quando penso em casamentos. O que me recuso a fazer.

Administrei minha própria empresa por anos e sinto que tenho visão de raio-x para coisas que vão se tornar um problemão. Holly ainda não recebeu nenhum formulário de pagamento. Os níveis do estoque estão alarmantes de tão baixos. Talvez álcool não seja a principal fonte de renda de Anthony. Vou para o escritório nos fundos e escrevo num post-it: *Anthony — Quer que eu faça um pedido de reabastecimento? — D.*

Para alguém durona, tenho uma letra vergonhosamente feminina. Com certeza não vejo os caras do turno da manhã deixando bilhetes conscienciosos para o chefe. Amasso o bilhete.

Quando saio de lá e começo a contar o dinheiro no caixa, Holly tenta de novo, rebobinando para a parte da conversa antes de estragar tudo.

— Eu não acho que Vince seja o cara certo para você, de qualquer forma. Acho que você precisa de um deles.

Ela quer dizer um dos Jaquetas de Couro.

Continuo contando dinheiro. Quinhentos, quinhentos e cinquenta. Isso é interessante, vindo dela. Ela tem pavor deles. Se um copo se quebra, sou eu quem saio com vassoura e pá.

— Por que você acha isso?

Holly dá de ombros.

— Você precisa de alguém ainda mais durão do que você. Que tal ele? Ele olha para você o tempo todo e sempre se certifica de que seja você a servi-lo.

Eu nem me dou ao trabalho de levantar os olhos da caixa registradora para ver de qual deles ela está falando. Seiscentos, seiscentos e cinquenta.

— Prefiro morrer sozinha do que acabar com um desses cuzões.

O mesmo Jaqueta de Couro mais novo que me ajudou a espantar os rapazes da faculdade está acenando para nós. Cerveja grátis obviamente desce fácil.

— Estamos sedentos essa noite — digo e sirvo seu uísque de sempre dessa vez.

— Muito — concorda ele, de um jeito que soa sexual, mas, quando olho para seu rosto, ele está sereno. — Entediado e sedento, digo.

— Bem, é por isso que você está aqui. Agora, se você for espancar aqueles garotos mais tarde, faça isso no estacionamento, por favor.

Seus olhos de um azul-cristal descem depressa para meu crachá.

— Sem problema. Vejo você por aí, Lorraine.

Ele paga, deixa uma gorjeta e vai embora.

— É esse aí que te ama — diz Holly, alto demais.

CAPÍTULO 2

A BOTA DELE ERRA O passo e um pouco de uísque cai no chão. Com coragem, ele se recupera e sai, parecendo abalado. Sibilo para ela:
— *Cala a boca!*

Eu nunca havia registrado de modo adequado sua existência, mas ele se revela como alguém alto, bonito, tatuado. Músculos, bunda, botas. Confere, confere, confere. Uma boa estrutura óssea também.

Eu me imagino tentando conversar com ele. Tocá-lo. Conhecê-lo. Então penso nele tentando fazer o mesmo comigo.

Talvez ele possa me levar até o aeroporto.
— Passo.

Dou uma olhada de "cuida da sua vida" para ela, que recebe a mensagem em alto e bom som. Nós nos evitamos polidamente por cerca de uma hora; ela serve bebidas, cada transação parecendo uma novidade, e pisca, olhando para a caixa registradora com ansiedade. Eu tremo em pensar se a contagem final vai bater.

Arrasto um barril novo para fora do estoque e um barulho familiar começa em meu peito. Eu já devia saber, mas toda vez é uma surpresa, porque sou uma idiota. Era de se imaginar que ter arritmia cardíaca a vida toda seria algo a que estou acostumada, mas toda vez: *Credo, esse negócio de novo.* É a armadilha da qual eu só lembro quando a ativo, e, apesar de ser uma pessoa saudável de vinte e seis anos, tenho que me sentar na cadeira de Anthony, a visão embaçando e o coração palpitando.

— Você tá bem? — pergunta Holly, o rosto surgindo do canto.
— Garotas não devem pegar os barris.

— Torci um pouquinho — minto, indicando as costas. — Vá lá pra frente.

— Devia ter chamado o Keith — diz ela, rebelde, e eu aponto o dedo até que ela se vá.

Enquanto isso, meu coração sobe correndo a escadaria de incêndio de um arranha-céu com uma perna de pau. Pisa, para/*pula, corre*. Subindo, subindo, sem corrimão, não entre em pânico, não caia na escuridão. Eu só tenho que aguentar esse pico até passar. Só que, dessa vez, também estou respirando como se estivesse subindo as escadas. Quase posso sentir o susto zangado de Jamie como uma névoa ao meu redor nesses momentos; ele usaria sua força de vontade para fazer meu coração bater corretamente.

Jamie causou meu problema cardíaco. Ele soltou meu cordão umbilical para tomar um gole na maior paz, dando um sorrisinho, observando enquanto eu ficava azul antes de devolvê-lo. Meu cardiologista disse que é impossível, mas continuo convencida disso. É a cara do Jamie.

Pelo visto, eu estava alinhada para ser a primogênita, mas, no último segundo, Jamison George Barrett deu uma volta e passou na minha frente. Ele saiu de Mamãe primeiro, rosado e bonito, gritando *gol!* Ficou no percentil superior em tudo. Eu saí com icterícia e fui mantida numa daquelas panelas de pressão para recém-nascidos por uma semana, com um monitor cardíaco. Jamie vem me ultrapassando desde então, marcando inúmeros gols em aulas, escritórios e bares, superfícies espelhadas e bem provável que em camas também. Eca, que nojo.

Talvez o motivo pelo qual eu saiba lidar com os caras do bar seja porque venho lidando com um macho alfa desde o útero.

Hoje estava chovendo na nova cidade de Jamie. Posso imaginá-lo caminhando pela calçada para seu emprego dos sonhos como funcionário de um banco de investimentos. Não sei o que ele faz, exceto por imaginar que envolva nadar num cofre de moedas de ouro. Ele provavelmente usa um casaco da Burberry, fica com um guarda-chuva preto numa das mãos e o telefone na outra: *blá, blá, blá. Dinheiro, dinheiro, dinheiro.*

O que ele diria agora, se estivesse falando comigo de novo?

Respire, você está ficando cinza.

Distrair a mim mesma pensando em Jamie sempre parece funcionar. Posso focar minha irritação nele, em vez de no meu motor defeituoso. Meu torturador é também a minha âncora.

Darce, você precisa fazer alguma coisa sobre o seu coração.

Pago um valor exorbitante no meu seguro-saúde por causa desse fracasso de coração, e o que ganho aqui mal cobre isso a cada mês. Quando penso a respeito, o fato acrescenta uma camada extra de depressão a esse emprego.

Meu batimento está agora de volta à sua triste versão de normal, mas até que Jamie volte a falar comigo depois da minha cagada épica, estou tentando o impossível: não ter um gêmeo. Contemplo enviar uma mensagem de texto casualmente abusiva para ele, mas aí lembro que não posso, mesmo que quisesse. Estou tentando uma segunda coisa impossível hoje em dia: não ter um telefone.

Eu tinha saído com Vince dois fins de semana atrás e ido para o Sully's Bar, onde deixei o celular cair na privada. Enquanto ele afundava, a tela se iluminou com uma ligação e uma foto da cara convencida do meu irmão. Típico: a primeira vez que ele tenta entrar em contato comigo em meses, e isso acontece a quarenta braças de profundidade em água com mijo. A tela ficou preta e eu lavei as mãos e saí.

Meus pais me matariam se soubessem que estou sem telefone. Eles me matariam se soubessem que não uso um robe na casa de campo em noites frias. *Seu coração! Sufoca, sufoca!* Tenho uma impressão ainda pior de que ninguém vai nem reparar que estou inacessível. Desde que ferrei tudo e Jamie foi embora, meu telefone parou de tocar. Ele é a centelha luminosa para a qual todos gravitam.

Ouço um estrondo lá na frente e alguns caras ecoando um *uuuh*. Os homens ficam eletrizados com vidro se quebrando. Ouço minha própria inspiração fortificante. Faço isso há anos de tempos em tempos; mesmo assim, não descreveria essa parte como tendo ficado mais fácil.

— O que foi?

Saio pisando duro com minhas botas e uma fileira de caras está com um sorriso malicioso. Holly tenta empilhar cacos de vidro e seu rosto está vermelho. Tem cerveja para todo lado e a barra de sua camiseta está ensopada. Nunca vi uma garota precisando mais de um resgate.

— Essa vadia burra não sabe nem servir uma cerveja. — O alfa desse grupo é do tipo peão de obra com lábios maldosos. — Sorte que é gostosa. Ao contrário dessa aqui.

Ele quer dizer eu. Dou de ombros.

— Tudo bem — digo a Holly.

Ela assente sem falar nada e some nos fundos do bar. Será que esse é o turno que vai acabar com ela?

Esse cara não vai simplesmente pagar e ir embora. Está à procura de estímulo. Discuto no piloto automático e os detalhes são entediantes. Eu seria mais bonita se não tivesse o cabelo tão curto. Seria tão bonita se me esforçasse. Meio que pareço um homem maquiado. Tá, essa doeu um pouquinho. Eu sou foda, sou durona, não é? Todo comentário ou insulto é algo que posso ignorar com facilidade, e estou contando cinco uísques duplos quando ele vai longe demais.

— Quem você pensa que é, afinal? Alguém especial? — A voz dele atravessa a névoa e eu levanto os olhos de súbito para seu rosto. Há uma sensação dentro de mim: uma grande cisão, como se eu tivesse levado uma machadada e sido partida ao meio feito um tronco seco. Não consigo dar nenhuma resposta para isso. Ele vê que atingiu o alvo e sorri.

Já sofri abusos muito piores do que esse, em várias línguas, mas nesta noite isso parece a pior coisa que alguém já me disse.

Na verdade, é. É a mesma coisa que meu irmão me disse antes de ir embora.

— Esse aqui — digo a Keith, como se estivesse escolhendo um peixinho dourado, e ele o arrasta para fora pelo colarinho. O resto do grupo resmunga e pragueja. A raiva tem o clarão de um maçarico dentro de mim. — Tudo o que vocês têm que fazer é pedir, pagar e dar gorjeta. Não falem. Apenas façam essas três coisas e caiam fora.

Holly volta e se ajoelha ao meu lado, varrendo os cacos de vidro para uma pá.

— Ai!

Agora ela tem uma linha fina de sangue escorrendo pela canela para a meia e os tênis brancos.

— Mostre para mim — consigo dizer sem suspirar. Enquanto vasculho o kit de primeiros-socorros, penso para onde posso transferi-la. — Você sabe o básico de costura? Minha amiga Truly talvez precise de uma auxiliar em breve. Você provavelmente poderia trabalhar em casa.

— Eu fiz a colcha que está na minha cama. Mas são só linhas retas, não foi difícil. Eu poderia ajudar, se for simples.

Ela limpa o rímel que escorreu e olha ao redor, como se estivesse se dando conta do que eu sabia desde o começo: este lugar é um erro para ela.

Faço-lhe um curativo, divido nossas gorjetas e a mando para casa mais cedo.

— Se você não quiser voltar, é só mandar uma mensagem de texto para o Anthony.

Ela assente, chorosa.

Ela é uma garota muito bacana, mas, pelo seu bem, espero que se demita. Ela pode acabar como eu.

São quase dez da noite. O bar só fecha às quatro da manhã, então as fodonas de verdade, as que fazem o turno da madrugada, estão chegando. Elas são o que eu vou me tornar. Coloco minhas gorjetas na bolsa e passo alguns minutos falando em quais dos cuzões aqui elas devem ficar de olho.

— Tchau — digo a Keith quando passo por seu banquinho perto da porta, mas ele já está se forçando a ficar de pé.

— Você conhece as regras.

— As regras daqui são uma baboseira.

— É a vida — responde ele, dando de ombros.

— Quem te acompanha até o seu carro? — Observo enquanto ele matuta a respeito.

— Você provavelmente acompanharia. — Ele sorri ante a revelação. — Se um dia quiser uma grana extra, eu podia te arranjar emprego como segurança. Você leva jeito.

— Talvez eu leve, mas não. — Passo pela porta de entrada, resignada com o fato de que ele estará atrás de mim. Saio para uma neblina de cigarros e escapamento. — Sério, você não sabe o quanto eu odeio que me trate como um bebê.

— Tenho uma vaga noção — responde Keith, irônico.

Quando olho para trás, ele está observando o estacionamento com olhos experientes. Algo aconteceu há muito tempo com uma garota que trabalhava aqui, bem antes da minha época, e o beco ao lado parece maculado com uma sensação horrível e trêmula de que tem alguma coisa errada.

Desisto e começo a caminhar.

— Venha, cão de guarda, hora do seu passeio.

As pernas compridas demais de Keith acompanham com facilidade minha marcha irritada pelos grupinhos de caras de pé em volta de suas motos. Alguém diz:

— Espere por aqui um minuto, gata.

— Hoje não posso — responde Keith com uma voz feminina, fazendo com que todos caiam na risada. — Você está bem, Darcy? Parece meio frágil.

Eu não deveria subestimar o quanto ele pode ser perceptivo. Ele ganha a vida observando as pessoas.

— Haha, eu? Estou bem. Obrigada por agora há pouco. Deve ser a melhor parte do seu emprego, vê-los quicando pelo concreto.

Remexo em minha bolsa. Não preciso de uma chave apertada no punho com uma sombra desse tamanho.

— Não exatamente. — Keith apoia um cotovelo no teto do meu carro. Ele é do tamanho de um Pé Grande, de mediano para bonito, e usa um anel de ouro. — Aliás, ainda estou te devendo aquelas vinte pratas da outra noite. Queria dizer que agradeço muito... e obrigado por me escutar.

Agora me sinto mal, porque eu não estava escutando.

Conferi a escala como uma puxa-saco compulsiva, circulando as cagadas e os vãos, enquanto Keith ficou sentado num banquinho junto ao bar contando uma história sobre sua esposa, a sogra e uma carteira perdida. Algo sobre estar doente e trabalhando o tempo todo. Alguns suspiros e um porta-copos rasgado em pedacinhos. Por mais triste e meigo que ele seja, vinte dólares foi uma pechincha para acabar com aquela conversa.

— Não esquente com isso. — Sempre sinto o orgulho se inflar no peito quando sou generosa. Espero, mas Keith apenas continua apoiado ali. — É sério, não ligo para as vinte pratas. Você pode me pagar um drinque para celebrar quando eu finalmente deixar esse lugar. É melhor eu ir. O vinho não vai se beber sozinho.

— Podia beber vinho aqui — aponta ele. — É um bar, sabe?

Faço uma careta.

— Como se eu fosse respirar o mesmo ar que aqueles caras por mais tempo do que o necessário.

— Eu arrumo um banquinho perto de mim — oferece ele, mas eu balanço a cabeça na negativa.

— Eu bebo melhor em casa, no sofá. Sem calças. E com The Smiths me deixando bem deprimida e à vontade.

Isso foi um pouquinho honesto demais.

Coloco a mão na porta do carro, mas ele apenas solta uma exalação profunda. Está enrolando, por algum motivo. Começo a pensar que ele está se preparando para pedir um empréstimo maior.

— Deus, o que é? Desembucha.

Ele esprem os olhos para as estrelas lá no alto.

— Então, que noite, hein?

Coloco a mão no quadril.

— Keith, você está muito esquisito. Por favor, pare de esmagar meu carro.

— Você sente isso, né? — Ele olha para mim de um jeito estranho. Meio como se quisesse espirrar.

— Um tropel de dinossauros? — Não o faço sorrir. Ele simplesmente continua olhando para mim e não me deixa ir embora. — O quê? O que eu deveria sentir?

— Eu e você. Isso. — Ele aponta entre nós.

Choque mais surpresa é igual a raiva.

— Keith, mas que diabos?

— Você olha bastante para mim.

— Porque você é o colete à prova de balas que deixamos no banquinho ao lado da porta. Não, nem tente. — Afasto o braço num puxão quando ele faz menção de me tocar. — Aposto que a sua mulher ficaria muito impressionada com você.

Infidelidade é a coisa mais abominável em que consigo pensar, porque é o oposto de casamentos — e foi nisso que eu marinei por anos. Alguém promete te amar para sempre, e aí você vai ficar encarando garotas no trabalho?

— Vá se foder, Keith, de verdade.

Ele desmorona, a mão indo para a nuca, a imagem do sofrimento.

— Ela mal tem tempo para mim desde que a mãe ficou doente. Sinto que você e eu temos uma conexão, sabe?

— Porque somos amigos. Éramos. — Abro a porta do carro bruscamente e sinto uma pontada de medo quando a mão dele envolve meu punho, segurando-me no lugar. Eu puxo e ele aperta. Fico com mais raiva e puxo mais forte. Meu punho está queimando mais do que quando Jamie o torcia de propósito quando éramos pequenos. Mas eu quero que doa. Melhor do que ficar parada.

— Se você escutar um pouquinho... — tenta Keith, mas minha pele é macia demais para ele manter a pegada e escorrego para fora de sua mão como uma echarpe de seda. Meu batimento cardíaco se anima como um sujeito olhando por cima do jornal: *O que é que tá rolando?* Se ele me deixar na mão agora, vou ficar furiosa.

Aponto o dedo para o rosto de Keith.

— Pensei que você fosse um dos bons. Errei, como sempre.

Coloco a bunda no assento. Bato a porta e ouço um ganido de dor. As portas trancadas, fui. Esta é a minha especialidade pessoal: escapar de mãos me apertando demais e dar no pé. Meu ex-amigo é apenas uma silhueta recortada em papelão no espelho retrovisor.

— Errei, como sempre, porque os bons não existem.

Quando ouço minha boca dizer isso em voz alta, sei que não é verdade. Ainda existe um homem de ouro maciço aí fora. Ele é a marca da maré alta num mundo de poças com dois centímetros de profundidade. Rápido, estou sofrendo uma *vinhoemergência*. Beber esta noite e ir dormir e esquecer.

Faço uma rota sinuosa para a loja de conveniências perto da minha casa, olhando pelo retrovisor. Coloco o coração de volta em sua caixa e aguento uma discussão de dez minutos com meu eu feminino mais básico. Será que fui amistosa demais com Keith? Casual demais, safada e rude e generosa demais com meus sorrisos? Não, ele que se foda.

Reviso conversas diferentes que tive com ele, fazendo uma careta ao pensar no quanto as achava tranquilas e agradavelmente platônicas. Talvez eu até o tenha usado como substituto para meu irmão. Será que paguei vinte dólares a Keith para ele ser meu amigo?

Ah, meu Deus, sou patética.

Eu me pergunto quantos outros Keiths estão nos retratos de casamento que tirei ao longo dos anos. Cutuco meu punho ardido. É um bom lembrete de que, não importa o quanto eu tome cuidado, nunca será o suficiente. Vou precisar de muito vinho essa noite.

Encosto meu carro junto ao meio-fio. Essa área fazia parte do terreno do parque, costurado nas bordas entre minha casa de infância e a casa de campo de Loretta. O progresso era inevitável, mas uma loja de conveniências clara feito neon parece um insulto. Eu ainda não consigo passar de carro na frente da minha antiga casa. Ela está pintada de lilás. Ainda assim, eu talvez conseguiria olhar para aquele palácio púrpura antes de me forçar a virar e olhar para a casa branca decrépita do outro lado da rua.

Sentimentos outra vez. Vinho. Vinho.

— De novo, não — diz o caixa, Marco, assim que eu entro. — De novo. Não.

— Estou cansada demais para essa merda, então nem comece.

Esse lugar é tão conveniente quanto a placa de neon lá fora anuncia. Senão, eu não aturaria isso. Marco leu um livro sobre o açúcar e isso mudou a sua vida.

— Açúcar é o veneno branco. — Ele começa a me contar uma história que soa falsa sobre ratos de laboratório viciados em açúcar. Escolho uma garrafa barata de vinho branco doce e uma lata de vísceras de peixe para Diana, e aí chego no meu corredor preferido entre todos no mundo.

— Eles escolhiam o açúcar em vez da comida e acabavam morrendo de desnutrição.

Marco vende um pacote de cigarros para alguém sem comentar nada.

Coloco a cabeça por cima do corredor.

— É isso o que planejo fazer. Por favor, pare de falar comigo.

Odeio que estou presa aqui tempo suficiente para um atendente da loja saber quem sou. Não vou deixar que ele estrague isso. Este momento é especial.

São incríveis as formas que o açúcar pode assumir. É arte. É ciência. É cósmico. É a coisa mais próxima de religião que tenho.

Estou apaixonada por essas cores de desenho animado. Balas de goma ácidas esmagadas em açúcar granulado. Espirais de alcaçuz como couro autêntico, saquinhos felizes de balas. Marshmallows brancos e rosados, mais lisinhos que pétalas de rosa. Está tudo aqui, esse espectro em arco-íris do açúcar, e tudo esperando por mim.

— Diabetes... câncer... — Marco é um rádio entrando e saindo de sintonia.

Truly, minha amiga — a única amiga da escola que ainda mora aqui —, acha que as mulheres deveriam comprar para si mesmas prêmios de consolação semanais. Sabe, por aguentar as merdas do mundo. Ela compra flores para si mesma. Como meu prêmio, eu elevo os níveis de insulina e álcool em meu sangue.

A noite de domingo é meu Halloween particular semanal.

Caminho devagar pelo corredor e arrasto os dedos pelas barras de chocolate. Puta merda, seus quadradinhos sexies! Meio amargo, ao leite, branco, eu não discrimino. Como todos. Aqueles doces azedinhos fluorescentes que só menininhos insuportáveis gostam. Limpo todinho o caramelo da maçã do amor. Se o selo de um envelope for doce, lambo duas vezes. Quando pequena, era aquela criança que podia ser atraída com facilidade para uma van com a promessa de um pirulito.

Às vezes, deixo a sedução do varejo se estender por vinte minutos, ignorando Marco e apalpando a mercadoria, mas estou cansada demais de vozes masculinas.

— Cinco sacos de marshmallows — diz Marco, num tom resignado. — Vinho. E uma lata de comida para gatos.

— Comida para gatos tem baixo carboidrato.

Ele não faz nenhum movimento para escanear, então escaneio cada item eu mesma e desenrolo algumas notas das minhas gorjetas.

— Seu trabalho envolve vender coisas. Venda. Meu troco, por favor.

— Simplesmente não sei por que você faz isso consigo mesma. — Marco olha para o caixa com um dilema moral nos olhos. — Toda semana, você vem e faz isso.

Ele hesita e olha para trás, para onde seu livro do açúcar está, debaixo de uma camada de poeira. Ele sabe que não deve tentar escondê-lo na minha sacola junto com as compras.

— Não sei por que você se importa, cara. É só me atender. Não preciso da sua ajuda.

Ele não está de todo enganado quanto a eu ser uma viciada. Eu lamberia uma carreira de açúcar de confeiteiro desse balcão agorinha mesmo, se não houvesse ninguém aqui. Entraria num canavial e daria uma mordida ali mesmo.

Venho me empenhando nesse disfarce todo preto há vários anos, e ele é impenetrável. Algumas pessoas, no entanto, podem ver que sou uma fracote e tentam cuidar de mim e me ajudar. Deve ser algo tipo sobrevivência dos mais fortes. Mas estão todas erradas. Não sou uma gazela manca; sou quem está perseguindo o leão.

— Passe para cá o meu troco ou juro por Deus... — Espremo os olhos com força e tento controlar meu temperamento. — Apenas me trate como qualquer outro cliente.

Ele me dá algumas moedas de troco e empacota minhas drogas doces e esponjosas.

— É só que você me lembra de como eu era. Tão viciado. Quando você estiver pronta para largar, pegue o livro emprestado comigo. Eu não como açúcar há quase oito meses. Só adoço meu café com um pouco de agave em pó...

Já estou saindo. Nada de açúcar? Por que a vida gira em torno de abrir mão das coisas? O que ainda me resta que eu goste? A sensação dos suspiros profundos dentro de mim piora. Fica mais triste. Faço uma pausa na porta.

— Vou escrever para a sua matriz reclamando do seu atendimento. — Sou uma hipócrita, puxando o cartão do atendimento ao cliente, mas olha... — Você acaba de perder uma cliente, *docinho*.

— Não seja assim — ruge Marco, enquanto as portas deslizam até se fecharem atrás de mim. Eu me ajeito de volta no carro, tranco as portas, ligo o motor e aumento o volume da música. Sei que ele pode me ver, porque está batendo na vidraça de seu cubiculozinho à prova de assassinatos tentando chamar minha atenção. Homens, em um resumo explícito.

Abro um pacote no meu colo e meto quatro marshmallows tamanho jumbo na boca, resultando em bochechas de esquilo. Aí mostro o dedo do meio para ele e seus olhos se arregalam até quase sair da cabeça. É um dos melhores momentos da minha vida ultimamente, e fico rindo por uns cinco minutos enquanto dirijo, com poeira de açúcar nos pulmões.

Graças a Deus que estou rindo, senão acho que poderia estar aos prantos. Quem eu acho que sou, afinal?

— Oi, Loretta — digo em voz alta para minha avó. Espero que ela esteja lá no alto, numa nuvem, bem em cima de mim quando paro num farol vermelho e coloco a mão dentro do saco de celofane, maciez almofadada nas pontas dos dedos. Se alguém vai ser meu anjo da guarda, será ela; ela insistiria nisso.

— Por favor, por favor, me dê algo melhor do que açúcar. Eu preciso muito.

Engasgo só de falar isso em voz alta. Preciso de um abraço. Preciso da pele quente de alguém na minha. Estou dolorida de solidão, e, mesmo que Vince viesse e fosse embora depois, eu ainda estaria assim.

Quem eu acho que sou? Sou desamada, desamarrada. E sem gêmeo.

O farol fica verde como se me desse uma resposta. Como mais alguns marshmallows antes de me dar ao trabalho de acelerar. O mundo foi dormir e eu estou completamente sozinha.

Só que talvez não esteja.

Entro na rua e vejo um carro desconhecido estacionado na frente da minha casa. Abaixo o volume da música e reduzo a velocidade. É um utilitário preto grande, do tipo que um caipira que trabalha em obras usaria. Parece novinho em folha e brilhando, com placas de outro estado. Ele descobriu onde eu moro? Os pelos em meus braços estão arrepiados.

Viro a cabeça enquanto passo devagar pela casa. Não tem ninguém sentado dentro do veículo. Não pode ser Jamie — ele jamais aceitaria uma picape numa locadora de veículos e estacionaria mais próximo da garagem, não na rua. Dou a volta no quarteirão com o coração tentando se matar na pancada. Anseio brevemente por Keith antes de me lembrar de tudo.

Aí fico com raiva.

Estaciono na entrada de casa com uma acelerada agressiva e acendo os faróis altos. Abrindo a janela alguns centímetros, digo, por sobre o palpitar ensurdecedor do meu coração:

— Quem está aí?

Ouço um latido de cão pequeno e um chihuahua velhinho, de pernas rígidas, sai das sombras vestido num suéter listrado. Um homem também emerge, e agora estou bem. Mesmo sem o cachorro, eu conheceria sua silhueta imensa em qualquer lugar. Não estou prestes a ser assassinada. Sou agora a garota mais a salvo no planeta.

— Obrigada, Loretta — digo para a nuvem acima de mim. Só existe uma coisa mais doce do que açúcar. — Essa foi rápida.

CAPÍTULO 3

TOM VALESKA TEM UM animal dentro dele, e sinto isso toda vez que ele olha para mim.

Jamie o encontrou trancado para fora de sua casa, do outro lado da rua. Jamie chamava o lugar de *aquela casa para pobres* porque famílias tristes se mudavam para lá e iam embora com uma regularidade alarmante. Mamãe dava-lhe broncas por isso. *Só porque nós temos bastante, não quer dizer que você pode ser desagradável, Príncipe.* Ela fez Jamie aparar aquele gramado de graça. A cada seis meses, mais ou menos, nós fazíamos uma cesta de boas-vindas para nossos novos vizinhos — em geral, mulheres assustadas, espiando pela fresta entre o batente e a porta nova, com olheiras sob os olhos.

Mas o verão tinha sido quente. Mamãe teve muitos alunos de canto, Papai estava ocupado em sua firma de arquitetura e a senhora Valeska vinha sendo notoriamente difícil de encontrar. A cesta de boas-vindas já estava embrulhada em celofane e fechada com uma fita, mas ela saía em seu carro enferrujado assim que amanhecia, sempre carregando cestos e baldes com material de limpeza.

Seu filho, de oito anos, como nós, ficava por ali, tirando lascas de uma tora de madeira no gramado em frente à sua casa com um machado para passar o tempo. Eu sabia disso porque o vi dias antes que Jamie o encontrasse. Se eu tivesse permissão para ir além do capacho da nossa casa, teria ido para lá mandar nele. *Ei, você não tá com calor? Com sede? Sente aqui na sombra.*

Jamie, que podia vagar pela rua desde que ainda tivesse visão de casa, encontrou Tom trancado para fora tarde da noite e o trouxe para casa. Ele o arrastou para dentro da cozinha pela manga da camisa. Tom parecia precisar de um banho antipulgas. Nós lhe demos nuggets de frango para comer.

— Eu ia dormir no balanço da varanda. Ainda não tenho uma chave — explicou Tom a meus pais em um sussurro tímido e rouco. Eles estavam tão acostumados aos brados de Jamie que mal conseguiram ouvi-lo. Ele estava tão calmo a respeito da perspectiva de não ter jantar nem cama! Fiquei impressionada. Deslumbrada, como se me encontrasse na presença de uma celebridade. Toda vez que ele dava olhadinhas de um segundo para mim com seus olhos castanho-alaranjados, eu sentia um zíper no estômago.

Ele parecia me conhecer de A a Z.

Aquela noite foi um divisor de águas na mesa de jantar dos Barrett.

Tom estava mudo de timidez, então aguentou a investida da fala de Jamie. Suas respostas de uma palavra só tinham um traço de rosnado que eu gostava. Sem precisar mais servir como juízes entre os gêmeos, nossos pais podiam se beijar e murmurar de modo confortável um com o outro. E eu fiquei esquecida e invisível pela primeira vez na minha vida.

Gostei disso. Nenhum nugget foi roubado do meu prato. Ninguém pensou no meu coração ou nos meus medicamentos. Pude brincar com a velha câmera Pentax no meu colo entre uma mordida e outra e disfarçadamente dar olhadinhas para a criatura interessante sentada em frente a Jamie. Todos tinham aceitado logo de cara que ele era humano, mas eu não tinha tanta certeza. Minha avó, Loretta, tinha me contado histórias de fadas suficientes sobre animais e humanos trocando de corpos para me deixar desconfiada. O que mais daria aquele gume ao olhar dele e daria esse choque em minhas entranhas?

A cesta de boas-vindas foi entregue à exausta mãe dele tarde naquela noite. Ela chorou, sentando-se com meus pais por um bom tempo na varanda da frente com uma taça de vinho. Decidimos ficar com Tom para o verão enquanto ela trabalhava. Ele era o amortecedor de que nossa família não sabia que precisava. Meus pais de fato imploraram para levá-lo à Disney conosco. A senhora Valeska era orgulhosa e tentou dizer não, mas eles disseram: *Na verdade, é para nos ajudar. Aquele menino vale seu peso em ouro. Nós teremos que esperar até o nível da medicação de Darcy ser resolvido, e aí estaremos todos livres para viajar muito mais. A menos que a deixemos com a avó dela. Talvez isso fosse melhor.*

E depois daquele primeiro jantar, admito que fiz algo muito esquisito. Fui para o meu quarto e desenhei um cão de trenó no meio de um caderninho que eu mantinha escondido no duto de aquecimento.

Eu não sabia o que fazer mais com aquela sensação que me preenchia. Na identificação da coleira do cão de trenó, pequeno demais para se ler, estava: *Valeska.* Imaginei uma criatura que dormiria no pé da minha cama. Ele aceitaria comida da minha mão, mas rasgaria a garganta de qualquer coisa que abrisse a minha porta.

Sei que era esquisito. Jamie me crucificaria por criar um animal fictício com base no menino novo do outro lado da rua — não que ele tivesse alguma prova. Mas foi exatamente o que eu fiz, e até hoje, quando estou sozinha num bar estrangeiro e quero parecer ocupada, minha mão ainda desenha o contorno de Valeska num apoio de copo, com seus olhos como os de um lobo ou de um príncipe encantado.

Sou uma excelente juíza de caráter.

Quando um dos gêmeos Barrett, loiros e mimados, caía numa fenda, nosso fiel Valeska aparecia. Seus olhos, belos e sinistros, avaliariam a situação, e então você sentiria os dentes dele no seu colarinho. Em seguida, a força dele e o humilhante arrasto para a segurança. Você é inútil e ele é competente. O conversível da Barbie está quebrado? *É só o eixo. Pressione aqui.* O carro de verdade quebrou? *Levante o capô. Tente agora. Prontinho.*

Não era apenas eu, como a metade feminina dos gêmeos. Tom já puxou Jamie pelo colarinho para tirá-lo de brigas de soco, bares e camas. E, em toda cidade para onde já viajei, quando eu fazia uma curva e entrava num beco escuro e assustador por engano, mentalmente invocava Valeska para me acompanhar pelo resto do caminho.

E isso é esquisito, acho. Mas é a verdade.

Então, recapitulando, minha vida é uma droga, e Tom Valeska está na minha varanda. Ele está iluminado pela luz da rua, da lua e das estrelas. Tenho um zíper no meu estômago e estou numa fenda há tanto tempo que não consigo sentir as pernas.

Saio do carro.

— Patty!

Graças aos céus por animaizinhos e o jeito como eles cortam qualquer embaraço. Tom a coloca no chão e Patty Pimentinha sapateia rigidamente até mim. Estou com um olho focado na varanda escura atrás de Tom. Quando nenhuma morena elegante sai para a luz, eu me ajoelho e faço uma prece silenciosa.

Patty é uma chihuahua marrom e preta muito brilhosa, com uma cabeçona que parece uma maçã. Seus olhos, espremidos, exibem uma expressão crítica. Eu não levo isso para o lado pessoal mais, mas, poxa, essa cachorra olha para você como se você fosse um cocô fumegante. É só a cara dela. Ela se lembra de mim. Que honra ser carimbada para sempre em seu cérebro minúsculo de noz. Eu a pego no colo e beijo sua carinha.

— O que você está fazendo aqui tão tarde, Tom Valeska, o homem mais perfeito do mundo?

Às vezes é um alívio esconder seus pensamentos mais honestos em plena vista.

— Não sou o homem perfeito — responde ele à altura. — E estou aqui porque vou começar a trabalhar na sua casa amanhã. Você não recebeu minhas mensagens de voz?

— Meu telefone está na privada de um bar. Exatamente onde é o lugar dele.

Ele franze o nariz, talvez feliz por não ter sido convocado para recuperá-lo.

— Bem, todo mundo sabe que você não atende ao telefone mesmo. As autorizações já foram aprovadas, então vamos começar... bem, agora.

— Aldo ficava adiando com a gente pelas razões mais cretinas. E agora vai começar dois meses adiantado? Isso é... inesperado.

— Nervos se acendem dentro de mim. As coisas não estão prontas. Mais especificamente, eu. — Se eu soubesse que você vinha, teria feito um estoque de Tubaína.

— Descontinuaram a Tubaína original. — Ele sorri e o zíper no meu estômago sobe até o coração, com toda força. Num tom confidencial, ele acrescenta: — Não se preocupe. Tenho uma adega cheia disso.

— Argh, aquele negócio era pura água com açúcar colorida.

Sinto meu rosto ficar estranho; levanto a mão para a bochecha e estou sorrindo. Se soubesse que ele viria, teria dobrado com perfeição uma toalha de banho e enchido a geladeira com queijo e alface. Teria ficado na janela da frente de casa para esperar o carro dele.

Se soubesse que ele viria, teria me organizado um pouquinho. Ando pela beirada do caminho, sentindo os tijolos oscilarem.

— Você devia beber só em ocasiões especiais. Podia tomar um copo de Tubaína com seus sanduíches de queijo e alface no seu aniversário de oitenta anos. Esse ainda é o seu almoço, né?

— É, sim. — Ele desvia o olhar, na defensiva e envergonhado. — Acho que não mudei. O que você almoça?

— Depende do país em que estou. E bebo algo um pouco mais forte do que refrigerante genérico.

— Bem, então você também não mudou. — Ele continua nunca me dando uma olhada de mais de um segundo antes de piscar e olhar para outro lugar. Mas tudo bem. Um segundo sempre parece um longo tempo quando estou com ele.

Converso com Patty.

— Você recebeu meu presente de Natal, mocinha! — Estou falando do suéter.

— Obrigado, coube certinho nela. O meu também.

A camiseta vintage do Dia de São Patrício, ou St. Patty, que ele está usando, provavelmente por educação, estica-se na espessura de um wafer, tentando se aguentar. Se fosse uma pessoa, estaria um espectro exausto, ofegando *Por favor, me ajude*. Veste como um sonho.

O tipo de sonho do qual você acorda toda suada e envergonhada.

— Sabia que você não seria descolado demais para vestir uma camiseta de St. Patty.

Descobri essa camiseta num brechó em Belfast e, naquele momento, descobri Tom outra vez.

Eu não conversava com ele havia uns dois anos, provavelmente, mas me senti acesa por dentro. Era o presente perfeito para ele. Enviei um pacote por transporte aéreo contendo as duas peças de roupa endereçados para "Thomas e Patricia Valeska", ri por séculos, e então me dei conta de que era provável que a namorada dele recebesse a entrega. Eu havia me esquecido por completo de Megan. Não tinha colocado nem um chaveirinho para ela no pacote.

Conferi a mão esquerda dele — ainda sem nada. Porra, graças a Deus. Mas tenho que começar a me lembrar da existência de Megan. Logo depois de dizer o que direi agora.

— Então as boas camisetas podem morrer e ir para o paraíso. — Sorrio ante a expressão dele: consternado, surpreso e lisonjeado. Tudo apagado em um piscar de olhos. Estou viciada.

— Você ainda é uma adolescente sacana. — Empertigado com desaprovação, ele olha para seu relógio.

— E você ainda é um vovô gostosão. — Pressiono aquele velho ponto de tensão e os olhos dele brilham, irritados. — Andou se divertindo recentemente?

— Eu pediria para você definir *diversão,* mas acho que não vou saber lidar com a resposta. — Ele solta um suspiro resmungão e bate com a bota nos degraus dilapidados. — Quer que eu conserte isso ou não, espertinha?

— Quero, por favor. Enquanto o Papai continua sério, nós vamos nos divertir, não vamos, Patty? — Eu a balanço com carinho como um bebê. Seus olhos têm um matiz leitoso e azulado. — Não consigo acreditar o quanto ela envelheceu.

— A passagem do tempo costuma ter esse efeito — diz Tom, irônico, mas amolece quando levanto a cabeça. — Ela já está com treze anos. Parece que foi ontem que você escolheu o nome dela para mim. — Ele se dobra para se sentar no degrau mais alto, os olhos na rua. — Por que você passou direto, agora há pouco?

Eu ainda estou com um dos olhos no espaço escuro atrás dele. Com certeza Megan está prestes a sair. Esta é a conversa mais longa que Tom e eu já tivemos sem sermos interrompidos. Preciso que Jamie passe pelo portão da frente com um tabefe.

Nunca consigo decidir se o cabelo de Tom é da cor de caramelo ou de chocolate. De qualquer forma, *nham-nham*. A textura é como um livro de romance que caiu na banheira e depois secou: ondas amarrotadas um tanto sexuais, com uma dobra ou borda enrolada ocasional. Tenho vontade de enfiar a mão ali e fechar o punho com delicadeza.

Aqueles *músculos*. Acho que estou começando a suar.

— Você quase fez eu me borrar de medo. Pensei que fosse... — Calo a boca e coloco Patty para dançar em cima do meu joelho. — Francamente, ela é tão fofinha!

— Quem você achou que eu fosse?

A voz rouca dele fica mais grave e uma pontada de medo cutuca minhas entranhas. Homens grandes são tão brutais sem se darem conta disso. Olha só o tamanho dessas botas. Desses punhos. Ele poderia matar. Mas aí sobreponho a lembrança de um menino de oito anos por cima de seu formato adulto, lembro-me de Valeska e exalo.

— Só um cara que expulsei do bar. Sério, Tom, você quase me deu um ataque do co... — Porcaria. Os olhos dele se voltam para meu peito. — Não — ordeno com firmeza, e ele se encurva, mexendo na lateral da bota. Ele conhece as regras. Preocupação excessiva é proibida.

— Eu me preocupo se quiser, Princesa — resmunga, olhando para o chão. — Você não pode me impedir.

— Ninguém me chama de Princesa agora. Eu pareço uma princesa? — Coloco Patty na grama. Ele me dá uma olhada de um segundo, de cima a baixo, e desvia o olhar, a resposta trancada em sua mente e um canto da boca levantado.

Ah, cara, a vontade de tirar essa resposta dele é intensa. Isso com certeza requereria que eu colocasse minhas mãos nele e apertasse.

Eu me levanto devagar para evitar uma palpitação, aí olho para o decalque na lateral do utilitário preto. Cai a ficha. Eu giro, de frente para ele.

— Serviços de Construção Valeska. Puta merda. Você está livre!

— É — diz ele, como se admitisse algo, um olho apertado enquanto observa meu rosto.

— Você conseguiu. — Não consigo evitar que o sorriso se espalhe pelo meu rosto. — Você escapou do Aldo. Tom, estou orgulhosa pra cacete de você!

— Não fique orgulhosa demais — alerta ele, abaixando a cabeça para eu não poder ver que ele está contente. — Eu ainda não fiz nada.

Quando Aldo veio para a cidade avaliar a casa de campo, sugeriu um lugar onde poderíamos alugar uma escavadeira. Este é o nível de tato dele, discutindo a propriedade de nossa falecida avó. Jamie riu da piada, então este também é o seu nível de tato.

Eu os relembrei que estava de fato no testamento de Loretta que a casa fosse reformada, e ela estipulara que fosse separado um orçamento para isso. Os risos pararam. Aldo soltou um suspiro e preencheu a papelada solicitando autorização da prefeitura para a reforma, dizendo várias vezes que sua caneta não funcionava. Eu dei-lhe outra com um tapa na mão e ele estreitou seus olhos injetados para mim.

Este vai ser um trabalho de amor, disse Aldo. *Um equívoco caro, enorme e arriscado.*

Eu disse a ele: *Não me diga, Sherlock! Continue escrevendo.* Por que Loretta colocou como última condição que Jamie e eu vendêssemos a casa? Será que ela nunca parou para considerar que eu talvez quisesse morar aqui para sempre, chafurdando em minha solidão? Com gêmeos, tudo tem que ser dividido e justo.

— Acho que Aldo lhe ensinou a lição mais importante da sua carreira. — Esperei um momento enquanto Tom cogitava. — O que não fazer.

— Verdade — diz Tom, com um leve sorriso, os olhos no adesivo em sua picape. — Quando em dúvida, vou me perguntar: *O que Aldo faria?*

— E aí faça exatamente o contrário. Você sabia que ele pôs a mão na minha bunda? Tipo, quando Jamie e eu visitamos você no seu primeiro serviço? Que belo merda. Eu mal tinha dezoito anos. Só uma criança.

— Não sabia disso. — A boca de Tom se achata. — Você quebrou a mão dele?

— Você tem sorte por eu não ter te chamado para enterrar um cadáver para mim. Você enterraria, né? — Não consigo evitar; quero saber se ainda posso invocar Valeska, por mais que não devesse. Ele pertence a Megan agora.

— Tenho uma pá na parte traseira — diz ele, indicando a picape com o queixo.

É uma emoção perturbadora saber que ele não está brincando. Se eu precisasse, ele cavaria um buraco com as próprias mãos.

— Sei que ele era um cuzão e nada profissional, mas me deu minha primeira oportunidade. Eu não tinha muitas opções, digamos assim. Não como você e Jamie. — Ele se apruma e junta as botas como um bom menino. — Não haverá mãos na bunda no meu local de trabalho.

— Depende de quem estiver botando a mão — digo, num tom pensativo, mas caio na risada quando os olhos de Tom ficam assustadores. — Eu sei, eu sei. Ninguém é mais profissional que você. Minha bunda está a salvo.

— Vou fazer tudo perfeitamente. — Tom ganhava competições de colorir quando criança. Essa casa vai ser o seu equivalente de gente grande.

— Sei que vai.

Olho para baixo, para os ombros de Tom. A camiseta está se esforçando ao máximo. Ele cresceu tanto desde que o vi pela última vez. Sempre foi alto e musculoso, mas isso aqui é outro nível. Ele está se esgotando de tanto trabalhar.

— Bem, o que estamos esperando? Aposto que você tem uma chave. Que comecem as reformas.

— Posso começar de manhã, se você não se importar. — Ele ri, geme e se espreguiça em um movimento. Como se estivesse deitado numa cama, em vez de numa escadaria velha e bamba. — Tenho mesmo uma chave. Mas sei como se sente sobre… privacidade.

Ele diz *privacidade* como se essa fosse uma das várias opções disponíveis. Sempre faz isso; ele me dá uma migalha do que pensa sobre mim, depois se fecha até que Megan chacoalhe as chaves do carro e ele suma por mais seis meses.

A migalha me deixa faminta, e estou trancando meus maxilares com arame para não pressionar em busca de mais. Suo tanto que a regata está colada nas costas.

Assistimos enquanto Patty passeia pelas folhas do gramado, o focinho colado no chão. Ela se agacha pela metade e muda de ideia. Tom suspira, cansado.

— Agora é hora de mijar? Ela teve quase uma hora para fazer isso.

— Bem, estou mais determinada do que nunca a encontrar meu passaporte agora. Sem dúvidas está na casa, mas Loretta o escondeu.

Estalo os dedos para Patty. Volte aqui, miniamortecedor. Eu me abaixo para me sentar no degrau ao lado dele.

— Talvez precise pedir um novo — diz Tom, com uma nota de relutância.

— O antigo tem todos os meus carimbos. É como se fosse meu scrapbook. Eu vou encontrá-lo amanhã, quando estiver guardando tudo. — Olhando para o céu lá no alto, digo a Loretta: — Preciso ir embora daqui. Devolva ele!

— Talvez ela queira que você fique por aqui, pelo menos uma vez.

Ele se arriscou aqui, ao inserir o *pelo menos uma vez.*

— Vou ignorar essa — aviso-o, e ele simplesmente olha para o céu estrelado e sorri. Sou previsível, pelo jeito. Minha barriga também é. Ela se enche de faíscas.

Ele tem o tipo de estrutura óssea que me faz desembuchar coisas idiotas. Então, é o que eu faço.

— Toda vez que te vejo, não consigo acreditar que você não é mais criança. Olha só você.

— Todo crescido.

O tronco dele parece uma barra de chocolate, com os quadradinhos visíveis por baixo da embalagem. Sabe como o chocolate tem aquela textura brilhosa e fosca ao mesmo tempo? A pele dele é assim. Eu tenho vontade de arranhá-lo. Quero começar minha farra semanal de Halloween.

Megan, Megan, alianças de diamante. O encantamento não funciona por completo.

Ele tem o tipo de densidade que me faz constantemente pensar comigo mesma quanto ele pesa. Será que músculo pesa mais que gordura? Deve pesar uma tonelada. Ele mede um metro e noventa e oito, e eu assisti enquanto ele ficava dessa altura, mas é uma surpresa toda vez que o vejo. É o corpo que se vê em socorristas. Pense em bombeiros enormes abrindo portas a chutes, prontos para te salvar.

— Como você se vira com um esqueleto tão grande? — pergunto, e ele olha para baixo, para si mesmo, perplexo. — Digo, como você coordena todos os quatro membros e de fato se move por aí?

Meus olhos se voltaram para os ombros dele, seguindo as linhas para baixo, as seções achatadas, os vãos e as linhas sombreadas, os vincos no algodão.

Posso ver seu cinto, que não sabe a sorte que tem em estar preso em torno de tudo aquilo, e um trecho exuberante de uns dois centímetros de cueca preta na cintura, e minhas bochechas estão queimando e posso ouvir meu coração e…

— Meus olhos estão aqui em cima, sacana. — Ele me pegou. Não que eu estivesse sendo muito sutil. — Eu e meu esqueleto nos viramos muito bem. Agora, o que está havendo com essa varanda periclitante?

Tento pensar em como poderia explicar. O que aconteceu com a casa? Acho que pisei na bola e a negligenciei. Essa tábua solta, por exemplo. Eu deveria ter encontrado um martelo e a prendido.

— Minha teoria é que a magia de Loretta mantinha a casa toda de pé. — Esfrego as mãos vigorosamente nas coxas para banir o choro que sei que vai subir dentro de mim.

Ele sempre sabe quando eu preciso que mude de assunto.

— E o que houve com o seu cabelo? Sua mãe deu a notícia.

— Acho que ela ligou para todo mundo que conhece. Histérica, por causa de uma porcaria de corte de cabelo. *Ah, Princesa, mas por quê?* — zombo, tentando manter meus movimentos casuais ao passar os dedos pelos cabelos. Dá a sensação de uma cabeça de menino agora. Cruzo as pernas e minha calça justa de couro guincha. Aliso as pernas com uma das mãos, as unhas pintadas de preto. Nunca fui menos princesa.

Se Mamãe soubesse que agora eu tenho um piercing no mamilo, ela me daria a palestra de que o meu corpo é um templo. Desculpe, Mamãe, eu coloquei um gancho de pendurar retratos em mim mesma.

— Ela me telefonou chorando. Eu estava num telhado. Pensei que você... enfim. — A testa de Tom se enruga com a lembrança. — Imagine meu alívio por Darcy Barrett ter apenas cortado seus cabelos compridos. Você foi ao barbeiro?

— É, pedi a um barbeiro velhinho para cortar. Que foi? Eu não ia a uma cabeleireira de mulheres. Ela faria um corte delicadinho ou algo nauseante assim. Eu queria especificamente um corte de cabelo de piloto da Segunda Guerra Mundial.

— Certo — diz Tom, achando graça. — E aí, ele sabia fazer o corte?

Estapeio um mosquito.

— Sabia. Mas mudou de ideia e não queria cortar.

Tom olha para onde ficava meu cabelo.

— Era meio que especial.

Não sabia que ele achava isso. Droga.

— Ele tinha esquecido que cabelo de mulher era macio. Implorou, mas eu o fiz cortar. O som das tesouras passando por ele... — Ainda fico arrepiada. — Parecia que estava cortando um tendão. Ele rezou em italiano. Parecia que eu estava sendo exorcizada.

Tom é sarcástico.

— Fazendo homens assustados rezar. Você de fato não mudou nada.

— Amém.

Estico os braços para o céu e minhas roupas úmidas mal se movem comigo. Sentar por perto de Tom Valeska me deu um belíssimo suor de luxúria.

O impulso de levar as coisas longe demais me domina. Isso acontece desde que nós dois chegamos à puberdade.

— Adoro quando eles rezam em italiano — cochicho, num murmúrio sexy, e ele não me olha nos olhos. — Por favor, por favor, *signora* Darcy, não me obrigue!

— *Signora* quer dizer que você é casada, não é? Você não é casada. — A voz dele soa fraca e, quando o avalio de esguelha, os pelos de seus antebraços estão de pé. Que interessante...

— É, quem iria se casar comigo? — Agora é minha vez de afrouxar o corpo e me encurvar, mexendo na bota e mudando de assunto. Faço isso atabalhoadamente. — Ei, por acaso todo mundo supõe que um dia vai receber um telefonema avisando que eu caí morta?

Ele não sabe como responder a isso, então suponho que seja um sim.

— Minha mãe é boa em dar telefonemas dramáticos e repassar fotos. Recebi um Especial da Mamãe sobre você. — Eu me recuso a olhar para ele agora. Envolvo os joelhos com os braços e rosno. — Puta merda, Tom. Que diabos.

Ele sabe com exatidão do que estou falando.

— Desculpe.

Tom está noivo! Finalmente, faz tanto tempo! A mãe dele está quase explodindo! Dois quilates, acredita? Darcy, diga alguma coisa, não é fantástico?

Se eu estivesse num telhado, teria acabado na tração. Em vez disso, saí e bebi vinte brindes ao lindo casal. Foi uma bebedeira elaborada por oito anos.

Acordei recebendo a foto de um diamante que parecia um torrão de açúcar numa mão com a manicure perfeita e vomitei. Cheguei atrasada ao casamento que fotografaria. Um dos pratos principais na recepção era robalo e o salão fedia feito um cais. Depois que a noiva articulou suas opiniões sobre minha falta de profissionalismo, vomitei num porta-guarda-chuvas junto à porta.

E, enquanto isso, Loretta saía para o jardim, de modo a esconder de mim seus acessos de tosse, e Jamie se candidatava a empregos chiques na cidade e passava menos tempo comigo. Aquele ano todo foi um vômito massivo, e o gosto ainda está na minha boca.

— Não aceito seu pedido de desculpas. Você nunca me ligou pessoalmente, seu babaca. A gente só usa minha mãe como meio de comunicação hoje em dia? Não somos colegas? — Chuto a bota dele com a minha, menor, com mais gentileza do que quero. — Vou ficar cega com essa aliança quando a vir?

É o mais próximo de *Parabéns* que consigo. Ou: *Quando ela vem para cá?* Ei, eu mandei um cartão para eles. Eles talvez morreram de rir ao pensar em Darcy Barrett na seção de cartões da Hallmark.

Tom abre a boca para responder, mas se distrai com um carro que passa pela casa de campo roncando em ritmo de caminhada. É um carro esportivo potente, pesado e próximo do chão. Seu motor vibra quando ele roda até a calçada.

Tenho um mau pressentimento que sei quem é, e Tom não gosta dele.

CAPÍTULO 4

TOM COMEÇA A SE levantar, e o carro acelera e sai, cantando pneu. Ah, ter uma silhueta tão grande e assustadora. A vida seria tão fácil!

— Quem era? — Tom afunda de volta.

Era Vince, passando por aqui feito um gato vira-latas.

— Não faço ideia.

Coloco um marshmallow na boca para não poder falar mais nada. Tom sabe que estou mentindo e, quando começa a argumentar, enfio um marshmallow em sua boca também. Ele fica irritado, mas acha graça. Sinto seus lábios na palma da minha mão. Essa noite não é de todo ruim.

Enquanto seus olhos se prendem em minha bota, a luz da rua cria uma sombra preta sob seu zigoma. Eu clicaria minha câmera bem agora. Agora, enquanto ele olha para minhas pernas e seus cílios criam uma sombra escura em meia-lua. Agora, quando seus olhos sobem para os meus e há uma centelha neles e outra ideia a meu respeito em sua cabeça. E aí ele desvia o olhar.

Um segundo é tudo o que é preciso para fazer meu coração saltar feito um peixe numa rede.

Solto:

— Já posso tirar uma foto sua?

— Não — responde ele, suave e paciente, como respondeu todas as vezes antes dessa. Ele não entende seu próprio rosto. Tem de ser arrastado para tirar a foto de Natal, posando atrás de Megan com um sorriso nada convincente que mais parece preocupação.

Ah, é mesmo. Sou a principal candidata a tirar fotos dele de terno no altar.

— Tudo bem. Rostos humanos não são mais meu arroz com feijão hoje em dia, mesmo. — Cruzo os dedos e tento reunir um pouco de autocontrole.

Contenha-se, Darcy. Não é culpa dele ter nascido com seu tipo preferido de estrutura óssea. Ele é um humano meigo, tímido e de ouro maciço. O noivo de alguém. Você é uma adolescente sacana. Deixe-o em paz.

Ele se fechou completamente. Estamos ficando sem assunto. O trabalho é uma área segura.

— Então você enfim é seu próprio chefe. Como o Aldo recebeu a notícia?

Tom solta uma risada aliviada.

— Como você acha que ele recebeu?

— Ele vai ter que trabalhar de verdade. É, acho que não foi muito bem. — Sinto-me inflando com um excesso de proteção. Maior. Mais sombria. — Preciso ir até lá e fazer com que ele se desculpe com você?

Tom ri ante a minha aparência, seja ela qual for.

— Não comece a rosnar.

— Não posso evitar. As pessoas se aproveitam de você. Até nós. — *Nós* sendo os gêmeos.

— Vocês não se aproveitam de mim.

Ele agora está apoiado para trás, com as palmas retas no piso da varanda, as pernas infinitas estendidas para fora. Eu me recosto do mesmo jeito, só para sentir como nossos corpos se comparam. Sem dúvida alguma, minha mão é do tamanho de um chihuahua perto de sua pata Valeska. Minha bota alcança a metade de sua canela. Viro a cabeça. Meu ombro? É como uma caneca virada de ponta cabeça ao lado de uma bola de basquete.

Não sou uma mulher particularmente pequena, mas ele me faz sentir como se eu fosse suave. Pequena e leve. Uma princesa. Franzo a testa, endireito-me e forço meu corpo a retomar uma forma geométrica.

— Aldo queria trocar a sua casa por um serviço maior e mais fácil. Eu disse que ela não podia esperar mais. Se vocês mudaram de ideia sobre a reforma, eu estou meio que ferrado — diz ele, mal fazendo graça. — Levei a maioria da equipe comigo.

— Não se preocupe, está tudo bem de nossa parte. Deixe o lugar lindo e me tire daqui.

Ele levou a equipe? Não consigo imaginá-lo fazendo esse tipo de jogada poderosa. Olho para sua estrutura bruta pela visão periférica... e talvez possa imaginar, sim.

— Vá por mim, é estranho não estar numa folha de pagamento. — Empurro seu ombro com o meu, resistindo ao impulso de descansar de encontro a ele. — Obrigada por escolher a gente, e não ele.

— Bem, obrigado. Por, hã, me contratar.

— Ah, então agora eu sou sua chefe? — Bem quando uma onda de dopamina me preenche e penso em várias respostas vulgares e engraçadas que poderia dar, a imagem do rosto de Megan me faz calar os lábios com uma mordida. Provocá-lo é o meu esporte olímpico, e só posso competir a cada quatro anos. Mas ele será o marido dela em breve. — Pense em nós como parceiros de negócios.

Ele me dá uma olhada estranha.

— Você está bem?

— Estou, sim. Claro.

Ele se levanta.

— Eu estava me preparando para uma clássica cantada da Darcy. Como você conseguiu resistir?

Tom estende a mão e me puxa para cima com tanta facilidade que saio do chão por um momento.

Suspiro. Mais um dos prazeres da vida terminou.

— Eu me aposento, oficialmente. Por motivos óbvios.

Subo um par de degraus para ficar mais perto do nível dos olhos dele. Patty ainda fareja pelo jardim.

— Anda logo — digo a ela, abraçando minha cintura. — Estou ficando com frio.

— O que é isso?

Tom reparou na marca avermelhada em meu punho. Ele sempre consegue detectar o perigo.

— Só uma reação ao meu perfume novo.

Tom estende a mão para o meu braço, mas para quando alguns centímetros separam nossa pele. Ele abre a mão por cima da marca e a mede. Está furioso. Ultrajado. Boquiaberto pela audácia. Estou surpresa que o céu não se encha de nuvens pretas, estalando com raios.

— Quem fez isso?

— Não se preocupe. — Coloco o antebraço atrás das costas e enfio mais marshmallows na boca. Em meio à espuma branca de açúcar, digo: — Parece pior do que é.

Que frase horrível.

— Quem fez isso? — repete ele, os olhos de um laranja sobrenatural. Ele olha para a rua outra vez. Vai caçar aquele carro preto. Vai rasgar a garganta de Vince.

Como ninguém mais repara nessa fera dentro dele?

— Não, não foi aquele cara. Foi outro idiota do caralho no serviço. Ele sabe que não pode fazer isso de novo.

Já estou com a outra resposta prontinha, engatilhada na ponta da língua: *Posso cuidar de mim mesma*. Ele sabe disso. Nós nos encaramos como se nos odiássemos.

Posso sentir a energia tremeluzindo nele. Ele tem ideias e opiniões, mas engole tudo, e elas têm um gosto horrível. Provavelmente está pensando no que faria com qualquer um que deixasse uma marca em Megan. Ele lamberia sangue.

— Se ele precisar de um lembrete, me avise — consegue dizer, enfim. Ele se vira para longe de mim agora, colocando distância entre nós. Isso é algo de que ele não gosta em mim. Meu estilo de vida sombrio e bagunçado o apavora.

Estou lutando contra meu temperamento também, por uma razão diferente. Eu não me incomodaria em apostar que Megan é simplória demais para entender o que tem. Ela está em casa, embalsamando-se, clareando as cutículas e lubrificando os folículos, ou seja lá o que for que mulheres que se cuidam fazem. Ela é esteticista, afinal de contas, e ninguém confia numa esteticista desmazelada. Aposto que ela está encarando o próprio rosto no espelho.

Enquanto isso, seu noivo é como uma torta de maçã no parapeito da janela, e este mundo é cheio de viciados em açúcar, como eu. É a porcaria da negligência dela que sempre me incomodou.

Se ele fosse meu... Não posso me permitir pensar nisso.

Minha mandíbula dói por não despejar tudo isso.

— Vamos entrar.

Valeska chacoalha a neve de sua pelagem. Eu chacoalho a neve da minha. Ele mostra um chaveiro antigo.

— Olha só.

— Direto do túnel do tempo!

É um chaveiro que Tom ganhou de Loretta quando éramos pequenos; é o Garfield, de fones de ouvido, com Odie perto dele, a boca aberta num latido. Impresso, lê-se: O SILÊNCIO VALE OURO! Este era o apelido que Loretta deu a Tom: Ouro. Eu era Doçura e Jamie era Azedinho.

Apelidos estavam em todo canto quando éramos pequenos. Príncipe, Princesa. O nome especial que meu pai deu a Tom e que o fazia ficar vermelho e contente: Tigrão. Talvez Papai soubesse o que trouxemos para dentro de casa naquela noite.

— Adoro o fato de você ter uma chave — falei sem pensar, como uma esquisitona. — Isso provavelmente seria um item de colecionador.

Uso sua chave de Garfield para destrancar a porta e ele passa a unha nos buracos vazios deixados pelos parafusos que seguravam minha placa de latão dizendo BARRET FOTOS DE CASAMENTO. Ele deve estar pensando que eu nunca vou fotografar seu casamento.

— Tá, tá, sinto muito.

Mas na verdade não sinto, não.

Abro a porta empurrando com o joelho. Agora ele está olhando para a placa que restou, onde se lê MAISON DE DESTIN, pendurada por Loretta para dar o clima certo para sua clientela de tarô. *Aaah. Algo a respeito do destino. Chique.* Ele está melancólico enquanto usa o polegar para checar se está bem afixada.

— Sinto tanta saudade dela — diz ele, e ficamos tristes e em silêncio até Patty dar sua corridinha por entre nossas pernas, espirrando e bufando. Obrigada, bichinho.

Acendo a lâmpada mais próxima e a primeira coisa que vemos é minha roupa de baixo. Acima da lareira, há uma fila de sutiãs pretos elegantes pendurados para secar nos pregos antigos que já seguraram nossas meias de Natal.

— Bem — admite Tom, após um instante. — Isso daria um derrame no Papai Noel.

Dou risada e jogo minhas chaves na mesinha de centro.

— Não esperava visitas.

O eco do carro de Vince reverbera pela sala como outra mentira. Patty dispara pelo corredor com determinação e foco.

— Se você mijar aqui dentro, vai se meter em encrenca — ameaça Tom para a silhueta que se afasta.

Desprendo os sutiãs e os jogo na poltrona.

— Jesus, que noite. Estou contente por você estar aqui.

Pego a garrafa de vinho e uso a barra da camiseta para abrir a tampa de rosca.

Ele estende a mão. Seria mamão com açúcar para ele.

— Aqui, eu abro.

— Sou perfeitamente capaz. — Dou a volta nele e entro na cozinha escura. Se não for firme com Tom, ele descamba e começa a tentar fazer tudo para mim. Modo Princesa. — Quer um pouco? Ou bons meninos como você precisam ir para a cama?

As sobrancelhas descem.

— Bons meninos como eu acordam às cinco da manhã.

— Meninas más como eu vão para a cama às seis da manhã. — Sorrio ao ver o meneio de cabeça que ele dá, sem esperança alguma. Ele estende a mão para o interruptor na parede, mas eu o impeço. — Você vai levar um choque.

— Sério? Você levou? — Estupefato, ele olha para meu peito. Ele contém a única coisa que Tom não pode consertar.

— Não, porque aprendi com o erro de Jamie.

Não consigo deixar de sorrir. *Puta merda! Ai! Darce, pare já de rir! Doeu!*

— Sorrindo ao lembrar do seu irmão sendo eletrocutado. — Tom não quer achar graça, mas não consegue evitar. — Uma menina tão má.

— Sou a pior. — Uso uma colher de pau para acender a luz. — Tá, a coisa está feia por aqui.

Observo enquanto ele avalia o recinto de cima a baixo: o teto manchado de umidade, o papel de parede com bolhas, as tábuas do piso que saltam debaixo de seu pé. Eu me acostumei com tudo, mas agora vejo a extensão total da capenguice da cozinha.

— Você pode me contar sobre o que foi a sua briga com Jamie? Ouvi o lado dele. Mas quero ouvir o seu.

Ele me dá as costas, seus olhos seguindo a linha de uma rachadura na parede. Pelas costas dele, tomo toda minha taça de vinho sem fazer ruído. Quando ele se vira, estou segurando uma segunda taça cheia. O crime perfeito.

— O que posso dizer? Meu temperamento levou a melhor sobre mim.

Beberico delicadamente.

— Certo — Tom meio que ri enquanto abre a torneira da cozinha. Ela engasga e o borrifa, e, quando ele a fecha, ouvimos um pinga-pinga alto. Ele encontra o balde da pia no gabinete logo abaixo. — Ah, minha nossa.

Seu telefone dá um alerta e ele olha para a tela, um sorriso na borda dos lábios. Ele responde com uma mensagem de texto, é provável que fosse algo como: *Tá tudo bem, cheguei bem. Saudade de você, Megs.*

Um sentimento quente me agarra pela garganta. Quero tomar o telefone dele e dar descarga até chegar na usina de tratamento de esgoto. Tomo uma golada de vinho, e isso ajuda um pouco.

— Então, o dia em que eu deixei Jamie muito zangado. Por onde começo? Estávamos nos deixando malucos. Morar em quartos vizinhos era fácil quando éramos pequenos e tínhamos você numa beliche para fazer a mediação.

Porém, sem um amortecedor, estávamos agitados e argumentativos. Jamie queria que nos mudássemos para a cidade. Eu queria ficar. Eu não podia comprar a parte dele. Era um cabo de guerra que eu não tinha como ganhar, porque, como Mamãe dissera, Loretta queria que ajeitássemos a casa de campo e dividíssemos o dinheiro. *Pense nisso como um pequeno pé-de-meia,* disse Mamãe, afagando meu coração.

Eu disse a ela que não queria um pé-de-meia. A maneira pela qual o ganhei era demais para suportar. Mamãe foi gentil. *Sinto muito, Princesa. Sei o quanto ela era importante para você. Esse é o jeito de ela mostrar o quanto você era importante para ela.*

— Então, numa manhã de sábado, houve uma batida na porta. Jamie estava fora, correndo. Era cedo e eu estava muito… cansada.

Os olhos dele foram para a minha taça.

— Tá, era tipo onze da manhã e eu estava com uma ressaca dos infernos. Na soleira, um ricaço bonitão me entregando seu cartão de visitas. Pensei que estava tendo um sonho erótico.

— Até aqui, isso combina com exatidão com a versão de Jamie. — Tom destranca a janela da cozinha, levanta um tiquinho, então abre o resto do caminho, chacoalhando. Só alguém que praticamente cresceu nessa casa conheceria esse truque. — Eu sempre tive a intenção de consertar isso para ela.

Olhos tristes agora. Ele nunca conheceu os próprios avós. Fico feliz que possa compartilhar dos nossos.

— Loretta teria dito a você que essa janela não estava quebrada.

O vinho é um cetim quente nas minhas veias. De algum jeito, estou servindo minha terceira taça. Tom pensa que é a minha segunda. Hehe.

— Então você estava talvez tendo um sonho erótico… — incita Tom, e me dou conta de que estou parada na frente da luz da geladeira, olhando para o nada. O que vou dar a ele como café da manhã? Um corpo desses precisa de proteína. Um banquete viking, canecas de cerveja, um fogo estalando. Uma pele jogada por cima dos quadris. Eu, deitada, mole e exausta, na curva de seu cotovelo, ainda pedindo mais.

Encho a boca de vinho e fecho a geladeira.

— Um sonho erótico — repete Tom.

Meu bocado de vinho sai num jato para a porta da geladeira. Minha conta atrasada de telefone é agora uma aquarela.

— Sim, e aí ele me fez sair até o caminhozinho da entrada. Dizia como sentia muito por Loretta, blá-blá-blá. Ele falava como se a conhecesse. Apesar de estar flertando, eu sabia que não era um sonho erótico, porque ele continuava de roupa. Ele estava me chateando, falando sobre como a casa estava com péssima aparência. Foi quando me dei conta. Era um empreiteiro.

— Douglas Franzo, do Grupo Shapley, não é?

— É. — Jamie com certeza arengou sobre isso com Tom umas cem vezes. *Douglas Franzo, porra! O filho do* CEO! *Importante! Rico! Poderoso!* — Eu pedi a ele que fosse embora.

— De acordo com seu irmão — diz Tom, num grunhido, enquanto puxa a janela rígida de volta para baixo —, você ficou fula da vida e ele rasgou a oferta escrita. Aí você perseguiu o carro dele até a esquina, descalça, vestindo apenas um robe.

— Então esse é um detalhe de que você se lembra, hein? — Tentei aplicar minha encarada de alfa, mas, dessa vez, ele não desvia o olhar. Um segundo vira dois. Três. Olho para minha taça de vinho. — Você sabe que odeio quando você compara nossas histórias. Por que me perguntar, se já sabe o que aconteceu? Jamie fez a curva da esquina com a faixa de malha na cabeça berrando: *Mas que caralhos?*, e o resto você já sabe.

Espero que meu gêmeo não tenha terminado de contar. A Terceira Guerra Mundial aconteceu nesta mesma cozinha. Depois que ele saiu, incapaz de confiar que não ia me matar, eu me ajoelhei no chão e catei os caquinhos do conjunto de jantar Royal Albert que havíamos quebrado. Arremessamos as peças um no outro, um prato depois do outro.

Mais uma coisa linda que os gêmeos Barrett não puderam merecer. *Quem você pensa que é, afinal?*

Tom me dá um olhar de *não fique ranzinza* enquanto cutuca com a bota os rodapés, remexendo e soltando tudo em que encosta.

— Não acredito em tudo o que seu irmão me fala a seu respeito. As coisas sempre parecem inventadas.

— E aí você descobre que é tudo verdade, e as suas ilusões são despedaçadas mais uma vez.

— Não sei se ilusões, precisamente. Eu te conheço há muito tempo.

Minha terceira taça de vinho desce goela abaixo.

— Jamie se arrastou pelo caminho da entrada encontrando os pedacinhos da oferta rasgada. Ele colou tudo com fita. Você acredita nisso?

— Acredito. Havia um cifrão servindo de incentivo.

— Ele marcou uma reunião com o sujeito, tentou de tudo. Ele de fato enviou uma cesta de frutas. Mas eu ferrei com tudo.

— Conhecendo você, não se arrepende nem um pouco — diz Tom.

Vejo sua expressão passar para pensativa e me recosto no fogão quebrado, observando enquanto ele se movimenta pelo local. O que ele está procurando? Uma coisa sequer que seja aproveitável?

— Qual é a sua próxima grande aventura, então?

— Vou ajudar a empacotar esse lugar. E aí vou embarcar no primeiro avião que encontrar. — Dou de ombros quando ele me olha, em dúvida. — Estou falando sério. Provavelmente, vou apenas arranjar uma boa oferta para algum lugar quente que não exija um visto. E a sua?

Não posso dizer *lua de mel*, porque vai sair como um arroto. Imagino Tom e Megan deitados numa praia. Aí corto Megan da imagem.

— Vou encontrar algum lugar barato e reformar para vender. É sempre isso o que vou fazer em seguida.

— Chega de trabalho! Certifique-se de que o seu hotel tenha uma piscina fabulosa — sugiro, entredentes. Darcy Adolescente costumava ficar sentada na borda da piscina e contar as voltas dele. Eu perdia a conta, hipnotizada por seu ofegar rítmico. Levei alguns anos para me dar conta de que eles me davam arrepios porque eram eróticos demais. — Você ainda nada, não é?

Ele gira os ombros por reflexo.

— Não tenho tido tempo. Não nado provavelmente há dois anos. Para onde você vai se mudar depois disso? Vai alugar uma casa? — Ele franze o nariz. — Faça-me um favor, arrume um lugar bacana.

— Não sei, não. Mal me acostumei a ter um endereço para correspondência. Vou colocar minhas coisas num depósito e ficar na casa de praia quando eu voltar. — Espero que isso não tenha soado como *Vou viajar feito um bebê mimado para sempre e, quando não estiver viajando, vou ficar na casa da Mamãe e do Papai tomando café na cama.*

— Reconstruí o deque nos fundos da casa. Estava pequeno demais para eles. — Típico do Tom, suando em nome dos Barrett sempre que necessário. — Tenho certeza de que eles estão lá agora mesmo, se beijando sob o luar.

— Argh, que nojo. Mas é provável. — Mamãe e Papai têm química. Vou dizer apenas isso. — Você nem nadou no mar enquanto estava lá?

— Nem pensei nisso — assume ele, parecendo um pouco surpreso. — Ops.

— Seu lugar é na água. Da próxima vez, nade.

Volto à sala de estar e me jogo no sofá. Patty vem correndo do nada, mais barulhenta que um *T. Rex*, um lápis preso entre os dentes. Tenho que fazer as perguntas difíceis, para tirá-las do caminho.

— Para onde vocês vão na lua de mel? — Nenhuma resposta. Tentarei outra vez. — Eu já estive em todo canto. Posso ajudar vocês com o itinerário.

Ele evita meus olhos e me enfio entre as almofadas. Talvez, se eu não concordar em ser a fotógrafa, seja uma sorte conseguir receber um convite. Posso imaginar Mamãe explicando para mim. *Pequeno. Íntimo. Apenas a família e os amigos mais chegados.*

Puta merda. É isso. Não estou convidada e ele está tentando achar um jeito de me dizer.

Tom passa para a sala de jantar e arrisca acender a luz. É o meu pequeno estúdio fotográfico agora. Caixas de mercadoria descansam contra a parede.

— É isso o que você faz hoje em dia?

— É.

Cavouco meu saco de marshmallows. Hora de preencher esse vazio dolorido lá dentro. Aperto o botão de aleatório no aparelho estéreo retrô de Loretta e começa a tocar The Cure. O vazio se escancara ainda mais, de um jeito delicioso.

— Canecas. — Ele fala como se estivesse duvidando. — Você tira fotos de canecas para que elas possam ser vendidas em websites? Eu achei mesmo que Jamie tivesse inventado essa parte.

— É verdade. — Encho a boca com espuma branca e doce, e tomo um pouco de vinho para dissolver tudo. — Não apenas canecas. Não olhe dentro daquela ali — alerto Tom quando ele vai investigar as caixas.

— O que é? — Ele abre uma aba da caixa. — Ah, tá bom...

— É surpreendentemente difícil conseguir a luz certa para um consolo roxo de vinte e cinco centímetros.

— Tenho certeza de que é impossível.

Ele está escandalizado até o âmago. É adorável. Ele olha para baixo outra vez, incapaz de resistir.

— Não vá remexer naquela caixa indecente, Tom, você vai precisar de água sanitária para o cérebro.

Tenho uma forte sensação de que ele quer fazer isso.

Eu daria meu ventrículo esquerdo para saber o que ele acha de todo aquele silicone. Repulsivo? Interessante? À altura do que está nas suas calças cargo azul-marinho? É tão difícil saber quando ele levanta a cabeça. Ele muda sua expressão para uma censura empertigada.

Meu Deus, é tão bom menino! Sorrio feito um tubarão.

— Eles me deixam ficar com as coisas às vezes. — Observo enquanto ele saltita pela sala, batendo nas paredes e na mobília como uma bolinha de fliperama. Então lhe dou algum alívio. — Tenho tantas canecas...

— Canecas — diz ele, outra vez, como se essa fosse a causa de tudo o que há de errado com o mundo. — Não acho que isso seja muito... a sua cara. Você é uma retratista premiada.

— Pelo contrário. Retratos melancólicos de brinquedos sexuais são muito a minha cara hoje em dia. — Dou de ombros ante a expressão dele. — Ei, só fotografo o que eles me mandam. Fotografei pessoalmente cada produto disponível na internet.

Minha voz começa a se distorcer nas beiradas e sei que ele ouve isso.

— Ninguém pensa em quem tira as fotos. Eles só clicam e adicionam aquele consolo ao carrinho.

Arqueio as costas, solto o sutiã e afundo de volta com um grunhido. Pela abertura da manga, tiro o sutiã e o jogo na pilha. Tom desvia o olhar durante a coisa toda.

Só que, de alguma forma, sinto que ele me assistia enquanto eu tirava.

CAPÍTULO 5

NÃO CONSIGO ME IMPEDIR de pressionar meu machucadinho de novo. Não acho que Tom tenha me censurado por isso. Mereço uma bronca.

— Jamie disse que até a Loretta teria dito que sou maluca por deixar passar a oferta daquele empreiteiro. Talvez eu tivesse reagido de outra forma se soubesse que basicamente ia perder meu irmão por causa disso.

Uau. Soei normal demais falando isso em voz alta.

Tom diz, numa voz tão gentil que me dá vontade de chorar:

— Você não o perdeu, sacana. Só o deixou furioso.

— Eu já o vi dando um gelo em tanta gente ao longo dos anos. Nunca pensei que aconteceria comigo. Lembra daquele cara com quem ele trabalhava, o Glenn? Ele o fez pagar um empréstimo quando a esposa dele estava na maternidade.

— É. Porque o Glenn recebeu a promoção que ele queria. Ele é muito bom com as pessoas em seu círculo...

Dou uma fungada.

— E é um círculo minúsculo.

— Mas se for enganado, ou ofendido, ou se achar que foi "traído", ele simplesmente vira...

— Gelo. Ele é puro gelo. Igual a mim, puro gelo.

— Você é fogo — devolve Tom, sem nem parar para pensar.

— Vocês são opostos.

Mais uma migalha. Outra visão surpreendente de mim. Qualquer homem que me visse no trabalho essa noite teria dito que sou fria até os ossos.

— Quero ser gelo.

— Vá por mim, gelo é o pior. Por favor, continue sendo fogo. — Ele faz uma pausa e suspira. Está triste com alguma coisa. — Mas, enfim, não acho que você tenha errado. Estaria tudo bem para você haver um condomínio de apartamentos aqui? E contrariar os últimos desejos dela?

— Claro que não. Bem, nunca vai acontecer agora, de qualquer maneira. Irritei tanto aquele cara que ele simplesmente escolheu outra rua. Digamos apenas que não posso mais ir à casa ao lado pedir uma xícara de açúcar emprestado. — Bebo da minha taça de vinho. — Como gêmea, a questão maior é que tomei uma decisão por conta própria. Sem consulta: o pecado capital.

— Você o irritou mesmo.

Tom conhece os gatilhos do meu irmão tanto quanto eu. São três, bem grandões: DINHEIRO, LEALDADE, DECISÕES.

Os ralos resquícios do meu remédio para o coração, de seja lá quando foi a última vez que me lembrei de tomá-lo, estão se misturando com o vinho de um jeito interessante. Trabalhei muito para desenvolver uma tolerância.

Tiro minhas botas com as pontas dos pés.

— Ainda estou meio bêbada com o poder de ser de fato cinquenta por cento proprietária de algo com Jamie. Acho que nunca havia acontecido.

Tom se move para a parede e começa a pressionar as bolhas no papel de parede.

— Claro que já aconteceu.

— Qual é? Relaxe. — Aponto para a poltrona. Tom tira a pilha de sutiãs e se senta. Ele pode ser tão deliciosamente obediente. — Jamie nunca me deixou ter cinquenta por cento de nada, de verdade. Mesmo quando éramos pequenos e a Mamãe nos dava um pedaço de bolo, dizendo para dividirmos...

Tom termina minha frase.

— Jamie cortava sessenta/quarenta.

— Ele dizia que era porque ele era maior. Merecia mais. — Olho para Tom agora, sentado ali naquela poltrona, parecendo um pedaço de bolo ou outra linda foto que nunca poderei tirar. A luz ama esse rosto dele. Estou ficando bêbada, mas não consigo me segurar. — Nunca pude compartilhar você.

Observo enquanto ele medita a respeito. Não pode negar. Toda nossa infância foi passada em cantos opostos da mesa de jantar, meu irmão loiro e mandão sempre falando, rindo, dominando. Funcionando como um limite entre nós. *Deixe Tom em paz* era um refrão comum. *Ignore-a*. Sentar aqui com ele sozinha é uma novidade.

Somos todos acionistas de Tom Valeska: Jamie, Megan e eu. Sua mãe e meus pais. Loretta e Patty. Todo mundo que já o conheceu quer um pedaço dele, porque ele é a melhor pessoa que existe. Conto rapidamente todas essas pessoas. Incluo seu dentista e seu médico. Talvez ele seja apenas um por cento meu. Isso tem que ser suficiente. Eu tenho que dividir.

O vinho lava minhas veias numa onda quente e aconchegante.

— Por que ele tinha que nascer primeiro? Juro, se eu fosse a irmã mais velha, tudo podia ser diferente.

— Seu pai sempre fazia a piada de que Jamie foi o protótipo. — Tom está borbulhando de humor. — Isso significa que você é o produto final.

— Bela merda de produto final, cheio de defeitos. — Bato no peito e meu seio balança de modo vergonhoso.

— Queria perguntar — diz Tom com cautela, evitando contato visual como se estivesse se aproximando de um gorila. — Como vai o carretel?

É assim que ele chama meu coração, desde que éramos pequenos. Já faz tempo demais para me lembrar do porquê. Para ele, dentro do meu peito tem um carretel com um fio de algodão. Esse cara tem tantos métodos para administrar os gêmeos Barrett que é impressionante, de verdade. Seu eufemismo bonitinho sempre me desarma.

— Meu carretel está muito bem, obrigada. Vou viver para sempre. Vou jogar Tubaína no seu túmulo. Argh. De jeito nenhum vou explicar isso para a Megan velhinha. Mudei de ideia. Vou morrer primeiro.

— Eu me preocupo com você.

— Eu me preocupo com nerds enormes e gostosões que fazem perguntas demais e que ficam presos numa casa tarde da noite comigo.

Estico as pernas e minha regata escorrega do ombro nu. Eu me pergunto se o piercing em meu mamilo está fazendo o que faz de melhor, através das minhas roupas: pontuando o óbvio. A julgar pelo modo como olha para mim, para os sutiãs e para a escuridão lá fora, ele acaba de perceber que nossa amizade de dezoito anos enfim alcançou um marco tardio.

Estamos sozinhos.

Encaro seus olhos e sinto aquela faísca nele outra vez. Todo mundo vê um querido muito bem-comportado. O que sinto entre nós? Nunca é precisamente humano.

— Você sabe por que isso parece tão esquisito, não sabe?

Uma porta se abre com um rangido e tomamos um susto. Se fosse para alguém ter uma passagem secreta por trás de uma estante de livros para essa casa, esse alguém seria Jamie.

Diana, a gata de Loretta, entra, melindrosa e irritada, os olhos verdes fixos em Patty. Ela é outra de nossas heranças. Antipatizo com ela num nível pessoal, mas outra vez tenho que apreciar como os animais podem quebrar a tensão como se fosse magia.

Estalo os dedos para ela, que me dá um olhar como se dissesse: *Você está zoando com a minha cara, né?*

— Odeio ser cínica, mas você acha que Loretta pegou essa gata para acrescentar à sua persona mística de leitora de tarô?

Tom meneia a cabeça.

— Ela não era uma golpista. Acreditava mesmo naquilo.

Ele meio que tentou de tudo no cardápio de Loretta. Ela era fascinada pela palma da mão dele. *É como se uma lâmina tivesse te cortado no meio*, ela disse para ele, com um gesto para demonstrar. *Uma lâmina enorme*. O rostinho de criança dele se espremeu de surpresa, enquanto olhava para a própria mão como se procurasse sangue.

A especialidade de Loretta era o tarô, mas ela oferecia de tudo: folhas de chá, I Ching, numerologia, astrologia, Feng Shui. Palmas, sonhos e pêndulos. Vidas passadas. Animais de poder. Auras. Uma vez, quando adolescente, vim para cá e trombei com um bilhete na porta: *Sessão espírita em andamento*.

Gesticulo para a casa ao nosso redor.

— Eu sei. E acho que ela era real. Mas, puta merda, ela se garantia com um ambiente para criar o clima.

O papel de parede tem hortênsias vermelho-sangue hiper-realistas. As cortinas são contornadas por franjas de contas pretas que cintilam sob a luz. A mesinha de centro se transforma com facilidade quando um tecido espesso e brilhoso é colocado por cima dela, ainda mais com a bola de cristal.

É como se sentar dentro de uma lâmpada do gênio. Quando o fogo estala na lareira e os abajures rubi estão acesos, você acreditaria em qualquer coisa dentro dessa linda sala. O ar ainda está pesado com o incenso característico de Loretta: sálvia, cedro, sândalo e um aroma levíssimo e incriminador de maconha. Esta sala é onde menos sinto saudade dela.

— Aquela lareira é uma das minhas cinco coisas preferidas no mundo. — Viro o rosto na direção dela. — Mal posso esperar até esfriar para poder acendê-la outra vez. — Conto mentalmente as páginas do calendário. — Ah. Que merda.

Tom junta os dedos e se debruça adiante.

— Podemos acendê-la antes...

Assinto e tento engolir a tristeza.

— Só mais uma vez seria ótimo. Acho que não pensei bem sobre as coisas das quais terei que me despedir.

Com uma franzida desdenhosa no focinho, Diana sobe no braço da poltrona de Tom e Patty vibra de ultraje. Esses amortecedores queridos e meigos.

— Implorei a Jamie que a levasse. — Abro um novo saco de marshmallows, porque o vazio está aumentando. — Todo chefe supremo do mal precisa de um gato fofinho para alisar.

Tom oferece a mão para ela, que esfrega bruscamente a cara branca pelos nós dos dedos dele antes de olhar para mim com seus olhos verdes e arrogantes. É justo. Eu adoraria fazer o mesmo com ele. Ele boceja e se afunda um pouco, sem perceber que meus parafusos estão ficando cada vez mais soltos. Eu me lembro de uma coisa.

— Então... o quarto de Jamie é um problema.

Ele aproveita a chance para deixar a sala, então acho que meu olhar fixo o está incomodando. Grito para as costas dele:

— Não é culpa minha. Não sabia que você viria.

— Está chegando no teto — diz ele, do corredor. — Darcy, fala sério!

— Não tenho área de armazenagem, e Jamie não vem buscar as coisas dele. Então apenas... empilhei tudo até o teto.

Estou servindo vinho na minha taça de maneira desleixada outra vez quando ele aparece. Ele confisca a garrafa, assomando sobre mim, levantando a garrafa contra a luz para ver o nível.

— Já é o bastante por hoje. — Ele bagunça meus cabelos com os dedos para aliviar a censura. — Não consigo me acostumar. Ficou curtinho mesmo.

Ele ainda não disse que ficou bom. Não vou perguntar, porque ele não sabe mentir. Megan tem uma linda cabeleira escura e brilhante. Até eu quero tocar no cabelo dela.

— Pareço um integrante de uma boy band coreana, mas não ligo. Posso sentir o ar na minha nuca.

Eu me estico quando seus dedos se distanciam e espero que ele não repare. Preciso mais de toque físico do que de luz do sol, e é embaraçoso. Um holograma de Vince surge e pisco para afastá-lo.

— Pessoalmente, não sabia que você tinha pescoço. O que aconteceu com a sua trança depois que você cortou? Não foi para o lixo, né?

O pensamento o deixa horrorizado.

— Doei. Alguém está andando por aí com uma peruca branca enorme. E aí, eu me pareço com Jamie agora?

Ele ri e a sala fica mais radiante. Não estou dizendo isso para ser fofa: é verdade. Os abajures todos aumentam de potência. Fiação elétrica defeituosa ou Loretta nos espionando? Sei em qual dos dois eu apostaria.

— O que seu irmão disse quando sua mãe mandou a foto para ele?

— Que eu parecia uma aspirante a Joana d'Arc gótica e que eu tinha cortado minha única característica positiva. Não estou nem aí. Eu adoro.

Ele coloca a garrafa e a taça fora do meu alcance, e então pega o saco de marshmallows que eu vinha aninhando e o coloca na cornija.

— Vocês não se parecem em nada.

— Pareço a senhora Pac-Man com um laço na cabeça. Sou tipo a versão menor dele.

— Não é mesmo.

— Isso é um elogio ou um insulto? Meu irmão é lindo, como você sabe.

Ele balança a cabeça, achando graça, mas ainda não diz nada. Venho pescando nesse mesmo píer há muitos anos. Ele se aproxima e, leve como uma pluma, estende a mão e toca a marca no meu braço.

— Isso não está certo. E eu vou... — Ele segura o resto da frase com uma mordida e os tendões de seu maxilar se flexionam. As mãos na lateral do corpo se fecham e apertam. Sei o que ele vai fazer. Ele não precisa dizer. Eu sinto.

Acabo de decidir que vou estender a mão para desdobrar os dedos dele quando Tom resolve se retirar por completo para o único lugar para o qual não posso acompanhar.

— Vou tomar um banho — diz ele, saindo e ressurgindo com uma mala enorme.

— O que é isso? Você vai viajar para fora do país?

— Ha, ha — responde ele, sardônico.

Ele não gosta de viagens aéreas. A imagem de Tom enfiado num minúsculo assento de avião, agarrando nervosamente os descansos de braço, é estranha. E bonitinha. E me deixa triste. Vinho meio que faz isso com a pessoa. The Cure também ajuda.

Eu me deito e cruzo as pernas na altura dos joelhos.

— Então, aquele chuveiro ficou meio temperamental. Devo ir até lá e te mostrar?

Mantenho meu tom direto, mas posso ver um rubor rosa-dourado nas maçãs do rosto dele enquanto abre o zíper da bolsa.

— Não, obrigado.

Ele tira de lá um pijama e uma bolsa preta com zíper.

— Ah, espere aí. — Eu me levanto e disparo pelo corredor, Patty me seguindo de perto. — É melhor eu conferir...

— Darce, relaxe — diz ele, atrás de mim, enquanto apanho peças de lingerie do chão. — Nós meio que dividimos um banheiro quando éramos pequenos.

E fica subentendido, mas ele mora com uma mulher. Já viu de tudo.

O banheiro encolhe para a metade do tamanho. Eu não saio.

— Você vai ter que sair agora.

A mão dele segura a barra da camiseta. E então aperta. Tudo se contorce, fica mais justo. Ali está: alguns centímetros de barriga, e é bronzeada como calda de caramelo. Eu imploro a mim mesma. *Os olhos dele estão ali em cima, sacana.*

Os nós dos dedos dele começam a embranquecer.

— Vamos lá. Saia.

Não sei se ele está falando comigo ou com Patty. Rezo para que a santa Megan me dê forças. Ele me conduz para fora.

— As toalhas estão no mesmo lugar de sempre?

— Estão — digo, odiando o fato de que ele audivelmente trancou a porta. Que embaraçoso. Que prudente. — Desculpe ser esquisita com você.

— Tudo bem. — Do outro lado da porta, Tom está tirando a roupa. *Vamos lá, Maison de Destin. Recolha as paredes.* — Você está se esquecendo, te conheço há muito tempo.

— E venho sendo esquisita com você esse tempo todo.

— É. — Soa uma pancada, em seguida um jato, e ele solta um grito curto. — Esses canos.

Posso ouvir a cortina do banheiro se mover. Escorrego parede abaixo e Patty parece ter uma irmã gêmea. Vou ficar com uma quando ele for embora.

— Mas que ralo sortudo do caralho. — O vinho derrubou minhas pernas e talvez eu devesse me preocupar. Não tomei muito. Estou morrendo? Meu coração parece estável, batendo valentemente. Olho para as duas carinhas perto de mim. — Patties, aquele chuveiro não sabe como a vida dele é boa nesse momento.

Vamos revisar como essa noite terminou sendo.

Tom Valeska está colocando seu rosto impecável debaixo do jato do meu chuveiro, espuma escorrendo, enxaguando sua pele dourada. Músculos pingando. Já o vi saindo de piscinas umas dez bilhões de vezes a essa altura, então acho que sei qual é a aparência dele. Quase.

Puxo a barra da minha regata e enxugo o suor do rosto e do pescoço.

Ele tem umas pernas que não acabam mais e uma bunda carnuda. Quadris dignos de serem montados. Aqueles ombros? Escoando água agora. O chuveiro foi desligado e agora uma das toalhas de Loretta talvez esteja em volta da cintura dele. Essas toalhas mal dão a volta em mim.

Estou recebendo imagens mentais que precisam ser fechadas e seladas dentro daquela caixa de consolos, como se ela fosse um sarcófago amaldiçoado.

Não acho que isso esteja acontecendo mesmo. Peguei no sono no sofá e estou tendo um sonho erótico delirante e desidratado. Mas, se isso fosse um sonho, a porta estaria entreaberta, vapor ondulando na minha direção. Se ele me pedisse para entrar agora mesmo, eu tiraria os pinos das dobradiças com os dentes, cuspindo-os no chão.

Posso dizer isto com certeza: nenhum outro homem já me fez querer lamber um azulejo embaçado antes.

— Megan, Megan — murmuro para mim mesma, diamantes feito pedras de gelo atrás de minhas pálpebras enquanto me arrasto até ficar de pé.

No meu quarto, esfrego os olhos com lenços demaquilantes e troco de roupa, colocando uma legging e uma camiseta antiga de banda. Vou deixar meus dentes apodrecerem por hoje. Quando Tom aparece na porta, vestindo outra camiseta justinha e calça de moletom, começo a duvidar da realidade outra vez.

— Você está se esquecendo de uma coisa. — Ele aponta um polegar para a porta ao lado. — Aquele quarto.

Sua mandíbula se retesa e ele engole um bocejo. Minha hospitalidade deixa muito a desejar.

— Onde você quer que eu fique?

— Na minha cama. Não comigo! Vou para o sofá essa noite. — Olho para minha gaveta na mesinha de cabeceira. — Espere, deixe eu queimar o quarto todo, rapidinho.

Ele ri como se soubesse tudo a meu respeito.

— Fico com o sofá.

— Você não cabe nele. Aqui.

Puxo os cobertores para baixo, pego-o pelos punhos e o jogo na cama. É estranhamente fácil. Ele não deveria ser mais difícil de manipular e jogar por aí? Talvez eu seja superforte. Talvez ele seja leve feito uma pluma.

Ou, sendo mais realista, ele está exausto. Ainda assim, ele me dá uma olhada que faz a parte interna das minhas coxas tremerem. E quando puxa o edredom para cima, cobre apenas os quadris. Ele parece um viking grande e lindo, mesmo debaixo de listras brancas e vermelhas.

— Eu não devia. — Ele se recosta na cabeceira e contempla minha mesa de cabeceira com olhadinhas de esguelha.

Não me preocupo muito. Esse aqui tem um compasso moral de ferro fundido. O meu, por outro lado... nem tanto assim. Preciso sair desse quarto. Desse país.

— Jamie me mataria se eu te deixasse dormir no sofá ou no chão. Considere-me a anfitriã exemplar.

Soo incrivelmente bêbada. Que esquisito; estou começando a me sentir muito sóbria. Remexo no grande baú no pé da cama em busca de uma colcha. Ouço um rangido desconfortável no colchão. O som parece vir da alma de Tom.

Estalo a língua para ele.

— Que foi? Dormir na minha cama não é trair a Megan. E os lençóis estão limpos, antes que você pense nisso.

Pela minha visão periférica, vejo-o contemplar com horror boquiaberto o espaço vazio onde Vince ficaria.

Evito olhar na direção dele enquanto pego um travesseiro. Não preciso olhar para saber que Tom se encaixa como um sonho na minha cama king size. Um daqueles sonhos depois dos quais você conspurca a si mesma.

— Tá, boa noite.

Eu me retiro para o corredor, batendo os cotovelos em tudo, e desabo no sofá.

Aninho-me, sabendo que esta sala estará gelada de manhã, e então resolvo me impor uma pequena meta impossível.

Não é nada muito ambicioso. Não envolve encontrar a coragem para soltar minhas unhas da beira desse sofá e caminhar de volta pelo corredor. Contato físico, pele na pele com suor, não está no reino das possibilidades.

Nem agora, nem nunca, não com Tom.

Pensei que ter apenas um por cento do coração de Tom Valeska era como ter tirado a sorte grande, mas acho que me enganei. Agora, não é o suficiente.

Vou torná-lo dois por cento meu.

CAPÍTULO 6

NÃO DORMI MUITO ESSA noite, porque fiquei pensando naquela vez, muito tempo atrás, em que Tom me disse exatamente como se sentia e eu não entendi. Aquela vez em que eu talvez estivesse em cem por cento e não sabia.

Eu tinha dezoito anos, calçava sapatos pretos de plataforma por cima da meia arrastão para sair com uma turma ruim e Tom se recostou no batente da minha porta e me pediu para não sair. Não era segredo que ele não aprovava todos os caras vestidos de preto e o fato de eu passar a noite toda fora. Pensei que fosse algo típico de "Valeska na nevasca": puxa, puxa, para longe do perigo.

Do meu jeito descuidado, perdi a paciência com ele. *Por que não? Por que eu não deveria ir?*

Tom me disse, com uma voz razoável e firme: *Porque eu amo você.* E eu respondi sem pensar nem levar a sério: *Eu sei*, porque sempre havia sentido isso. Como poderia não sentir? Quantas vezes ele me salvara? Eu teria que ser uma idiota para não saber. Até hoje sei que ele me ama, daquele jeito antigo de quem está costurado na minha família.

No final, *eu sei* não era a resposta certa.

Ele se enferrujou de vergonha e saiu. Não olhou para trás enquanto descia os degraus da entrada e passava pelo portão. Não parou, mesmo quando o persegui até o outro lado da rua e ele fechou a porta na minha cara.

Essa foi a primeira vez que rasguei uma oferta única.

Dei um bolo em meus amigos e, em vez disso, fui para a casa de Loretta. Quando contei a ela o que havia acontecido, ela disse: *Eu previ isso*. O que mais esperava ouvir de uma vidente? Ela balançou a cabeça. Não era isso o que ela queria dizer.

Aquele menino levaria um tiro por você.

Nós ficamos sentadas lá fora e dividimos um baseado. *Não conte ao seu pai! Como foi que eu pari alguém tão puritano? Vem da terra, pelo amor de Deus.* Ela me contou sobre seu primeiro marido, muito antes de conhecer o Vovô. Eu nunca soube que ela havia sido casada duas vezes, logo, fiquei chocada.

Eu era só uma criança, matutou, os olhos estreitados enquanto inalava a fumaça. *Talvez se eu o tivesse conhecido dez anos depois... foi um erro terrível. Eu o magoei demais, porque era muito jovem e imatura para amá-lo do jeito certo. Ainda me arrependo disso. Permita-se crescer e viver sua vida. Você é indomável, como eu.*

Eu ri e disse que não havia risco de me casar. Seria só uns beijinhos entre mim e Tom, se não fosse esquisito.

Loretta não achou nem de longe engraçado. *Ele te ama mais do que isso. Estou vendo que você não leva isso a sério.*

Como se fosse uma emergência, ela comprou minha primeira passagem de avião e me deu algum dinheiro. Alguns dias depois, sob a cobertura da escuridão, levou-me até o aeroporto. Foi um momento transformador. De súbito, eu estava completamente responsável por mim mesma, não mais parte de um par de gêmeos. Foi como se toda a perturbação que eu havia causado fosse liberada por uma válvula de pressão, e soube que aquela era a coisa certa a se fazer.

Loretta lidou com as consequências vindas de meus pais e meu irmão, e eu joguei minha primeira moeda na Fontana di Trevi em Roma, bastante viciada nesse novo anonimato temerário. Ninguém via uma garota com problemas no coração e um irmão mais elétrico. Eles me viam pela primeira vez, e ainda melhor, eu podia abandonar qualquer coisa de que não gostasse.

Meu desejo, quando joguei aquela moeda na fonte? Que Tom não estivesse muito magoado pela minha falta de cuidado.

Começo a adormecer agora, no sofá, com a colcha por cima do rosto, imaginando-me caminhando pela ponte acarpetada que vai do portão do aeroporto até o avião. Essa é a minha parte preferida: sair da vida real para que todos que amo possam respirar.

Só que, daquela primeira vez que fiz isso, saí por um tempo um pouco longo demais. Quando voltei, pronta para olhar nos olhos de Tom e ser guiada pelo que sentia, fui interrompida pela garota esguia e serena ao lado dele, que um dia usaria sua linda aliança.

E aqui vai a melhor parte: foi Jamie quem os apresentou um ao outro.

— Tá viva? — Há uma voz acima de mim. Acordo com um ronco, jogo a colcha para longe e abro os olhos. — Ai.

Tom tem compaixão em sua voz, então devo estar bem mal. Ele coloca um copo de delivery na mesinha de centro. Ao lado, uma caixa de comida delivery.

Tento falar com minha boca morta.

— Já mencionei que você é a melhor pessoa do mundo?

— Algumas vezes. Waffles. Ainda é a comida certa, né?

Exatamente como o almoço de queijo e alface dele, minha comida de ressaca não mudou. Assinto e me ergo apoiada nos cotovelos. Estou contente por ele não saber sobre meu passeio no vale das lembranças.

— Que horas são? — O café tem a temperatura e a doçura mais perfeitas, e bebo numa série de golinhos. Sou como um beija-flor. — Ai, meu Deus. — Viro as últimas gotas na boca. Lambo a borda interna. — Como é que isso é tão gostoso?

Será que tudo tem esse gosto bom quando é entregue pelas mãos dele? Megan, sua vadia sortuda. Ele poderia deixar até uma torrada fria suculenta, juro. Ele tira a tampa de seu próprio café, despeja uma porção de sachês de açúcar e o entrega para mim. Tanta caridade. Tanta bondade.

E eu despedacei isso. Despedacei tudo.

— Não chore, são só waffles — diz ele, sorrindo. — Já está quase na hora do almoço. Tenho umas coisas para te mostrar antes de ligarmos para Jamie. — O celular dele começa a tocar. — Falando no diabo...

Apanho o telefone e aperto o botão do viva-voz. Mesmo com lágrimas nos olhos e uma garganta espessada pelo arrependimento, ainda consigo falar:

— Olá, você ligou para o serviço de aconselhamento para portadores de micropênis.

Faz-se silêncio do outro lado da linha, e então um suspiro profundo que eu reconheceria em qualquer lugar. É possível que eu o tenha ouvido antes mesmo de nascer. Tom sorri, os dentes brancos, e talvez seja uma sensação melhor do que um estádio de gente rindo. Ele é dois por cento meu. É oficial.

Jamie fala.

— Hilário. Ela é simplesmente hilária.

— Eu achei — responde Tom.

Continuo no personagem.

— Qual é o tamanho do seu pênis, senhor?

— Não a incentive — Jamie ordena, enquanto Tom perde o controle e começa a rir. — Darcy, onde está o seu telefone?

— No banheiro feminino do Sully's. Penúltima cabine.

— Bem, compre um novo, tapada.

— Tenho um antigo no meu carro, você pode ficar com ele.

Tom está sempre pensando em soluções, em especial quando Jamie, seu chefe, está na escuta.

— Não, acho que gosto mais das coisas assim mesmo — digo a ele. Café, waffles, Tom, Patty recostada na minha canela e meu irmão me chamando de tapada outra vez? Tom consertou tudo.

Jamie diz:

— Então, deixa eu adivinhar. Ela está tão de ressaca que é um fantasma.

— Ah, bem... — concorda Tom, porque ele não tem um modo mentiroso.

Eu tenho um modo mentiroso no piloto automático.

— Acabo de voltar de uma caminhada.

Meu irmão apenas ri em resposta, por um tempo longo demais.

— Claro. Você vai ficar fora do caminho de Tom enquanto ele começa a trabalhar na casa?

— Tenho certeza de que estarei longe antes que ele sequer abra a caixa de ferramentas, não se preocupe.

— Certinho — diz Jamie, pingando sarcasmo. — Caia fora antes que a coisa fique difícil. O coitado do Tom vai ter que fazer tudo sozinho.

— O coitado do Tom está aqui para fazer um serviço e ser pago por isso — Tom relembra Jamie.

Abro a tampa da caixa e ali há dois waffles perfeitos.

— Ei, tenho que empacotar tudo na casa. Isso já é bem difícil.

Eu os afogo em xarope e começo a parti-los em pedaços com as mãos. Dou um pedacinho para Patty e fico com um pedaço enorme.

— Você vai flertar com Tom até convencê-lo a fazer no seu lugar.

— Vou nada — disparo, a boca cheia, lambendo os dedos. Acima de mim, o rosto de Tom está a meio caminho entre sofrendo e achando graça.

— Vai, sim. Você vai ficar pior do que nunca agora. — Jamie funga. — Sem dúvida, sua compaixão não foi nada convincente.

— Por que vou ficar pior? Do que ele está falando? — Olho para Tom, que dá de ombros e interrompe nosso fluxo de mesquinharias.

— Temos muito a fazer entre agora e a segunda-feira que vem, quando a equipe chega. Darce precisa guardar tudo, e quero que vocês entrem num acordo sobre o estilo que vamos seguir.

— Moderno — diz Jamie, no exato momento em que digo:

— Vintage.

Tom grunhe e desaba com força na ponta do sofá. Retiro minhas pernas do caminho bem a tempo. Ele aperta a mão por cima dos olhos.

— Adeus, mundo cruel.

— Vai dar tudo certo — garanto-lhe, em meio a um bocado de waffle. — Não se preocupe.

Arranco um naco e coloco na boca de Tom.

— Para você, é fácil falar — retruca Jamie. — Você vai estar passeando em algum país aleatório lambendo um sorvete de casquinha enquanto Tom e eu fazemos todo o serviço pesado. O que vem a seguir na sua jornada de reinvenção pessoal, aliás? Você já fez o piercing e o corte de cabelo de durona. Deve ser uma tatuagem agora.

Passo por cima dessa, porque Tom está procurando pelo piercing. Nariz? Orelha? Sobrancelha? Não. Agora ele desvia os olhos, e a mente percorre as possibilidades restantes.

Olho feio para o telefone.

— Então o seu serviço pesado vai consistir em você sentado na sua cadeira aí no escritório, respondendo de vez em quando às ligações e aos e-mails de Tom? Vai escolher uma torneira ou alguns azulejos on-line? Isso é o serviço pesado?

— É mais do que você vai fazer — retruca Jamie, num sibilo.

Algo em mim se acende; quero responder, como nos velhos tempos: *Desafio aceito!* Mas meu cérebro de ressaca cavouca em torno de si e não encontra nada. Será que consigo empacotar a casa super-rápido?

— Nem preciso dizer que sou eu quem vai fazer o serviço pesado e que vocês estão me pagando para isso — interfere Tom, sempre o juiz tranquilo. — Cinco por cento do valor da venda está bom para você, Darce?

— Matemática não é o ponto forte dela — anuncia Jamie, cruel, ao mesmo tempo em que digo:

— Claro.

— Você nem sabe quanto isso vai ser — avisa Tom, concordando sem querer com Jamie. — Sabe como anda o mercado nessa área, hoje em dia?

Ele afasta um pouco o telefone e abaixa a voz.

— Certifique-se de que sabe com o que você está concordando. Essa é a sua herança, Darce. Tenho contratos que vocês dois precisam assinar. Apesar de sermos todos amigos, tudo vai ser feito corretamente. Você dois serão clientes assim que assinarem.

— Negócios são negócios — diz a voz de Jamie, longínqua, do telefone. — Eu te ensinei bem.

Eu teria concordado com dez. Vinte. Cinco por cento do coração dele. Qualquer coisa.

— Qual é o problema? Confio em você. Tenho certeza de que é justo. Desde que a casa seja restaurada, isso é tudo o que me importa.

— Você tem que começar a se importar mais com dinheiro.

Tom não parece contente por eu confiar cegamente nele. Parece estar nauseado.

— Ouviu isso, Tom? Você é a única pessoa na Terra em quem Darcy Barrett confia! — reforça Jamie, um tanto exagerado demais e muito ciumento.

Estreito os olhos para o telefone.

— Ele é o homem perfeito — respondo, só para cutucar Jamie.

— Você tem que parar de falar esse tipo de coisa — diz Tom, de um jeito sofrido. Para si mesmo, ele diz: — Sem pressão.

— Você contou a ela a verdade sobre tudo, não contou? — pergunta Jamie, e faz-se um longo silêncio. — Ah, estou vendo — fala Jamie, com especulação na voz. — É. Acho que sei por que você está jogando assim. Esperto.

Pela primeira vez, sinto uma nesga de dúvida. Agora, Tom não olha para mim.

— Que diabos vocês dois estão aprontando?

— Nada — Tom me diz, com um suspiro pesado. — Certo, isso não está dando em nada. Tem um cara que vai vir olhar os alicerces. Preciso mesmo que vocês dois concordem quanto ao estilo antes de quarta-feira. Tenho que encomendar as coisas.

— É só deixar igualzinha, mas nova. — Assinto. Caso encerrado.

— Deixe parecida com o meu apartamento — ordena Jamie. — É só lidar com ela até ela ir embora e fazer a sua reforma moderna padrão. Como aquela casa que você fez no ano passado, com a parede diferenciada cinza chique. Faça o que vende.

— Parede diferenciada cinza? Loretta está rindo até chorar agora. — Olho ao redor para o lindo papel de parede. Achei que podia confiar em Tom para cuidar deste lugar. — Você sabe que um chalé antigo como este pareceria ridículo no estilo moderno.

— Vamos precisar de uma reunião semanal de orçamento — anuncia Tom, perseverando —, e qualquer mudança depois que tivermos acertado qual será a base tem que ser um acordo entre vocês dois. Vou entregar essa obra adiantada e abaixo do orçamento.

— Sei que vai — diz Jamie, a voz pura confiança. Nunca o ouvi soar desse jeito. — Estou indo para uma reunião. Tom, faça a casa moderna.

Jamie desliga. Tom joga o telefone na mesinha de centro e se recosta. Por baixo do cobertor, meus pés estão presos debaixo de sua coxa.

— Vintage moderno — fala Tom consigo mesmo. — Barrett contra Barrett. Não sei como vou conseguir fazer isso. Você sabe que não tenho como deixar os dois felizes, não é?

— Você só precisa decidir quem quer deixar mais feliz. Uma pista: sou eu.

Sorrio para ele. Enquanto a dúvida faz suas feições se contraírem, amplio o sorriso, deixando-o mais fofinho, acrescentando um franzido no nariz, depositando nele cada grama de *irmã caçula e mimada* que consigo reunir.

— Gosto mesmo de deixar você feliz — admite ele, a contragosto, e recebo um aumento. Três por cento. Sinto como se fosse a milionésima compradora de uma loja.

— Por que Jamie estava insinuando algo sobre um segredo? Você pode me contar, sabe disso.

Ele pega o recipiente vazio de comida de mim e eu pego o potinho de xarope e tomo o resto. A julgar pela expressão dele, isso foi nojento.

— Você vai ficar com diabetes — fala ele, baixinho. — Ou apodrecer seus dentes perfeitos até eles caírem da boca.

Perfeitos?

— Vale a pena.

— Não existem segredos no que diz respeito a essa reforma. Serei franco com os dois.

Os olhos dele se prendem na minha boca. Lambo e tudo está doce. Tudo está pesado. Ele ainda está sentado no meu pé e eu não sabia que isso era um fetiche, mas olha, do que é que eu sabia dois minutos atrás? Eu me sento com um tremor nos músculos do abdômen, e isso foi um erro, porque agora estamos mais próximos.

— Você ainda mora no local quando faz uma reforma?

— Isso. Eu trouxe meu material para acampar. — Passa-se um segundo e ele está passando as palmas das mãos por cima dos joelhos como se enxugasse suor. — Jamie disse que você fez um piercing?

— Fiz. E doeu pra cacete.

Ele não me pergunta onde foi o piercing. Ele se recusa.

— Pensei que você já tinha visto agulhas de sobra na vida.

— Eu precisava de mais uma. — Fui tão leviana a respeito, imaginando minha próxima avaliação cardíaca e como eu pareceria durona. Doeu como se meu corpo e minha alma estivessem sendo perfurados, e adorei, porque, naquela agonia devoradora, não conseguia pensar em alianças de diamante nem na fúria do meu irmão.

Além disso, ficou *sexy*. Prata e rosa é uma combinação dos diabos.

Ele está pensando onde pode ser, eu sei. Hora de colocar Megan de volta na sala com a gente.

— O que Megan acha de você ficar tanto tempo longe de casa? Ela odeia, né? — concluo, sem fazer uma pausa.

— Ela não liga — diz Tom, sem amargura. — Está acostumada.

— Se você fosse meu — digo, e as palavras parecem escorrer por sua coluna, porque ele se apruma em seu lugar —, eu não ia gostar. Mas você sabe como eu sou.

— Como você é? Eu não faço ideia — acrescenta, quando lanço um olhar de *ah vá*.

— Com a maioria dos caras? Não estou nem aí se estão vivos ou mortos. Mas você...

Olho para os dois copos de café vazios, sinto o peso de sua bondade e quero lhe dizer a verdade em troca.

O pensamento de como um milhão de pessoas devem abusar da bondade dele — inclusive eu — me deixa doida.

Tenho vontade de andar dois passos adiante dele, para qualquer lugar que ele vá, terraplanando o mundo um pouquinho para sua passagem. Se ele estivesse dormindo numa construção e fosse meu, eu também estaria naquela barraca. A noite toda, todas as noites, com vento assoviando ou chuva despencando. Nunca permitiria que outra mulher se sentasse tão perto quanto eu estou sentada agora. Sério, Megan permite que *isso tudo* ande pelo mundo completamente desacompanhado?

Se eu fosse Megan, estouraria *a minha cara* por estar sentada perto o bastante para sentir o cheiro da pele dele. Ele tem cheiro de desejos feitos à vela do bolo de aniversário. Nunca na vida senti sequer um tiquinho de possessividade, mesmo que passageira, por outro homem, mas Tom Valeska... É algo que tenho que manter encoleirado dentro de mim, lá no fundo, bem preso, porque não tenho direito a isso.

Talvez ele não seja o único cão de trenó meio lupino por essas bandas.

Um pouco disso está nos meus olhos, porque ele pisca e engole seco. Tom está tentando ignorar essa sugestão sutil entre nós. É porque é um cara bacana. Meu cérebro não quer que ele seja diferente. Mas meu corpo quer que ele me pegue e me jogue contra a parede. O parapeito da janela. O chão. A cama.

Tenho que salvar essa situação.

— Ah, o que é isso... Você sabe como sou, melhor do que qualquer um. Agora, vai me contar esse segredo ou não?

— Não seria uma boa ideia, confie em mim — diz ele com cuidado, mas suas pupilas o entregam. Elas estão dilatadas, drogadas, e sei que ele quer me contar. Por que outro motivo deixaria esse vãozinho para eu me espremer e passar? Ele não disse simplesmente não.

Está na ponta de sua língua. Preciso morder para arrancá-lo dali. Imagino se consigo me transformar em persuasiva.

— É sobre a casa?

Ele chacoalha a cabeça como se estivesse hipnotizado. Seus olhos castanhos? São os meus favoritos. Nessa luz matinal, são a arca do tesouro. Ouro, areias, tumbas, moedas, riquezas. Pirâmides egípcias, vida eterna. Sarcófagos dourados. O aparelho de jantar de Cleópatra.

— É sobre o Jamie?

Ele meneia a cabeça negativamente outra vez. Coloco tudo o que tenho.

— Você pode me contar.

Ele parece se dar um tapa mental e seu cenho se franze.

— Pode parar com isso agora.

— Parar com o quê?

— O que Jamie disse. Pare de tentar arrancar as coisas de mim com flerte. — Ele está enojado. — Você de fato deveria entrar para o ramo de negócios da Loretta.

Se eu posso hipnotizá-lo de vez em quando, Jamie consegue fazê-lo andar sobre brasas. Essa casa é um alvo fácil nas mãos da minha cópia genética tirânica e alguém que nunca teve nenhuma licença criativa em toda a sua carreira.

— E você deveria parar de esconder algo de mim. Vou trabalhar na casa.

Quando digo isso em voz alta, algo se encaixa na posição correta dentro de mim.

É a resposta perfeita que eu deveria ter dito a Jamie. A sensação usual de culpa covarde se dissipa como se eu espremesse uma espinha. Vou trabalhar para realizar o desejo de Loretta para essa casa e protegê-la de qualquer um que não aprecie a magia inerente à Maison de Destin.

— Sinto que se há qualquer chance de voltar às boas graças de Jamie, vai ser preciso sangue, suor e lágrimas. Vou me redimir.

— Não doe sangue demais nem lágrimas demais. Nem suor — diz Tom, pensativo. — É só estar por perto quando eu precisar ligar para Jamie para tomarmos uma decisão com rapidez. Você pode se mudar e ficar com Truly?

— De jeito nenhum. Vou trabalhar e vou ficar aqui, numa barraca, igualzinho a você. Estou na sua equipe.

Ele sorri ao pensar nisso, mas o sorriso some.

— Desculpe, mas não.

— Algum motivo específico? Você não precisa de mão de obra gratuita?

— Não consigo me concentrar quando você está por perto — diz ele com honestidade total, e uma estrelinha estoura na minha barriga. O contato visual dele é descomplicado, então não acho que haja algo a mais nessa declaração. — Mas a casa é sua, então não posso impedi-la. Você pode ajudar com um projeto menor ocasional. Talvez pintar a nova cerca da entrada.

— Não. Não vou fazer as coisas femininas. Vou usar as ferramentas.

— Não pode levantar peso, fazer trabalho manual, usar escadas nem nada elétrico... — Tom se interrompe. Ele está me imaginando com um dedo numa tomada, aposto. Tem um grande vinco em sua testa. — Acho que meu seguro não cobre isso. Você é um risco.

Meu queixo cai, o vazio se abre como um cânion no meu peito e tudo está passando num sopro. Um risco.

— Não quis dizer nesse sentido. — Fica claro que ele está horrorizado com o que acaba de falar. — Darce, isso saiu completamente errado.

— Tá bem, tudo bem. É verdade. Faça o que quiser com o chalé. Como se eu ligasse. Ele vai ser vendido para algum clone rico do Jamie, de qualquer jeito. O que me importa?

É um milagre que eu ainda possa falar. Luto para me levantar e quase tropeço na mesinha de centro.

— Você liga, sim — protesta ele, seguindo-me de perto enquanto faço uma linha reta para o banheiro. Entro, fecho a porta e passo o trinco. — Você liga tanto que é uma loucura. Não vou fazer um serviço com o qual você vá ficar insatisfeita.

— Não ligo. Vou estar a uns dez milhões de quilômetros daqui quando você for abrir uma lata de tinta. Apenas faça qualquer coisa que Jamie quiser, livre de riscos.

Hora de reunir esses sentimentos como se fossem folhas soltas de papel. Batucar para alinhá-los numa pilha. Enfiá-los num triturador.

— Desculpe mesmo.

Hora de ir embora, antes que faça algo que não tenho como desfazer.

— Abra, por favor — pede Tom, batendo outra vez. Será que ele não tem nenhuma autopreservação? — Não queria dizer do jeito que soou, juro. É claro que você não é um risco.

— Você nunca mente.

— Minto, sim. Todos os dias.

Olho para mim mesma no velho espelho manchado. Estou terrível. Tem uma mancha roxa debaixo de cada olho. As bochechas têm pontos coloridos dignos de vaudeville. Eu analisei Megan em cada festa de Natal que estive em casa. Estou dizendo, ela *não tem poros*.

— Vá embora — digo, porque posso sentir que ele ainda está lá. Ele não pode me seguir para cá. Tiro minhas roupas e olho para meu corpo esquisito, com as juntas grandes demais e a gordura na barriga, lembrando um waffle. O piercing no mamilo agora parece fazer parte de uma fantasia.

— Posso soltar as dobradiças — diz ele, numa voz amistosa. Penso em mim mesma na noite passada, sentada no piso ali fora como se fosse um cão de caça.

— Se você fizer isso, vai ficar marcado para a vida toda. Estou tomando banho.

— Não volte para dentro da concha. Está tudo bem se importar com esta casa. E quero ouvir como você imagina o produto final. — Através da porta, ele pede, num tom diferente: — Sacana, por favor, se vista para eu poder te abraçar e pedir desculpas.

— Você ouviu seu chefe. Deixe moderna. — Minha voz soa ainda mais dura quando reflete nos azulejos. Abro o chuveiro e ele cospe e solta vapor. Então fico de pé na água e, quando choro, as lágrimas são lavadas. O crime perfeito.

Estou de pé no mesmíssimo lugar em que Tom Valeska ficou de pé, nu.

Não vou mais pensar em coisas assim.

CAPÍTULO 7

UM ELETRICISTA CHEGA DEPOIS do almoço, entra e aperta o interruptor ao lado da porta de entrada. Ouve-se um *pá*, as luzes piscam e o eletricista prageja, puxando a mão para trás. A casa está uma víbora hoje. Ela quer machucar alguém.

Esta caneca diz BABACA #1 na lateral. Seria o presente de aniversário perfeito para Jamie. Se estivermos conversando até lá.

Clico a câmera, viro a caneca levemente na mesinha giratória, tiro outra foto e então gravo uma rotação de 360 graus. Em seguida, transfiro os arquivos digitais e etiqueto-os com números de série. Marco na checklist. Se perder o controle de qual caneca estou fazendo, vou ficar maluca. É um serviço lento, tedioso e meticuloso.

Se penso no fato de que ganhei o Prêmio Rosburg de Retratos quando tinha vinte anos, minha mão treme e preciso refazer o set. Por que Tom tinha que me lembrar disso? Eu quase deixara essa lembrança debaixo da cama de Jamie, junto com a impressão em tela.

— Babaca número um. Talvez eu precise dessa aqui — digo a Patty, que está dormindo numa almofada. — Tenho certeza de que é a minha caneca.

Eu a apanho e espio Tom pela janela, que está no momento parecendo profissional e competente, todo derramado em suas roupas do jeito certo, apontando para a linha do teto com um comerciante flácido anuindo ao seu lado.

Eu enlouqueci num período muito curto. Se estivesse com meu telefone, olharia para a foto da aliança de noivado de Megan outra vez para me recalibrar. Fecho os olhos e consigo visualizá-la:

corte em estilo almofada, mais frio que o gelo. Como se ela pudesse apertar um botão na lateral e um sabre de luz branco aparecesse.

Eu não iria querer algo assim. Iria querer algo como a aliança de Loretta: uma safira preta. Deveria esclarecer: eu *quero* a aliança de Loretta, ponto. O fato de ela a ter deixado para Jamie em seu testamento é inexplicável para mim. Ela sabia que eu adorava aquela joia. Ela me deixava pegar emprestada por semanas de cada vez e havia dito para mim: *Ah, Doçura, combina tanto com você.* Será que esse era o jeito de ela me punir por alguma coisa?

Fiz uma oferta ainda no estacionamento do advogado para comprar o anel dele, o que foi um erro tático. Seus olhos cinzentos ficaram azuis.

— Não — retrucou, com gosto.

Agora que ele sabe o quanto quero esse anel, ele vale mais do que a Mona Lisa. Para minha sorte, também não há ninguém que seria doida o bastante para se casar com Jamie.

O sol está se pondo quando decido que deveria ser uma adulta e colocar as coisas de volta ao normal. Encontro Tom no quintal dos fundos sozinho, escrevendo num caderninho. A ponta da língua está presa entre os dentes.

— Olha só você, sendo todo meticuloso.

— Sou mesmo.

Ele tira uma foto das escadas dos fundos com o celular. Nunca havia reparado, mas os degraus são lindamente rústicos. Piso duro neles, sentindo-os saltar.

— Queria pedir desculpas… — começa ele, no que quem sabe é uma declaração ensaiada. Eu o silencio com um aceno.

— Tudo bem. — Pego seu celular e olho a última foto. — Acho que você conseguiria um prêmio com essa foto. Que irritante, deveria ter sido eu a reparar nisso. Tem alguma coisa que você não saiba fazer?

Nem estou fazendo piada.

— Muitas. Por que você não pega a sua câmera e aproveita? Ou talvez pudesse voltar a tirar fotos de pessoas. — Isso pode ser o mais próximo que ele vai chegar de me pedir para fotografar seu casamento. Ele hesita e sei o que está por vir. O pedido para o qual não vou conseguir dizer não. — Se tirar uma foto minha...

Uma grande onda de *não me peça isso, caralho* quase me derruba. Eu o interrompo no mesmo instante.

— Estou fotografando mais do que nunca, e jamais vou voltar a retratos. As canecas não reclamam. Elas não têm pequenos colapsos nervosos e arruínam seu rímel. Elas não escrevem resenhas on-line.

— Alguém fez isso?

Jamais lhe ocorreria jogar meu nome no Google.

Contundente, é tudo o que posso falar. Pelo visto, mereço e muito aqueles buracos de parafuso na porta da frente.

Sem profissionalismo. Atrasada. De ressaca — talvez ainda bêbada. Distraída. Má apresentação. Ranzinza e rude com os convidados. Fotos borradas. Mal enquadradas. Arruinou minhas lembranças. Estou entrando em contato com meu advogado.

Tom sabiamente guarda a solicitação pendente de volta no bolso. Ele não deveria arriscar que suas lembranças também sejam arruinadas.

— Talvez, se eu tivesse terminado o estúdio, você ainda estivesse tirando retratos.

Agora ele olha para a construção comprida e estreita além do tanque dos peixes, contra a linha da cerca, que já teve muitos planos anexados a ela. Ali já foi o esconderijo de carpintaria do Vovô William e ainda cheira a pinho de Chipre. Loretta ficava sentada lá numa cadeira dobrável, tomando café e pensando nele. Ali seria meu estúdio de fotografia e, antes disso, a sala de leitura de tarô da Loretta. Certo verão, Tom chegou a revestir as paredes internas e instalar o carpete antes que Aldo o enviasse para o serviço seguinte — e então o próximo e o próximo. Um projeto inacabado pesaria muito para Tom.

— Não se sinta mal — eu o alerto, mas acho que cheguei tarde demais. — Você tem estado ocupado. Não foi por sua causa que mudei de carreira.

Quero dizer, de forma técnica, foi, mas ele não precisa saber disso. Eu já estava numa longa ladeira abaixo.

— Se você tivesse me chamado, eu teria vindo — avisa ele, com um levíssimo traço de acusação. — Você sabe que eu teria.

— Não se preocupe com isso. Você está aqui exatamente quando mais preciso de você. Como sempre.

Patty está de pé na beira do tanque cheio de lodo. Uma perninha da frente se levanta. Eu a pego no colo e beijo sua cabeça de domo. Da janela da lavanderia, a cara horrorizada de Diana é como a versão felina de *Pânico*.

Eu a viro para mim.

— Patty, você tem que parar de flertar com o perigo.

— Diz a moça morando numa casa com fiação em risco de incêndio. — Tom me dá seu caderninho e começa a desdobrar uma escada. — Não posso acreditar que Loretta morava nesta casa. Por que ela não me fez reformar anos atrás? — Ele está ficando com raiva. — Ela não deveria ter vivido com esses problemas.

Tenho que rir.

— Ela nem se incomodou em empacotar as coisas. Ela disse, e essa é uma citação direta: *Vocês que se virem*. — Folheio as últimas páginas de suas anotações. Quase me esqueci de sua letra: blocos quadrados, linhas retas e abreviações misteriosas. Setas para cima e para baixo, medidas, estimativas de custo. Páginas e mais páginas de más notícias. — E achava que os problemas eram peculiaridades. E são.

— Você é tão parecida com a sua avó que é assustador. — Tom prende a escada na lateral da casa. — Por favor, só me prometa que não vai tocar em nenhuma das tomadas. Nem ler a minha sorte.

— Sei gerenciar esta casa. Morei nela meio período a maior parte da minha vida, se lembra? Toda temporada de esqui.

Meus pais são obcecados em escorregar por colinas nevadas em macacões acolchoados combinando. Eu me pergunto como será isso.

— Você me odiava?

Ele assumiu meu lugar naquelas viagens de esqui. Eu ficava com Loretta, tirava fotos até perder a luz e lia livros junto à lareira, a mão numa tigela de doce. Adorável, mas não era uma pista diamante negro.

Balanço a cabeça.

— Não, eu ficava contente por você ir.

Fico contente que todos vocês podiam viver um pouquinho, sem se preocupar com as minhas falhas.

— Contente por mim, porque eu era pobre — diz Tom, numa voz irônica. Ele olha para o alto da escada e coloca um pé no primeiro degrau. — Contente por seus pais serem incrivelmente generosos e me levarem para todo lugar.

— Não, contente por você porque ficar para trás era uma droga, e eu não desejaria isso para você.

Lembro de Loretta me dizendo: *Acene, dê tchau, pelo amor de Deus, todos eles podem sofrer um acidente de avião. Você vai se arrepender se não se despedir.* Esse tipo de declaração é ainda mais impressionante quando vem de alguém que lê a sorte. *Sorria e deixe que se divirtam.*

A única tradução que eu podia tirar disso era: quem conseguiria relaxar perto de mim, a bomba-relógio tiquetaqueando?

— Fico contente que todos vocês tivessem férias de se estressar por minha causa.

— Não estávamos tirando férias de você — diz Tom, surpreso. Ele começa a subir a escada. — Loretta deixou que você acreditasse em algumas coisas que não eram verdadeiras.

Por um momento nítido, sinto que ele sabe que confessei a Loretta e ela me mandou embora da cidade. Mas não há como ele possa saber. Nunca contei a ninguém. Os olhos dele estão amenos e não têm nenhuma lembrança ruim neles quando Tom olha para mim.

— Se você precisar ligar ou desligar alguma coisa lá dentro, peça para mim. Escondi seu secador de cabelos.

— Isso significa só que você colocou num lugar alto, fora do meu campo de visão? Suas habilidades para esconder são terríveis. — Observo sua bunda enquanto ele sobe mais. — O que você está fazendo aí em cima, afinal?

— Só dando uma olhada nos vãos aqui.

— Eu também. — Sorrio para ele lá no alto, despreocupada, enquanto ele me olha feio. — O quê? Estou interessada no estado da minha casa.

Ouço uma sacudida. Tom chacoalha toda a calha a cerca de trinta centímetros de distância da linha do telhado. Folhas viscosas caem por cima de mim. Patty e eu ganimos como focas.

— Seu cretino!

— Você mereceu, sua pervertida.

Ele remexe a calha outra vez.

— Você só pensa na canaleta.

— Quer subir nessa escada enquanto fico aí embaixo olhando para a sua bunda? Ver como a gente se sente? — Pega no flagra outra vez. Se ele percebe toda vez que meus olhos estão nele, estou perdida.

— Eu não chego aos seus pés, meu bem.

— Você se escondeu no chuveiro um tempão. Não sabia que o aquecedor de água aguentava tudo isso.

A mão de Tom vai para o bolso de trás e ele saca de lá uma chave de fenda.

— O aquecedor de água é uma latinha. Eu estava congelando no final.

Simplesmente deixei que a água escorresse mesmo gelada, amortecendo-me até os ossos, resfriando a estranha e irrequieta energia dentro de mim para níveis administráveis. Nunca havia tomado de fato um banho gelado por causa de um cara antes.

Ele olha para o telhado do vizinho e, de perfil, vejo-o engolir seco. Em sua mente, ele deve pensar: *Eca, que horror.* Darcy Barrett, uma rata afogada e trêmula, o cabelo de menino achatado contra o crânio.

Ele se apoia um pouquinho mais alto na beira do telhado. Ouço um ruído de arranhão nas telhas e a escada estremece. Salto na base da escada e embrulho o corpo todo em volta dela.

— Caralho! Cuidado aí. — Outra folha molhada cai no meu rosto.

— Está tudo bem — diz ele, descendo os degraus. Ele não se vira; em vez disso, passa bastante tempo puxando a escada para baixo, dobrando-a e redobrando-a. Fico contente. Posso esconder o salto súbito do meu coração.

— Pensei que ia ter que te pegar agora há pouco. — Eu me movo para o tanque dos peixes, de costas para ele. Meu coração está na garganta. Engulo várias e várias vezes, mas ele não destrava. O sangue começa a correr no sentido errado em minhas veias.

Meu coração diz: *Ah, olha, você acabou de tomar um sustinho? Legal, eu vou exagerar bastante a situação.* E agora estamos bombando. Palpitações, visão turva, está tudo engrenando.

Rápido, pense em outra coisa.

Tirando minha situação cardíaca, um padrão pior continua se repetindo. Eu o provoco, como sempre, ele me chama na chincha e eu me lembro da Megan. Eu me esmago por dentro feito uma latinha de cerveja vazia. Aí olho para ele e aquela sensação jubilosa se expande e o ciclo acontece outra vez.

Sei qual é a solução para este problema, e ela envolve um táxi para o aeroporto.

— Aposto que me pegaria. Você seria apenas... — Ele estende os braços para o céu. — Soterrada. Ei. — Ele notou minha imobilidade. — O que está havendo?

— Nada — digo, soltando lentamente o ar. Meu coração querendo escapar do corpo, borboleteando e lutando na base do meu pescoço.

As mãos de Tom estão no meu corpo.

— Seu carretelzinho de linha — diz ele, com profunda compaixão. — Ah, ele está chacoalhando aí dentro, não tá?

— Pare. Não se agite. — Puxo para me soltar, mas ele me acompanha. — Vai parar, se eu puder distrair minha mente. Suas mãos estão piorando as coisas.

Ele me solta como se fosse escaldado.

Seu cheiro é o mesmo de sempre: uma vela de aniversário soprada, uma fumaça acre. É aquele cheiro que fica nas suas narinas quando você fecha os olhos e faz um pedido impossível, e a sua boca se enche de água à espera de algo doce.

— Respira — orienta ele, encorajando-me como Jamie faria. Quando me permito uma olhada para cima, para seu rosto lindo, a expressão desolada em seus olhos me relembra por que eu ficava para trás no aeroporto quando criança. Sou estresse. Medo. Incerteza.

Sou um risco.

Forço-me a expelir uma grande exalação.

— Não se preocupe. Não é nada que um tempinho numa praia qualquer não conserte.

Ele se afasta aos poucos e o ar gelado preenche o espaço entre nós. Saio completamente do alcance dele e então coloco o tanque entre nós. Dou tapinhas no peito como se estivesse fazendo um bebê arrotar. Se eu fizer isso com firmeza suficiente, não consigo sentir as batidas individuais fora de ritmo.

Tom está um pouco infeliz.

— Desculpe-me pelo que eu disse antes. Você sabe disso, né? Você não é um risco. Esta é a sua casa, e você tem todo direito de trabalhar nela. — Ele se volta para suas anotações, só que está olhando sem ver. — Mas não acho que você devesse viajar. É visível que não está bem.

— Estou assim há anos. Não — aviso, e ele dá um suspiro profundo.

— Então a minha escada oscila e você pode se jogar nela como se fosse uma granada, mas vira uma estátua de cera e eu devo fazer o quê? Ignorar? — Você sabe que a paciência dele está chegando ao fim quando sua mão vai ao quadril. — Você tem um conjunto de regras com o qual eu não posso concordar.

— Tive uma vida inteira de gente fazendo estardalhaço. — Levanto a mão para colocá-la na minha trança, e não encontro nada além de ar. É um bom lembrete. Sou uma nova pessoa agora. — Preocupe-se apenas com esta casa.

— Estou preocupado é com você — diz ele, num tom de voz *para de brincadeira.* — Conte-me o que está acontecendo com você, de verdade. Nunca vi tantas garrafas de vinho vazias na minha vida. — Ele aponta com o polegar para a lata de reciclagem na lateral da casa. — Você não está bem.

— Não começa — aviso, mas ele me silencia.

— Você está bebendo quando sei que não deveria. Seu remédio está tão velho que já expirou, você percebeu isso? Está trabalhando em algum lugar onde os caras te agarram. Deixam hematomas. Passam pela frente da sua casa de carro a noite toda.

— Não é assim...

— Sua geladeira está vazia. Você não está tirando fotos de verdade — diz ele, num tom de quem acha isso uma tragédia. — E está tentando me manter à distância, como sempre, fazendo esse negócio que você faz.

— O que é que eu faço?

— Você sabe exatamente o que faz. Você me faz de alvo das suas brincadeiras.

— Bem, e como é ser meu alvo?

Não consigo parar de olhar para o modo como suas unhas curtas e asseadas pressionam o algodão em seu quadril. Estou suando agora. Preciso pressionar a manga da camisa na testa, mas aí ele vai ver.

— Ser o alvo de Darcy Barrett? — Ele considera a questão. — Soa como se ela estivesse fazendo graça comigo, mas dá a sensação de que ela está falando a verdade. E nunca sei qual dos dois está correto.

Uau. Ele de fato me conhece.

— Você é inteligente, vai decifrar.

Tom coloca a mão no cabelo. Aquele bíceps. Aquelas linhas. Ele é arte.

— Viu, está fazendo de novo. É a sua técnica para me tirar dos trilhos, para não ter que me responder de verdade.

Ele se vira para a casa como se buscasse o apoio moral dela. Patty obedece, correndo até ele e ficando de pé, apoiada em sua canela. Ele olha para ela.

— Sou só um brinquedinho, Patty. A tia Darcy gosta de me ouvir apitar.

— Se eu fosse a Megan, me daria um soco na cara. — Fecho o punho e me acerto um soco direto no queixo, de leve. — Desculpe, de verdade. Não sei o que me dá. Se servir de consolo, não faço isso com mais ninguém. Você é... especial.

— É mesmo?

Os olhos de Tom têm uma nova luz quando ele olha para mim. Isso me dá um lampejo de lembrança ruim de Keith. O coração de Tom é o Rochedo de Gibraltar, mas eu não deveria arriscar.

— Você não deveria gostar de ouvir isso — eu o relembro. — Soco na cara, lembra?

— Ela não ligaria.

Foi o que disse antes, quando perguntei sobre sua barraca. Ele está tentando me dizer alguma coisa sobre ela, e não sei se quero ouvir. Ela claramente é tão fria quanto seu diamante gelado. É segura de si e tem o homem mais confiável do mundo.

Tom confirma esse fato.

— Nós não somos assim.

— Nenhum júri no mundo a condenaria. — Parece que estou usando minha voz de "brincando com meu alvo". Parece que estou gracejando, mas falo sério. — Se eu te pegasse para mim e te marcasse, viraria alguém violento. Aposto que ela é igual.

Ele ri e não é um som feliz.

— Acho que é redundante apontar que você já é bem violenta. — Uma pausa, e então ele solta, sem jeito: — Ela não é nada parecida com você.

— Isso é óbvio. — Faço um gesto amplo indicando meu rosto e meu corpo, inferiores aos dela, e ele fica confuso. — Bem, não vou tentar minha sorte com ela. Como falei, vou encontrar alguém novo para atormentar. Você está livre. Tenha pena do meu pobre futuro marido.

Penso outra vez na aliança de Loretta e levanto a mão esquerda para analisar meus dedos pelados.

Ele dá uma fungada, cético.

— Você jamais se casaria.

— Me casaria, sim. — Disfarço o minúsculo corte de papel que seu tom incrédulo me causou. — Por que diabos não me casaria? Por acaso sou demais para aguentar?

Arrasto as mãos pelos cabelos, deixando-os arrepiados para cima. Espero que eles formem chifrinhos.

— É só que nunca imaginei.

Tom suspira, e a silhueta de seu corpo se afrouxa enquanto ele olha para a casa, como se um interruptor houvesse se desligado dentro dele. Dou alguns passos cautelosos em sua direção. Ele está triste?

Não consigo nem imaginar que tipo de má notícia ouviu hoje.

— O que o eletricista e o encanador disseram?

— O que você acha? — Ele está desolado. — Seria o serviço mais caro da carreira deles. É uma demolição. A maioria dos canos precisa ser substituída. Nova impermeabilização. Aí novos azulejos. Aí nova fiação. Tudo novo. Não consigo nomear uma coisa até agora que não precise ser substituída.

— O orçamento da Loretta vai cobrir tudo?

Ele enrola. Isso significa: *talvez não*.

— Vou colocar tudo numa tabela para vocês dois.

— Incrivelmente caro, então. Tão caro que células e fórmulas estão envolvidas. E será tudo gasto em cromado e tinta cinza. Jamie vai conseguir que saia tudo do seu jeito. Você sabe que vai. Você é dele.

Tom me dá uma olhada irônica.

— Ele é areia demais pro meu caminhãozinho.

— Cem por cento dele. — Batuco na unha de seu mindinho. — Jamie me deixaria ficar com, talvez, esse tanto de você.

Tom dá de ombros.

— Ele não está aqui agora. Assim, lhe dou isso aqui de presente.

Ele estende a outra mão e me dou conta de que quer dizer a unha do outro mindinho. Agora eu tenho duas. Fico absurdamente satisfeita.

— Vou apreciá-las para sempre.

Entramos juntos, coletando Patty no caminho.

— O que recebo em troca?

— Ah, você sabe: alma, coração. O de sempre.

— Ah, Darce. — Ele suspira como se eu não tivesse aprendido nada. — Você está de brincadeira comigo de novo.

CAPÍTULO 8

INEXPLICAVELMENTE, DESEJO A PRESENÇA de Jamie. Ele entraria e preencheria esse silêncio constrangedor em expansão com conversas, piadas e insultos. Sinto que estou acelerando uma implosão total de meu relacionamento com Tom. Quando acontecer, terei perdido outra pessoa.

Loretta, meus pais, Jamie, Tom, Truly. Quantas pessoas especiais me restam? Sinto uma comichão para ir embora. Ninguém pode me deixar se eu os deixar antes. Esse pensamento perturbador expulsa um pouco de ar de meus pulmões. Loretta morreu quando eu estava suspensa sobre um oceano, num assento do meio. Talvez minha estratégia seja uma porcaria.

Talvez eu devesse me agarrar às pessoas que amo com intensidade de embranquecer os nós dos dedos.

Tom confere seu telefone.

— Você estará aqui amanhã à tarde? A energia será desligada por um tempo.

— Não tenho certeza. — Consulto o calendário no refrigerador. Tem sido revigorante voltar ao analógico. — Estou ajudando Truly a costurar até mais tarde.

— Então amanhã você estará costurando? Não perdendo a paciência e fugindo para o aeroporto?

Tom soa tão esperançoso que isso coloca uma pequena trinca em meu coração velho e endurecido.

— Sou tão impulsiva assim?

— Você é a pessoa mais impulsiva que conheço.

O que é que ele havia dito antes? Ele gosta de me fazer feliz. Deixe-me experimentar.

— Não, ainda não consegui encontrar meu passaporte. — Isso não alivia a tensão nele. Tento outra vez. — Vou ficar mais um pouquinho.

Foi a coisa certa a dizer. Não sei lidar quando ele olha para mim desse jeito. Agora, neste exato momento, o resto do mundo desvanece. Estamos suspensos numa bolha dourada e frágil. O prazer cintila em seus olhos, brilhante como uma vela.

Ele pigarreia e agora sou sua cliente de novo.

— Acho mesmo que preciso que você fique, pelo menos até termos todos concordado com a aparência que esse lugar deve ter.

Concordo com um gesto da cabeça.

— Começarei a empacotar as coisas da casa amanhã cedo. Talvez eu possa trazer alguns dos caras do trabalho para me ajudar a mexer nos móveis.

Agora alterei os íons no ar. Ele olha para meu punho marcado e diz, num rosnado grave:

— Está brincando com a minha cara?

— A maioria deles é bacana.

— Você abriria uma cova para mim? — Ele repete minha piada sem humor nenhum.

— Você sabe que sim. — Entro no meu quarto e despejo algumas das pílulas farinhentas na palma da mão. Elas estão vencidas, de fato. Tenho certeza de que é melhor do que nada. — Vou cavoucar bem devagar para não irritar meu coração estragado.

Atrás de mim, Tom ainda está vibrando.

— Vou mexer nos móveis.

— Bem, você claramente é muito passional a respeito disso, então fique à vontade.

Ele está na porta agora, apoiando-se no batente, observando-me vasculhar o guarda-roupa.

— Aonde você vai?

— Subir a escada. Vou ficar no telhado por um tempinho.

Pego um vestido curto e o chacoalho para tirar um pouco do amassado. Minha resposta engraçadinha o relaxara um pouco.

— Vai estar frio lá em cima.

— Claro que isso é a primeira coisa a passar pela sua cabeça. Faço um círculo com o dedo.

Ele gira no lugar para ficar de costas para mim. A essa altura, já conhece o procedimento.

— Você nunca foi muito boa em fechar a porta do seu quarto — diz ele, a voz pesada de resignação. — Quem é esse cara, então?

— Que cara?

Puxo depressa o vestido para baixo, calço as botas e me dou ao luxo de pingar algumas gotas do óleo perfumado que Loretta fez para mim. Ela não usava receitas, então é insubstituível. Num rótulo na base do vidrinho, na caligrafia dela, lê-se: DINAMITE LÍQUIDA.

— Quem é o cara para quem você está passando perfume? — Ele gira de novo para me encarar. Ainda não retornou à sua forma humana por completo.

— Estou passando perfume para mim mesma, não vou desperdiçá-lo em narinas masculinas. Ele não é ninguém — digo mais energicamente, vendo a frustração no rosto dele.

— Estou tentando puxar conversa com você sobre o que está acontecendo na sua vida. Quem você está namorando?

Tom parece ler um roteiro. Sob a mira de uma arma. Será que Jamie lhe pediu para reportar novidades?

— Alguém de quem você não gostaria, e eu não chamaria isso de namorar — respondo, sem expressão, e passo por baixo de seu braço para sair do quarto. — Pode dormir na minha cama esta noite de novo. Fico no sofá quando chegar. Tem um restaurante de comida tailandesa que faz entrega, o cardápio está na porta da geladeira. Dê um oi à Megan por mim.

Atrás de mim, suas botas me seguem.

Pego minhas chaves, a bolsa e a jaqueta em movimentos fluidos, e continuo andando. De jeito nenhum quero ficar e marinar nessa tensão desconfortável. Vou chamar um táxi na avenida principal, perto da loja de conveniência. Porta afora, caminho acima, ele está atrás de mim.

— Você parece estar fugindo de casa, Darce. Preocupada por ter que pensar de fato sobre as garrafas de vinho e o seu coração?

Se continuar me pressionando, vou dizer a ele qual é o problema: em primeiro lugar, que quero abrir o zíper da calça dele. Segundo problema, sou a pior pessoa para ter esses pensamentos sobre um homem quase casado, porra.

Terceiro: tenho tanto ciúme da Megan que vou acelerar o motor de uma colheitadeira e transformá-la num saco de cereais ensanguentado.

Mas esses sempre foram os meus problemas.

— Acho que você deveria parar de me seguir. — Eu me viro e caminho de costas. — A menos que queira sair. Isso poderia ser divertido demais. Isso poderia, de fato, ser classificado como viver a vida.

Valeska quer muito que eu volte para trás da cerca de madeira, onde nada de mau pode me acontecer. Posso ver nele: a tensão em seu corpo, as mãos fechadas nas laterais. Proteger e arrastar, é isso o que ele quer fazer.

— Tenho que começar cedo. Darce, por favor, fique em casa esta noite.

De jeito nenhum vou me satisfazer com seu Modo Princesa, superprotetor. É suculento demais, adorável demais. Não posso ficar sozinha, debaixo do mesmo teto que ele.

— Não.

— Prometi a todos que cuidaria de você — ele tenta outra vez, antes de se dar conta do que fez. Dizer isso só vai me fazer andar mais depressa.

— Não posso — digo, olhando para trás. — Não confio mais em mim mesma.

Eu me viro quando seu queixo cai e agora é apenas o ruído das minhas botas. Não preciso olhar para trás para saber que ele observa até eu sair de vista.

É o que ele faz.

Tom está escrevendo ESPORTES – JAMIE numa caixa com equipamento esportivo do meu irmão. Estamos tentando o impossível: esvaziar este quarto.

— E então, como foi a sua noite? Você deve ter chegado bem tarde.

— Mal era meia-noite. Mas acho que isso já é bem tarde para um madrugador como você.

— Você se divertiu? — Ele está bem formal.

— Com certeza.

Não me diverti nem por um segundo. Não vi Vince nem ninguém conhecido. Eu viajo sozinha para o exterior, então estou acostumada com minha própria companhia. No entanto, algo havia mudado.

Eu estava desesperada para voltar para casa. Queria ficar deitada no sofá com um filme passando, ouvindo as patas de Patty clicando e Tom andando para lá e para cá. Os dedos dele bagunçando meu cabelo e o tinido de uma colher de chá numa caneca. Para esmagar essa fantasia doméstica, sentei-me num McDonald's e comi sundaes com calda quente, depois peguei um táxi de volta para casa quando me senti confiante de que ele estaria dormindo. Sou uma McCovarde.

Preciso de outro lugar para dormir esta noite, disse Tom enquanto eu escovava os dentes hoje cedo, e fico feliz porque minha boca estava cheia de pasta de dente. Não fosse isso, eu poderia ter respondido por reflexo: *Não precisa, não.*

Ele, muito caridoso, apagou aquele momento esquisito de ontem à noite. Ele é bacana assim.

Tento fazer o mesmo.

— Jamie está sentado na mesa dele, cutucando uma calculadora. Testemunhe, eu estou oficialmente trabalhando mais pesado do que ele. Ele com certeza gosta de livros sobre caras sendo incriminados pelo governo.

Estou empilhando-os numa caixa.

— Livros com capítulos curtos e maletas de dinheiro — diz Tom, arrastando tranqueiras de debaixo da cama. Ele leu muitos dos livros descartados por Jamie na sua época.

— Mulheres com lábios vermelhos e brilhosos. Lanchas em Monte Carlo.

Apanho um com um revólver na capa e ele se abre com uma facilidade exagerada num trecho indecente. Leio, recostada contra a estrutura da cama.

Tom levanta o olhar de alguns pesos que está empilhando.

— Seu trabalho pesado não durou muito.

Levanto um dedo. Ocorre um clímax espumante e cheio de grunhidos, e franzo o nariz.

— E agora Jamie e eu lemos a mesma cena de sexo. Está no cérebro dos dois. — Tremo meu corpo inteiro com um arrepio. — Por que não consigo parar de me perturbar?

— Não faço ideia — ri Tom.

Ele pega o livro e, para minha surpresa, lê a cena inteira também, passando a página com um vinco na testa como se estivesse estudando para uma prova.

Observo seus olhos indo de um lado para o outro, palavras suarentas em sua mente.

Meu coração se espreme, lança uma nova descarga de sangue e acho que estou com as bochechas rosadas. Se fico escandalizada assim só de ver Tom ler uma cena de sexo, é melhor não deixar que meu cérebro dê o próximo passo lógico.

Tarde demais. Olha só aquelas mãos enormes. Os nós dos dedos como nozes, as unhas limpinhas, bonitas. É o tipo de mão que você quer que vá para todo lado. E agora estou visualizando a imensa pressão para cima de seu corpo travando-se no meu, cem por cento lá no fundo...

Ele fecha o livro com um estalo e me arranca de meus devaneios.

— Bom, isso foi incrivelmente direto.

Ele arremessa o livro na caixa; seus olhos não me dão nenhuma pista. Será que aquela cena é uma proposição razoável para ele?

— Os caras nesses livros estão bombeando em busca de minério de ferro.

Tom ri.

— E aqueles escritos nos anos 1970 sempre mencionam uma *garçonnière*. Eu já tinha mais de dezessete anos quando descobri que isso era apenas um imóvel para encontros clandestinos.

— Você foi um menino muito inocente. Havia sempre bicos intumescidos e ninhos de cachos — solto um grunhido, levantando uma segunda caixa cheia até a metade. — E as mulheres todas chegam ao orgasmo depois de oito arremetidas. *Oh, Richard!* Ah, dá um tempo.

Escrevo na caixa: LIVROS DE PUTARIA DO JAMIE.

Tom pega o canetão e risca as duas palavras do meio.

— Acho que me lembro de Loretta gostar de livros um tanto picantes.

Solto uma bufada.

— Enquanto vocês estavam por aí, esquiando e sendo salutares, eu estava aqui, deturpando meu cérebro com os livros de pornô água com açúcar dela. Explica muita coisa, né? Sou a pessoa com maior probabilidade de ter mil dólares em brinquedinhos sexuais na sala de jantar.

— De vez em quando eu dava uma espiadinha nos livros dela — confessa Tom, o canto da boca se curvando.

— Não! — Rio, deliciada. — Bem, bom para você, Tom Valeska, seu indecente.

— Quando Jamie estava no banheiro ou Loretta estava fazendo sanduíches, eu lia só um parágrafo. Recebi minha educação sexual bem aqui, nesta casa. — Ele está empilhando tranqueiras em uma nova caixa. — Meio desconjuntada, mas acabei reunindo todas as peças. Isso me deu certas... expectativas irreais.

Quero muito saber o que ele quer dizer com isso, mas digo apenas:

— A você e a mim também, colega.

Minha boca fala muita merda que meu corpo não consegue acompanhar. Um coração como o meu não me permite ser vigorosa demais, e os caras que eu escolho não fazem ideia. Escrevo na segunda caixa de livros: FANTASIAS PERVERTIDAS DO JAMIE. Ergo a caixa até o quadril e a borda se prende ao piercing no meu mamilo. Agarro meu peito e uivo.

— Você está bem?

Ah, minha nossa, ele acha que estou sofrendo um ataque cardíaco.

— É o piercing. Não importa quanto tempo passe, ele gosta de me relembrar que está ali. Tenho certeza de que tem uma conexão direta com o meu cérebro.

Observo Tom processar essa informação. Não sei se ele sente repulsa.

— É uma dor que a gente sente na raiz dos dentes.

Debilmente, ele diz:

— Por que colocar um piercing?

— É bonito.

Tom tira a caixa das minhas mãos com uma violência atípica. Ele sai da garagem comigo logo atrás.

— Não faz sentido se exaurir. Você guardou a maior parte disso aqui. Nem mesmo Jamie pode te acusar de não ter se esforçado hoje.

Volto para dentro de casa para pegar a outra caixa.

— Eu levo. Eu le-vo. — Faço uma rápida checagem no sistema. O coração está bem. Tudo está bem. Exceto Tom, que estacionou seus músculos na porta. — Sai.

Ele pega a caixa.

— Tá bom, tá bom. Prefiro você furiosa do que inconsciente.

E lá se vai ele.

Derrotada, encho uma caixa com os sapatos de Jamie.

— Talvez eu possa dar conta de uma porra de caixa de sapatos — digo a Diana, que saltou para o parapeito da janela. Aposto que ela tem grandes planos de dormir na cama de Tom. — Viva o sonho, garota.

Não me incomodo em empacotá-los com cuidado; Jamie já deve ter um novo armário de sapatos a essa altura. Quando foi embora, levou apenas uma mala. Essa foi a velocidade com que ele precisou partir antes que cometesse um homicídio.

Tom retorna.

— Obrigado por me deixar usar seu quarto. Acho que não durmo tão bem há anos. Seu colchão é...

Ele não consegue nem pensar numa palavra. Sei o que quer dizer.

— Se me casar com alguém, vai ser com aquela cama. É por isso que durmo tanto.

Estou ficando mais exausta pela vida. Quando viajo, preciso me deitar à tarde. Juntos, viramos o colchão genérico na antiga cama de Jamie e a arrumamos com lençóis floridos frescos.

— Quando viajo, sinto mais saudade da minha cama do que da maioria das pessoas que conheço.

— Você deve amar viajar para deixar uma cama dessas.

— Por mais difícil que seja para você acreditar, sim. Amo. Juro, se Jamie pegou o meu passaporte, nunca vou perdoá-lo.

— Claro que vai — diz Tom, hesitante. Sua expressão é vulnerável. — Você está exagerando, não está?

— Qualquer pessoa que me conheça sabe que seria a pior coisa que alguém poderia fazer comigo. Odeio ser forçada a ficar. — Queria que meu irmão parasse de se intrometer no meu tempo limitado com Tom. — Você sequer cabe nessa caminha?

Jamie não tinha uma vida sexual lá muito movimentada quando morava aqui; por isso os livros.

— Tenho certeza de que sim. Não se esqueça, estarei lá fora na minha barraca quando a reforma começar — relembra Tom, após uma pausa. — Ei, o que é isso?

Ele já está puxando uma tela grande de debaixo da cama, e nós a apoiamos contra a parede. É meu retrato vencedor do Prêmio Rosburgh de Retratos. De quem mais, senão de meu irmão?

— Ele realmente circulou pelo salão como se fosse uma celebridade naquela noite — digo, enquanto encaramos Jamie. Ele nos encara de volta.

Objetivamente, é uma imagem fenomenal. Eu cliquei, mas não fiz a obra sozinha. É só o jeito como o rosto de Jamie interage com a luz. Na noite da premiação, ele estava bêbado com sua própria beleza e sagacidade. E com champanhe, é claro. Sinto como se ele tivesse ganhado o prêmio, não eu. Tive que dar breves entrevistas como a mais jovem vencedora do prêmio e observar Tom desaparecendo nas margens, com Megan agarrada a seu braço.

— Ele dormiu com duas garçonetes diferentes naquela noite. Duas.

Tom está pasmo, como se isso fosse cientificamente impossível. Ocorre-me que Megan é sua primeira e única. As chaves da colheitadeira estão na minha mão, então começo a tagarelar.

— Bem, se você insiste em carregar as caixas, pode levar aquelas cinco e o quarto está quase pronto. Acho que Jamie não vai acreditar que ajudei. Talvez eu devesse encharcar um lenço de suor e ele poderia mandar verificar num laboratório.

— Você é obcecada em provar que pode trabalhar mais pesado do que ele. É uma batalha permanente, não tem fim. — Tom encara o retrato com uma expressão que não sei interpretar. — Vocês dois são tão duros um com o outro. Por que não tentam ser amigos? Quando vocês conseguem, é incrível.

Ele sorri com a lembrança.

— Tenho que me provar. Toda vez que ligo para alguém do nada, a pessoa responde com um tremor na voz. *Alô?* Como se estivesse me imaginando fazendo um telefonema de emergência com minha mão azulada e semimorta. É por isso que gosto de caras como o Vince. Eles não me tratam como uma inválida.

— Vince — diz Tom, enfim se agarrando a um nome. Ele o revira em sua mente como uma das cartas de tarô de Loretta. — Vince... Não é Vince Haberfield, do ensino médio, é?

— É, sim, Vince Haberfield. Ou ele não sabe sobre o meu coração, ou se esqueceu, ou quando estamos juntos não é nada tão importante assim. — Não gosto muito da expressão de Tom, então vou para a cozinha e desenterro um cardápio de delivery. — Devo pedir uma pizza para você antes de ir para a casa de Truly? Pergunta boba. Claro que devo.

Agora ele está sentado em sua cama nova.

— Você está com o Vince Haberfield? Como aquele merdinha está?

— Ainda é um merdinha. E não estou com ele. — Estendo a mão até ele entender o que quero; Tom me entrega seu telefone. Peço uma pizza de que sei que ele vai gostar e devolvo o celular. — Diga alguma coisa.

Ele fica apenas sentado ali. Não sei o que está processando, mas parece ser muita coisa. Dou-lhe tapinhas no ombro.

— Posso ver que você não está exatamente pulando de felicidade. Más notícias para repassar para Jamie, hein?

— Não vou repassar nada.

Ele diz isso com as mandíbulas cerradas. Mas ainda é ele mesmo. Não vejo aquele indício de lobo que pensei que talvez fosse ver quando olhamos nos olhos um do outro.

— Ei, não julgue. Encontrar alguém para namorar está um pesadelo absoluto. Fique contente por não ter que se preocupar com isso.

— Pensei que você não estava namorando com ele. — Nessa, ele me pegou. — Bem, agora tenho que me preocupar com isso.

Ele esfrega a mão no rosto.

— Você não vai cuidar de mim — digo a ele, minha voz mais firme. — Não importa o quanto você queira, não sou sua para cuidar.

Assisto enquanto algo como um protesto sem palavras escapa dele, que solta um grunhido e coloca as mãos no rosto. Ele está sofrendo. Estou quebrando seu cérebro só de ficar nessa casa.

Hora de dar o fora daqui. Um movimento errado e ele estará enfiando suas coisas de volta na mala, igual ao Jamie.

— Estou indo à casa da Truly agora por um tempinho. Guarde um pouco de pizza para mim.

Não preciso trocar minha roupa empoeirada. Chaves, carteira, sapatos, estou saindo. Sou a rainha da saída instantânea. Estou praticamente saltando para fora de uma entrada para cachorros.

— Tchau.

— Espera — Tom chama de dentro de casa, com surpresa na voz.

Patty escapa atrás de mim.

— Ei, volta aqui! — Eu a persigo até a calçada e a pego no colo. — Coisa feia!

Há um carro se aproximando e não é o de entrega de pizza. Seria uma pizza miraculosa. É um carro preto barulhento. Conheço esse carro. Bato um novo recorde de velocidade correndo até a porta da frente, meu sangue pulsando nos ouvidos, e enfio Patty nas mãos abertas de Tom.

— Tchau!

O carro preto para no começo do caminho de entrada, bloqueando meu carro, e a ignição é desligada. A porta do motorista se abre.

Ou Vince tem um timing perfeito, ou tem o pior timing de todos os tempos.

CAPÍTULO 9

MOMENTOS COMO ESTE ME dão a certeza de que Loretta está deitada de barriga para baixo numa nuvem, enchendo a boca de pipoca e cutucando o carro de Vince para descer a rua um pouquinho mais rápido. Dois minutos depois e eu já teria ido embora, e Vince teria simplesmente passado pela casa.

Vince dá a volta pela frente do carro, vê Tom e eu e tropeça um pouco, surpreso, antes de se recuperar. Ele se senta no capô do carro. Falando no diabo...

— Você ainda está sem telefone.

Esse é o jeito de Vince dizer: *Eu não te vejo há um tempo, queria te ver e isso faz mal para o meu ego.*

Agora eu o vejo com novos olhos. A lindeza simples de Tom me estragou para meu tipo de sempre. Vince é magro feito um varapau, pálido e de cabelos escuros, vestido da cabeça aos pés de preto. Tatuagens a granel. Olheiras e um ar de artista torturado. Ele curva as mãos em volta de um cigarro, dá um peteleco e agora está exalando uma coluna de fumaça cinzenta.

— Pensei em passar por aqui. — Vince claramente odeia esse tipo de momento em que tem que justificar seus atos ou dar a mínima. Nunca exigi isso dele. Outra tragada e seus olhos azuis olham para todo canto, menos para mim. — Mas você ainda tem companhia. Tom Valeska, não é? Não te vejo há anos, cara. Como vai? Bonitinho o cachorro.

— Simplesmente ótimo — diz Tom, meio rindo, Patty montada em seu antebraço. Ela exibe uma expressão parecida com a de um sapo. Cigarros a fazem espirrar. — Estou fantástico.

— E eu estou ótima — digo a Vince, sarcástica. Ele apenas sorri para mim, olhando para meu corpo em minhas roupas.

— Não posso discordar. — Vince estreita os olhos para o rosto de Tom, encarando-o. — Você está aqui para começar as obras da casa?

— É — responde Tom.

— Estava na hora. Que pocilga. E você vai ficar aqui?

Vince está olhando para a picape e pensando em que oportunidades podem sofrer algum impacto com isso.

Tom cruzaria os braços, se não estivesse segurando uma chihuahua.

— Estarei aqui. Todo dia, pelos próximos três meses. Ela vai trabalhar comigo.

Vince pondera a respeito.

— Ouvi falar que você estava me procurando ontem à noite. Lenny me mandou uma mensagem de texto, disse que te viu no Sully's. — Ele balança as chaves para mim. — Vamos sair.

— Não estava te procurando. Tenho outros planos esta noite. Cai fora, cabeçudo.

Aponto para a rua.

— Uau. Agora me sinto usado e abusado.

Vince acrescenta para Tom, com um sorriso furtivo:

— Ela só me quer para uma coisa.

Ele está meio que correto. Tom eleva os olhos para o céu como se rezasse por forças. Nesse ritmo, vou precisar cavar uma cova pequena e estreita.

Durante os últimos anos, Vince e eu usamos um ao outro várias vezes nos curtos períodos em que volto para a cidade. Eu nem me incomodo em avisá-lo quando vou embora, porque quem liga? Ele não.

Sexo com Vince é como ir para a academia: eu me sinto um pouco melhor logo em seguida, enquanto o suor esfria no meu corpo, mas arrumo um monte de desculpas para mim mesma para explicar por que não deveria ir.

Tom lidou com os meus rapazes por tempo suficiente para saber que a melhor resposta é ser exasperantemente polido.

— Onde você trabalha hoje em dia, Vince?

Você jamais adivinharia que ele o chamou de merdinha dois minutos atrás. Nem manteiga derreteria naquela boca perfeita.

Vince olha de esguelha para o decalque na picape de Tom.

— Estou entre projetos no momento. Venho tentando convencer Darcy a me arranjar um emprego no bar, só que ela está me enrolando. Mas eu poderia começar a trabalhar em construção...

Uma pausa persistente, do tamanho de uma oferta de emprego, é deixada ali.

Meneio a cabeça.

— Como se eu fosse servir de babá para você no bar. Pode trabalhar lá quando eu for embora.

Tom encara Vince.

— E o que você acha do fato de que ela voltou para casa com um hematoma por trabalhar lá? Feito por um cara?

Vince me olha de cima a baixo, mas não consegue detectar nada de errado.

— Ela sabe se cuidar. Aposto que o deixou todo fodido. — Ele vacila sob os olhos de Tom e acrescenta, desajeitado: — Mas você está bem, Darce?

— Ótima. E você está correto. Sei me cuidar. — Gosto de como Vince me vê. Indubitavelmente durona, sem necessidade alguma de ser salva.

— Quem foi?

Vince está mais curioso do que indignado.

Dou uma bufada.

— Keith. O grandessíssimo tonto.

— Meeeeerda. — Vince assovia. — Ele tem uma quedinha por você, sabia? É bem óbvio. Os caras todos riem disso.

— Bom, você podia ter me avisado. Por um acaso um barril de Viagra caiu na estação de tratamento de água? Porque, da última vez que conferi, eu não era irresistível.

Arrasto minha bota no cascalho. Ainda fico envergonhada cada vez que penso em como fazia piada sem nem pensar em manter a guarda alta.

— Ele estava tentando me dizer algo que eu não queria ouvir e agarrou meu braço para me fazer ouvir. Isso foi tudo. Não foi uma coisa violenta. Foi uma coisa irritante.

Estou falando tudo isso para Tom.

— Foi uma coisa de agarrar alguém no serviço. Uma coisa que deixou hematoma. Absolutamente não tá nada bem.

Os olhos de Tom estão do tom alaranjado Valeska. No meu mundinho preto e branco, essa é a única cor. Por um instante pulsante e profundo, quero estar nos braços dele, aquelas mãos enormes aninhando minha cabeça. Ninguém poderia deixar um hematoma em mim.

— Você não quer enfrentá-lo, cara — Vince aconselha Tom. — O cara é imenso.

Ele repara na expressão de Tom e desvia o olhar com um sorriso, meio encoberto pela fumaça.

— Bem, talvez você se saia bem. Anda frequentando a academia.

— Não.

— Esse aqui é o corpo de alguém que trabalha pesado — digo a Vince.

Estou começando a ficar irritada com ele e sua conversa leve, sarcástica e sexy. Ter uma conversa com Vince é como tentar passar uma minhoca viva no anzol.

Então me dou conta de algo, e isso é suficiente para fazer meu coração parar. Vince é igual a mim. Como é que Tom me aguenta? Ah, merda. Eu tenho um tipo, sim: sou eu. O piercing na língua dele pisca sob a luz do crepúsculo. Minha variação pisca de volta de dentro da escuridão no meu sutiã. Somos tão similares que poderíamos ser gêmeos.

— Estou falando sério, eu tenho que ir embora. — Destravo meu carro. — Você está fechando a passagem.

— Ela é muito boa nisso de ir embora, hein? — reforça Tom a Vince, num momento inesperado de aliança.

— É uma profissional. E aí, o que mais tá rolando, cara? Ouvi dizer que você vai se casar com aquela morena gostosa. Parabéns.

Vince ouviu a respeito durante uma das minhas bebedeiras tristes no Sully's. Não achei que ele estivesse ouvindo de fato. Quem sabe o que eu falei?

Começo a ficar com a cara quente e envergonhada. Meu chaveiro está sendo um cuzão comigo, toda chave retorcida e presa em sua vizinha. Eu as chacoalho, furiosa, e não consigo suportar ouvir nem uma notícia sequer sobre o casamento.

A voz de Tom atravessa tudo.

— Não, nós terminamos.

Eu me viro nas pontas das botas e franzo a testa para os dois. Ele nunca mente. Por que sentiria a necessidade de fazê-lo agora?

— Ah. Desculpe.

Isso parece uma má notícia para Vince. Ele olha de Tom para mim, analisando as coisas, e então resolve algo. Descola a bunda do carro, pisa na bituca de cigarro e se aproxima, desfilando em botas muito semelhantes às minhas.

Coloca a mão em volta da minha cintura. Em uma exalação nauseante de nicotina, sussurra:

— Você é um pouquinho irresistível. Passa lá em casa mais tarde. Vou te foder bem gostoso.

O lábio inferior roça meu lóbulo.

Espero que Tom não tenha uma audição muito boa.

Vince já me disse coisas muito piores e com muito mais detalhes, mas me afasto e o empurro para longe.

— Passo.

Um carro de delivery de pizza encosta contra o meio-fio.

— Vou buscar — diz Tom, brusco, enfiando a mão no bolso para pegar a carteira, Patty depositada nas violetas.

— Ah, vá! Deixe eu te convencer. — Vince gosta quando sou um desafio. Ele é só outro daqueles caras no bar, sendo tratado como lixo e adorando. Se eu ficasse toda mole e fofinha com Vince, garanto que nunca mais o veria.

— Vejo você mais tarde, Darce — despede-se Tom, entrando em casa com sua pizza. Patty o segue, o focinho empinado como uma esnobe. Eu me preparo para uma batida da porta, mas ele a fecha em silêncio.

— Não passe mais de carro por aqui — digo a Vince, com ameaça na voz. — Isso me deixa fula.

Vince assente e coloca um chiclete na boca.

— Eu me lembro dele do ensino médio, e como ele era perto de você. Ficou um pouco agressivo comigo uma vez. — Vince parece ter surpreendido a si mesmo. Ele olha para mim com uma expressão nova. — Ei, a gente se conhece há muito tempo.

— Não, você está enganado. Jamie é que era do tipo agressivo.

— Não, em definitivo foi o Tom. Cuidado para ele não se apaixonar de novo por você — diz ele, numa voz que soa como se estivesse brincando. Palavras que soam sérias. — Você acabaria com um cara desses quando fosse embora. Te vejo por aí.

Antes que eu diga qualquer coisa, ele já está entrando no carro e acelerando sem necessidade. Dá ré sem checar o retrovisor, faz uma curva exibida no retorno e se vai, fazendo um escarcéu. Fico ali por um longo momento, tentando me aquietar.

Como é que não notei que estava transando casualmente com meu *doppelgänger* masculino? Será que a coisa toda conta como um tipo esquisito de masturbação?

Algo no som baixo da porta de entrada se fechando me incomoda. Aposto que ele achou que eu cederia, que me esqueceria de Truly e entraria no carro de Vince. Já entrei em inúmeros carros pretos. Ele fica em casa. É o que nós fazemos. Se ir embora fosse um esporte, eu estaria no Hall da Fama.

Se apaixonar de novo.

Se apaixonar de novo por você. Será que eu estava cega? Até o estúpido do Vince sabia?

Minha chave desliza na fechadura da porta de entrada como se a mão de Loretta estivesse estabilizando a minha. Caminho pela casa sem nenhum pensamento na cabeça além da ideia de que preciso encontrar Tom e dizer a ele que vou me comportar melhor. Ser melhor. Estou parando com as baboseiras.

Esta casa parece um diapasão. Não há som algum, mas existe uma vibração aqui agora, um grave profundo que sinto no meu estômago. Tom está de pé na cozinha, de costas para mim, as mãos apoiadas de cada lado da pia velha e funda. Minha vida pessoal é com certeza repugnante.

— Desculpe por isso — digo, e ele dá um pulo de surpresa, batendo a cabeça no armário acima dele com um estalo. Tom uiva de dor.

— Merda! Desculpe, desculpe.

Corro até ele e puxo sua cabeça mais para baixo. Esfrego a mão no cocuruto.

— Ah, coitadinho do Tom! Desculpe, desculpe. Eu não tinha a intenção, fui descuidada.

As palavras saem coladas uma na outra, e já não estou falando sobre a cabeça dele agora. É um alívio poder dizer isso.

— Em geral posso ouvir você caminhando a um quilômetro de distância. — Tom gira os ombros, com agonia no rosto, e, quando se endireita para sua altura total, minha mão escorrega para seu ombro. — Não se esgueire assim.

Ele está recostado na pia agora, e estou apoiada nele. Tom não parece reparar, perdido em seu mundo particular de dor, a mão na cabeça. Tento me libertar, mas sua outra mão aperta minha cintura.

Dessa nova perspectiva, estou olhando para cima, para a curva da garganta dele e a placa pesada de seu bíceps. Dentes brancos perfeitos mordendo o lábio inferior. A dor é tão parecida com o prazer. Como ele pode ser elegante, a despeito de seu volume brutal? Michelangelo estaria gritando por um novo bloco de mármore.

Eu? Eu quero a minha câmera. E isso é algo que não queria há muito, muito tempo.

Se esta fosse a minha vista regular e eu pudesse ficar entre os joelhos dele sempre que quisesse, eu seria um acessório fixo. Que caralhos a Megan tem de errado? Um grande pulso de frustração me perpassa. Ela está cometendo o mesmo erro que cometi. Não sabe o tipo de coração que tem. Eu me pergunto se deveria tentar explicar para ela, de algum modo. E como faria isso sem parecer uma psicopata?

Sinto o momento exato em que a dor dele retrocede e ele se dá conta de que nossos corpos estão juntos. Ele daria um passo para trás, mas não tem para onde ir. Eu daria um passo para trás, mas a mão dele se curva num aperto.

Eu me sentei lado a lado com esse menino em viagens de carro, mas nunca estive tão perto assim, cara a cara. Posso ver tudo agora, as facetas de açúcar cristal nos olhos dele e o açúcar mascavo da barba por fazer em sua mandíbula. Ele é tão delicioso que minha garganta dói.

A maneira como ele me olha me faz pensar se estou encrencada.

— Pensei que você fosse sair.

— Quis voltar e pedir desculpa — digo a ele, colocando os braços em torno de sua cintura e o abraçando. — Você fechou a porta de um jeito que me deixou triste, e queria te dizer que vou me comportar melhor.

— Comportar melhor, como? E como fechei a porta?

Sua outra mão dá a volta nos meus ombros. Ele cruza os pés por trás dos meus calcanhares, e agora seu corpo inteiro está me abraçando. Quente, suave, duro. Pensei que o meu colchão fosse o paraíso, mas isso foi antes de me deitar nessa pessoa. Como é que vou me descolar dele?

Inspiro seus feromônios de vela de aniversário. Quero conhecer o cheiro até dos ossos dele. Deixe-me começar na estrutura do seu DNA e ir subindo daí.

Falo junto a seus músculos.

— Você fechou a porta como se tivesse acabado de aceitar que eu não volto. Vou começar a ser como você. Completamente honesta, cem por cento. — Pairo à beira do precipício e decido tentar. — Esse é o melhor abraço da minha vida.

O coração dele sob minha bochecha bate num ritmo diligente e regular, e preciso que continue para sempre.

— É muito bom mesmo — concorda ele, achando graça.

Não consigo dizer como estou fazendo a minha parte nisso. É ele quem faz todo o trabalho. Aperto meus braços, pressionando-o mais para perto. Aquele sentimento de bolha dourada se expande em torno de nós outra vez. Nunca me senti assim com outro homem. Sei o que é isso: alegria. O peso dos braços dele é a única coisa que me impede de começar a flutuar para longe do chão. Tenho que levantar o rosto para ver se ele também sente isso.

Tom sorri ante o deslumbramento que vê na minha expressão.

— Honestidade completa de Darcy Barrett? Não consigo lidar com isso. E não sou tão honesto quanto você pensa.

Um pouco de seu prazer se apaga.

Recuo uma fração.

— Por que você está sempre tentando me convencer de que não é perfeito? Para mim, você é. Todinho perfeito. Acredite em mim, eu fiz um censo mundial. Ninguém se compara.

A mão dele sobe pelas minhas costas.

— Como é que eu poderia merecer a honestidade total de Darcy Barrett, assim como sua fé cega? Não sou perfeito. Não sei o que vou fazer quando você se der conta disso. — Ele engole seco e tenta desesperadamente mudar de assunto. — Ah, olha, seu novo pescoço! Ainda não consigo me acostumar com o seu cabelo.

Na minha nuca, aquela mão quente se fecha e me acendo.

Mãos na minha pele são como eu recarrego. Sempre foi assim para mim. Será que é coisa de gêmeos? Será que é porque dormi numa incubadora por uma semana? Não sei. É coisa de Darcy. Sentir outro ser humano repousando contra mim apenas apaga a loucura dentro de mim, e as palmas grandes e coriáceas de Tom estão em outro nível.

Sei que meus olhos provavelmente estão dilatados e malucos, mas pressiono contra a mão dele e exalo um ronronar estranho.

A reação dele é instantânea. Sou afastada num tranco e minha pele se resfria. Ele parece chocado, como se eu tivesse expelido uma bola de pelo.

— Desculpa, desculpa. — Coloco minha mão onde a dele estava e esfrego vigorosamente. — É um negócio que eu tenho.

— Com o pescoço? — pergunta ele, meio bobo.

— Tenho a pele faminta. Tudo o que quero é alguém me tocando. — Estou sentindo uma marca fantasma em minha barriga? O corpo dele pressionou mesmo contra o meu com força, na parte de baixo? Com certeza não. Olha só o que estou fazendo: arruinando um momento lindo. — É melhor eu ir para a casa da Truly agora.

Abro a caixa da pizza e tiro uma fatia. Pizza é uma excelente ferramenta para recalibrar. Mordo, mastigo, e ele não diz nada. Está totalmente congelado.

— Diga alguma coisa — falo, engolindo. — Diga que sou uma esquisitona e tire isso do caminho.

— É por isso que você precisa de Vince? — Ele tenta pigarrear, mas o que sai é apenas um rosnado. — Sua pele é faminta? O que isso significa?

Mordo minha pizza, sustentando o olhar dele.

— Ele é melhor do que nada.

— Como você foi dos romances da Loretta para "melhor do que nada"?

— Enquanto você estava com uma pessoa, levando a melhor das vidas, eu venho me decepcionando bastante. E talvez decepcionando os outros, para ser honesta. — Ajuda meu ego ele aparentar não acreditar em mim. — Vince não é tão ruim assim.

Tom escolhe suas palavras com cuidado.

— Você quer a minha opinião sobre seu pau amigo? Tenho uma marreta na picape. Ficaria feliz em mostrar a ele como funciona.

Uma emoção pontiaguda se desdobra dentro de mim.

— Viu? Você sempre diz a verdade. Farei o mesmo. Como, diabos, a Megan não está te abraçando para sempre? Você abraça bem pra caralho. — O nome dela em voz alta me leva de volta à cena no caminho da entrada. — Por que você se deu ao trabalho de mentir para Vince agora há pouco?

Ele sabe muito bem do que estou falando.

— Não menti.

— Claro que não. Você nunca mente. É só que... Megan. Vocês não terminaram. — Despedaço a pizza com os dedos. — Ele não vai se sentir ameaçado nem se importar, se você estiver morando aqui comigo.

— Mas nós terminamos, sim.

— Hilário. Muito engraçado. Pare de tirar uma com a minha cara. — Ofereço um pedacinho de massa para Patty e espano as mãos na calça. Espero, e ele não fala mais nada. Só olha para mim. — Mas você vai me forçar a ser a fotógrafa no seu casamento... Você vai pedir e vou dizer sim. Vocês dois serão enjoativos de tão fotogênicos. — Coloco a mão no quadril. Olho feio para ele, mas Tom não cede. Será que está falando sério? — Há quanto tempo, exatamente, meu telefone está naquela privada?

— Nós terminamos há cerca de quatro meses. Eu disse para sua família que contaria a você pessoalmente.

— Mas é só um tempo. Você vai voltar com ela.

— Não — nega ele, com gentileza. — Não vou, não.

— Mas você quer voltar com ela. Vou te ajudar.

Ele apenas balança a cabeça. E, por um momento, fico louca.

Eu me desvio de lado para a porta dos fundos da casa — preciso de ar. Preciso do céu e das estrelas e do frio; preciso me sentar nos anéis de Saturno, balançando as botas no universo negro para ficar sozinha, mas ele dá a volta em mim com facilidade e agora sou eu quem está recostada na pia.

— Fique aqui.

— Você está bem? — Quero agarrá-lo pelos ombros e conferir se há algum dano físico. Vou abrir o peito dele para conferir o quanto seu coração está mal.

— Eu? — Ele pensa por um segundo. — Todo mundo pergunta apenas se ela está bem.

— É, porque ela acabou de perder *você*. Você está bem? Preciso ir até lá e dar uma surra daquelas nela?

Noto que um dos armários acima de mim está entreaberto. Em busca de algo para fazer, levanto a mão para fechá-lo. Quando meus dedos se engancham no puxador minúsculo, a dobradiça, da espessura de uma teia de aranha, rompe-se. Agora estou ali de pé com uma porta quebrada na mão. Eu a apoio contra minha perna e tento parecer calma, mas estou praticamente fazendo um teste para entrar para um programa de luta livre.

A contragosto, ele ri.

Vou bater em Megan com essa porta até ela se dar conta da cagada que fez. Ele sabe muito bem em que estou pensando.

— Você é sempre tão violenta, sacana. — Um sorriso curva o canto de sua boca, enquanto ele avalia o dano que acabo de infligir. Minha violência o faz vibrar. — Como é que você sabe que não sou eu quem merece a surra?

Ele tira a porta do armário de mim. Mais para si mesmo, diz:

— Isso está indo, grosso modo, bem como eu imaginava.

— O seu coração está partido?

Levanto a mão e arranco a porta seguinte, com um estalo muito satisfatório. Entrego-a para ele.

— Está... dolorido. Não partido.

Ele olha para a porta do armário seguinte. Algo como *foda-se* passa pela mente dele, e Tom arranca ele mesmo uma porta.

— Quem terminou?

Craaac. Outra porta se vai.

— Bem... Venho tentando entender. Depois de oito anos, foi meio que uma decisão conjunta, como a maioria delas. Desculpe. Sei que você gostava muito dela. Na verdade, não. Nunca soube se você gostava dela.

Arranco a porta de um dos armários na parte de baixo e tento quebrá-la no joelho. Não posso fazer mais nada com essa energia. Ele está solteiro. Pela primeira vez em oito anos. E eu preciso de esfoladura de tapete nos meus joelhos e uma parede contra minhas costas, e lamber a água do chuveiro da pele dele e lhe dar pizza fria para comer no meio da noite para que ele mantenha as forças.

Megan é uma mancha vermelha atrás da minha colheitadeira, e essa é a extensão da minha piedade por ela.

Ele tenta me acalmar com a mão no meu ombro.

— Por que você está fazendo isso?

— Se não fizer isso, vou fazer outra coisa.

Algo tão profundamente irreversível que não seremos capazes de fazer contato visual quando passarmos um pelo outro no saguão do asilo. Foda-se. Aquela honestidade completa que prometi? Aqui vai ela. Subindo pela minha garganta, em alto e bom som. Uma revelação grande e aterrorizante.

— Você vai botar suas mãos em mim ou o quê?

CAPÍTULO 10

TOM OLHA PARA AS próprias mãos segurando uma porta de armário. Ele tenta compor uma frase por muito tempo. Enfim, consegue soltar um:

— Desculpe, oi?

— Porque juro que preciso das suas mãos mais do que já precisei de qualquer outra coisa.

Esfrego as costas da mão sobre a boca. Foda-se. Ele já é crescidinho, aguenta o hálito de pizza. Meu corpo está assumindo o controle. Tudo borbulha para fora de mim — anos de olhares roubados e camisetas justas e aquela certeza no fundo dos ossos de que o animal dentro dele também me quer.

De que outro jeito ele poderia sempre me deixar sentindo desse jeito? Mais brilhante, mais sombria, mais faminta? Ninguém mais me deixa de pé numa ducha fria ou desmanchando uma cozinha com as próprias mãos. Eu o quero gritando de prazer. Quero ser a única em quem ele consegue pensar.

— Tire a camisa. Os sapatos. Eu faço o resto. — O tesão arrebentou minhas cordas vocais; estou rouca. Aponto para a porta do quarto. — Cama. Suba nela.

Estou olhando para o quadrado sólido da fivela de seu cinto.

— Você ficou maluca?

Ele está atordoado.

Quando estendo as mãos para ele como um zumbi sexual assustador, ele se afasta, quase se encolhendo contra a geladeira — um homem enorme aterrorizado pelas pontas dos meus dedos esticados.

Ele levanta as mãos e puxa para baixo a persiana retrátil quebrada da janela, jogando-a no chão entre nós, como se ela pudesse me manter à distância.

— Darcy, você está brincando?

— Tenho cara de quem está brincando? — Observo enquanto ele engole seco e sua mandíbula se retesa, os tendões lembrando fitas. Acho que pareço ser uma predadora. — Não estou brincando. Acabei de lhe dizer, vou dizer a verdade daqui por diante. Eu te quero, muito. Sinto o quanto você me quer. Então me mostre do que você é capaz.

Minha respiração escapa de mim em lufadas leves e ligeiras.

— Sacana, você perdeu o controle. Pare de mexer comigo.

Holly tem razão. Eu não sou romântica. Vou corrigir isso depois.

— Tom Valeska, entre em mim.

Ele solta uma exalação trêmula e há um cintilar de medo em seus olhos. Sou uma vadia assustadora. Ele é um docinho acanhado com bochechas rosadas. Não há nem sinal de Valeska. O primeiro instante de dúvida me ocorre e estreito os olhos para o rosto dele. É sério? Pensei que já estaria com os dentes dele em mim a essa altura.

— E aí?

Ele empurra a fivela do cinto como se estivesse desconfortável.

— Sinto muito você ter tomado um choque. Eu deveria ter lhe contado assim que cheguei.

Ele vira a cintura para lá e tenho certeza. Está com uma ereção de ferro, e é por minha causa. Vou pegá-la para mim, pressionando para dentro um centímetro de cada vez até não conseguir nem piscar. Esta casa pode ir para o inferno.

A expressão nos meus olhos faz a respiração dele estalar nos pulmões. Não preciso de um espelho para saber que devo estar com uma aparência intensa pra caralho.

Eu lhe dou um segundo para se recompor.

— Por que não contou? Deus do céu, Tom. Venho fazendo papel de idiota. Quantas vezes eu toquei no assunto dela, e você não disse nada?

Vou até a porta da despensa. O fodido. Isso é tudo o que posso fazer.

Craaac. Tom a segura antes que a porta me achate debaixo dela.

— Muitas vezes. — Seu rosto tem uma expressão dolorida enquanto ele coloca a porta em nossa pilha crescente de destroços. — Mentir para você é muito mais difícil do que pensei.

Ele olha mais uma vez para a porta do meu quarto e balança a cabeça de leve, como se estivesse com água no ouvido.

— Você de fato acaba de me dizer para... — Ele não consegue nem terminar.

— Você fala a verdade para o Vince, mas não para mim?

— Perdi a paciência — responde ele, sem humor. Lá fora, ele foi seu eu de sempre, perfeito. Eu o rejeitaria por ser frio, mas, quando ele olha para mim de novo, está cintilando agora, mais sombrio. Mais faminto. Existe um ímã nos atraindo um para o outro. Finalmente.

— Diz o sujeito com uma marreta no carro. — Meneio a cabeça e arranco todos os botões do fogão quebrado, jogando-os aos pés dele. — Você é a única pessoa direta comigo, sabia? A única pessoa que me conta a verdade. E está mentindo para mim desde que chegou. Por quê?

— Pensei que seria melhor assim. Se eu te contasse depois da reforma.

Ele diz isso como se fosse razoável.

— E por quê?

Uma vozinha dentro da minha mente sussurra: *Ah, não.*

— Por causa disso.

Ele gesticula para a cozinha ao nosso redor, os olhos se prendendo em minha boca. Lambo o lábio e penso no xarope que tomei. Ele não vai sair vivo daqui.

E então ele me traz de volta à realidade do jeito mais meigo, gentil e indefectivelmente Tom possível.

— Pensei que seria mais seguro se só te contasse depois que a casa estivesse pronta. Pensei que isso poderia acontecer. — Como se não pudesse se controlar, ele olha, por reflexo, para a porta do meu quarto. — E não vai acontecer.

Seu peito sobe e desce.

Seus olhos estão profundamente perturbados. Ele não vai para a minha cama, porque não pensa em mim dessa forma. Nem um pouquinho. E acabo de mostrar todas as minhas cartas para ele. Isso é igual quando eu peço para comprar o anel de Loretta de Jamie no estacionamento, um minuto depois de ele o ter herdado. Por que nunca tento montar uma estratégia? Tudo apenas irrompe da minha boca de vulcão.

Ele diz:

— Pensei que fosse mais seguro mentir.

O sangue, vermelho e quente, preenche meu corpo, sobe pelo meu tronco, meu pescoço, chegando às raízes do cabelo. A humilhação está dissolvendo meu esqueleto.

— Mais seguro. — Minha voz soa muito distante de mim. — Mais seguro?

Meus pais talvez entenderiam a razão para a mentirinha inofensiva dele; Jamie com certeza entende.

— Preciso me concentrar na casa — anuncia ele, muito razoável. — Nunca administrei um negócio sozinho.

Ele tem uma camada de suor na pele e está lutando para recuperar o fôlego.

— Eu te conheço desde que você derretia Barbies com um isqueiro. Você é a irmã de Jamie. Prometi aos seus pais que cuidaria de você.

E, num instante, compreendo. A vida consiste em encontrar amortecedores.

Megan era um amortecedor, porque estava claro há anos que, no momento em que ela desaparecesse, eu atacaria. Deus do céu, não durei nem um minuto. Não sei flertar, nem de longe. Para uma mentirosa habitual, pareço falhar em momentos cruciais.

Ele está com o primeiro trabalho de sua própria empresa e não quer que eu fique no seu pé como o Pepe Le Gambá. Sou a cliente. Sou a irmã de seu melhor amigo. Sou a filha de coração fraco do sr. e da sra. Barrett. Sou o risco do qual ele prometeu que cuidaria.

Sou uma psicopata despedaçadora de cozinhas que vai arrancar as roupas do corpo dele e beijar tudo nele até chegar a seus ossos. É preciso criar noção.

Eu me forço a dar uma risadinha e assentir.

— Certo. É justo. Isso provavelmente é inteligente, de fato.

De alguma forma, caminho para a porta de entrada em minhas pernas trêmulas, e o ar frio da noite entra e inunda a casa. Vou encontrar o mar mais próximo e caminhar para dentro dele, seguir até a Atlântida e perguntar sobre o mercado imobiliário de lá.

— Da próxima vez que eu o vir, você não pode me fazer sentir mal a respeito disso. Finja que não aconteceu. Mas sabe do que mais? Pensei que você tivesse mais coragem.

Vou a uma loja de bebidas, compro algo barato e enjoativo de tão doce e de lá vou para a casa de Truly. Ela abre a porta e pisca feito uma coruja para a noite lá fora.

— Preciso me deitar no seu sofá um tempinho — digo a ela, tirando as botas com os pés. — Acabo de fazer algo imperdoável.

— Tá bom — diz ela, sem hesitar, como a excelente amiga que é. Nós nos deitamos no sofá uma da outra desde o ensino médio. Vou me deitar no sofá dela até o dia em que eu morrer.

Só que me deitar no sofá não é uma opção, no final. Ele está coberto por uma pilha de roupas de baixo. Truly mal parece ter registrado minha chegada; ela retorna à sua máquina de costura, iluminada por uma lâmpada forte no teto, e o zumbido recomeça.

Truly Nicholson é a rainha de uma marca indie de roupas íntimas chamada Ultrajes de Baixo, e não, o nome dela não é um apelido. Bem, de início era. Ela foi chamada de Truly no útero, quando enfim apareceu na tela do ultrassom. Aquele bebezinho era verdadeiramente *um milagre*.[1]

Analiso suas costas curvadas.

---

[1] *Truly*, em inglês, significa verdadeiramente, realmente. (N.E.)

— Termine com tudo por enquanto. Acho que você já fez o bastante.

Duvido que ela tenha comido alguma coisa há horas, talvez dias, por se preocupar com resquícios de gordura nos dedos. Migalhas, manchas e pingos são seus inimigos mortais.

— Truly, eu preciso te contar sobre uma coisa insana demais que acabei de fazer.

Rrrrrrrrrr. A máquina de costura rola uns seis centímetros de pontinhos minúsculos. Ouço um clique, e então *rrrrrrrrr.*

Como um robô, Truly levanta o pezinho da máquina, reposiciona, aperta o pezinho e então *rrrrrrr.* Seus olhos estão completamente vazios. Tenho certeza de que ela já esqueceu que estou aqui. Quando vejo que terminou de costurar a peça atual, apago a luz de cima dela.

O feitiço terrível é quebrado. Ela desaba nos meus antebraços enquanto encontro um pouco de leite achocolatado ainda no prazo de validade. Tiro pilhas de roupas de uma poltrona pouco utilizada, deposito Truly ali e seguro o canudinho na direção de sua boca.

— Um pouco dramática — murmura ela, rouca, e seus olhos verdes pálidos rolam para se focar em mim enquanto ela drena o copo todo. Suas mãos são inúteis a essa altura.

Seus cabelos loiro-avermelhados parecem ter se desbotado até chegar na cor de palha, e suas bochechas dotadas de covinhas estão pálidas. Ela se descreve como suntuosa. Tem um busto espetacular e um traseiro em formato de coração. Todas as suas linhas se conectam a uma junta em curva, como se ela tivesse sido desenhada com uma caneta de caligrafia cor-de-rosa. Eu queria que as coisas fossem diferentes, assim poderia me casar com ela. Vou odiar seja lá quem ela escolher.

Só que ninguém se casaria comigo. Sou insana.

Olho para as calcinhas completadas. Dez por pilha. Começo a contar. Deve haver umas trezentas prontas, tranquilamente. Talvez mais.

— Há quanto tempo você está fazendo isso?

— Que horas são? E em que dia estamos? — Ela nem está brincando.

— Noite de quinta-feira.

Coloquei o copo de lado e peguei sua mão fria nas minhas. Ela fecha os olhos enquanto tento gentilmente endireitar seus dedos. Os tendões resistem como arames. Começo a esfregar. Acho que ela não consegue sentir nada no momento.

— Você está se destruindo.

— Meu site deu um defeito e vendeu tudo dobrado. Duzentas e cinquenta calcinhas... Chorei por mais de uma hora. — Ela está distante. — Quinhentas, no total.

A parte Jamie do meu cérebro contabiliza quanto isso daria. Matemática não é o meu forte, mas é bastante.

— Você deveria ter revertido as transações.

— Eu só... não podia. As pessoas teriam ficado decepcionadas. — Ela tira a mão das minhas e estende a outra. Os dedos estão encurvados e, dessa vez, quando os achato com gentileza, ela geme de dor. — Ai, ai, ai.

— Você não deve *nada a ninguém*. O dinheiro não vai valer a pena se as suas mãos virarem garras de lagosta. Tendinite não é brincadeira.

O impulso de perguntar a ela se foi ao médico é quase esmagador, mas odeio quando as pessoas me perguntam isso. Mordo a ponta da língua e vou para a cozinha de novo. A geladeira está no mesmo nível da minha. Encontro pão no congelador e coloco algumas fatias na torradeira.

— Se eu puder só terminar essas encomendas... — diz ela do outro cômodo, a voz sonolenta. — Vou fazer o acabamento nesse lote e enviar, e aí...

— Aí você vai pensar em outro xingamento ou insulto ótimo, e esse processo todo recomeça.

A Ultrajes de Baixo usa o mesmo modelo básico de cintura alta e algodão orgânico com arremates grossos e sem costura e reforços à prova de bala. Essa calcinha não entra na sua bunda de jeito nenhum. Todas elas têm um insulto ou uma frase ofensiva impressa na bunda. Estou usando uma agora mesmo onde se lê SAFADA em estilo grafitti.

Enquanto espero pela torrada, olho para o lançamento mais recente. Ela é vermelha listrada de azul, com as palavras DESTROÇO HUMANO. Fotografei o protótipo algumas semanas atrás.

— Lixo humano, ao estilo náutico — digo para mim mesma. — Preciso de uma dessas. Está faltando alguma coisa nelas?

Truly grunhe.

— Umas ancorazinhas. Por que eu decidi acrescentar as âncoras?

— Extravagâncias. Você é cheia de extravagâncias.

— Bem, a minha extravagância significa quinhentas âncoras em miniatura. Esse é o seu trabalho, por favor. — Ela gesticula para um pacote pequenino.

— Claro.

Não me é estranho costurar pequenos acréscimos, passar e empacotar. Arrasto caixotes de lingerie até a agência do correio. O puro número das âncoras me sufoca por um instante, mas esmago essa sensação. Truly deve se sentir muito pior. Além do mais, preciso distrair minha mente do que acabei de fazer.

Acabo de empurrar a manivela vermelha de ignição dos Looney Tunes para baixo e implodir minha frágil amizade com uma pessoa que não merecia mesmo isso.

A tarefa manual é de fato o que eu preciso: algo em que concentrar todo o meu ser. Qualquer coisa aquém da perfeição arrisca ser considerada segunda linha. Confiro a cor do algodão, meço o centro exato da cintura, passo linha numa agulha e costuro a âncora na peça, usando cinco pontos não muito apertados. Nozinho minúsculo e asseado, corta, próxima. Faltam só mais quatrocentas e noventa e nove. Mostro a peça para ela, que assente, sem dizer nada. Seu telefone está se acendendo com mensagens de texto, uma atrás da outra.

— Quem é?

— Meu amante falso secreto — comenta ela, devagar, enfiando o celular no bolso de trás. Ela poderia ter um apaixonado real se quisesse. Observo sua expressão e me dou conta de que ela tem um segredo; dá para ver no cantinho da boca, curvado para cima, e na faísca em seus olhos. Alguém anda emocionando minha Truly.

— Vou deixar você guardar esse segredo por mais um tempinho. Depois você trate de desembuchar.

— Tenho certeza de que vou. É difícil mentir para você.

Ela é a segunda pessoa a me dizer isso hoje. Costuro e tento não reparar como minha garrafa de vinho tem um suor frio e sexy no vidro.

— Vou dar o seu número para uma moça com quem trabalho, a Holly. Acho que ela seria boa nisso. Creio que está na hora de você ter uma assistente melhor do que eu. — Recomeço. Costuro cinco vezes, dou um nó, corto. — E vou comprar um celular novo. Venha me buscar da próxima vez.

— Desculpe. Só surtei e comecei a costurar.

A voz de Truly está arrastada.

— Se algum dia você vender dobrado outra vez, eu escrevo o e-mail e cancelo as ordens. Serei a sua gerente babaca e sem rosto. Os clientes aguentam a decepção.

— Eu meio que preciso do dinheiro — retruca Truly, o que é muito diferente de seu usual. — Se quero ampliar a operação, preciso conseguir um empréstimo. Essa reserva cai bem na minha conta.

Ficamos juntas em silêncio por um longo tempo, Truly de olhos fechados. Começo outra âncora.

— Tom está na cidade. A reforma está começando.

A boca de Truly se curva para baixo.

— Isso quer dizer que você vai embora, né?

— Não, vou ficar para a reforma. Vou trabalhar na casa. — Suspiro de modo grandioso para ela não saber que estou prestes a falar sério. — Meu jeito idiota de pedir desculpas ao Jamie por partir seu coração financeiro. E tenho que me certificar de que a casa saia do jeito que eu quero.

Penso em dinheiro por um instante. Não gosto de fazer isso. Mas como posso arranjar mais para Truly? Jamie trabalha num banco.

— Talvez Jamie tenha um contato que possa ajudar com o seu empréstimo. Ou... — Eu me animo. — ... quando a casa for vendida, eu poderia...

— Não. — Truly balança a cabeça, olhos fechados. — Sem conexões. Sem salvador Barrett. Vou me virar sozinha.

— Jamie não poderia ser considerado um salvador se desse o seu nome para um colega.

— Eu quis dizer você.

— Eu! — Rio e estendo a mão para a garrafa de vinho. O vidro orvalhado molha minha mão e me faz retrair. Não posso arriscar molhar sequer um fio de algodão e estragar isso para Truly. Enxugo a mão na perna.

— Você foi meu capital inicial, tempos atrás.

— Você já me pagou por isso. — Sinto uma pontada de embaraço na barriga.

— Você faz todas as fotos e não cobra. Você aplica quinhentas âncoras em miniatura...

— Só fiz cinco.

Ela não ouve meus protestos.

— Você faz minhas compras no mercado e desdobra meus dedos. Você é a melhor.

— Sou um destroço humano.

— Você é a melhor — repete ela, até que sorrio e não preciso mais daquela garrafa de vinho. — E então, como vai Tom? Ainda é uma montanha de músculos nerd e gostosa?

— Tenho que colocar uma mordaça em mim mesma toda vez que ele passa.

— Exatamente igual ao ensino médio. — Truly suspira. — A sombra enorme do seu irmão sempre te deixou desse jeito.

— Pensei que não fosse tão óbvia assim. Bem, tem uma novidade. O casamento foi cancelado. — Conto meus pontos com cuidado. Espero pela exclamação de choque dela.

— Não estou muito surpresa.

— Eu fiquei tão surpresa que arranquei as portas dos armários de suas dobradiças na cozinha. Elas estão numa pilha grandona no chão. Aí falei para ele subir na minha cama.

— Rá! — solta Truly, com os olhos fechados.

— Não é piada. Eu disse a ele para... — Eu me interrompo e engulo o imenso nó na minha garganta. — Disse a ele para *entrar em mim*.

Ela está chacoalhando de tanto rir. Balbuciando, diz:

— Megan nunca pareceu gostar muito dele. Era esquisito, porque os dois são lindos. Eles eram mais como irmãos. Aposto que ela nunca, nem uma vez sequer, mandou que ele... — ela abre os olhos num lampejo verde e vívido — ...entrasse nela.

— É melhor que não tenha mesmo — rosno.

— Aposto que ela marcava no diário. Sábado, seis da tarde. Um adesivo especial de estrelinha dourada indicando relação sexual completada.

Truly retoma a jornada para o sono, emitindo uma gargalhada ocasional.

No meu diário, escrito nas pequenas arfadas de tempo em que deixaria Tom dormir, eu escreveria: *Sexo, trepando, chupando, quase morrendo, preciso de sustança* — com a tinta borrada e a mão fraca. Eu e meu coração romântico.

Sempre o defenderei.

— Não dá para saber como as coisas são num casal quando eles estão sozinhos. — Eu me espreguiço e gemo, sofrendo. — Aposto que ele é absolutamente espetacular na cama. Ele é tão... competente. Ela teria zero motivo para reclamar.

— Você já viu os dois se beijando? Uma vez, que seja? Eu achava esquisito. Eu teria gostado de ver os dois se beijando. — A voz de Truly sai engrolada. Leite e torrada são, de fato, fortes opiáceos.

— Talvez ela não quisesse fazer isso enquanto eu estava ali.

Porque eu talvez saquearia, esfaquearia e incendiaria. Eu assistiria de um morro enquanto o vilarejo dela queimava até os alicerces, as chamas estalando nos meus olhos vikings. Estrago a âncora atual, tenho que cortar os fios e começar de novo.

Truly lê mentes.

— Fico tão feliz por você estar do meu lado. Você seria uma adversária apavorante.

— Você está me confundindo com meu irmão.

— Ele não é tão ruim.

— Ele é como o chefão que você tem que vencer no último nível de um videogame. Mas, enfim, nunca fiz nada para que Megan e Tom terminassem. Fui muito educada com ela.

— Com os seus olhos cinza gigantescos a encarando toda ceia de Natal como se ela estivesse achatada numa lâmina de microscópio.

— Ela é tão linda! — gemo, a agulha entrando e saindo no piloto automático. — Acho que até eu mesma estava meio apaixonada por ela. A pele e o cabelo dela são tão... lindos.

Não há outra palavra que eu possa usar para ela.

— Os seus também são.

— Cabelos? — Agito a mão indicando o pescoço pelado. — Que negócio é esse de cabelo, do que você está falando?

— Darce — diz Truly, como se eu fosse uma tonta patética —, você é durona, mas, minha nossa, que durona bonita. Enfim, por que isso importa? Ele não liga para a aparência.

Faço uma pausa, dou um nó, corto.

— Tom é a melhor pessoa. O ser humano masculino supremo. Eu estava acostumada com ele sendo dela. Mas agora... — Deixo a agulha cair no carpete e xingo, esticando-me para procurá-la. — Ele está solteiro e acho que preciso me disparar de um canhão para o espaço sideral. Eu o estava ameaçando sexualmente agorinha mesmo. — Espeto o dedo e xingo. — Ele estava com medo de mim.

—Ah, é, é?

Ela começa a rir sem parar, delirante. Vai até o banheiro, que é muito próximo em seu apartamento nanico. Eu a ouço fazendo xixi por séculos.

— Ele mentiu e não me contou. Planejava me contar só depois que a reforma estivesse terminada. Disse que era mais seguro. — Essa palavra tão apenas me faz contrair. — Mais seguro. O que é que eu vou fazer, espancá-lo? — Penso de novo na cozinha. — Certo, é justo.

Truly cospe pasta de dentes na pia.

— Talvez ele não confie em si mesmo.

— Não é isso, definitivamente. — Penso na cozinha outra vez. Eu tinha tanta certeza de haver sentido algo firme pressionando contra minha barriga, vindo da parte franca da anatomia de Tom Valeska. — Ele quer terminar a reforma sem que eu fique zanzando por ali, tentando sentir o cheiro dele. Vou apenas ter que me manter sob controle e atravessar os próximos dois meses. Posso ficar aqui com você?

Ela dá um sorriso meigo.

— Não. Você fica com ele.

Eu a arrasto para seu quarto e acendo um abajur. Tiro seu tênis com estampa de cerejas e ela rasteja para a cama, ainda vestida. Começa a chorar.

— O que foi?

— Estou tão cansada — responde ela, entre pequenos soluços. — Deitar dói.

Aliso seu cabelo, ajeitando-o no travesseiro.

— Eu sei, mas você vai desmaiar a qualquer segundo. Estarei aqui quando você acordar e ajudarei a embalar tudo.

— Aposto que o Vince nunca fez você demolir uma cozinha — diz Truly, os olhos se fechando e lágrimas escorrendo por seu rosto para seu cabelo.

— Não. Não fez, mesmo.

— Interessante. Melhor não contar ao Jamie. — Por um segundo vertiginoso, entendi mal e achei que ela estava falando consigo mesma. Ela é a única pessoa que eu mantive, sem nenhuma piedade, sob quarentena dele.

Ela é minha, cem por cento.

— Nem brinque. Ele estaria no próximo voo disponível. Classe comercial, assento na janela. O esnobe loiro pretensioso, tomando vinho de terno, franzindo o cenho para o mundo lá embaixo, chegando para salvar Tom das minhas garras.

— Isso é meio que sexy — comenta ela, arrastando a fala enquanto pega no sono, a cabeça tombando para o lado.

Deus do céu. Vários barris de Substância x devem ter caído no reservatório de água. Ecos do suspiro de Holly, *Ele é tão bonito!*, reverberam pelo quarto. Eu me pergunto se Jamie já se plantou no cérebro réptil primordial de Truly, como um carrapato.

Se isso aconteceu, vou retirá-lo com uma pinça.

Na sala, torno a me sentar com a agulha e a linha. Sinto saudades do meu irmão lindo e horrível. É em momentos assim, no escuro, sem música nem ninguém com quem conversar. A ausência dele é o vazio dentro de mim, e não sei o que mais posso enfiar ali dentro. E, ainda por cima, acabo de foder com tudo. Penso no terror abjeto de Tom. Fui honesta demais. E estava perfeitamente sóbria.

A garrafa de vinho barato está logo ali no tapete, feito um pinguim.

— Que foi? — digo para ela. — Deixe-me em paz por um minuto. Costuro, mantendo os olhos na agulha.

A garrafa não para de me encarar.

Depois de mais algumas âncoras, cedo e abro a tampa de rosca para cheirar o conteúdo. Tomo um golinho da garrafa, depois aprofundo os goles. Algo em torno de uma taça passa pelo gargalo. Penso em Tom olhando para minha lata de recicláveis. Penso na tarefa que Truly me confiou.

— Preciso me concentrar — digo com severidade para a garrafa, colocando-a na geladeira de Truly. Levantar e sentar algumas vezes me dá um fantasma das flutuações no peito. Esqueci meu remédio em casa.

Pela primeira vez em uma eternidade, estou preocupada comigo mesma. Isso é pior do que quando deixei meu Furby morrer debaixo da cama, gemendo e chorando. Como é que corrijo essa negligência monumental? Dou tapinhas no meu peito.

— Aguenta aí.

Eu deveria mesmo ir para minha avaliação e um ECG, mas Jamie sempre vai comigo a essas consultas. Sou um bebê. Sou apenas a Princesa brincando de ser gente grande e falhando.

Vou costurar cada uma dessas âncoras antes que Truly acorde. Sou como os elfos ajudando o sapateiro. Vou costurar e costurar. Talvez isso tire da minha mente Tom caminhando pelo mundo, solteiro e resplandecente.

Talvez eu possa convencê-lo, sugere meu cérebro, otimista, e a agulha espeta meu dedo.

Como poderia arriscar magoá-lo e perdê-lo, só para ter seu corpo? Eu teria que ser a pior pessoa. A pessoa mais imprudente, mais descuidada. O tipo de garota que só serve como tapa buraco. Ah, espere aí. Eu sou.

— Destroço humano — digo para mim mesma e costuro, costuro, costuro.

CAPÍTULO 11

NÃO VEJO AS CORES da alvorada há muito, muito tempo.

Em minha vida antiga, estaria carregando o carro com meu equipamento de fotografia até mais cedo do que isso e saindo para uma sessão de fotos, escrava dessa luz de glacê. Todo mundo fica lindo nesse brilho. Ele retoca de um jeito que meu pacote de software jamais conseguiria. Coloca um rubor em tudo o que toca.

Mas, dito tudo isso: mate-me. Agora. Está. Cedo. Fico na cama e encaro os caibros expostos acima de mim.

Quase comprei uma barraca, mas Tom chacoalhou a cabeça e me mudou para o estúdio, no quintal dos fundos. *Apenas guarde-se aqui com a sua mobília, sacana.* Quando ele jogou meu colchão na estrutura da cama com um grunhido sexual, nós não fizemos contato visual. Nem os espirros alegres de Patty conseguiram romper a tensão. Desculpe, amortecedorzinho, a tia Darcy fez uma coisa muito, muito má.

Destruí a cozinha e destruí minha amizade mais antiga.

Minha voz ressoa em cada silêncio: *Tom Valeska, entre em mim.* Ela ecoa cada vez mais alto, até fazermos uma careta e nos afastarmos um do outro. Ele geralmente é muito bom em apagar meus momentos esquisitos, mas isso foi demais. No entanto, sinto que aqueles olhos de luz dourada estão sempre me observando. Algo lá no fundo de mim — otimismo, talvez — me diz que ele está revirando minha oferta, analisando-a de todos os ângulos. Medindo-a, testando-a em busca de defeitos. *Então me mostre do que você é capaz.*

É nosso primeiro dia na obra; o dia para o qual Tom vinha se preparando obsessivamente. Ele vem trabalhando tanto, e é por isso que estou acordando cedo assim, para provar que estou tão comprometida com isso quanto ele. O que equipes de construção vestem? Não tenho bem certeza. Opto por uma regata, calça jeans preta e uma calcinha que diz IDIOTA DA ALDEIA na bunda. Maquiagem de panda. Cabelo de Elvis. Amarro bem minhas botas. Sou pragmática.

Abro a porta do estúdio e saio para a luz linda. Sinto como se devesse estar arrastando uma mala para o aeroporto. Confiro o horário em meu celular novinho. Cinco e meia da manhã.

Hora de ser uma adulta de novo.

Tom mora do lado de fora da janela do meu quarto, lá no gramado, assim como o Valeska que eu imaginava quando era pequena. Ninguém conseguiria passar por aquela barraca para chegar à porta de vidro do meu estúdio. Neste momento, a barraca dele está fechada com um zíper. Ele está muito quieto lá dentro.

Vou até a frente da barraca e arranho a aba de leve. Patty arranha de volta.

— Tom? A água está desligada lá dentro? Estou explodindo aqui.

Toda vez que vou usar uma das comodidades básicas, ela está desligada. Ou ligada, mas não posso usar. É estressante.

Não há ruídos nem resposta. Abro um cantinho do zíper, apenas o suficiente para Patty passar se espremendo. Ela corre até a moitinha mais próxima e faz um xixi interminável. Estou quase prestes a me juntar a ela.

— Tom? Você está aí?

— O quê? — A voz dele borrada pelo sono. Há uma pausa. — Ah, caralho. — Ouço um farfalhar, alguns grunhidos e Tom sai à força da barraca, como se estivesse nascendo. — Caralho. Que horas são?

Ele me olha de cima a baixo; o cabelo, a maquiagem e o preto.

— Cinco e meia.

Qualquer um pode ouvir o quanto estou orgulhosa.

— Acabou a bateria do meu celular. Eu dormi demais. Porra...

Ele esfrega as mãos pelo rosto e sua camiseta desliza um pouco acima do umbigo. O telefone dele não é o único falecido agora. Essa barriga é daquele tipo tão reto e duro que daria para assinar um documento importante em cima dela, e isso com uma esferográfica.

Mais seguro, eu me recordo por reflexo enquanto meu corpo reage, esquentando e se espremendo. *Mais seguro*. Somente essas palavras me dão a força para concentrar meus olhos em algum lugar que não seja seu corpo ou seu rosto.

— Graças a Deus você acordou.

Ele suspira como se eu tivesse salvado sua vida.

— Sem problemas.

— Você... não chegou em casa agora, né?

Ele olha da minha maquiagem para minhas roupas. Há uma centelha de vulnerabilidade naquela espiada de um segundo. Será que ele imagina que eu estava com outro homem?

— Trabalhei até tarde no bar e coloquei meu despertador para tocar, como uma adulta. Eu estava bem aqui. Sempre estarei bem aqui.

Isso o faz soltar o ar num sopro. Ele relaxa os braços e a fatia visível de barriga desaparece. Eu também exalo.

— Você me disse uma vez que meninas más vão para a cama às seis da manhã.

Nem vou tocar nessa questão.

— A água está funcionando na casa ou não?

— Está, sim. — Ele desaparece dentro da barraca numa confusão. — Droga! Os rapazes vão chegar a qualquer segundo.

Há o ruído de roupas se esticando. Eles fazem as barracas reforçadas demais hoje em dia.

Entro no meu quarto e pego o powerbank novo que comprei junto com o celular. Outro de meus esforços risíveis para ser responsável.

— Conecte o seu celular aqui.

— Começando já com o pé esquerdo — resmunga ele para si mesmo. A mão se estende para meu powerbank. — Por favor, não conte a Jamie que perdi a hora. Ele não me deixará esquecer disso.

— Não se preocupe. Sei como ele é. Contaria essa história por anos. Mas o seu tempo de viagem é de cerca de trinta metros essa manhã, logo, você não está atrasado. Vai ficar tudo bem. — É triste o quanto ele é rígido consigo mesmo. — Mesmo que você tivesse dormido até as nove da manhã, tudo ficaria bem.

— Não ficaria, não — responde ele, de sua barraca, com um pouco de mau humor no tom. — Vou fazer tudo com perfeição.

A palavra soa como um fardo. Eu que coloquei esse fardo sobre ele. Todos nós colocamos.

Uso o banheiro e escovo os dentes, depois caminho pela casa vazia enquanto a luz mágica da manhã começa a penetrar de lado. Sinto que tudo está acontecendo depressa demais; na correria de empacotar as coisas e evitar Tom, me esqueci de que tudo está prestes a ir para o meu passado. Não estou preparada para dizer adeus a isso. Vou até a parede e passo as mãos sobre ela, sentindo o papel de parede antigo estalar. Como posso guardar isso para sempre?

— Eu amo você — sussurro para a casa. — Obrigada. E me desculpe.

Vou até a lareira. Vou me certificar de que eles a cubram com lençóis para que ela não seja danificada. Cada prego martelado por Loretta é precioso. Eu me pergunto quantas pequenas conexões com ela estou prestes a perder conforme essa casa for despojada até os ossos. Viro no mesmo lugar e anseio em pedir a Tom que cancele tudo.

Se eu olhasse em seus olhos e implorasse, ele cancelaria.

Há uma batida na porta de entrada. Abro e encontro ali três homens de pé em camisetas polo impecáveis, bordadas com *Serviços de Construção Valeska*. Fico sem fala de tanto orgulho. Não posso acreditar que quase cogitei pedir a Tom que arruinasse sua vida. Ele vale mais do que qualquer papel de parede velho. É nisso que preciso me focar: esta é a grande chance de Tom.

O básico da bartender: encontre o alfa.

— As bandeirantes de novo? Caiam fora daqui.

O careca olha para a rua lá atrás, conferindo se está na casa certa. O mais jovem sorri. O mais velho franze os lábios. Aí está ele.

— Estou só zoando com vocês. Me chamo Darcy. Tom está pelado agora, mas ele já vem.

— Não estou pelado — dispara Tom, irritado, entrando na sala a passos largos. Ele parece que estava pelado recentemente: o cabelo está uma bagunça e, no rosto, a barba por fazer e uma dobra causada pelo travesseiro. Que delícia. — Darcy, por favor, comporte-se.

Levanto as mãos.

— Não posso ser responsabilizada pelo que digo antes das seis da manhã. E antes de tomar café. Agora, prestem atenção: quero que cuidem dessa lareira como se fosse uma criança humana. — Dou uma batidinha na cornija e vou para a cozinha.

— Perdeu a hora, chefe? — fala o mais jovem. Ele não espera uma resposta; em vez disso, segue atrás de mim. É uma perolazinha musculosa, cheio de juventude e malícia. Eu definitivamente pediria a identidade dele no bar. Talvez seja um aprendiz, o Tom da nova geração. *Vá buscar. Puxe. Carregue.* Ele se debruça na bancada. — Você disse café?

— Disse, sim. Quem quer um pouco?

— Precisamos desembalar alguns equipamentos — diz Tom.

— Um café não leva nem um segundo — respondo, apanhando algumas canecas da prateleira vazia. Se tem algo que sei nessa vida é que as pessoas se sentem melhor depois de tomar algum líquido. — Acho que Tom precisa de dois cafés.

Sorrio por cima do ombro para ele. Se eu puder fazer com que as coisas pareçam divertidas, ele não vai sentir tanto a pressão para a perfeição.

— Desembalem o equipamento — orienta Tom num tom grave que nunca ouvi na vida. É o tipo de voz que deveria estar dizendo: *De joelhos*. Minhas juntas se afrouxam e meu corpo responde: *Tá bom*.

Todos eles se viram e saem. Tom lança um olhar sombrio para mim por cima do ombro enquanto parte. Minha exalação na cozinha vazia soa como um chiado. Imagine receber ordens de Tom Valeska. Acho que ele é o único homem em quem eu confiaria para fazer isso do jeito certo comigo.

Tenho que parar de ter esses pensamentos.

— Bom, não sei bem como, mas estraguei tudo de algum jeito — digo a Patty. Nunca vi Tom tão profundamente aborrecido comigo. Sirvo um pouco de café da manhã na tigela dela e encontro Diana sentada no peitoril da janela da antiga lavanderia. — Nós estragamos a sua casa, não foi, madame?

Diana não se vira para olhar para mim; em vez disso, olha pela janela rachada, a pelagem afofada e a cauda enrolada em torno dos pés. Eu nem mesmo garanti que ela tivesse algum lugar onde dormir na noite passada. Só porque ela não precisa de mim, nem gosta de mim, não quer dizer que eu deveria parar de tentar. Apanho seu corpo rígido e relutante, e a carrego debaixo do braço para meu novo quarto. Eu a deixo com uma tigela de seus miúdos de peixe preferidos e um pedido de desculpas.

Eu me pergunto se Truly gostaria de uma gata.

Além de Diana, o principal que preciso resolver é meu passaporte. Empacotei a casa toda com as próprias mãos, e ele ainda não apareceu. Não faz sentido. Conferi cada bolso, cada sacola, cada caixa de sapato. Está se tornando uma possibilidade muito real que Jamie o tenha levado consigo. Já mandei duas mensagens de texto para ele sobre isso. Zero resposta.

Tomo meu café na caneca de BABACA #1, só para me estabelecer, e, com Patty nos calcanhares, vou em busca dos rapazes. Estão todos no caminho da entrada, descarregando pilhas de equipamentos.

— Você vai me apresentar para todo mundo?

Beberico meu café e tento parecer indiferente.

Tom está arrastando escadas da traseira de um caminhão.

— Vou, quando tirarmos isso tudo e os outros aparecerem.

Ele tem uma agenda toda planejada na cabeça.

— Aqui, deixe eu pegar alguma coisa.

Ele olha para minha mão estendida com leve incredulidade na expressão.

— Você é a cliente.

Tom então me dá as costas e ergue duas escadas em um antebraço, apanhando uma caixa de ferramentas com a outra mão. Nem posso imaginar quanto isso tudo pesa.

— Saia da frente, por favor — pede ele, seguindo pela lateral da casa. Patty tem mais experiência do que eu, postando-se de esgueio no caminho. Dessa vez com certeza ela está me julgando.

— Com licença — diz o careca, porque estou na frente deles também.

O mais velho apenas olha para mim e minha caneca. Em seguida, ele pensa cosigo mesmo: *É isso aí mesmo* e funga. Faz muito tempo desde que me senti tão inútil. Será que me comprometi a vários meses de ficar atrapalhando todo mundo?

— Você pode carregar isso aqui — orienta o mais jovem, e fico absurdamente grata por ser tratada como um ser humano. Ele me dá uma caixa pesada de plástico. Com a dignidade um tanto restaurada, eu os sigo pela lateral da casa. Patty vem na retaguarda.

Digo para o jovem:

— Onde vocês estão morando?

— Em um hotel em Fairfax. Meu nome é Alex, aliás — responde ele, quando estamos fazendo a curva. Tom olha para meu café, para a chihuahua nos meus calcanhares e a caixa na minha mão.

— Acabei de dizer que ela é a cliente — Tom repreende Alex num tom de adulto paciente.

— Sou a operária — argumento de volta. — Escute. Faço parte dessa equipe agora. — Lanço um olhar fixo para Tom, que não quer olhar para mim. Como é que minha mera presença altera sua profunda calma de sempre? Eu o estou envergonhando ou algo assim? Lembro que ele disse que não consegue se concentrar comigo aqui. Acho que falava a verdade.

— Vamos começar de novo, gente. Eu me chamo Darcy Barrett. Como vocês se chamam?

O mais velho pigarreia.

— Colin.

— Ben — diz o careca, com pressa, como se isso fosse a chamada na escola. Ben Careca, eu consigo me lembrar disso.

Aponto para o moleque.

— Já me apresentei para o Alex. E sei quem esse babaca rabugento é. O nome dele está na camiseta de vocês. Onde você quer que a Patty fique?

— Vou colocá-la no seu quarto — responde Tom, bruscamente. Rabugice não combina com ele. — Mais homens vão começar a chegar. Essas botas têm biqueira de aço?

— Na verdade, têm, sim.

— Por que é que não estou surpreso?

O celular de Tom, ressuscitado e plugado em meu powerbank, começa a tocar. A julgar pelo desespero nos olhos dele, essa manhã começou mal para Tom.

— Ei! Cuidado para onde olha — Tom alerta Alex antes de atender ao telefone.

Alex parece um filhote de cachorro depois de apanhar. Enquanto fala ao telefone sobre o horário de uma entrega, Tom se aproxima de mim e faz um escarcéu, escondendo a alça do sutiã por baixo da regata. Sinto o toque dele em todo lugar. É o primeiro contato físico deliberado que ele tem comigo desde aquele momento constrangedor em que tocou meu pescoço e eu fiz um som que lembrava um leão da montanha. É incrível como o embaraço parece de fato não se dissipar nunca.

— Não faça isso. — Eu o afasto, encolhendo os ombros.

Há um formato familiar nos ombros de Tom agora, enquanto ele se distancia. Sua fera está aparecendo.

Bebo lentamente meu café e mantenho contato visual com o sujeito mais velho, Colin. Ele faz um esforço valente, mas, depois de trinta segundos — eu conto —, desvia o olhar.

Conheça a nova alfa, putinha.

— Quero falar com vocês três — digo, quando eles começam a se mover para seguir seu mestre. Está na hora de um pouquinho de abuso de poder. — Como a cliente, sou a chefe, certo?

— Tom é o chefe — desembucha Alex, assustado e querendo o papai, apesar da censura dele.

— Sou a chefe dele. — Todos eles parecem sentir que isso é uma má notícia. — Ei, eu sou legal. Mas não gosto de ser tratada como bebê, ou ignorada, ou contornada. Todos vocês vão me tratar como integrante da equipe. Especialmente você — digo a Colin, o velho desgraçado azedo. — Não tenho experiência nisso, mas tenho duas mãos e o coração batendo. Essa é a casa da minha avó.

Essa parece ser a peça de informação que faltava. Todos eles assumem uma postura mais relaxada. Agora a cliente enérgica presente na obra faz sentido.

— Você vai explicar tudo isso ao Tom? — pergunta Alex, de olho no perfil de Tom. — Porque ele está de mau humor. E ele nunca está de mau humor.

— Ele me conhece o suficiente para saber que é assim que vai ser. — Jogo o restinho do café no jardim e coloco a caneca na grade. — Agora vamos trabalhar.

Passamos por Tom como uma equipe agora, e ignoro sua encarada feia enquanto desço de volta com uma caixa de fios elétricos. Meu coração está bem. Coloquei um lembrete no celular que diz: TOME SEU REMÉDIO, CRETINA, e meu consumo de álcool foi cortado.

Continue batendo, coraçãozinho, porque preciso de você.

Seguimos descarregando. Tom desliga uma chamada. Ele parece ter um alerta ou uma censura na ponta da língua, mas o celular recomeça a tocar. Bufando de frustração, ele atende.

— Jamie, não posso conversar agora. Estamos descarregando. Sim. Ela está bem. Vou ligar na hora do almoço.

— Ele deve estar morrendo de raiva por não estar aqui — digo a Tom quando passo por ele com mais equipamentos. — Se não tomarmos cuidado, vai estar no próximo voo para cá.

Tom espreme tanto o rosto que aposto que se machuca por dentro.

— Esse é o meu cenário de pesadelo. Será que você pode apenas... — Ele vem para pegar a minha carga, mas o telefone toca de novo. — Tom Valeska — responde ele, num suspiro.

— ...está totalmente esfalfado — completo para mim mesma, enquanto carrego equipamentos para a varanda dos fundos. — Sério, qual é o problema com ele?

Alex e eu trocamos um olhar de *eu, hein?*.

Mais carros começam a estacionar junto ao meio-fio. Leio as camisetas polo: eletricista, alicerce, telhado, andaimes, encanamentos. Há cigarros, copos descartáveis de café e vozes masculinas por todo lado.

— Ele não está gostando disso — comenta Ben, num tom abafado, enquanto observamos Tom caminhando de um lado para o outro agora, o celular na orelha. — Era sempre o Aldo no telefone. Tom está acostumado a ser o músculo.

— E que belíssimo músculo — digo em voz alta por puro reflexo.

Colin não parece se comiserar.

— Tom tem umas coisinhas para aprender. Ele queria isso e agora conseguiu. — Ele tem um ar de *eu bem que avisei*. — Está por conta própria agora.

O tom de motim em sua voz me deixa na defensiva.

— Ele não está por conta própria. Tom tem a gente. E qualquer um que não esteja do lado dele pode seguir naquela direção — aponto para a lateral da casa — e continuar andando.

— Darcy — diz Tom atrás de mim, firme e frustrado. Caralho, estou encrencada. — Todos na cozinha, por favor.

Pego minha caneca e entramos em fila. É possível que haja os primeiros lampejos de respeito nos olhos de Colin quando ele olha para mim. Exalo sem fazer barulho. Dei sorte por ele não topar minha oferta para cair fora. Eu estaria mortinha.

— Você pode me arranjar uma dessas polos? — peço a Alex. Eu adoraria uma camisa Valeska. A impressão reversa daqueles pontos na minha pele daria uma sensação melhor do que lingerie.

— Claro, tenho uma extra.

Olho para baixo, para a minha regata. Nada se encontra nem remotamente fora do lugar, exceto pelas alças de renda escapando.

Estamos todos reunidos na cozinha. Eu me sirvo de uma segunda caneca de café e pelo menos oito pares de olhos me observam fazer isso. O cômodo está quente e picante com tantos homens e seus desodorantes horrorosos, então tento abrir a janela. É claro que ela está presa. A técnica de erguer e chacoalhar não funciona. Luto e puxo, bem no centro do palco. Todo mundo fica em silêncio.

— Vamos lá, sua fodida miserável — resmungo, e alguém ri.

— Bom dia — diz Tom, e ouve-se o som de botas se arrastando, todos se endireitando e prestando atenção. — Obrigado por virem com tão pouco aviso prévio.

Ele puxa a janela para cima com dois dedos. Levanta, chacoalha, o flexionar adorável de um bíceps.

De vez em quando, esta casa é muito cuzona comigo.

— Minha equipe usual está aqui: Colin, Ben e Alex. — Ele aponta para os três que ameacei nos dez minutos após sua chegada. — Dan e Fitz são encanadores. Alan cuida do telhado. Chris é o nosso eletricista, mas só vai chegar aqui às nove. Enfim, temos muita coisa para fazer e uma tela praticamente em branco.

Tom é maior do que qualquer cara aqui, desde os músculos até a altura, e todos eles parecem uma bagunça, com barba por fazer e olhos injetados perto dele. Estou começando a achar que ele sempre tem esse brilho impecável da alvorada em sua pele.

— Quem é essa? — pergunta um sujeito lá no fundo. Ele está falando de mim.

— Darcy Barrett. Ela é a proprietária.

— Sou a equipe de demolição. Aqui está uma área que já preparei mais cedo.

Gesticulo, indicando os gabinetes expostos na cozinha. Tom continua olhando para mim como se eu devesse fazer um discurso. Uma chamada da tropa para a batalha? Não faço ideia. Eu queria ter um balcão de bar entre mim e todos esses babacas.

— Este chalé pertencia à minha avó, Loretta. Ela deixou a casa para o meu irmão, Jamie, e para mim. Não sou sentimental com muita coisa, mas esta casa é mesmo especial. Sei que está uma pocilga, mas, se vocês puderem evitar ficar repetindo isso perto de mim, seria ótimo.

Ben fica com dó.

— É um lugarzinho ótimo.

Tom assente.

— O que ela está dizendo é que esta não é uma casa qualquer para nós. Darcy e eu vamos ficar na obra, no quintal dos fundos. Qualquer coisa além do tanque dos peixes é proibida.

Ele pega a caneca da minha mão e toma um gole devagarinho. Todos os caras observam enquanto ele faz isso. Eles entendem o que o chefe está lhes falando. A especulação ocupa as expressões agora e preciso prender meu queixo com arame para ele não cair.

— Há alguma checklist de indução para assinarmos? — pergunta Colin.

— Para que serve isso? — respondo.

— Tom quer fazer as coisas certinho — diz Colin, seu tom um pouco irônico. — Ele disse que queria fazer uma checklist de indução no primeiro dia para a equipe assinar. Para garantirmos que todos os operários sabem onde está o kit de primeiros socorros, como reportar um acidente, quais são os procedimentos em caso de incêndio... Essas coisas.

— Ah. Um negócio para a segurança dos operários. Certo. — Olho para Tom.

— Ah — balbucia Tom, e posso ver a pontada de pânico nos olhos dele.

Tom devolve a caneca para minha mão e procura sua pasta de couro, lotada de orçamentos amassados e uma amostra quadrada enorme de carpete. Eu me lembro vagamente de ele me perguntar se eu tinha uma impressora. Ela está sem tinta, como todas as impressoras domésticas. Isso deve estar matando Tom, em especial depois das longas noites em que ficou sentado examinando suas tabelas.

— Vocês o receberão de mim até o horário do almoço — digo, servindo como cobertura para ele.

— Não temos horário de almoço — retruca um cara com uma pitada de sarcasmo.

Eu lhe dou meu sorriso de tubarão.

— Eu estava me referindo ao meu horário de almoço. Estou ansiosa para aprender os detalhes do seu cronograma, coleguinha.

Ele arrasta as botas no piso, os olhos baixos.

— E os contratos? Os formulários de imposto?

Colin está genuinamente tentando ajudar ou sabotar. Nesse ponto, não consigo decifrar. A mandíbula de Tom se contrai. Ele andou tão absorto, encomendando a quantidade certa de parafusos e porcas, que se esqueceu que é um chefe agora.

Dou uma olhada feia para Colin e, para minha satisfação, ele murcha com o meu olhar.

— Nunca conheci alguém tão obcecado por papelada. O que foi que acabei de dizer? Na hora do almoço. — Olho para Tom. — Podemos fazer a indução da obra toda quando o eletricista chegar, certo?

Ele não precisa saber que estou com o livro *Reformas de Casas para Leigos* na minha mesa de cabeceira.

Tom concorda, a expressão tensa.

— Água e energia elétrica estarão cortadas durante a maior parte da manhã. Banheiros químicos serão entregues na próxima hora, mais ou menos, então aguentem um pouquinho. Um masculino e um feminino.

— Ele mima você, Darcy — trombeteia Alex. — Espere só até uma hora depois do almoço e você vai ver a fila.

Ouvem-se risos cheios de nojo.

Tom está encerrando.

— Eu virei e darei a cada um de vocês seu serviço de hoje. Comecem a desempacotar tudo, mas fiquem fora da casa até as sete. Darcy vai tirar algumas fotos para mim. Aí faremos a indução.

Os rapazes começam a sair da casa, as mãos em tudo. Pés cutucando rodapés e mãos testando os batentes das portas.

Enxáguo minha caneca.

— Para que você quer fotos?

Há muita energia fervilhando em Tom agora enquanto ele me encara. Seu telefone toca e ele rejeita a ligação. Talvez esteja prestes a me responder *muito, muito obrigado*. Talvez eu seja uma idiota otimista.

— Você quer me dizer que diabos foi isso?

CAPÍTULO 12

EU SECO A CANECA.

— Salvei a sua pele. De nada.

Ele está incrédulo.

— Eu não precisava que você me salvasse.

— Pois, para mim, pareceu que sim. Você ainda estaria dormindo se não fosse pela boa e velha sacana. — Alex tinha razão. Tom nunca fica mal-humorado assim. — Você precisa calar aquele velho, o Colin. Ele está tentando sabotar você.

A mão de Tom está no quadril agora.

— E você quer falar sobre sabotagem. O que diabos você acha que acaba de fazer?

— Você estava começando a se afogar um pouco. Só dei um puxãozinho para o alto. — Caminho até o meu estúdio, uma sombra ranzinza nos meus calcanhares. — Apenas vejo quando você precisa de ajuda.

— Ouvi mesmo você ameaçar Colin de demissão?

Passo por cima da dança de boas-vindas de Patty e pego minha câmera.

— Ele precisava ser lembrado de qual nome está na camiseta dele. Confie em mim.

Ele não sabe que estou sempre no Time Valeska?

— Colin faz isso desde sempre. Preciso muito dele na obra. — O celular toca de novo. Ele atende. — Posso ligar para você daqui a pouco? Só um minutinho. Obrigado.

— Você está sendo muito babaca. Por favor, não deixe isso mudar a gente. — Falo da reforma, mas minha voz se quebra um pouco. Estou um caco por causa do que fiz. Meu *entra em mim*, excessivamente honesto, virou *afaste-se de mim*. — Desculpa. Sinto muito mesmo.

— Acho que é tarde demais. Já mudou. — Ele enfia a mão nos cabelos. — Estou sendo um babaca porque estou estressado, e ainda tenho você andando no meio de tudo.

— Ignore.

— Você é bem difícil de ignorar. — Ele olha de lado para a casa, as sobrancelhas se afundando. — Certo, a situação em que estamos é a seguinte. Estou tentando cumprir o primeiro dia do que deveria ser o resto da minha carreira e não consigo me concentrar nisso.

— Porque você quer me jogar contra uma parede e me beijar. — Estou provocando aquele negócio dentro dele que sempre reage a mim. Que me protege e me caça. — E você faria isso na frente de todo mundo aqui. Você gosta de ter as chaves no seu bolso. É disso que se trata sua vida toda. Você quer ser o único com uma chave de acesso a mim. — Conto as respirações dele. — Estou certa?

— Não vou responder a isso.

O corpo dele responde, de qualquer forma; um chacoalhar do corpo todo, como se algo estivesse caindo sobre ele. Tom parece tão desesperado que o remorso me invade. O que foi que fiz com ele? Amo tanto seu animal interior que o estou impedindo de voltar a ser a versão calma e controlada que ele precisa ser.

Acho que meu corpo repete o gesto do dele, um chacoalhar estremecido. Volte já para a coleira, sacana.

— O que vou fotografar?

— Tudo — diz Tom, rouco. — Quero que você fotografe tudo.

Ele me dá um leve empurrão escada acima com uma das mãos na minha cintura.

— Para quê?

— Dois propósitos. Para manter Jamie atualizado, porque, se não fizermos isso, ele vai vir para cá. E porque preciso de conteúdo para o meu site. Uma seção de antes e depois. Para minha sorte, tenho uma fotógrafa profissional bem à mão.

Não gosto muito de como ele insere sarcasmo no *profissional*. Realmente estraguei tudo na frente da equipe dele agora há pouco.

— Quantas vezes na minha vida você me resgatou? Não consigo nem contar. Sempre farei o mesmo por você. Não vou ficar ali sem dizer nada quando posso me adiantar e ajudar. É o que a gente faz um pelo outro.

Ele pisca, tentando entender.

— Ninguém faz isso por mim.

— Eu faço.

— Como posso explicar isso de um jeito que você entenda?

Tom se aproxima, encostando em minhas costas, e estende a mão em torno de mim. Seus dedos deslizam entre os meus e ele ergue minhas mãos até que a câmera esteja, grosso modo, alinhada aos meus olhos.

— Você pode fazer o seu trabalho assim?

Quando eu alinho o visor no hall, ele move nossas mãos. Tiro uma foto que é, claro, um lixo.

Tento afastá-lo; ele se aproxima ainda mais, colocando a boca na lateral do meu pescoço. Aquela boca que tomou da minha caneca, dizendo a todos os homens da sala que sou proibida e intocável. Ele ainda está muito longe no recanto escuro da floresta em que brincamos. Ele respira fundo, levando-me para dentro. Sinto um brevíssimo roçar de sua barba por fazer na curva do meu ombro e uma pressão rígida muito intrigante no meu traseiro. Sinto-me como um animal prestes a ser mordido, de leve e devagar, por seu companheiro. Talvez ele morda forte o bastante para deixar uma marca. Quando Tom finalmente solta a respiração que vinha prendendo, esse ar quente sublime desce pelo decote da minha regata.

— Tem tantas coisas que eu faria, se pudesse — diz ele.

— Bem, parece inútil me falar sobre elas.

Eu o afasto com um empurrão.

Tom Valeska é um mentiroso do caralho. Ele me quer, sim. Só não tem coragem. Em meus pontos de pulsação, não sou nada além de um código morse: *cama, cama, cama*. E estou decepcionada com sua falta de fé em mim. Ninguém poderia ser bem-sucedido com a bagunça da Darcy Barrett por perto. É isso o que tenho sido a vida inteira, certo? Uma complicação.

Ele oscila a câmera outra vez quando tento tirar uma foto.

— Esse é o nível de dificuldade para eu fazer qualquer coisa com você aqui. — Acima da minha orelha, a voz dele desce para um rosnado. — Esta casa? Esta reforma? É o que eu faço. Não se intrometa daquele jeito de novo.

— Vá para longe de mim. Mais seguro, lembra? — Eu soo amarga.

— Ah, você ainda está nisso? — O celular de Tom toca outra vez. Estou pronta para jogar essa coisa num vulcão ativo. — Acho que você não entendeu por completo o que eu queria dizer.

— Claro que entendi, não sou burra — disparo e forço todo meu foco no visor.

— Eu fiquei apenas... — Há uma pausa tão longa que penso que ele foi embora. Tiro algumas fotos. — Surpreso. Não sabia que era isso o que você pensava de mim.

— Você não ficou surpreso, ficou traumatizado. Eu te ouvi, em alto e bom som. Desse ponto em diante, vamos ignorar esse negócio entre nós dois. Vamos conseguir uma placa de "vendido" e nos ver no Natal. Talvez. Tem um festival na Coreia nessa época do ano que sempre me interessou.

— Você poderia me explicar por que fez aquilo? — Ouço as tábuas do piso rangerem sob os pés dele. — Estava solitária? Com raiva? Tentando se vingar de algo que fiz?

Ele não chegara à conclusão de que eu quero seu corpo e seu prazer mais do que quero água e alimento.

— Não vou te dizer nada — retruco, porque sei que é o que o irritará mais. — Contarei um dia, quando tivermos oitenta anos.

Clico a câmera e olho para a telinha. É difícil argumentar com a realidade, e aqui está. Esta sala — e esse relacionamento em potencial com Tom — não é a versão com papel de parede florido que tenho carregado em minha mente. Essa casa já não é mais bela, e Tom recuou para longe do meu alcance. Estou a zero.

O celular dele começa a tocar de novo.

— Tenho que atender.

Ele começa a sair, mas eu o impeço.

— O que você fez agora há pouco, na cozinha? — Tiro mais duas fotos. — Com o meu café? Não faça esse tipo de merda outra vez.

— O que foi que eu fiz?

Ele levanta os olhos do celular tocando o polegar pronto para receber a ligação. Seu cenho está franzido. Ele de fato não se lembra.

— Você tomou um belo gole da minha caneca. Agora os seus rapazes estão olhando para nós dois como se nós...

Não consigo terminar.

Tom tem a bondade de parecer envergonhado.

— Acho que nem todas as marretas são iguais. — Ele atende o telefone. — Tom Valeska.

Eu deveria cair fora daqui e fazer o meu trabalho. Deveria aproveitar a luz de sundae de morango.

Desço até o tanque dos peixes e levanto a câmera até o olho. Não tiro uma foto de ambiente externo provavelmente há um ano, e não ajuda muito o fato de minhas mãos estarem tremendo. O que diabos acaba de acontecer?

— Não sei o que fotografar — digo, para ninguém em particular.

Uma emoção tensa surge em meu peito, agora que estou sozinha. Tirar fotos desta casa? É real demais. Estas fotografias são de algo que vou perder.

Quero minha caixa de luz branca e minhas canecas.

— Fotografe tudo — diz um sujeito perto de mim, desdobrando uma mesa metálica. Ele coloca uma serra circular em cima da mesa com um grunhido. — Porque tudo vai mudar.

Caminho em torno do exterior da casa.

— Apenas tente tirar uma — murmuro para mim mesma. O primeiro clique é o mais difícil, e eu mal olho pela lente.

Tiro fotos clássicas de imobiliária, treinando a mim mesma, mas logo relaxo o bastante para conseguir discernir os detalhes. Só para mim, só para tê-los comigo para sempre. Eu me apoio na cerca e fotografo o cata-vento torto lá no alto, encimado com um cavalo a galope que não gira há anos.

Isso não é o que Tom tinha em mente, mas fotografo o musgo e a hera grudados na lateral do muro, e o jeito como a madressilva se pendura até embaixo, soltando seu pó amarelo por cima de tudo. Estou fotografando a casa como se ela fosse uma noiva. Por mais que eu anseie em deixá-la congelada no abraço de contos de fadas das rosas para sempre, sei que está na hora de abrir mão dela. Só consigo fazer isso porque ela agora está sob os cuidados de Tom.

Lá dentro, o tempo está se esgotando, então clico e me reposiciono, dando close em hortênsias individuais no papel de parede. Devo parecer maluca, mas tiro uma foto do azulejo que Loretta colocou como substituto no banheiro: um quadrado rosa-salmão num mar de relíquias trincadas cor de creme.

Estou correndo contra o tempo e há homens saindo da minha frente, ficando respeitosamente em silêncio enquanto recuo e tiro um retrato da lareira. Não deixarei nem uma lixa encostar nessa cornija.

Por que não fiz isso antes? Por que não levei dias registrando e arquivando essas lembranças que tenho? Eu me esqueci de verdade de que essa é uma habilidade minha, algo que poderia ser usado para um propósito além de um contracheque.

Uma batida começa, como se o mundo externo estivesse tentando entrar aqui à força.

Acho que levo mais de vinte minutos e estou um pouco esgotada. Quero muito descarregar essas imagens no meu computador. Olho para a hora. Fiquei imersa até o pescoço num estado de fluxo criativo por uma hora. Tirei mais de duzentas fotos. Como isso aconteceu?

Olho para cima, aturdida, e faço contato visual com Tom. Eu me pergunto se ele sequer tem um site.

Ele não sorri, mas posso ver que está contente comigo. Talvez não esteja tudo perdido.

— Bom trabalho, Darce. Agora coloque as luvas, e mãos à obra!

Estou murcha de cansaço e é só quarta-feira. Três meses disso? Não atrapalhar, tropeçar nos fios elétricos e ficar coberta de poeira? Eu ainda tive um turno no bar na noite de ontem para completar e acabo de fazer uma sessão de fotos para Truly. Acho que preciso ir para a cama às seis hoje.

Estou repassando fotos de traseiros em calcinhas quando Jamie liga. Pelo menos uma vez, sou eu quem atende com o coração na garganta. Será que ele está morto/morrendo/se afogando? Com certeza, seria preciso uma emergência para ele telefonar depois de tanto tempo.

— O que é que há? — Como eu soo descolada.

— Darcy da mensagem de voz está atendendo o telefone pelo menos uma vez na vida. É o que há.

Mesmo quando meu telefone não está na urina, não sou muito boa em atender. A maioria das pessoas ama seu celular como se fosse um bebê, mas eu teria deixado o meu nos degraus da igreja.

— Para tudo tem uma primeira vez.

Jamie passa um segundo decidindo como proceder.

— Eu sei de uma coisa.

— Isso deve parecer extraordinário — respondo e continuo rolando pelas fotos que acabei de tirar. — É melhor avisar seu empregador. Ele vai ficar muito feliz por ter corrido o risco com você.

Sorrio enquanto seu suspiro quase me ensurdece.

— Como está o progresso na obra?

Não sou funcionária dele.

— Aposto que você se sente como eu me sentia. Aqueles verões em que eu assistia a você e Tom cortando a grama de todos os vizinhos, acumulando grana.

— Nós suamos por ela. Trabalhamos feito mulas de carga. Fique feliz por ter ficado sentada lá dentro no ar-condicionado.

— Eu queria fazer o mesmo que vocês, meninos, faziam, mas tinha que assistir a tudo da janela. Do mesmo jeito que você está fazendo agora. — Não tenho muita esperança de que ele vá compreender o que estou lhe dizendo ou por que me parece tão importante que eu vá até o final com isso. — A reforma está indo bem. Tom e eu estamos nos certificando disso.

— Sei que você sabe. Sobre Tom e Megan.

— Ah, isso. Claro. — Clico e arrasto um arquivo. — Somos camaradas. Ele me conta as coisas.

Isso já é um certo exagero. Estou sempre estragando as coisas por aqui.

— Claro — diz Jamie, pingando sarcasmo. — Mas o negócio é o seguinte. Você vai deixá-lo em paz.

— O que você...

— Para com isso. Quando vocês estão na mesma sala, você vira um mar de baba. Tipo, há anos, e é dolorosamente óbvio. É por isso que ele tentou não te contar. — Jamie confirma o que eu havia começado a torcer para ser apenas um patético mal-entendido de minha parte. — Ele tem vergonha de ficar perto de você. Ele nunca vai corresponder.

Apenas Jamie poderia fazer uma palavra como *corresponder* soar como se ele estivesse segurando um cocô com um pegador de salada.

— "Mar de baba" é um pouco de exagero. Mas, sim, ele é lindo. Meus olhos gostam de coisas lindas. Sou uma fotógrafa. — Odeio ouvir minha voz saindo tão frívola. Reduzir Tom a um rosto e um corpo parece errado. — Você não gosta de mulheres lindas?

— Gosto de mulheres que estejam no meu nível — comenta Jamie, com veemência e — e não curto amigas de infância. — Ele ri um pouco. — Não posso acreditar que estamos mesmo tendo essa conversa. Você e ele? Nunca vai rolar. — Uma pausa. — Então você resolveu que é fotógrafa outra vez?

Não vou nem tocar nisso.

— Ele me disse que está tudo terminado mesmo com ela. Parece surpreendentemente bem com isso.

— Ele está devastado. Você sabia?

Meu estômago se contorce. Eu não tentei de fato ouvir antes de começar a destruir o mundo com minhas próprias mãos.

Jamie prossegue.

— Ele vem tentando encontrar um momento para se encontrar com ela para conversar sobre tudo e voltar. Mas você não sabe disso, porque ele não é seu *amigão*, e você nunca deixa de pensar em si mesma.

— Você é estranhamente possessivo com o seu amigo de infância. Tem alguma coisa que queira me contar?

O pensamento já passou pela minha cabeça uma ou duas vezes. Jamie não morde a isca.

— Esse cara já me ajudou talvez umas mil vezes a essa altura. Agora é a minha vez. Quero garantir que ele tenha o futuro que merece.

— Você deveria ser palestrante motivacional, Jamie. Estou inspirada. Ele já tem a empresa dele. Seu sonho. Ele conseguiu.

— Essa é só a primeira fase. Tom quer a coisa toda. A casa, a cerca de madeira, o casamento. Levar os trigêmeos para a Disney ou alguma merda assim. Você nunca reparou na obsessão dele em cuidar das coisas e consertá-las? Nós não estamos ficando mais jovens. Darce, ele é um marido e um pai.

Porcaria, odeio quando meu irmão está certo. Não digo nada.

Jamie sente que entendi o que ele está dizendo e sua próxima frase dura é dita com uma gentileza insuportável.

— É o que ele quer. Ser o pai que nunca teve. Ele quer uma esposa e quer se certificar de que sua mãe esteja bem cuidada. Não um caso de uma noite com a rainha dos casos de uma noite.

— Talvez eu queira... — eu me interrompo. Nunca pensei nisso antes. Esse tipo de coisa é para as garotas como Megan.

— Não quer, não. Não com ele. Megan não devolveu a aliança. Ele não quer a aliança de volta. Ligue os pontinhos, Darcy.

Sinto vontade de vomitar.

— Tá, entendi.

— Se você o envolver em seus dramas e ele ficar com uma quedinha por você, só para você ir embora, exatamente como fez quando tinha dezoito anos... Nunca mais falo com você.

Eu não deveria me surpreender por Jamie saber sobre isso. Mas estou surpresa mesmo assim.

— Aquilo era complicado.

— Aquilo era algo que deveria ser óbvio, e você fez besteira. Assim como como fez com a oferta do empreiteiro para a casa. — Jamie diz *um minutinho* para alguém em seu escritório e então volta para mim: — Tenho alguém na obra de olho em você.

— Colin. — O nome dele escapa dos meus lábios como uma maldição.

— Talvez. Talvez não.

— Prove.

— Você deixou cair uma pistola de pregos ontem e quebrou a ferramenta. Tenho que ir agora. Engraçado, em geral é você quem diz isso.

Ele desliga e eu coloco a cabeça entre as mãos.

É claro que ele vai voltar para a Megan. Por que não voltaria? Ele tem uma vida inteira construída, a duras penas, ao longo de oito anos. Só precisa voltar para ela, acender as luzes e colocar o número da casa na caixa de correio.

Depois de um minuto, minha porta se abre, deslizando, e ouço o tinido da plaquinha com o nome de Patty. Pela primeira vez na vida, queria que Tom desse meia-volta e fosse embora.

— Ah, que ótimo, o que foi que eu fiz dessa vez?

Sei o que eu fiz. Besteira.

Tom se senta pesadamente na cadeira do computador atrás de mim com um gemido cansado.

— O que te faz pensar que você fez algo errado?

— Você só fala comigo quando isso acontece.

Passo as mãos no rosto. Eu não deveria ser cuzona. Ele não tem nenhuma animosidade nele, afrouxando o corpo. Está tão cansado que fico triste. Ao meu lado, meu fundo branco ainda está de pé e há robes e amostras de Ultrajes de Baixo por toda minha cama. Talvez possamos recomeçar pela décima vez. Vamos tentar.

— Acabo de falar com meu querido maninho.

— O que ele queria?

— Apenas ameaçar para que eu me comporte e relembrar dos meus fracassos. — Essa é a verdade do mais alto nível.

— Ele é tão duro com você. — Tom é muito mais compassivo do que mereço. — Bem, continue enviando as fotos do progresso para ele e não teremos uma visita surpresa.

Tom vira a cadeira com gentileza de um lado para o outro.

— Aquelas que você tirou no primeiro dia ficaram incrivelmente boas. Você sabe disso, né? Fico feliz em ver aquilo ali outra vez.

Ele indica com o queixo o pano de fundo branco montado contra a área livre da parede ao lado da porta.

— Todo mundo tem uma câmera no bolso hoje em dia. Estou obsoleta.

Não tive tempo suficiente para guardar todas as emoções que Jamie acaba de agitar. Tom entrou aqui com uma bandeira branca. Eu deveria aproveitar isso ao máximo. Mas é difícil lidar com esses dois extremos entre nós. Eu me forço a ser grata pela quietude e pela civilidade, mas sei o que quero.

Preciso do desejo dele como se fosse uma droga.

Vamos encontrar um tópico bastante civilizado.

— Como vai a sua mãe?

Tom solta algo entre um gemido e um suspiro.

— Ela está me estressando. Não: o senhorio dela está me estressando. Eis aí alguém em quem você pode ir dar uma surra por mim.

A mãe de Tom, Fiona, é uma senhora meiga e distraída que sempre parece estar no meio de alguma pequena crise. Ela é uma panela em fogo baixo, sempre fervilhando, e, se Tom tirar os olhos dela por muito tempo, o detector de fumaça dispara. Eu gostaria de dizer que isso é algo recente, mas ele vem tentando tomar conta da mãe a vida inteira. Às vezes me pergunto como devia ser o pai de Tom. Nunca o conheci, e acho que Tom também não. Ele deve ser grande e bonito. E um bosta, obviamente.

— Ela não pode se mudar?

— Ela encontrou uma gata prenha no ano passado e não conseguiu se separar dos filhotes. Eles são todos preto e branco. Não faço ideia de como ela os identifica. — Ele esfrega a base da palma da mão nos olhos. — O senhorio dela me disse que ela podia ter um gato. Ela ainda não o avisou que um virou seis. Está com problemas no aquecedor de água e ele não retorna minhas ligações.

— Compre seis gatos, leve o sétimo de graça? — Aponto para a cama de Diana.

— Nem pense nisso. O próximo lugar para onde eu carregar as caixas dela vai ser a última casa em que ela vai morar. Não posso fazê-la se mudar outra vez. Não tenho mais energia para isso. Uma vida tranquila com uma cerquinha de madeira foi o que eu prometi a ela.

Tom parece dez anos mais velho num instante.

Nesse ritmo, uma cerquinha branca de madeira será minha lápide.

— É para isso que você está economizando?

Ele fala como se não tivesse me ouvido no quarto quieto como cristal.

— Os rapazes ficam me perguntando cadê você. Bem, é mais o Alex. Seu filhotinho não sabe o que fazer sozinho.

Os olhos dele se aguçam nos meus, esperando minha reação.

Cada átomo no meu corpo sabe que Tom quer ver indiferença. Volto a olhar para o computador e dou de ombros.

— O bostinha ficou solitário sem eu estar lá para chutar a bunda dele, hein?

— Ele me disse que as coisas são divertidas com você por perto. Ele vai ficar com uma ideia errada se você continuar se apoiando nele. Ele não sabe como você é.

— Não me apoio — retruco e então me lembro do meu ombro pressionando contra algo quente. Eu e Alex debruçados juntos, assistindo a uma escavadeira ser descarregada na frente da casa. — Ah, eu me apoiei um pouco.

— Ele te venera. — Tom tem afeto na voz enquanto olha para a casa. — Ele me lembra muito de mim mesmo naquela idade.

— Venerando a mim? — Sem querer, desafio a ordem direta de Jamie e passo por cima desse fato na mesma hora. — Bem, isso é fofinho. Quem eu quero mesmo que me venere é aquele velho desgraçado, Colin. Quero que ele beije minhas botas no final de tudo isso.

— Devo ficar com ciúme? — Tom atende seu telefone. — Oi. Sim, pode entregar. Antes das quatro.

Ele desliga. É assim que são nossas conversas ultimamente. Tudo é interrompido por aquele maldito telefone. Não sei como ele está mantendo o controle.

— Ciúme ou não, não tenho nada com isso.

— Esqueci, vim aqui para gritar com você, mesmo. Quem eram elas? — Tom quer dizer as garotas que saíram há vinte minutos. — Você não pode deixar que as pessoas apenas passem por uma área em obras.

— Elas eram modelos. — Clico nas imagens. — Acabo de fazer uma sessão de fotos para Truly. Engraçado, Tom. Da última vez que conversamos, fiquei com a impressão de que você precisava que eu mantivesse distância. E, no entanto, aqui está você.

— Esse é o meu canteiro de obras, e você está fazendo uma sessão de fotos no meio dele. — Tom se inclina para o lado para olhar para meu computador. É o sr. Perfeitinho, de lábios franzidos. — Você devia ter me avisado. Há questões de segurança com pessoas na obra que não tenham sido introduzidas. Se elas se machucassem...

— Tá, pisei na bola de novo. Não fique rabugento ou posso não te dar o seu presente.

— Um presente?

Atrás de mim, a cadeira guincha.

— Você merece um?

Estou enrolando, porque não sei como ele vai receber esse pequeno ramo de oliveira. Ficou bastante claro que ele não quer nem precisa da minha ajuda.

— Tive que tirar um rato morto da cavidade na parede da cozinha. Mereço um presente, sim.

— Ratos mortos são serviço para o Alex. Você é o chefe agora. — Clico nos arquivos das minhas fotos, tentando fingir indiferença. — Você está sentado no seu presente. Fiz uma mesa para você. Reparei que está ficando mais difícil para você trabalhar lá dentro.

Esse é o meu jeito de pedir desculpa por deixar uma marca de café num relatório importante para a prefeitura.

— E aquele caixote de maçã ali é para a Patty.

Tom gira e olha de novo para a mesa. É só a antiga mesa da cozinha, um abajur e um pote de canetas, mas ele desliza as mãos no tampo de um jeito libidinoso.

— Eu estava prestes a começar a trabalhar dentro do meu carro. — Ele acende o abajur. — Obrigado, Darce.

— Não estou tentando atraí-lo aqui para dentro por nenhum motivo nefasto.

Argh, por que eu tinha que dizer isso? Giro no meu banquinho de um modo que provavelmente parece sinistro.

Tom ignora minha gafe.

— Ah, já estou atraído, sem dúvida. — Ele se levanta e sai, reaparecendo com seu notebook e uma pasta cheia. Cartões de visita esvoaçam como mariposas atrás dele. — De jeito nenhum vou recusar uma mesa.

Ele sai uma segunda vez, retornando com uma braçada de amostras: azulejos, carpetes, laminados. Patty pula para sua nova caminha e observa Tom, seus enormes olhos de inseto iluminados com a adoração de sempre.

Estou com você, Patty. Acho que poderia me sentar aqui e observá-lo por horas, empilhando azulejos do banheiro com aquela inclinação séria na cabeça. Ele sempre foi assim: um menino organizado, com uma coluna ereta e a mesa asseada.

Apague isso. Adiantando as coisas.

Poderia me sentar aqui e observar esse homem lindo para sempre, os reflexos em seu cabelo e aquelas mãos enormes e cuidadosas. A luz se acumula naqueles olhos castanhos e os deixa cor de mel. Ele respira com calma e tranquilidade sob o peso do meu olhar cinza-chumbo e faz três pilhas de papéis.

Tom encontra a antiga lata de lixo debaixo de sua mesa com a ponta do sapato e sorri para si mesmo.

— Você pensou em tudo, Darcy Barrett — diz ele sem olhar para mim, e me dou conta de que ele sempre esteve ciente da minha encarada, deslumbrada pela luz cintilando nele. Ele talvez tenha sentido essa encarada pela maior parte de sua vida. Fico intensamente grata pela forma como ele está apagando aquele momento de insanidade na cozinha.

Não vou perdê-lo. Se apenas me mantiver com um foco de laser e com cuidado, podemos sair desses três meses como amigos e nos separar com um aperto de mão.

Se eu conseguir manter a boca fechada e não soltar coisas como *entra em mim*.

— Isso vai ajudar muito. Posso me organizar.

Bem na hora, seu telefone toca e ele pega uma caneta.

Enquanto escreve um lembrete para si mesmo e olha para a casa, mordendo o lábio, pensativo e adorável, penso no quanto ele precisa entrar em mim. E não apenas no meu corpo. E mais do que isso. Quero que ele entre na minha cabeça. Acho que é isso o que eu queria dizer.

Abra meu zíper, entre em mim e não saia nunca mais.

Quando ele desliga e olha para mim, finjo que estava olhando para a casa.

— Está ficando difícil pensar lá dentro durante o dia.

— Doze semanas é um prazo maluco — concorda ele, com um tom de desculpas na voz. Ele olha de novo para meu quarto ao seu redor e sorri. — Eu me sinto melhor por você estar aqui agora. É muito aconchegante.

Ele olha para o espaço longo e estreito. O cômodo toma apenas um quarto do espaço disponível, mas parece que está lotado até a borda com a cama.

Eu me viro para meu notebook.

— Estou feito pinto no lixo. Desculpe, mas Truly tem uma reunião com um consultor de marcas e precisa de um livro de fotos para mostrar a eles. Ela vai aparecer aqui a qualquer segundo dizendo *Oi, terminou?*. Então, pode ir embora.

— Não a vejo há anos. Como ela está?

— Adorável pra caralho, como sempre. — Rolo a tela e tento esmagar o pânico quando olho para o relógio. Ela acha que tenho mais habilidades em design gráfico do que tenho de fato.

— Essa é uma reunião importante para ela, não? Então essas são as Ultrajes de Baixo. — Ele caminha até minha bancada de trabalho e ri. — Quem anda por aí vestindo a palavra SACANA na bunda?

Eu me arrepio, defensiva.

— Eu, todo dia, o ano inteiro. É a melhor calcinha do mundo.

— Vou ficar intrigado pelo que diz a sua, todo dia, o ano inteiro.

— Você não saberia lidar com o que está escrito na minha calcinha.

É difícil ignorá-lo quando ele está recostado contra a bancada, provavelmente olhando para minha nuca. Posso sentir o calor de seu corpo e, de esguelha, vejo que sua camiseta está esticada sobre o abdômen como se fosse cobertura de pasta americana.

Ele dificulta ainda mais quando ergue uma das mãos e toca minha pele.

CAPÍTULO 13

— **VOCÊ FAZ TUDO ISSO** de graça? — Ele toca meu ombro e puxa a alça da regata de volta à posição correta. Ela imediatamente escorrega de novo e seu suspiro derrotado sopra sobre minha pele. — Fique aí — orienta ele para minha regata, irritado.

— Sou paga em calcinhas e doces. Com a economia como está, formas alternativas de moeda são necessárias. Jamie me daria um sermão sobre cobrar o que valho. Mas quem se importa? Se é assim que posso ajudá-la, então é o que vou fazer.

— Você é uma boa amiga — diz Tom, com tanta admiração na voz que levanto o olhar, surpresa. — Você é muito generosa, Darce.

— Ah, claro.

Olho de volta para minha tela. Isso está ficando difícil demais. Ele me puxa para perto com uma intensidade de garras e presas, depois espera que eu fique aqui sentada como uma irmã. Sou uma psicopata demolidora de cozinhas, mas pelo menos sei quem sou, e sou consistente.

O problema com Tom é que ele não sabe o que é. Não de verdade. A pergunta *quem você pensa que é* seria muito interessante de fazer para ele, porque sei que ele daria a resposta errada.

— Quero que você saiba que, quando eu ia reformar a casa ainda como funcionário do Aldo, eu planejava fazer tudo de graça. — Vejo seus dedos enormes se retorcendo juntos pelo cantinho dos olhos. — Sinto-me muito mal de aceitar os cinco por cento.

— Você vale cada centavo — digo a ele, exatamente como minha mãe dizia. — Não se preocupe, Tigrão. — Acrescento o apelido que meu pai lhe deu só para completar. Ainda assim, a lembrança dos meus pais não funciona. Ele não se afasta de mim num tranco, como pensei que faria. — Você precisa voltar ao trabalho?

Ele confidencia, um tanto brincalhão:

— Não quero voltar para lá. Alex tem razão. As coisas são sempre mais interessantes onde você está.

— Tenho certeza de que sim — digo, porque minha tela tem um traseiro nela. Porém, quando levanto a cabeça, ele está olhando para mim com uma suavidade no olhar.

— Tenho sido muito duro com você esses tempos. Desculpe-me. — Ele rejeita uma chamada com um gesto muito ensaiado. — Desculpe por tudo. Podemos ficar de bem agora?

Seu telefone toca outra vez. Ele precisa de mim. Eu sei.

— Tudo o que você precisa fazer é me pedir. — Posso ver que ele não sabe do que estou falando. Em vez disso, seus olhos descem para minha boca. Minha pulsação dá um salto e me apresso a esclarecer. — Pedir para eu te ajudar.

— Como você poderia me ajudar?

Agora ele está olhando nos meus olhos e surge aquela sensação quente e vibrante. O quarto encolhe. Estamos embrulhados juntos em plástico encolhido pelas paredes e pelo ar, e não consigo me segurar. Coloco a mão em seu antebraço só para sentir sua pele.

— Vou te ajudar do jeito que puder. — Aperto e sinto seus músculos apertarem de volta. Acima da minha linha de visão, eu o vejo engolir seco. — Vou arrebentar a porcaria das minhas costas por você.

Ele pega minhas mãos na dele. O que ele quer dizer é algo importante.

— É, eu sei. Mas é muito importante para mim que eu faça isso sozinho.

As palavras de Colin ecoam de volta para mim, e mais uma vez me incendeio por dentro.

— Você nunca estará sozinho. Estou aqui. Estou com você.

Ele olha para meu rostinho rosnando com uma nova compreensão nos olhos.

— É. Está, sim. — Ele olha de lado para minha bancada e repara em algo em meio à bagunça. A única coisa que eu estava torcendo para ele não ver. — Solicitação de passaporte?

Tom solta minhas mãos.

— Admito a derrota. Jamie deve tê-lo pegado. Mas não faz sentido! Sei que estava com ele depois que Jamie foi embora. Conferi a data de validade para alguma coisa. Fico pensando se Vince o vendeu no mercado paralelo. — Dou risada, *hahaha*, para ele saber que era uma piada.

Ele não acha nada engraçado.

— Você vai receber uma bolada quando a casa for vendida. Nunca mais vai voltar.

Truly abre a porta deslizante.

— Oi, elas já estão prontas? Um velho na casa acabou de gritar comigo.

Ela nota como estamos próximos e hesita.

— Oi. — Tom sorri e é adorável o suficiente para me dar vontade de triturar aquela solicitação de passaporte e dar descarga. — Colin tem razão. Você não pode mais passar por lá.

Truly o observa de cima a baixo com franca apreciação, e não posso culpá-la.

Ele é glorioso, desde o topo da cabeça até as solas de suas botas. É um milagre enorme, incandescente e musculoso, e, conforme o silêncio se estende, sua testa se vinca, perplexa. Ele não olha no espelho há algum tempo.

Truly reinicia seu cérebro.

— Ô looooouco, olha só você! Todo cheio de músculos! E aí, fez as pazes com a Darce?

— Estava no meio do processo — responde Tom.

Seu telefone vibra sem parar. Ele olha para o aparelho com uma expressão cansada. Sei, por experiência pessoal, que, quando as mensagens de voz começam a se acumular, checá-las é igual a limpar neve da calçada durante uma nevasca.

Ele o enfia de volta no bolso e se concentra em Truly.

— Como você está?

Os dois se abraçam, hesitantes, o rosto de Truly fazendo uma expressão exagerada de prazer, as sobrancelhas se levantando para mim por cima da curva do bíceps dele.

— Isso já fez a viagem valer a pena, aposto — digo, soando extremamente amarga. — Não que eu esteja com ciúmes, mas abraços são poucos e esparsos por aqui.

Eu me debruço por cima do notebook feito uma gárgula e começo a editar. Desde o abraço de corpo inteiro de Tom na cozinha, ando fragilizada e com frio.

— Ô, tadinha! — cantarola Truly, aproximando-se de mim e envolvendo meus ombros em seus braços por trás. Os abraços dela são o paraíso. Queria que os dois me abraçassem de uma só vez. — Tom, você sabe como a nossa Darce é. Parece um Tamagotchi.

— Sou um bichinho virtual. Parece correto.

Eu me reclino contra ela e fecho os olhos. Repousamos as têmporas uma na outra, e só nesse momento fico clara como um cristal por dentro.

Tom retoma a postura apoiada na bancada.

— Sei muito bem como ela é.

— Ela precisa de abraços mais do que admite — diz Truly, abraçando-me mais apertado. — Sem eles, ela morre.

Ela me solta com um beijo no rosto.

— Ah, e doces, obviamente. Ela funciona à base de agrados.

Truly começa a desembalar sacos de doces perto de mim.

— Quase sinto que você está me bajulando porque quer alguma coisa.

Pego o saquinho mais próximo e o abro com os dentes.

Tom sorri para Truly.

— Ela é um animal, né?

Truly oferece um saquinho para ele.

— Você pode ficar com este se me disser que fez com que ela se sentisse melhor, porque sei que ela se empenha muito por sua causa.

É um jeito gentil de dizer: *Darcy reclama direto para mim sobre cada bolha e bobagem cometida.*

Meu banco é virado, sou puxada até ficar de pé, e Tom, lenta e deliberadamente, aperta-me contra seu corpo.

— Estou me lançando aos pés dela. A cada minuto de cada dia. Ela é que não repara.

A mão dele se encaixa em minha nuca e meu mundo todo é composto de seus músculos e do cheiro de sua camiseta. O cheiro doce de cera de velas de aniversário e desejos e, ai, vai doer quando ele me soltar. Pegue o que você puder, sacana. Você tem sorte de ele ainda querer falar com você.

Sou espremida até ficar sem ar, depois depositada de volta no meu banco. Preciso disso de novo, por ainda mais tempo e ainda mais devagar. Talvez um mês disso. Eu deveria dizer alguma coisa, mas não consigo. Truly entrega o pagamento confeitado de Tom sem nenhum comentário, os olhos divertidos enquanto olha de relance para meu rosto.

Ele usa uma tesoura de sua mesa nova. Nada de rasgos selvagens. Tão civilizado!

— Como vão os negócios? Lingerie dá dinheiro?

Ele vira alguns doces na palma da mão: suculentos, deliciosos e rosados, e eu quero. Estou babando pelo sabor na boca de Tom. Um cara da equipe chama o nome dele lá fora, o balido de uma ovelha sem pastor.

— Dá, estranhamente. Estou rica. — Truly vasculha em sua bolsa. — Na verdade, eu trouxe um presente para a Darce. Dê uma olhada.

Ela entrega a Tom uma Ultrajes de Baixo — o modelo listrado náutico de seu último lançamento. Ele deve ter mãos grandes, porque, quando segura a cintura entre os dedos dos dois lados, a calcinha parece minúscula. Sei muito bem que, quando as puxar para cima, não vou ter umbigo à vista, mas ficarei com um traseiro de quase um metro de altura.

Truly sorri.

— Sei que isso é meio que um elogio e vai contra o estatuto da minha empresa, mas…

— Vejamos. Ah, isso é bonitinho. — Ele encontrou a miniâncora. Minha calcinha nas mãos dele. Ele a vira e ambos vemos que ela estampou NÃO SOU, NÃO abaixo de DESTROÇO HUMANO.

Enfim recupero minha voz.

— Sou, sim. Obrigada. Outra peça exclusiva.

Guardo a calcinha na primeira gaveta, junto com todos os meus contracheques vestíveis.

Tom mastiga e considera a gama de xingamentos na tela enquanto rolo por ela outra vez.

— Eu imaginava que você faria uma coleção mais... inspiradora do que esta.

Truly sabe do que ele está falando.

— Ah, você diz, tipo, calcinhas lilases e minúsculas com DEUSA bordado em lantejoulas? Mas aí eu perderia por completo meu público-alvo. Garotas sarcásticas, como a Darce, não querem que a calcinha entre.

O telefone dela dá um trinado e ela olha para o aparelho por um longo instante. Sinto certo conflito e frustração nela quando o guarda.

— Por que todo mundo diz que eu deveria fazer calcinhas gentis?

— Talvez porque você é um docinho — responde Tom, com naturalidade, e Truly cora num rosa vivo até o esqueleto. Meus ossos ficam verde-neon. Essa é a única coisa que eu nunca serei: um docinho. Como é tão fácil para esses dois?

— Não mereço doces — devolve ele, despejando o resto do saco na boca. — Tenho sido um babaca ultimamente. Mereço um xingamento no traseiro.

Truly pisca, imóvel.

— Você é vidente? Foi por isso que vim bajular a Darce. O consultor de marcas quer uma amostra masculina incluída no livro de fotos.

— Homens não usam cuecas divertidas — anuncio, bufando.

— Eu acabo de dizer que usaria.

Tom dobra seu pacote vazio.

Truly anui, contente pelo apoio.

— Também acho que pode haver um mercado aí. Venho trabalhando num modelo há algum tempo, então já tenho uma amostra disponível. Essa é a primeira peça masculina. Você sabe do que vou precisar agora, Darcy.

Ela se aproxima de mim, abrindo outro saco de doces. Abro a boca feito um filhote de passarinho e ela mete alguns abacaxis mastigáveis no meu bico.

— Não me force. — Faço ruídos de choro em meio ao açúcar. — Não!

— Qual é o problema? — Tom vai até a porta. — Tá, me dê um minutinho — ele responde para alguém na casa.

Há um milhão de coisas que precisa fazer na casa, mas ele está se enrolando.

— Pare de ser bisbilhoteiro. — Não faz sentido perder tempo comigo. — Volte ao trabalho.

— Escolher modelos masculinos é o pior pesadelo dela — diz Truly a ele. — Sempre que ela fez anúncios pedindo modelos masculinos no passado, recebeu como resposta fotos de pintos.

— É verdade. Uma caralhada de pintos. — Olho para meu computador, o relógio, e aí para a cara dela. Ignoro os braços cruzados de Tom. — Tenho um pouquinho mais de tempo?

— Não — devolve ela, pesarosa.

— Posso fazer uma foto plana, só com a peça? — Mesmo enquanto pergunto, meneio a cabeça. — Não, vai ficar uma merda ao lado das fotos com as modelos. Tá, deixa comigo. Vou resolver.

— Tem certeza de que você não está se estafando? — Mais uma vez, os dedos de Tom vão para o meu ombro. Mais uma vez, minha regata desobedece e escorrega do lugar. — Acho que você está dormindo menos do que eu no momento.

— Se ao menos você tivesse alguém por aqui que pudesse servir como modelo... — Truly fala para mim, devagar, especulando. Ela se vira e olha para Tom. — Alguém bem próximo. Alguém em boa forma, que vista GG.

Ela estreita os olhos para a cintura dele.

Tom nunca vai topar essa bobagem. Eu o poupo do embaraço de dizer não.

— Ele está ocupado demais para isso.

— Tom... — começa Truly, em sua voz mais meiga.

Ele não sabe o que responder. Está ruborizando.

— Meu bumbum fica muito lisonjeado de ser considerado para isso, Truly. Mas não sei se está à altura dos seus padrões.

— Você só pode estar brincando com a minha cara, porra — retruco, incrédula. É sério. Será que o sujeito nunca botou a mão para trás e apalpou o que ele carrega ali? — Vamos deixar você voltar ao trabalho. Vou apenas abrir as comportas para a inundação de pintos.

Truly se apressa a tranquilizá-lo.

— Espero que não se incomode se eu disser isso, mas você é de fato o melhor homem para este trabalho. Por favor, apenas deixe a Darcy tirar uma foto da sua bunda e eu te pago um jantar com filé.

— Hummm — diz Tom. — Filé.

Acho que ele está tentando não rir. Eu provavelmente pareço prestes a começar a gritar.

— O que preciso fazer?

— É fácil — responde Truly. — É só ficar de pé ali. Não precisa nem murchar a barriga. Meu site tem apenas corpos reais. Os modelos que usamos não são de tamanhos minúsculos. E Darce usa apenas o mínimo de Photoshop. Corpos reais — repete ela, enfática, olhando para a virilha dele.

— Não acho que isso seja classificado como um corpo real. — Minha voz soa quase sumida. Tom sorri como se estivesse mesmo encantado. Sei que meu rosto está vermelhíssimo, porque ele está mordendo o lábio para não rir. — Ei, você está zombando de mim?

— Um pouquinho. Eu gosto. — Ele ouve outro balido lá fora.

Truly resolve me trair.

— Darcy foi a bunda de algumas coleções no ano passado, quando não conseguimos achar modelos a um cachê razoável.

As orelhinhas de Valeska de Tom se levantam.

— Darcy é modelo de lingerie?

Ele está positivamente cintilando com bom humor e diversão agora. Estou corada, vermelha, o coração entrando em erupção no peito e mandando lava líquida para minhas veias.

— Eu te proíbo de olhar.

— Ela tem um excelente traseiro para calcinhas. Vocês dois poderiam ser o *casalzão da porra* da Ultrajes de Baixo se você apenas vestisse essa peça, Tom. O que me diz? Jantar com filé?

— Nunca recebi um jantar com filé — reclamo.

— Está bem — aceita Tom, rindo como se não pudesse acreditar no que está dizendo. Então acrescenta sua ressalva de sempre. — Mas só se ninguém contar ao Jamie.

Ele olha para seu celular, depois de novo para a casa.

— E tem que ser um filé bem grande. Tenho que ir, de verdade. Um prazer ver você, Truly. Por favor, assine um formulário mais tarde para eu me sentir melhor sobre você passando pelo canteiro de obras. — Ele olha para sua nova mesa. Numa voz de bolo de chocolate, acrescenta: — Posso fazer aquela impressora funcionar.

— Não, isso precisa ser feito agora. Aqui.

Truly lhe entrega uma cueca e ele a desdobra. Na bunda, lê-se: CUZÃO IRRACIONAL. Ele cai na risada.

— Bem, isso é muito apropriado. — Tom a encara e percebe que ela está falando sério. — Não posso fazer isso agora. Isso é loucura.

— Ou você faz, ou tenho que sair à caça de talentos — anuncia Truly, pragmática. — Aquele rapaz lá na casa se ofereceria, aposto qualquer coisa.

Ela sabe que acionou um dos gatilhos de Tom com sucesso e contém um sorriso quando ele se vira para mim, de cara feia.

— É verdade, se ofereceria mesmo — diz minha boca, porque ah, meu Deus, quero ver pele aqui.

Truly sai e segura a maçaneta da porta.

— Vou ficar aqui fora de guarda. Fechem as cortinas. Isso vai levar dois minutinhos. Tire a calça, vista a peça, Darcy faz clique-clique e pronto.

Para alguém na casa, Truly grita:

— Ele já vai, daqui a três minutinhos.

A porta se fecha.

— Ela faz com que pareça tão fácil! — A mão dele está no botão da calça. — Por que estou cogitando fazer isso?

— Porque a Truly tem algum tipo de campo de força estranho em torno dela. Você não consegue evitar dizer sim. Mas, se for fazer isso, não deixarei que você me trate como lixo depois. Você queria ser distraído. Você veio para cá. Já é adulto, e não posso te manter aqui se não quiser ficar. Faça que sim com a cabeça para eu saber que você admite tudo isso.

Ele assente.

— Se não for eu, será outro cara.

— Vamos terminar logo com isso. Finja que é a sua sunga de natação.

Fecho as cortinas com um puxão e acendo as luzes. Giro em meu banquinho.

— Você fica de pé ali.

Aponto para o vazio branco. Mudo as configurações; em seguida, assopro a poeira acumulada na lente. Há um período que parece interminável de tinido de cinto, tecidos se esticando e movimentos atrás de mim, e então Tom assume sua posição. Não vejo as pernas dele desde a época em que participava da equipe de natação. Sinto muita saudade delas.

O pobre coitado parece apavorado. Ele foi de chefe do canteiro de obras a modelo masculino sarado em vinte segundos. Está sofrendo com a mudança brusca. Ele não é o único. Aquela cueca boxer parece que foi feita para ele.

— Precisa de um cigarro? Dizer suas últimas palavras? É sério, você parece estar a ponto de ser alvejado por uma saraivada de balas.

Às vezes adoro minha boca aberta.

Ele parece tão meigo e vulnerável, sua camiseta torcida em volta da cintura com as mãos. Ele é um bom menino num corpo de bad boy. É um corpo feito para ser modelo de cuecas.

Deus do céu, está calor demais nesse quarto.

Loretta tinha certeza inflexível de que ele foi um viking numa vida passada — e ela estava certa. Ele acaba de atravessar o oceano

Báltico remando e agora está aqui de pé, o peito subindo e descendo sob meu olhar fixo.

— Certo.

Tento não olhar para a pele e as pernas e os pelos. E ele está de brincadeira com aquela barriga? Vejo grandes fatias dela cada vez que ele torce e reajusta sua camiseta. Minha boca está tão seca que eu beberia até da tigela de Patty. Já fotografei modelos e nunca vi nada assim.

— Você está bem? — pergunta ele.

— Você ficou ótimo — digo, numa voz encorajadora de mãe de atleta infantil. Batuco no chão com a bota. Vou poupá-lo da vergonha de forçá-lo a tirar a camiseta por completo. Ele precisa de um pouco de dignidade. — Vire de costas para mim. Puxe a camiseta mais para cima. Mais. Isso.

Não posso dizer. Vou explodir se não disser.

— Você tem a melhor bunda desse planeta.

Coloco a câmera em alta velocidade e começo a tirar fotos de seu traseiro feito um paparazzo.

— Tom está aí?

A voz de Colin soa terrivelmente próxima. É o informante de Jamie, com certeza, e está prestes a nos flagrar bancando os palhaços do jeito mais esquisito possível. Tom e eu congelamos.

— Ele está só... tendo uma conversa com Darcy.

— Diga a ele para vir aqui fora. Estão descarregando a madeira, mas ele não contratou uma empilhadeira, então não podemos movê-la de lá.

Colin diz isso em voz alta para que Tom o escute.

— Merda — responde Tom. — Um segundinho. Já vou lá, daqui a um segundo. Rápido, Darcy.

— Tudo bem, ele foi embora. — Truly abre a porta em uma fresta e as cortinas se movem. — Ah, ela ficou bem em você, Tom.

Eu amo Truly, mas me levanto e arrumo a cortina, banindo-a. A loba raivosa dentro de mim não quer que mais ninguém veja esse corpo. O ruído do canteiro de obras recua.

— Ninguém além de mim pode ver isso — resmungo para mim mesma. — Não posso acreditar que você teve coragem de fazer isso. Ainda mais depois... do que fiz.

Na cozinha, quando tentei te molestar.

— Não podia mais ficar longe de você. Pensei que ter você por perto fosse ruim para a minha concentração. Mas não ter você onde eu possa vê-la é pior, na verdade.

— Eu lhe garanto, não vou estragar nada aqui.

— Fiquei com saudade de você. — Ele balança a cabeça. — Como que você chama... o que você fez? Na cozinha?

— Segundo me lembro, disse a você para entrar em mim. — Tento manter meu tom leve e divertido. — Acho que você teve um vislumbre assustador do que acontece quando a sacana aqui quase perde o controle.

— Aquilo era você com algum controle ainda? — Ele está incrédulo.

Tenho um lampejo da madeira se quebrando, eu apontando para a porta do quarto, a honestidade crua. Mas a verdade é que poderia ter sido pior.

— Bom... era. — Abaixo a câmera. Estou respirando pesadamente, o bastante para embaçar o visor. Nesse ritmo, vou destruir a lente. — Se eu perdesse todo o controle, eu teria... — Clico a câmera, só para fazer algum ruído. — Eu talvez teria...

Cubro a boca como se tentasse conter um arroto. Não posso dizer. Não posso.

— Diga para mim — pede ele por cima do ombro naquela voz grave da primeira manhã na obra, quando ele disse *Desembalem o equipamento* e os rapazes meteram o rabo entre as pernas e fugiram. É uma voz para a qual não se pode negar nada.

Foda-se. Se ele quer franqueza, vou lhe dar franqueza.

— Eu teria aberto o seu cinto, caído de joelhos e feito você rezar para Deus.

— Jesus — retruca, sem ar.

— É, você chamaria o nome dele, sim. — Cruzo uma perna por cima da outra para abafar o peso revelador que estou sentindo.

Uma pequena descarga doentia aumentando minha vergonha. Eu poderia dizer quase qualquer coisa para ele e ele teria que ficar ali, de costas para mim, e escutar. — Para sua sorte, ainda me resta um pouquinho de controle. Só um tiquinho.

Seus ombros massivos rolam, e ele suspira de sofrimento.

— Vamos, vire-se e a gente já termina. Você pode voltar para o seu rebanho.

Giro de um lado para o outro, e isso não ajuda em nada minha situação excitada. Seria bem-feito para mim se eu tivesse um orgasmo por acidente num banquinho do Kmart.

— Só não entendo — diz ele, depois de um momento. — Por quê?

— Como assim, *por quê?* — Ouço a descrença na minha voz. — Você é fenomenal. Sabe disso.

Quando ele olha por cima do ombro para mim, seus olhos são puros e inseguros.

— Você sabe disso, né? Não consigo nem lhe explicar o quanto você é gostoso. Eu teria que lhe mostrar.

Ele remexe os pés, mas não se vira de frente para mim.

— É só fazer a frente agora, e terminamos. Trinta segundos. Vamos, Tom, vire logo.

Ele não faz nada.

— Tom. Terra, chamando Tom.

Ele anuncia, num suspiro fraco:

— Estou com um probleminha pessoal.

— É, você e eu. Tenho um pacote de pilha AA com meu nome nele. — Minha calça jeans parece ter encolhido dez números, e a costura está quase me cortando no meio. — Vamos apenas terminar isso logo.

— Só me dê um segundo — pede, angustiado.

— Vire-se — ordeno, desesperada para terminar com isso.

Com pesada relutância no rosto, ele obedece, torcendo a camiseta para cima. Sua barriga é composta de seis lindos blocos.

— Puuuuuuta merda.

Meu queixo cai e eu mal consigo erguer a câmera.

— Vê o que eu queria dizer? — explica ele, com os maxilares cerrados. A boxer está diferente de como deveria estar na frente. Toda torta. Incontida. Um ângulo que deveria terminar, mas simplesmente... não termina. Tudo dentro de mim se contrai; *quero, sim, por favor.*

— Não é de se espantar que você não tenha se impressionado com a minha caixa de mercadorias indecentes — solto, mesmo enquanto estabilizo as mãos e dou zoom. — Acho que eu não conseguiria acertar a melhor luz para você.

— Hilário — retruca ele, furioso, estendendo a mão para baixo e agarrando sua calça. — Você não para nunca de falar, né?

— Não, espera, preciso de uma foto para Truly. — Abaixo a câmera. — Não se preocupe. Isso já aconteceu antes, de verdade. Uma vez fiz uma sessão de fotos de *boudoir* para o aniversário de casamento de um casal, e...

A mão dele é pressionada por cima dos olhos.

— Só pare de falar por um maldito segundo.

O horror se acende dentro de mim. Jamie nunca para de falar. Nunca. Então ele acrescenta:

— A sua voz é gostosa demais, eu não aguento. Obviamente.

— Ah. — Giro no banquinho e fico de costas para ele. — Não sabia disso.

O quarto ressoa em silêncio.

— É claro que você sabia — responde ele, bravo. — Nunca ouvi uma mulher falar como você fala. — Há um ruído audível dele engolindo. — Você tem que ter mais cuidado com o que diz para os homens.

— Nunca na minha vida eu disse nada desse tipo para outro cara, e me ofende essa insinuação. — Dou uma espiada por cima do ombro. Será que esse momento excruciante pode terminar, agora? Mais um frame mínimo, micro, e meu cérebro gravou isso para sempre. Agora está no cofre. É um cofre enorme.

— Isso é humilhante. — Ele bufa e resfolega. — Você é obscena assim com qualquer cara um tanto bonito que chame sua atenção?

— Sou obscena assim com você. E somente com você. E você não é só "razoavelmente bonito". Eu vi o *David* de Michelangelo em Florença. Você faz com que ele pareça um anão de jardim com pinto de agulha.

— Terminaram, gente? — pergunta Truly.

Agito a mão em pânico.

— Quase! Vamos falar de alguma coisa bem neutra. Tipo a reforma da casa. Como ela está indo? Conte-me sobre isso.

— Certo — diz ele, parecendo encorajado.

— Fale sobre as calhas ou os respiradouros. Aquela mancha enorme de infiltração no teto da cozinha, como está? Ou... — Cavo bem fundo. — A treliça. Os canos. As arquitraves e as ponteiras e...

Ele interrompe, em desespero.

— Acho que você dizendo termos quase nada arquitetônicos está piorando a situação.

— Seu esquisitão.

Eu me ouço um pouco diferente agora. É uma voz sexy mesmo? Tenho certeza de que a maior reação que já obtive com Tom foram pupilas dilatadas. Agora estou num quarto que contém seu pau duro.

Mais seguro. Mantenha-o mais seguro.

Outro minuto se passa.

— Certo — aceita ele, tenso. — Tire a foto.

Bato cerca de dez fotos e, antes que lhe diga que terminamos, ele já está se dobrando e enfiando as pernas na calça, ainda vestindo a cueca. Ele sai do quarto numa explosão, quase derrubando Truly.

— Você me deve mais do que um jantar com filé — anuncia Tom a ela enquanto se vai, muito depressa. — Me deve um jantar com filé e uma viagem em um cruzeiro.

Truly volta para dentro.

— O que você fez com ele?

— Não tenho bem certeza — digo, enxugando suor da testa. — Mas acho que não vamos receber aquela boxer de volta.

CAPÍTULO 14

ATUALIZAÇÃO DE STATUS: tão cansada que é possível que eu esteja morrendo. E hoje ainda é quinta.

Fico de pé no banheiro, as mãos nos quadris, e olho para a parede. Nunca demoli um cômodo de propósito antes.

— Ben, pode me dar os contornos do que devo fazer?

As palavras mais estranhas me mandam de volta para a sessão de fotos da Ultrajes de Baixo. Tipo *contornos*.

Ben é o único em quem posso confiar para me dar conselhos que não resultem em algo arruinado. Alex só sabe como carregar coisas pesadas e rir de piadas. Colin ainda está na minha lista e tenho quase certeza de que ele é o infiltrado de Jamie. Andei dando informação falsa para ele numa tentativa de o expor.

— Retirar os azulejos das paredes seria um bom começo. Use... isso aqui.

Tento não olhar para a careca brilhante de Ben enquanto ele revira uma caixa de ferramentas. Ele me dá um pé de cabra curto.

— Com cuidado. É fácil abrir um buraco na parede se você apenas começar a bater.

Ele empurra uma caixa vazia de papelão para mim com o pé.

— Os pedaços são afiados. Coloque óculos de proteção também. Tem uma lata lá fora, mas Alex vai carregar tudo. Aí, depois disso, comece com os azulejos do piso.

— Tá bom. Obrigada.

Ter uma tarefa claramente definida é um paraíso. Amarro minha regata larga no quadril e puxo a calça jeans para cima um pouco. Calço as luvas. Coloco os óculos no topo da cabeça.

Tom passa pela porta e para. Fazemos contato visual, e aí ele olha para o pé de cabra na minha mão. Suas pálpebras se movem depressa e ele erra o passo, como se tivesse acabado de ver algo que não pudesse suportar. Estou ridícula? Será que ele está imaginando eu me machucando?

Na verdade, eu me lembro de como ele ficou quando falei sobre arquitraves. Balanço o pé de cabra.

— Esse visual funciona para você?

Ele engole seco e assente.

— Ah, sim.

De onde se encontra na escada, Colin balança a cabeça para nós, cansado. Não aprendemos nunca.

A essa altura, esse mesmo ciclo está se tornando arraigado: Tom passa e se distrai comigo, e algo em outra parte da casa se estraga. Sou uma maldição humana.

Aponto com o polegar.

— Siga andando.

Ele segue, parecendo agitado.

Colin diz:

— Não acho que ele espera que você trabalhe mesmo na demolição.

— Acho que já expliquei várias vezes que faço parte da equipe, né? — Limpo suor da testa com o antebraço. Tive que aceitar que estou sempre brilhando. — Você entregou suas informações do imposto para Tom?

Colin se chateia.

— Ainda não.

— Ah, é, é, senhor Papelada?

Está na ponta da minha língua mandar que ele entregue tudo até às cinco. Mas não vou fazer isso. Ficarei atrás do limite que Tom traçou para mim.

É inevitável notar que Colin parece descolado, ali de pé contra o pano de fundo da parede branca. Pego minha câmera e tiro uma foto rápida. Franzo o cenho para a tela. Posso fazer melhor do que aquilo.

Ajusto as definições, o enquadramento, e a segunda foto fica muito melhor. Tipo, muito mesmo.

— Que tal ser meu muso? — pergunto a Colin. Ele não se dá ao trabalho de reconhecer minha existência.

Deixo a câmera de lado. Dois retratos de um rosto humano em meio às fotos de tomadas elétricas e rodapés rachados. Tom pode ficar orgulhoso de mim por isso. Que estranho que é o velho e horrível Colin ter me inspirado.

Pressiono a palma da mão contra o primeiro azulejo na fileira. Parece um sacrilégio total, mas insiro a borda do pé de cabra do topo do azulejo e ele apenas... salta para fora do lugar. Sou lerda demais para pegá-lo e ele se despedaça aos meus pés.

A cabeça de Tom aparece no batente da porta quase de imediato.

— Tenha cuidado. — Ele já está arrependido disso, profundamente. — Tá, espera — diz para outra pessoa. É um show impressionante de malabarismo: supervisionar todo um canteiro de obras ao mesmo tempo em que supervisiona em pessoa cada movimento meu.

— Tô bem.

Tiro mais alguns azulejos na palma da mão e os coloco numa caixa de papelão.

— Sou parte dos peões agora, certo? — pergunto a Colin, que ri sem humor e responde *claaaro*. — Tchau, Tom. Te vejo mais tarde.

Ele percebe minha deixa, nada sutil, e vai embora de novo.

A sessão de fotos improvisada da Ultrajes de Baixo arruinou a pequena trégua com doces e abraço que tínhamos acabado de alcançar. Quando acompanhei Truly até seu carro, havia equipes de caras carregando madeira à mão livre pela lateral da casa, Colin estava com os braços cruzados, e Tom estava furioso. Ele admitiu que sua participação foi voluntária, e havia prometido não me culpar por ela, mas parece muito ter sido mais um ataque a mim.

Tentei ajudar a carregar madeira também, mas, assim que me abaixei, ele estava me empurrando de volta como se eu tivesse me aproximado demais de um despenhadeiro.

Ele começa a ser mais Valeska do que humano.

Deve ser o estresse que o está transformando em um animal. Se converso com um dos entregadores? Ele já está subindo pela entrada com um rosnado nos lábios. Se faço um sanduíche a mais para o palhaço do Alex, que até agora se esqueceu de trazer almoço todos os dias? Tom está recostado no banco, os olhos ciumentos no meu perfil até eu pegar o queijo e a alface.

Os caras da equipe começam a andar de lado perto de mim. Passo a me sentir como uma mina terrestre. Se Tom me tocar de novo, provavelmente vou explodir para cima dele. Por isso meu estado constante de suor febril.

Para a equipe no banheiro, digo:

— Conheço Tom desde que tínhamos oito anos. Mas, alguns dias, me pergunto se ele vai continuar falando comigo depois disso tudo.

— Reformas são sempre muito estressantes — avisa Ben, diplomático. — Assim como iniciar seu próprio negócio. Aldo está dificultando as coisas para Tom, ainda mais no que diz respeito a contratar pessoal.

— Ele não me contou isso.

Eu me pergunto o que mais tem tirado seu sono.

— Pagamento de salário. Seguros. Segurança dos operários. Terceirizados. Contratos — recita Colin, de seu poleiro. Ele estala os dedos para mim, e sei que isso significa que devo lhe entregar a furadeira sem fio. Estou apenas um pouquinho acima de Alex na hierarquia.

— Não atendo a isso aqui. — Estalo os dedos de volta para ele. — Use palavras.

— Segurança do canteiro. Fornecedores. Aluguel de equipamento. Faturamento. Orçamento. — Colin me dá um olhar muito cheio de significado e termina com: — Gerenciamento de clientes. Passa aquela furadeira.

Entrego o equipamento.

— Você deu sua opinião. Ele está cuidando de tudo.

— Acho que não. Ele anda muito distraído — diz Colin, entre os zunidos irritantes da furadeira. Ele me entrega um respiradouro, lançando poeira cinzenta no meu cabelo. — Lixo.

Sentindo-me um pouco perseguida, jogo o respiradouro na caixa de Alex.

— Gostaria de argumentar que ele está cuidando de tudo, mas fui advertida recentemente de que isso não é da minha conta.

Volto para meus azulejos, inquieta. Tom se sentou no degrau dos fundos na noite passada com a cabeça nas mãos. Assim que ouviu meus passos se aproximando, ele disfarçou, botando na cara uma fachada de competência.

Será a reforma ou Megan o que o atormenta?

Encontro meu ritmo outra vez. Tiro, jogo. Tiro, jogo. Estou pegando prática com meu pé de cabra. Eu devia dar uma folga ao Alex na retirada do lixo.

Eu me abaixo e ergo a caixa, e meu coração resolve borrar as calças.

Parece que uma torrente de palpitações sobe borbulhando pela minha garganta, acinzentando minha visão. Apoio o ombro na parede. Tá, já chega. Acho que preciso fazer uma rápida revisão da situação desse velho coração, mas Jamie sempre vai comigo. Ainda sou a Darcy pequenininha, assustada demais para ir a uma consulta de gente grande sozinha.

É esquisito. Não me acostumei com a ausência de Loretta na minha vida, porque ela parece tão próxima que quase espero olhar pela janela e vê-la dando ordens a alguém.

Às vezes parece que foi Jamie quem morreu, porque o vazio só fica maior. E meu coração bate mais torto do que nunca.

— É o Alex quem levanta peso. Você tá bem? — Ben está ao meu lado. — Devo chamar Tom? Ele nos disse para avisá-lo se você não estiver se sentindo bem.

— Disse, é? — Eu me aprumo e a mão vai para o quadril num instante. Dentes cerrados e lágrimas pinicando os olhos, disparo: — Estou só tirando uma folguinha. Ignore ele.

— Ignorar? — ecoa Alex, da porta. — Não se ignora o chefe.

Ele também se aproxima.

— É só respirar, fundo e com calma — diz Colin, franzindo a testa para Alex tipo um *cala a boca*. Ele está preocupado o bastante para descer da escada, cada movimento evidentemente dolorido e artrítico.

Acho que parece que estou morrendo.

— Você não quer se sentar? — pergunta Colin.

Chacoalho a cabeça.

— Não tem nada de errado comigo.

Macacos me mordam se vou me comiserar com esse velhote rabugento falando dos nossos males em comum. Ele sai feito um cão de caça, o focinho no chão, farejando o chefe. Ou pior: procurando um canto quieto para ligar para meu irmão com as últimas informações.

— Tontura? Também fico. — Sempre se pode contar com Alex para ignorar solenemente seja lá o que estiver acontecendo. Gosto disso nele. — Em especial se eu estiver de ressaca — acrescenta ele, com certa ostentação na voz.

Tenho dó desse rapaz. Ele já reclamou comigo de como suas noites são chatas, encalhado em seu quarto de hotel barato.

Penso no incentivo que senti quando Tom disse que a equipe sentia saudades de mim. As coisas são divertidas comigo aqui. Alex é o público jovem com quem preciso me alinhar.

— Ei! Amanhã à noite, chame todo mundo para ir ao bar onde trabalho. Vamos fazer uma comemoraçãozinha de primeira semana. Pago bebidas baratas para todos. Você vai ter que me mostrar sua identidade.

Alex se anima.

— Parece ótimo! Nós não fazemos nada assim há séculos. Tom faz a gente trabalhar duro.

Já posso ver o moral se elevando e a equipe toda se unindo. Copos se tocando, *tim-tim!*

— Bom, quero que vocês se divirtam neste projeto. — Tudo se estabiliza e o momento passou. Eu me afasto da parede. — Mas isso não significa que estou apaixonada por você. Todo mundo está convidado.

— Sei disso — ofega Alex depois de um segundo, ficando vermelho. — Sei disso.

Ben decide arriscar a vida.

— É bem óbvio por quem ela está apaixonada.

Finjo bater nele com o pé de cabra, ele finge estar machucado, e agora estamos todos sorrindo. Ligo o rádio e nós entramos no ritmo, combinando com a música. Não sei qual é o problema comigo, mas poderia fazer isso para sempre.

Eles me contam sobre o último serviço, uma grande casa de férias no topo de um penhasco. Tom trabalhou a noite toda para lixar mais uma vez alguns pisos que não estavam à altura do que ele queria. Eles me contam o que já sei: Tom é um perfeccionista incansável. Acho que estão me alertando. Trabalho com mais empenho, mais organização, determinada a fazer isso à perfeição. Serei irrepreensível.

— Talvez você possa responder a essa — começa Alex. — Qual é a da chihuahua? A gente nunca conseguiu decifrar.

Ele pega a próxima caixa cheia dos meus azulejos.

— Como assim?

— Um cara daqueles devia ter um cachorro grande — diz Alex, soltando um grunhido ao levantar o peso. — Nós meio que achamos que ela fosse da Megan.

— Um cara daqueles? Tom tinha treze anos quando pegou a cachorrinha, e ele não se importou em ser provocado o resto da vida por causa disso. Escolheu o cachorro que mais o amou naquele abrigo. E fui eu quem escolheu o nome dela, anos antes de Tom sequer conhecer Megan.

O fato de eu estar me vangloriando está claro na minha voz, mas não posso evitar. Espera aí. Não estava me vangloriando. Aquilo soou como declaração de posse.

— Ei. — Pego Alex pela manga da camisa quando ele passa por mim. Dou uma espiadela em Ben e Colin; os dois estão distraídos. Num tom baixo, digo: — Conheci muitos homens, pelo mundo todo, e Tom é o melhor. Sem dúvida alguma, ele é o melhor homem. Tente ser como ele.

Alex assente, absorvendo a sabedoria da Vovó Darcy.

— Um cara daqueles — repito para mim mesma, retomando o trabalho. Tenho o impulso de chamar Alex de volta para lhe passar um sermão sobre todos os motivos pelos quais Tom é o exemplo ao qual ele deveria aspirar.

Tom fez uma reunião para repassar tarefas com alguns caras ontem com Patty sentada entre suas botas. Um cara daqueles é forte de uma forma que é mais profunda do que músculos e ossos, porque traz sua vulnerabilidade à mostra. Acho que encontrei meu homem ideal quando tinha oito anos, e ninguém mais pôde se comparar.

— Um cara daqueles.

Dessa vez, quando me apoio nos azulejos, é porque estou pensando em Tom de um jeito que me faz parar de respirar. Se ele passar por aqui agora e colocar a cabeça na porta, acho que não serei capaz de manter uma expressão neutra.

Nunca me senti assim na vida. Não sei o que fazer.

Eu me volto para minha tarefa, o rosto quente. O único azulejo cor-de-rosa é o próximo. Retirarei esse com cuidado e o usarei como porta-copos. Tiro. Eu o viro e há uma carta de tarô por baixo da camada de cola.

— O quê?! — Eu rio. — Gente, olha! Minha avó me deixou um negócio.

Ben e Alex se amontoam ao meu redor como se eu tivesse achado ouro.

— O que é isso?

Alex é adoravelmente ingênuo sobre a maioria das coisas.

— Minha avó era vidente. Esta é a carta da Força no tarô.

Uma mulher vestida de branco segura abertas as mandíbulas de um leão. Poderia ser uma imagem violenta; em vez disso, transmite apenas paciência e estabilidade. Parece eu e Valeska.

— O que ela significa?

Tento me lembrar. Ela tentou me ensinar a ler cartas, mas eu estava sempre ocupada demais. Cansada demais. De ressaca demais. No estrangeiro demais.

— Acho que significa perseverança e coragem. Mas tenho que confirmar.

Ben sugere:

— Talvez haja mais cartas escondidas pela casa. É um sinal. Diga a todos para ficarem de olho — acrescenta ele para Alex, e o fato de que ele não rejeitou simplesmente o fato como bobagem feminina me faz abrir um sorriso enorme.

Termino os azulejos da parede no meio da manhã e, embora o coração dê mais alguns saltos, seguro-me bem. Colin tem me vigiado como um abutre esperando pela carcaça. Eu me esqueço de almoçar e de beber água, e não faço ideia de que horas são quando retiro a última parte dos azulejos do piso e seco a cara suada na barra da regata.

— Uau — diz Tom, da porta. — Tá bem.

Ele olha pelo cômodo como se nunca o tivesse visto antes.

Estou uma bagunça trêmula.

— Não sei quanto tempo isso deveria ter levado, então não sei dizer se você está impressionado mesmo.

Sinto-me nervosa enquanto seus olhos perfeitos passam pelas paredes, pelo piso, sobem pelas minhas pernas até meu rosto.

— Você fez isso sozinha? — Ele está chocado.

— Ela é uma máquina.

Ben me dá um sorriso torto e se vira para sua própria tarefa.

Tom se aproxima e me avalia.

— Você não se esforçou demais, né?

Ele me pega pelo punho, tentando sentir minha pulsação. Sua outra mão afasta o cabelo do meu rosto. Eu não devia gostar desse tipo de alvoroço. Deveria escapar das mãos dele. Mas talvez eu deva tentar expor minha vulnerabilidade um pouquinho. Inclino-me na direção do toque dele.

— Eu estava perfeitamente bem. — Vejo Colin franzir os lábios. Pelo menos ele não me dedurou. — Tom, olha. A Loretta nos deixou um negócio.

Mostro a ele o azulejo com o tarô.

Ele ri e a luz do sol transforma as partículas de poeira flutuando ao nosso redor em glitter. A mesma luz transforma os olhos dele em uísque, e eles me deixam bêbada. Um cara desses? Ele é o único que já fez meu estômago pular.

— Ela sempre gostou de deixar as coisas interessantes. — Seus braços me envolvem. Ele me abraça apertado e comenta, por cima da minha cabeça: — Você se saiu bem. Estou muito impressionado.

Passo os braços em torno de sua cintura e inspiro, enchendo meus pulmões com ele, meu rosto na almofada de seu peito e o piercing no meu mamilo beliscando do jeito mais gostoso possível. A qualquer segundo agora, vou estragar tudo. Melhor aproveitar enquanto durar.

— Cadê o meu abraço, chefe? — diz Alex, ressurgindo.

Ben e Colin riem. Ai, meu Deus, qual é o problema comigo? Estou me embriagando com essa sensação de fazer parte da equipe.

Tom anuncia:

— Essa aqui tem privilégios. Vocês sabem disso.

Quando me inclino para trás, posso ver que Tom também está sorrindo. Ele me solta e cutuca as marcas antigas de adesivo no piso.

— Estamos adiantados aqui. Bom trabalho, pessoal.

Sinto-me tão eufórica que estou surpresa por não estar flutuando a meio metro do chão. Deixar Tom orgulhoso é como cheirar um arco-íris. Não pode durar.

— Certo, é melhor vocês irem embora agora.

— Ela é muito boa nisso. — Alex apanha minha última caixa de azulejos quebrados. — E trabalha num bar. Sexta à noite vai ser irada!

Ele marcha para fora.

— O que ele quis dizer com sexta? — Tom se concentra com intensidade no meu rosto. — O que vai acontecer nesse dia?

Ben e Colin se retiram, falando *banheiro* e *água*, respectivamente.

E, rápido assim, meus pés estão de volta ao chão, e fodi com tudo de novo.

CAPÍTULO 15

— EU SÓ DISSE QUE pagaria bebidas baratas na sexta à noite no bar. Viro-me para cutucar uma lasca de azulejo ainda grudada na parede, mas Tom coloca a mão no meu cotovelo.

— Quem você convidou?

— Falei ao Alex para convidar todos que estiverem interessados. — Tomo um gole da garrafa d'água. — Desculpe, mas você não pode ir. Você é o chefe. Senão, ninguém consegue relaxar.

Ele fecha a porta atrás de si com a bota.

— Você não consegue evitar, né?

Tudo dentro de mim dá um pulo de susto. Eu me recuso a levar a mão até meu coração. Usar a carta cardiológica é trapacear.

— Ah, ótimo. O que foi que fiz agora?

Ele é todo olhos raivosos e braços cruzados.

— Tenho que fazer todo mundo se esforçar ao máximo para terminar aqui. Quando estiver terminado, aí eles bebem. Por enquanto, eles trabalham.

— Mas o que fazem no tempo livre...

— Não quero que fiquem presos no redemoinho Darcy Barrett. Acredite em mim, depois que você se prende nele, não dá para sair. — Seu telefone toca e ele rejeita a ligação com força suficiente para trincar a tela. — Essa é a primeira semana, Darce. Você deveria ter me perguntado antes.

— Tudo o que fiz foi sugerir que...

— Você convidou toda a equipe de construção para um bar, onde a dona da casa, uma *gostosa* — aqui, ele indica aspas com os dedos de um jeito insultante —, vai pagar bebidas baratas. Cancele. Metade deles tem que trabalhar no sábado de manhã.

— Parece que irritei meu construtor *gostosão*. — Dou as mesmas aspas com os dedos para ele. — Você não pode decidir o que eles fazem com seu tempo livre. Eles são crescidinhos. E me disseram que eu deixo as coisas divertidas por aqui.

Com certeza ele sabia que eu morderia essa isca, não?

— Essa coisa toda aqui? É a minha área. — Ele faz um movimento com a mão, aparentemente embarcando a casa inteira e tudo dentro dela. — Sou o chefe de todo mundo. Até seu. Pergunte para mim antes de fazer idiotices desse tipo outra vez. — Ele enfia a cabeça pela porta. — Sexta está cancelada.

— Que droga. — Ouço Alex dizer, enquanto a porta torna a se fechar.

— Você está sendo um cuzão. Não combina nada com você.

Isso tira um pouco do ímpeto dele, mas Tom se recupera após um instante e abaixa a voz.

— Se não mantiver tudo sob controle, esse projeto inteiro vai virar merda. Tenho que ser o chefe durão para esses caras. E agora para você também, pelo visto.

— Bom, se essa é a comida de rabo que um funcionário novo recebe quando comete um erro inocente, então você não é um chefe lá muito bom. — Dou um golpe baixo. — Só porque você não tem vida pessoal, isso não significa que o resto de nós deve simplesmente ficar em casa.

Ele está incrédulo.

— Não tenho vida pessoal porque estou tentando vender a sua casa.

— Você não tem vida pessoal há tempos já. Quando foi a última vez que você saiu? Para beber, jantar, um encontro? Quando foi a última vez que você foi nadar?

— Não tenho tempo.

— Você sempre diz isso. O Tom que conheci não podia viver sem cloro.

— Bom, a Darcy que conheci tirava fotos de coisas reais, e por vontade própria. Não finja para mim que a sua vida é tão gratificante, porque não é. — Ele passa a mão pelos cabelos. — Não consigo pensar direito com você aqui.

Ele faz uma pausa longa e surge aquela expressão familiar em seus olhos. Já a vi muitas vezes, sempre antes de ele escolher o lado de Jamie.

— Acho que essa ideia de você trabalhar aqui foi um erro.

— Caralho, não ouse tentar me cortar disso aqui. Você está exagerando na reação.

— É que você me deixa tão... — Tom fecha os olhos. Eis aquela rolada dos ombros. Como se ele estivesse retornando um pouco para o próprio corpo. — Apenas olhe para a situação pela minha perspectiva. Esses caras no canteiro de obra, eles sabem que sou o chefe. Você é a dona do imóvel. Somos um time agora. Pensei que eu tinha passado isso para você.

— Passou, mas isso não quer dizer que não possamos ser legais com os caras.

Ele se apoia na parede, cobrindo o ombro de poeira.

— Logo no começo, eu era amigo de todo mundo, mas todos pisavam em mim. Suponho que isso não seja novidade para você. — Há uma vulnerabilidade ali, antes de ele piscar e a afastar. — Tenho que estar no controle de tudo.

A lista de responsabilidades onerosas de Colin ainda está rodando num ciclo no fundo de minha mente, e quase abro a boca para perguntar se está tudo bem. Mas não posso. Ele vai apenas rosnar para mim.

Meu senso reluzente de orgulho se foi por completo agora.

— Eu estava muito contente comigo agorinha mesmo. Estava ansiosa para que você visse o que eu fiz. E você chega e me diz que eu nem deveria estar aqui? Bacana.

Puxo a janela em busca de ar. É claro, a cretina nem se mexe.

— Deixa. Eu abro.

Para ele, essa porra provavelmente desliza para cima feito seda. Tento pegar o pé de cabra no chão, mas Tom põe o pé sobre ele.

— Disse para demolir o banheiro, não para derrubar tudo.

— Outra coisa, Tom. Não diga aos outros para ficarem de olho em mim. Isso é insultante, de verdade. Todos eles sabem do meu...? — Indico meu peito.

— Só esses três. Duvido que meu seguro cubra você fazendo isso. Este é o risco que estou assumindo por você. E agora tenho que ir atrás de outro terceirizado para o telhado.

Os olhos dele se estreitam.

— E por que isso é culpa minha?

— Eu o demiti.

É como se ele estivesse com uma marreta no punho agora.

Bem, pelo menos já sei quem me chamou de gostosa entre aspas.

— Você está de molho num excesso de testosterona. Eu estava trabalhando aqui.

Os olhos dele reluzem.

— E é por isso que tenho zero paciência para caras que falam daquele jeito sobre mulheres num canteiro de obras. Eu o demitiria por dizer aquilo sobre qualquer uma, não só você.

Toda vez que Tom se adianta e me mostra quem ele é, é um alívio. Aldo teria gargalhado alto. Olho pela janela.

— O que ele disse, exatamente?

— Vou lhe poupar os detalhes.

Coloco a mão no quadril.

— Bom, vou ter que cavar uma sepultura ou não?

Ele ri sem muito humor.

— Uma bem funda. E ele era uma das minhas últimas opções. Um dos últimos que Aldo não convenceu. Sua casa talvez não receba um telhado novo, nesse ritmo.

Gesticulo para o alto.

— Tenho certeza de que o que está aí está joia.

— Ah, Darce. Se você soubesse o que sei, não dormiria. Nem numa cama como a sua.

Meu colchão impressionou de fato. Tom está pensando nele agora mesmo. As pupilas se dilatando. Procuro um jeito de jogar água fria na temperatura em elevação.

— Megan devia adorar quando você ficava assim.

— Ela nunca pôs os pés num canteiro de obras meu. Nunca pegou um pé de cabra e muito menos ainda suou por trabalho pesado. — Os dentes brancos dele mordem seu lábio inferior. — Nunca fiquei assim. Seja lá o que isso for.

A fera que eu imaginava quando criança e que me seguiu pelo mundo todo a cada passo que eu dava? Aquela que dormiria nos pés da minha cama e rasgaria gargantas? Está aqui neste cômodo, mas não sinto medo. Se me aproximasse e ficasse cara a cara com ela e levantasse a mão, ela pressionaria o rosto na minha palma. Agora, porém, não é o momento de explicar o conceito de Valeska para ele.

— Você sempre foi assim. Pode confiar.

— Só perto de você. Nunca de Megan.

Seus olhos sustentam o meu olhar até que a pontada interna de culpa que ele sentia passe.

— Posso ver que você gosta de ouvir isso.

Provavelmente, também estou com olhos de loba.

— Claro que gosto. Sou ciumenta. Ela nunca vinha visitar? Nem uma vez, num vestidinho, com uma cesta de piquenique?

Ele meneia a cabeça em negativa.

— Caramba. Se você fosse... — interrompo-me.

A sobrancelha escura dele se arqueia.

— Se eu fosse seu...?

Solto uma risada incrédula. Ele está ficando ousado. O jeito como olha para mim neste momento? Ele vai me lamber, só para saber como é o meu gosto.

Eu me acovardo.

— Você não quer saber o que eu queria dizer.

— O problema — retruca ele, devagar e deliberadamente —, é que quero saber, sim.

— Use a imaginação.

Não tenho nada. Fui superada aqui, e ele sabe disso. Há divertimento em seus olhos e a ponta de seu canino aparece enquanto ele recua na direção da porta.

— Eu tenho usado. É por isso que estou um caco.

Tom abre a porta como se isso fosse nos manter a salvo. Uma parcela minúscula de tensão evapora do cômodo numa nuvem rosa, mas não é o bastante. Ainda podemos pular em cima um do outro e dar um show para os caras no corredor.

Ele se aproxima de novo e, com um dedo, desliza a alça da minha regata de volta ao lugar.

Numa voz tão baixa que quase não ouço, ele fala:

— Você tá me deixando doido com a sua pele, seu suor. — Quando vê que me retraio, ele esclarece, e perco o chão. — Você realmente não sabe que é sexy, né?

— Não — consigo balbuciar. — Quero dizer, já me disseram...

Os olhos dele ficam incandescentes.

— Mas não você. Você nunca me disse.

— Engano seu — argumenta ele. — Já te disse de todo jeito que podia. Mesmo quando não deveria. Deve ter sido divertido para você poder provocar e brincar comigo sempre que tínhamos trinta segundos sozinhos.

Os oito longos anos com Megan se estendem atrás de nós como uma estrada deserta. Ele acha que aquilo foi divertido ou gostoso para mim? Ficar de pé ao lado de uma fogueira, enquanto ele se sentava com Megan no colo? Beber até que a ponta da faca cravada dentro de mim perdesse o fio?

— Deve ter sido bacana para você ficar noivo e não ter que dar a mínima para mim ou para a minha pele. Olha, vou tirar a tarde de folga.

Pego o azulejo rosa com a carta de tarô e passo por baixo do braço dele, descendo apressada pelo corredor, passando por cima de fios e botas masculinas; saindo para o quintal; entrando no estúdio. As patinhas de Patty clicam pelo piso, mas estou desanimada demais para olhar para sua carinha feliz de girassol.

Ele me seguiu, é claro.

— Preciso que você continue trabalhando.

— Você não precisa de mim. Sou só uma novidade. Ninguém me leva a sério. Toda vez que pego uma ferramenta, sinto que está todo mundo pensando: *Ai, que fofinho!* Sou a porcaria da Patty.

— Você sabe que não é verdade. Você trabalhou pra caramba. Coloco a carta de tarô na minha bancada.

— Não faço nada além de te estressar. Sou um risco. Você mesmo disse. Vou te fazer um favor e sair da área um pouquinho.

Tom se apoia no batente da porta do meu quarto, mas não dá um passo para dentro. Provavelmente para se manter a salvo.

— Jamie apostou cem pratas comigo que você desistiria na primeira semana, mas eu disse que não. Você vai entregar essa vitória de mão beijada para ele?

— Não estou desistindo. Só... indo embora. — Gesticulo para a casa, onde uma plateia vai se formando. — Eles estão esperando o chefão.

Ele desiste de tentar me convencer.

— Deve ser legal apenas ir embora quando as coisas ficam difíceis. Alguns de nós não temos esse luxo.

Ele volta para a casa, onde é cercado pelos caras, todos precisando de algo feito, respondido, assinado, resolvido.

Rebobino minha memória. *Drinques baratos. Bar. Diversão nesse projeto.* Isso de fato é o bastante para descarrilar toda uma reforma? Pensei que estivesse fazendo algo de bom, mas agora a vergonha arde dentro de mim, quente e enjoativa.

Ela se sobrepõe a tudo. Até a onda de prazer por saber que eu o afeto está comprometida. Não é algo que ele queira. A pior parte disso tudo? Jamie tinha razão. Atrapalho tanto Tom que ele não consegue desempenhar seu trabalho nem desfrutar do novo desafio como chefe. Ele está completamente atormentado.

Apanho o envelope que contém minha solicitação de passaporte. Vou colocar isso no correio, depois levar esse coração velho e bolorento para beber durante o dia. A quem eu queria enganar? Não sou fisicamente capaz de realizar esse trabalho nem mentalmente sã para ser chefe.

Tenho cinco nomes na lista de contatos do telefone novo: Mamãe, Papai, Tom, Jamie, Truly. Os únicos cinco que importam, e, nesse ritmo, talvez perca Tom de vez. Meu polegar idiota ainda pensa quem tem um irmão gêmeo, porque escolhe Jamie primeiro. Retorno aos contatos e ligo para Truly. Ela atende no primeiro toque.

— Você pode vir me buscar? Meu carro está travado por uns cem caminhões.

Olho no espelho. Estou um caos. Um caos fulgurante, de cara rosada e olhos esfumaçados. Sexy? Tom está isolado nessa ilha deserta há tempo demais.

Quando Truly fala, sei que está com alguns alfinetes na boca.

— Claro, posso chegar aí loguinho. O que está rolando?

— O de sempre. Meu coração quase explodiu, morri de desnutrição, convidei a equipe para beber e aí a cabeça do Tom explodiu.

Não escondo de Truly as encrencas do meu coração, porque ela não me dá palestrinha a respeito.

Ouço o som de uma máquina de costura do outro lado da linha.

— Bebidas? Já? Eles não vão ficar aí por meses?

— Vão, mas eu estava tentando deixar as coisas mais divertidas.

O zunido para e recomeça.

— Você fará com que todos pensem que esse projeto todo vai ser fácil e divertido, quando não vai. Eles não o levariam tão a sério.

— Quero criar um ambiente de equipe.

— Você até que consegue pensar em outros jeitos para todos se sentirem felizes por fazer parte desse projeto sem os embebedar. Essa é meio que sua configuração padrão.

— Sou uma bartender. — Isso não está indo como imaginei.

— Você não precisa estar no modo bartender vinte e quatro horas por dia, sete dias por semana, quando não está no trabalho. Só... seja você mesma, pelo menos uma vez. Você de verdade. Sabe o que faço ao errar alguma coisa quando estou costurando?

— Tem um colapso nervoso e emocional? Não, espera. Essa sou eu. — Sento-me na beirada da cama e solto um suspiro. — Jamie adoraria se eu desistisse.

— Quando cometo um erro, eu o desfaço e continuo costurando. E, Darce? Você não é uma bartender. Você é uma fotógrafa. Queria que acreditasse nisso de novo.

Olho com tristeza a turba se formando em torno de Tom.

— Fico tentando ajudar, mas sempre acaba mal. Estou começando a pensar que a melhor maneira de ajudar pode ser só me manter fora do canteiro de obras o máximo que eu puder.

Truly suspira.

— Estou do seu lado. Sempre, para sempre. Mas esse trabalho tem a ver com você de fato ficando para algo grande e indo até o fim. Eu te amo, mas você não é geralmente conhecida por ficar.

Fico magoada.

— Fiz casamentos por quantos anos? E sempre compareci em todos.

— Mas você precisa começar a olhar para o quadro geral. Cadê o seu negócio agora? Você apertou o botão e implodiu tudo, só porque pisou na bola uma vez e aquela noiva acabou com você on-line. — Mais ruídos de costura. — Você partiu o seu coração com isso, mas precisa se perdoar.

Mordo uma pele solta no dedo e, por teimosia, não digo nada.

— Apenas vá lá, desfaça seu erro e continue costurando. Ele não está sabendo lidar, Darce, isso é óbvio que dói. Descubra o que pode fazer por ele e faça.

Abro a porta deslizante e o som faz com que metade da equipe olhe para cá. Foda-se. Vamos ver se consigo desfazer isso.

— Oi, gente, uma palavrinha?

Tento não reparar como os braços de Tom se cruzam, o rosto assumindo uma expressão cuidadosa e neutra. Ele está esperando uma cena estrondosa agora.

— Então, parece que eu me precipitei mais cedo. Pelo jeito, a festa do final do projeto só vem *depois* que o projeto acaba. — Ouvem-se risos. — Foi mal. Vou pedir pizza para todo mundo amanhã. E comeremos aqui, sem nenhum álcool presente. Depois retomamos e trabalhamos até cair. É o melhor que tenho a oferecer.

Não há resmungos. De fato, eles comemoram, num grande *Aêêêêêêê!*

Isso porque pizza é um recurso natural precioso. Pode curar cansaço, mau humor, moral em queda e um sumiço na vontade de viver. Pizza realinha os chacras do coração. Pode até fazer os braços de Tom relaxarem e caírem para as laterais do corpo. Pode fazer seus olhos faiscarem com bom humor. Ele sorri e balança a cabeça.

Faz ele olhar para mim como se me amasse outra vez, e é por isso que pizza é a melhor coisa do mundo.

— Certo. Festa da pizza na sexta. Agora, voltem ao trabalho. E isso inclui você, Darcy.

No fim da tarde, Tom se aproxima de mim. Ele está cansado, cheio de papéis nas mãos. O telefone chorou feito um neném a tarde toda.

— Vou descer até a academia para tomar um banho.

Tenho ímpetos de lhe agradecer pela imagem mental.

— A academia tem uma piscina, né?

— Não tenho tempo.

— Entre na água. Mesmo que só por dez minutos. É disso que você precisa.

Ele precisa de tempo. Como eu posso lhe dar mais tempo? Vamos lá, Loretta. Mande um sinal. O que eu posso fazer? Como posso injetar um pouco de calma na vida dele?

O telefone de Tom começa a tocar, e fica tão óbvio que quase me dou um tabefe. Passo os braços em torno da cintura dele e puxo o telefone de seu bolso traseiro.

— Serviços de Construção Valeska. Darcy falando. Sim, posso te dar um retorno sobre isso. — Pego um pedaço de papel no meu bolso de trás e escrevo: *Cor do azulejo?* — Isso. De manhã. Tchau.

Ele me encara. Não faço ideia se estou prestes a levar um grito.

O telefone toca de novo.

— É melhor eu comprar um bloco de notas. Serviços de Construção Valeska. Darcy falando. O quê? Alex. Vou atender ao telefone do Tom daqui para a frente. Se você deixou o seu telefone aqui, vai ficar aqui até de manhã. Sei lá! Assista à TV. É. Tchau. — Desligo. — Não precisou deixar recado.

— Você não é secretária, é minha cliente.

Tom tenta pegar o telefone quando ele torna a tocar. Levanto um dedo e atendo outra vez.

— Claro, mas tem que ser de manhã. — Anoto: *Confirmação do aluguel de equipamentos.* — Ele terminou por hoje. Tchau.

Coloco o telefone dele no meu bolso traseiro, e parece que ali é seu lugar correto.

— Vá. Se você não voltar cheirando a cloro, vou ficar puta. Vou limpar suas mensagens de voz e escrever uma lista de perguntas para você. E aí ligo de volta para quem deixou os recados. Vai ficar tudo bem.

— Darce.

A voz dele está rasgada de gratidão e seu corpo relaxa, exausto. Parece que ele quer se ajoelhar e beijar a ponta da minha bota.

— Não chora. — Dou tapinhas no ombro dele. — São só algumas mensagens.

CAPÍTULO 16

JÁ É FIM DE noite na sexta-feira, depois do meu horário no bar, quando encontro Tom ainda trabalhando em sua mesa. A pura visão dele ali, no mesmo recinto em que está minha cama, estala por minhas sinapses e oblitera minha exaustão.

Ele levanta a cabeça para mim e seus olhos não mudam. Ele está exausto.

— Oi. Você ligou de volta para Terry, por acaso?

Ele tensiona a mandíbula para reprimir o bocejo. Tenho quase certeza de que alucinei aquele momento em que me disse que eu era sexy.

— Liguei. Esse cara é um cretino.

Tiro os brincos e jogo minha jaqueta na cama. Meus pés doem. Não, apague isso: tudo dói. Eu me pergunto se sobrou pizza da nossa segunda festa da pizza no canteiro de obras. Sou uma lenda por aqui. Acho que, se não comprar pizza de novo essa semana, partirei vários corações.

Ele se vira na cadeira, uma expressão contrita no rosto.

— Eu sei. É por isso que odeio ligar para ele.

— Por sorte, ele encontrou seu páreo e fui mais cuzona que ele. — Consulto meu bloquinho. — Disse que vai nos dar um desconto. Achei que tivéssemos terminado a demolição.

— Tem algumas coisas especializadas que não podemos fazer sozinhos. Sim — alerta, quando me vê virando para ele, as narinas inflando. — Eu nadei de novo. Não sei como você sempre consegue sentir o cheiro.

Tom fareja o próprio antebraço.

— Eu tomo banho depois, é sério.

— Então é por isso que você está quase de volta ao que costuma ser. Juro, seu estado natural é pingando água. E pensar que você não sabia nadar quando te conheci. Uma sorte Jamie ter te ensinado.

Ele está se lembrando.

— Vi a piscina de vocês e resolvi que era melhor aprender, e logo. Jamie só zombou de mim por causa disso por, tipo, uns cinco anos, mas enfim. — A boca de Tom se ergue num sorriso. — Foi você quem me ensinou, na verdade.

— Não, foi o Jamie.

— Enquanto ele estava ocupado se mostrando, provando como seus mergulhos eram incríveis, era você quem me mostrava o que fazer. Debaixo d'água, você me puxava pela mão. — Ele solta o ar num sopro. — Caramba, Darce, eu te conheço há tanto tempo...

O passado se abre. Há muito a perder aqui. É por isso que preciso continuar e me manter à tona com cuidado.

Ele sabe que preciso mudar de assunto.

— Falando em voltar ao que costuma ser, dei uma olhada nas fotos na sua câmera.

— Ah. Tudo bem. — Não gosto da expressão culpada nos olhos dele. — Não tem problema você ter olhado. São só fotos do progresso do projeto para Jamie.

— Não é só isso o que tem lá. Você tem fotografado pessoas. Aquela de Colin olhando pelo buraco na parede? Você é ótima.

Ele brilha.

Eu respiro fundo.

— Obrigada. Digo, elas foram só por diversão. É esquisito, mas acho que Colin é o meu muso. Ele é tão agreste.

— Ele é a última pessoa que eu teria escolhido para ser seu muso. Pensei que com certeza seria o Alex.

Minha amizade com Alex irrita Tom.

— O rosto de Alex não tem ossos. — Observo Tom pensando nisso. — Não tem ossos, não tem sombras, Darcy não tem inspiração.

— Mas você tem andado inspirada. Isso é bom.

— Você nada para mim. Decidi tentar algo por você. — Abro uma pasta no meu computador para mostrar a Tom meu novo projeto. — E que tal isso para tirar fotos de coisas de verdade, e por vontade própria?

Em meu intervalo de meia hora no bar, fotografei um rol interessante de barbas, tatuagens e olhares cinzentos de motoqueiros. Foi assombrosa a rapidez com que esses homens de aparência perigosa se submeteram ao meu pedido por um retrato.

— Eu me dei conta de como é melhor tirar fotos de rostos que já passaram por dificuldades. Não vou mais te atazanar. Você é lindo demais.

Ele ri como se estivesse lisonjeado e sua camiseta toca minhas costas enquanto ele olha os retratos. Rolo por eles devagar.

— Vou me demitir de lá em breve, mas fico contente por ter percebido que deveria fazer isso antes de sair. Esse aqui me disse que ninguém nunca quis tirar uma foto dele.

Levanto a cabeça e observo Tom enquanto ele considera o rosto assustador na tela. Essa é a parte que ele odeia na minha vida. O lugar bagunçado, sujo, temível. O protetor dentro dele está desesperado para me arrancar de lá, mas ele se força a soltar o ar.

— Tenho certeza de que ele tirou algumas para a polícia — retruca Tom, coçando a mandíbula. — Ele olha para a câmera como se nunca uma garota tão bonita tivesse pedido para tirar uma foto dele.

Meu coração salta duas batidas. Talvez três.

— Vou tirar algumas fotos dos caras passando o tempo no estacionamento ao pôr do sol. Você sabia que os patches deles têm significados, tipo códigos? Quero fotografá-los. Não sei por quê. Só tenho vontade de... colecioná-los.

— Tenha cuidado, sacana. Sei que você sabe se cuidar, mas... — Ele se interrompe. — Não preciso te dizer isso. Em que você vai usar essas fotos?

— Acho que em uma exposição.

Ouço a relutância em minha voz. Vencer o prêmio Rosburgh e ver Jamie conquistar o público arruinou aquela perspectiva da sala cheia de gente para mim. É espantoso como ainda é vívida a sensação, mesmo depois de tantos anos. Minha realização — discutivelmente, o auge da minha carreira — foi resultado da existência de meu irmão. Alguma coisa no ato de assistir a ele posando sob seu próprio retrato quebrou algo dentro de mim.

— Acabo de constatar que ganhar aquele prêmio foi a pior coisa que já me aconteceu. Aquilo me fez acreditar que não consigo fazer nada sem Jamie.

Tom se debruça e pega um dos catálogos da Ultrajes de Baixo, de Truly. A gráfica entregou um resultado muito bom. Ele o coloca no meu teclado.

— Bem, sabemos que isso não é verdade. E que tal um livro de arte?

Penso a respeito. Tom é tão inteligente.

— Eu poderia começar a postar algumas nas redes sociais, ir ganhando seguidores, depois tentar arrumar um contrato para um livro. Eu poderia fotografar clubes de moto do mundo todo.

O antebraço dele envolve minha clavícula num abraço. Parece um movimento involuntário. Como se ele tivesse que me abraçar.

— Ou você poderia se concentrar neste clube e estar de volta na cama, que é o seu lugar.

— Não se preocupe, ainda não tenho um passaporte. — Toco no envelope fechado. — Não tenho selos.

Eu me permito recostar nele. Só um pouquinho. Sinto o prazer escapar dele, ronronando, entrar em mim, e é incrível o que podemos criar juntos quando paramos de tentar. Coloco minha mão no antebraço dele e fecho os olhos.

— Sabia que esse é o período mais longo que morei num lugar só desde que tinha dezoito anos?

— Sabia, sim. Como é a sensação de morar num lugar só?

— É gostoso. Mas não quero admitir isso. — Abro os olhos. — Você também não mora num lugar só.

— Não. E provavelmente ainda vou demorar para morar.

O braço dele desliza para longe e fico com frio.

Ele muda de assunto de sopetão.

— Você não vai trabalhar amanhã à noite, certo? Comentaram comigo recentemente que não tenho vida pessoal.

— Eu também não tenho. Não aceite conselhos de alguém que não consegue subir dois lances de escadas nem comer vegetais frescos antes de eles apodrecerem.

Posso admitir a verdade nessa meia-luz. Eu me levanto e tento fugir dessa confissão desajeitada, talvez dar um mergulho no lago dos peixes para resfriar meu rubor envergonhado, mas ele apenas me pressiona contra seu corpo num aperto delicioso.

— Fico doente de preocupação com você — cochicha ele por cima da minha cabeça.

— Tô bem — digo junto a seu coração impecável, batendo tão forte sob minha bochecha.

— Tudo o que quero é cuidar de você, mas você dificulta tanto...

— Eu sei. Mas se vai ser tão gostoso assim, talvez eu devesse deixar você se alvoroçar comigo. Só um pouquinho, às vezes, quando não tiver ninguém olhando.

— É melhor você não estar brincando comigo. — Ele me ajeita e me traz mais para perto, subindo o antebraço pelo meio das minhas costas e aninhando minha cabeça na mão. — Reconheço uma oferta única quando vejo.

Ele sempre foi mais esperto do que eu.

Sussurro:

— Mas é só você que pode se alvoroçar. Mais ninguém.

— Vai ser difícil para mim me alvoroçar com você se você estiver em outro hemisfério.

Penso no lounge de partida do aeroporto e ele não me dá o mesmo arrepio. Rotas de ônibus, trem e avião se ramificam em minha imaginação, partindo de todo aeroporto internacional a que já cheguei. Tudo o que sinto é cansaço.

— Você não quer ir a outros lugares?

— Não sou corajoso como você, Darce. Quando eu tirar férias, vou começar aos poucos. — Ele sorri como se se sentisse tolo. — A praia na frente da casa dos seus pais foi o mais próximo que cheguei de férias em anos. E nem entrei na água. Triste, acho, para alguém como você. — Ele se afasta um pouco de mim. — Talvez possamos arranjar uma vida juntos, em algum momento, antes de você ir embora.

Por essa eu não esperava.

— O que você quer fazer?

— Sei lá. Não faço isso há muito tempo. Mas você é a melhor pessoa que conheço para me ensinar. Vamos só tomar uma bebida para celebrar. Duas semanas de reforma. Preciso conversar com você sobre algo importante.

Eu me reteso, apavorada.

— Ah, caralho. Pode me contar agora.

Ele balança a cabeça.

— Confie em mim.

É a noite do nosso encontro falso. Tom quer falar comigo a respeito de algo, e acho que é importante e relacionado à névoa sexual na qual temos tropeçado. Nunca estive tão nervosa esperando por um homem.

Ele conversa com alguns caras na lateral da casa. Todos olham para o telhado. É difícil me acostumar com o fato de que minha casa é agora um projeto em grupo. Um deles diz algo que faz Tom virar a cabeça para mim.

— É, essa não é uma garota que a gente deixa esperando. — Ouço-o responder. — Liguem para mim se tiverem algum problema.

— Não me faça te arrastar — retruco para ele, ao longe.

— Ela arrastaria mesmo — responde ele, com uma risada.

Há alguns apertos de mão e agora ele está subindo pela entrada até onde estou, em suas roupas limpas de quem vai arranjar uma vida e penso em como ser um adulto combina com ele.

Quando adolescente, ele era meigo e direto, sem ideia alguma de seu próprio encanto ao sair das piscinas de natação enquanto todas as garotas — e alguns dos garotos — nas arquibancadas pausavam a música que estavam ouvindo e se debruçavam adiante. Olhando para trás, eu era louca por ele.

Agora ele tem essa silhueta gigante com a qual não consigo me acostumar, toda empilhada perfeitamente dentro de suas roupas. Sua barriga é plana sob a cintura dos jeans e, a cada passo, o tecido se aperta nas coxas. São tantos passos no caminho da entrada. Quando ele me alcança, preciso de um desfibrilador.

— Você tá bem?

— É. Tô, sim. O que eles estão fazendo? — Observo enquanto algumas escadas são estendidas contra a lateral da casa. — Estão aqui num sábado? Que esquisito.

Ele me conduz pela entrada.

— Estão só fazendo algumas avaliações. Não precisamos estar aqui.

— Ainda bem, porque vou te levar para arranjar uma vida.

Engraçado, quase sinto como se Loretta estivesse aqui neste momento. Se eu virar a cabeça o tanto certo, ela está na porta da frente, olhando para a gente. Uma pulsação de raiva me surpreende. Ela me disse que eu devia abrir mão dele. Comprou uma passagem de avião para mim. O que havia de tão ruim em mim que eu tinha que ser retirada? Antes que eu magoasse essa pessoa boa e pura?

— Vamos pegar um táxi. Acho que nunca te vi nem remotamente bêbado.

Tento imaginar como ele pode ser com um pouco menos de autocontrole. Será que sabe dançar? Sabe beijar?

— Tenho que acordar cedo — diz ele, como faz toda noite de sua vida.

Suas mãos estão na minha cintura, recebo um impulso e sou levantada até o banco do carona. Quando recupero meu fôlego desse contato, já estamos descendo a rua.

Ele me olha de esguelha.

— Por favor, não diga que estamos indo para o seu bar. Gostaria de continuar vivo hoje.

Aponto e ele segue minhas direções.

— Nós vamos para o Sully's. Vamos tomar um drinque e podemos praticar flertar com alguns desconhecidos. E aí você pode pagar minha fiança.

Ele ri e eu fico trocando de estação no rádio. Toda música fala de corações.

— Já teve notícias do meu irmão hoje?

Tom suspira.

— Claro que tive. Muitas vezes. Suas fotos são a única coisa impedindo que ele pegue um avião para cá.

— O que você fará se ele aparecer? — Eu me viro no banco só para observar seu perfil.

Estamos numa intersecção e o observo enquanto ele espera, uma das mãos no câmbio. Que luxo ser capaz de fechar meus olhos e sentir a curva cuidadosa do carro; sem pneus cantando nem eu enterrando as unhas na lateral do meu banco.

— Se ele aparecer? — Tom cogita a pergunta. — Farei o que sempre fiz. Vou lidar com ele.

— Isso é algo que nunca entendi. Digo, sei que ele é divertido quando está no clima certo. Mas será mesmo que alguma coisa vale todo o estresse que ele te faz passar? Como você continuou amigo dele esses anos todos?

Não espero uma resposta e ele não me dá uma.

Seus dedos tocam minhas costas enquanto atravessamos a multidão e encontramos dois banquinhos no bar. Há uma banda ao vivo fazendo covers de músicas dos anos 1980 e as bartenders não precisam abusar de ninguém. O Beco do Diabo é um cinzeiro em comparação com esse lugar.

Tento manter meu foco na tarefa mais imediata: mostrar a Tom como se divertir. É difícil, porque estou nervosa e ele fica apenas me encarando.

— Certo. Arranjar uma vida, primeiro passo: arranje uma bebida.

— Acho que sei como fazer essa parte — diz ele, pedindo uma cerveja para si mesmo e uma taça de vinho para mim.

A bartender pisca algumas vezes rapidamente quando registra toda a glória de Tom e me dá um olharzinho de parabéns.

— Eu pago. — Apresso-me a pegar o dinheiro, mas ele já entregou o pagamento.

— Aposto que você paga com frequência. Mas é a minha vez. Deixe que eu mime Darcy Barrett um pouquinho. — Ele pega seu troco. — Deixe eu provar dessa sensação.

Cedo e pego minha taça. Posso sentir reluzindo nele uma felicidade excepcional, dourada. Ele olha para seu telefone, manda uma mensagem de texto e o coloca no silencioso. Então se concentra em mim.

— Olha só para mim, de fato vivendo minha vida pessoal depois do trabalho. — Ele me sorri e o salão desaparece. — Não posso acreditar que não tenho que dar retorno a ninguém. Você está bem? Parece nervosa.

Ele é lindo. Eu o quero para mim. É difícil levar uma conversa educada quando esses são os dois únicos pensamentos no meu cérebro. Mas ele está reparando no meu silêncio estúpido e eu preciso me esforçar.

— Estou nervosa pra cacete. Você quer conversar comigo sobre alguma coisa. Eu não me saio bem nessas situações misteriosas.

Estou me sentindo estranhamente jovem e fora de controle. Uma adrenalina fraca, tonta, corre no meu sangue. Ele decide proceder como se isso fosse algo que fazemos juntos o tempo todo.

— Jamie me repassou a selfie que sua mãe tirou depois do seu corte de cabelo.

Ele volta por cerca de um milhão de mensagens de texto de Jamie. É Mamãe, com uma lágrima rolando por seu rosto. Eu rio e o nó de tensão vai embora.

— Queria que ela nunca tivesse aprendido a tirar selfies. Imagine ela, tentando se manter imóvel por completo com a lágrima na posição certa, enquanto se atrapalha com o telefone. — Balanço a cabeça. — Ela me mandou uma hoje cedo, mostrando sua maquiagem, mas olha só o Papai ali ao fundo. Vou carregar cicatrizes para a vida toda.

Ali está a maestria impressionante de Mamãe no delineador no banheiro branco e cavernoso. Ao fundo da foto, meu pai na privada com as calças nos tornozelos, o rosto ofendidíssimo.

— Seu pai no trono. — Tom ri. — Não sei como consegui me meter numa família da realeza.

Eu me espreguiço em meu banquinho, contente, e balanço as botas para lá e para cá. Nunca estive tão feliz. Será que essa poderia ser minha vida pelos próximos três meses? É supremamente vivível.

— Tigres são animais muito nobres — eu o relembro.

O apelido que Papai lhe deu sempre foi algo que o deixava numa mistura de embaraço e alegria, os olhos se estreitando para focar em algo, o rosto se desviando.

— Tenho sorte. — É tudo o que ele pode dizer, levando os dedos ao relógio com gravação em seu punho. Sei que ele precisa muito que eu mude de assunto.

— Podemos fazer isso toda noite, durante a reforma inteira? — Sorrio ante a olhada fatal que ele me lança de esguelha. — Tá, tá. Valia a pena tentar.

Sinto a alça da minha regata escorregar pela décima vez e não me dou mais ao trabalho de consertar. A alça desse sutiã é bonita o suficiente para o mundo real.

Ele pega meu celular e olha para a foto dos meus pais outra vez.

— Eles me fizeram perceber que as coisas não estavam bem com a Megan.

— O que eles disseram? — Estou furiosa.

— Não disseram nada. Você sabe como eles são — comenta, um olho apertado, cheio de afeto.

É, sei como eles são. Quando éramos pequenos, o dito não oficial da manhã de domingo era: *Porta fechada? Ouvidos bloqueados.*

— Foi quando eu estava terminando o deck deles. Sua mãe estava preparando um sanduíche para mim, e seu pai veio por trás dela e meio que... cheirou o pescoço dela. — Ele está com vergonha. — Esquece.

— Não, continua — peço, relutante.

— Ela obviamente tem um cheiro ótimo para ele. As coisas não andavam bem entre Megs e eu há muito tempo. Digo, o anel de brilhante ajudou por um tempinho. Mas decidi que, da próxima vez que estivesse em casa, eu chegaria por trás dela e cheiraria seu pescoço. Para ver o que aconteceria. Talvez reacendesse a faísca.

Que coisa mais Valeska, rastrear, farejar.

— E? Não, espera. Não sei se quero ouvir.

— Ela tinha o cheiro errado para mim. Não era ruim, só... errado. Ela me empurrou para longe e disse que eu estava suado. Eu me dei conta ali de que não ia mais funcionar. Nós nunca seríamos como os seus pais, aposentados e ainda apaixonados. Eu nunca... eletrizei Megs, e ela merece isso. — Claramente, ele vinha segurando essa confissão. — Ela e eu conversamos a noite toda e concordamos. Ela ficou mais triste por causa do anel, na verdade.

— Ela devolveu?

Jamie disse que não tinha devolvido. Tom assente que sim. Agora não sei em quem acreditar. Em geral, não haveria nem disputa, mas, neste momento, ele está com cuidado olhando por cima do meu ombro para a multidão, sem sustentar meu olhar.

— Você deve sentir muita saudade dela. Sei como é perder alguém que fez parte de você por tanto tempo. Digo, é óbvio que não é a mesma coisa. — Eu me retraio um pouco. De fato não lhe dei muito apoio. — Você está bem, desde que se separou dela? Pode conversar comigo, sabe. Como amiga. A qualquer hora.

— Você não perdeu seu irmão. E, sim. Sinto muita saudade dela. Mas só de um jeito habitual. — Ele delibera por um minuto. — Ela já está namorando outra pessoa.

— O quê? — digo, com uma voz alta e cheia de ultraje. Minha mente se enche de marimbondos raivosos. Não existe ninguém além dele que valha a pena ter. Mas tenho que me controlar. — Certo. Como você se sente a respeito?

— Eu me sinto... bem. Sei que deveria sentir algo quando penso nela com ele, mas simplesmente não sinto.

Eu me lembro da vez que ele respirou fundo no meu ombro naquela primeira manhã da reforma e do jeito como prendeu a respiração. A exalação quente, soprando por dentro da minha regata. Será que tenho o cheiro certo? Resolvo seguir adiante com nossa noite.

— Eu disse que ensaiaríamos flertar com desconhecidos hoje, mas o que tá rolando? Ninguém quer a gente. Você é tão lindo, Tom. — Eu me pergunto se tenho o estômago para assistir enquanto ele conversa com outra mulher. — E de fato devo ter cometido um engano com esse corte de cabelo.

Noto que o tênis de Tom está plantado no apoio para os pés do meu banco, sua perna formando uma barreira evidente.

— Esquisito — diz ele, irônico. Conforme seu divertimento se apaga, uma nova preocupação surge em seu rosto. — Flertar com desconhecidos. Como é que vou lembrar como se faz isso?

— É só improvisar. Seja o seu eu de sempre, perfeito.

Desloco o pé dele com um empurrãozinho. Tenho que tentar. Tenho que lhe dar uma chance de ver como é a vida pós-Megan.

Nós nos viramos, meio que dando as costas um para o outro, até que a multidão se misture outra vez, rostos novos se movendo mais adiante, e uma garota olha para cá. Ela é uma coisinha pequenina, uma fofura. Ela sorri para ele que, hesitante, sorri de volta.

Não. Não tenho estômago para isso. Faço contato visual com a sorridente e digo, sem som: *Cai fora.* Ela vai.

— Coloque o pé de volta — instruo, e Tom ri em resposta, um lampejo em sua expressão como se ele estivesse maravilhado até os ossos.

No meu ouvido, ele solta:

— Um bicho feroz, você.

E não como se isso fosse ruim.

Jogo vinho para dentro.

— Pode ensaiar flertar comigo, assim não termino no corredor da morte.

Tom vê algo ou alguém. Há uma expressão preocupada em seu cenho, e aí ele se volta para mim com uma ideia nos olhos. Ele coloca uma das mãos entre as minhas pernas e arrasta meu banco mais para perto, até eu estar emoldurada por suas pernas abertas. É o melhor lugar no bar todinho.

O calor da pele dele me engolfa e o ruído do lugar se apaga. Sua mão aninha meu rosto; ele inclina minha cabeça e fala no meu ouvido.

— Não olhe agora.

CAPÍTULO 17

O BAR PODERIA ESTAR CHEIO de fumaça vermelha e palhaços, no que me dizia respeito. Meu queixo estava na palma da mão dele e eu não ia me mover dali.

— Não olhar para o quê?

— Vince está aqui. Com outra pessoa. Loira, vinte e poucos anos. Ele nos viu.

Depois de roçar os dedos pela minha garganta, ele me entrega a taça de vinho. É o movimento tranquilo de um mulherengo total. É por isso que sei que é falso.

— Ah — digo, após um instante.

Meu coração está afundando porque sei o que Tom está fazendo. Ele é um bom amigo, colocando um pequeno estofo como proteção para o meu ego. Um conjunto de músculos com quem flertar. Um arranhador para um filhote de gato.

— É, esse é o ponto dele. Ele tá aqui quase toda noite.

— Foi por isso que você me trouxe para cá?

— Relaxe, meu bem — digo a ele, enlaçando seus dedos nos meus e apertando. — Você não faz parte de um plano de vingança. Você é o belo e insubstituível Tom Valeska, e eu sou a mulher mais sortuda do mundo por estar sentada entre as suas pernas.

Sinto uma pontada de triunfo quando sua preocupação é substituída por divertimento e ele olha para baixo, para nossas pernas.

— Considere-me eletrizada.

Coloco minha mão em seu bíceps e aperto. Se não tiver cuidado, essa mão vai deslizar. Ops, tá bem, está deslizando. Tarde demais para fazer algo a respeito. Eu assisto enquanto ela apalpa até o ombro dele, enterrando as unhas pretas, e depois desliza até sua clavícula.

— Por que caralhos ele iria querer estar com outra pessoa? — Ele dá outra espiadela de lado. — Quero dizer, tenho certeza de que ela é uma pessoa bacana, mas...

Ele volta a me encarar com um olhar quente, e sei qual é o fim dessa frase. Ela não chega aos meus pés.

Demonstro a indiferença que sei que ele deseja ver.

— Ele pode fazer o que quiser com seu tempo. Ele não é meu.

— Alguém já foi seu? — Seus dedos estão no meu ombro, e meu cérebro está vazio. — Não responda.

— Claro que não. — Um tremor percorre meu corpo todo. — Quando alguém for meu, vai continuar sendo meu. Cem por cento, para sempre. Você sabe como eu sou.

Ele se debruça na minha direção e inclina o rosto na curva do meu pescoço para falar por cima da música. Está apenas mantendo a farsa para nossa plateia.

— Se você tivesse alguém, não estaria sentada aqui com um cara qualquer te cercando.

— Você não é um cara qualquer. — Quase digo: *Você é o cara*. Por sorte, ainda tenho um pouquinho da humilhação de *mais seguro* na minha corrente sanguínea. — Eu estaria sentada aqui com o meu cara e estaria cercando-o.

Ele recua e nossos narizes se roçam; estamos insuportavelmente perto de um beijo. Sua sobrancelha se ergue diante da minha expressão, seja ela qual for.

— E se ele não quiser ser consumido de corpo e alma?

Minha confiança se apaga.

— Acho que... Acho que eu teria que torcer para que...

Tudo recobra o foco. Estamos falando de um homem que não será Tom. Tento me virar de novo para o bar, mas seus joelhos pressionam, apertando.

— Ei — diz ele, afagando minha maçã do rosto com o polegar. — Desculpe. Ele vai amar. Vai querer apenas as suas mãos. — Tom hesita e, então, mergulha. — Ser o foco de Darcy Barrett é uma coisa, vou te contar. É intenso.

— É, eu sei. Intenso feito a demolição de uma cozinha. — Pego meu vinho. — Com sorte, seja lá quem for que termine sendo meu saberá de antemão no que ele se meteu.

Se meteu? Parece-me próximo demais do *entra em mim*. Preciso deixar essa conversa um pouco mais retórica.

— Que tipo de cara você aprovaria para mim?

Essa deveria ser a coisa perfeita a se dizer. É leve, é neutra e cobre tudo o que vem sendo rascunhado de forma tão confusa dentro de mim. Mas eu disse a coisa errada. O corpo todo dele se retesa. Os joelhos travam, os dedos da mão se fecham e sua mandíbula mal deixa as palavras saírem.

— Nenhum.

Mesmo que ele esteja com ciúme, é inútil. Olho para o outro lado do salão. Ali está Vince com uma loira. O rosto dela está azulado pela luz da tela de seu celular. Eu o cumprimento com um gesto da cabeça, e ele responde da mesma forma, carrancudo.

— Hahaha, a noite dele está péssima. — Não existe nem um pingo de emoção dentro de mim.

Assim que torno a olhar para Tom, ninguém mais existe. Estou começando a achar que vai ser assim a vida toda. É por isso que eu realmente deveria me esforçar para encontrar minha medalha de prata.

— Por favor, me diga. Que tipo de cara?

Tom responde como se eu estivesse testando sua paciência.

— Não há ninguém no mundo que eu escolheria para você. Ele ainda está olhando, então? — Tom enrola a alça do meu sutiã entre seus dedos. — Você usa umas coisas sofisticadas no meu canteiro de construção.

A renda se estica, tensa, e eu sinto em todo canto.

— Só na parte de cima. Na parte de baixo, é só algodão reforçado e abusivo.

— O que ela diz? A de agora?

— Ah, sim. Ela diz... — Eu me debruço para perto de seu ouvido. — Não é da sua conta.

— Sua calça jeans é tão justa que quase consigo ler.

Os dedos dele estão nos meus quadris agora, deslizando pelo passador do cinto. O puxão minúsculo que ele me dá me traz mais uns dois centímetros para junto dele. Estou excitada. Em público. Em outra porcaria de banquinho.

— Ei, você está corando. É um tom lindo de rosa. — Ele pressiona um beijo na minha maçã do rosto, torna a se sentar direito e abre um sorriso malicioso na direção de Vince.

A cada segundo, a luz muda sobre os planos do rosto de Tom e ele se parece mais com um desconhecido. Não estou nem aí se Vince está olhando.

— Juro, se você estiver só me fazendo de alvo das suas brincadeiras...

Seus olhos dele reluzem com a memória, e ele responde com as minhas próprias palavras.

— Como é ser meu alvo?

— Você é tão bom nisso que tô começando a suar. — Solto o ar num sopro. — Sério, não tente fazer isso com mais ninguém hoje. Arrebento a cara dela.

— Se eu fosse mesmo bom nisso, te diria o que faria com você quando chegássemos em casa.

Ele visivelmente se segura, aprumando-se em seu banco, pegando a cerveja. Toma um gole e seus olhos se voltam para o relógio de punho.

Enquanto isso, meu corpo absorve o que Tom acaba de dizer e precisa de uma resposta.

— Volta. Não para.

Ele coloca a mão no meu ombro à mostra e há um aperto lento e quente. Meus mamilos se eriçam. Ele vê tudo, entre a renda e a seda. Sei que vê, porque seus olhos de listras alaranjadas estão ficando pretos.

— Andei pensando. Como é a sensação de pele faminta?

— Só começo a me sentir oca e solitária.

Minha garganta está tão ressequida que preciso pegar a taça de vinho e virar tudo na boca. O toque dele me traz alívio, mas também uma inquietude. Tem gente demais neste lugar. É um bando de cuzões risonhos e beberrões, que não sabem que precisam dar o fora daqui. Este salão pertence a mim, essa pessoa pertence a mim.

Ele observa a própria mão enquanto me toca. É insuportavelmente sexy.

— Não gosto da ideia de você estar faminta.

Alguém tromba comigo e o olhar de Tom se desvia para um ponto acima da minha cabeça. Ele emite um alerta masculino: *Não encoste nela*. O ar atrás de mim se esfria depressa, seus joelhos recobertos por denim me apertam com gentileza e ele volta a se concentrar em mim. É inebriante ser tão guardada e protegida dentro da bolha dourada dele.

Preciso muito acompanhar o ritmo dessa conversa.

— Só vou ficando irritada, rabugenta. Surpresa, sei que sou sempre assim. Mas eu só preciso sentir outra pessoa... isso alivia algo pontiagudo dentro de mim. É algo real, de verdade. Pele faminta. Li um estudo a respeito.

— Acho que é por você ser gêmea — diz Tom, e a mão se levanta de mim, deixando-me com frio. — Vocês ficaram amassadinhos juntos no útero por muito tempo.

Um pequenino holograma de Jamie flutua em algum ponto, como a princesa Leia, ao redor de nós dois.

— Não, não, volta aqui.

Pressiono a mão dele de volta na minha pele e, embora a boca de Tom tenha um traço de reprovação, ele me afaga de um jeito que parece um elogio.

— Como uma pétala de rosa, sacana.

As pontas dos dedos se arrastam, mais gentis do que pensei ser possível. Ele está pensando na minha maciez, e isso me enlouquece. Está ficando tímido e, então, olha casualmente de esguelha para Vince. Quando torna a se virar para mim, há uma intensidade em seu olhar.

— Se você fosse minha, eu teria cuidado com você. Aposto que isso é algo que você não teve muito.

Meu estômago cai num poço de elevador. Essas palavras, ditas na voz dele, disparam pelas minhas sinapses e, neste momento, nunca estive mais viva. Sou pura pulsação e pulmões cheios. *Se você fosse minha.* Que pensamento glorioso de passar pela cabeça dele; nunca imaginei que isso aconteceria.

— O que mais você faria? — Minha voz está rouca, como ele gosta.

O animal nele é honesto comigo.

— Tudo. Se você fosse minha, eu faria de tudo.

Nossa bolha dourada trava no lugar e um pequeno universo a preenche. As possibilidades são infinitas.

— Tenho uma imaginação fértil. Você poderia ser mais específico?

Coloco minha mão na lateral de seu pescoço e faço um carinho que desce até a barra rígida de sua clavícula. Sua pele é um cetim quente. Sua pulsação empurra contra mim.

Meu, meu, meu. Cem por cento meu, até o fim dos tempos. Ele parece concordar.

— Tudo o que você quisesse ou precisasse, eu faria.

Incrível como ele consegue manter as palavras tão inocentes, mas fazer com que elas pareçam tão indecentes. É assim que são os bons rapazes.

— Eu quero e preciso de muita coisa.

Um imenso sorriso branco agora.

— Não brinca. Bom, sou esforçado.

Preciso chegar ao motivo pelo qual estamos aqui hoje. É tão óbvio. Estamos prestes a decidir algumas regras antes de irmos para casa e demolirmos um ao outro.

— E, então, vamos ter a nossa conversa? — Quando ele não diz nada, gesticulo com as pontas dos dedos. — A bolha está oficialmente em seu lugar.

Ele olha para um lado, como se a bolha fosse algo que ele pudesse ver. Tom sempre acompanhou meus cenários imaginários. Quando voltamos a fazer contato visual, ele vê o afeto em mim.

Mas o que eu disse o atrapalhou, e ele não consegue encontrar as palavras agora.

Tento conduzi-lo.

— Está bem claro sobre o que precisamos conversar.

Ele se endireita no banco e exala devagar. Há um vinco preocupado em sua testa e uma falta de jeito em suas mãos enquanto ele arruma o porta-copos.

— Eu queria falar com você sobre derrubar a parede entre a cozinha e a sala de estar.

Sou boa em rir no automático quando fico decepcionada, e é o que faço agora. Tom provavelmente conhece esse tique. Pego minha taça, mas ela está vazia.

— Certo, nós não precisávamos sair de casa para conversar sobre isso. A resposta é não.

A farsa escorregou para a realidade, e me sinto como se estivéssemos num encontro. Como se talvez eu pudesse pertencer a ele. Graças aos céus ele não olha para mim; estou com calor e envergonhada. Ele está com uma caneta nas mãos e desenha na parte de trás do porta-copos. É uma planta da casa.

— Os compradores querem plano aberto. Essas casas de campo mais antigas sempre eram construídas mais como pequenos cômodos individuais, por causa do aquecimento. Mas as paredes bloqueiam o fluxo e a luz. Acho que essa parede precisa sair.

Ele risca uma das linhas para me mostrar.

— Ali fica a lareira. Onde é que a nova proprietária vai pendurar os sutiãs dela?

— No varal. Essa parede não é de apoio. Se nós a tirarmos, a luz vai entrar pelos três lados. Quando o comprador entrar, vai poder enxergar até a parede dos fundos e pensar que este é um espaço amplo e bem iluminado. — Tom, o profissional, está falando agora. — O piso vai ser todo combinando, da porta da frente até a dos fundos, e haverá uma sensação de fluidez.

— Entendo o que você está dizendo, mas não. Aquela lareira é um diferencial. — Estou numa reunião de negócios. O que diabos eu esperava? — Nem posso acreditar que você me pediria isso.

— Se o comprador quisesse uma lareira, aquela ali tem problemas sérios. Os tijolos estão desmoronando por dentro. Recebi o orçamento do responsável por chaminés. Vai custar uma fortuna para restaurá-la. Precisaríamos demolir a lareira e reconstruí-la.

— Você conseguiria fazer isso, aposto. São só tijolos. Você acabou de dizer que faria de tudo. É isso o que quero.

— Então eu teria que refazer o telhado, o gesso, a pintura. Se eu a retirar, isso resolve vários problemas.

Ele parece começar a entrar em pânico. Não dá para argumentar comigo.

— O que Jamie diz?

— Ele diz que confia na minha decisão. — Tom analisa meu rosto. — Eu... magoei seus sentimentos?

Ou eu sou terrivelmente transparente, ou ele é perceptivo. Acho que sei a resposta para isso, depois de uma vida toda juntos. Quase dá para ele sentir esse nó na base da minha garganta.

— Não. — Franzo a testa para ele, até Tom estar em partes convencido. — Só estou surpresa por estarmos a dois terços do caminho de uma parede ser derrubada e você estar tentando flertar comigo para me convencer a concordar.

— Flertar com você — protesta ele, um rubor culpado nas bochechas. — Não é isso. Estou apenas recomendando a melhor opção para a sua venda.

Ele pensa por um momento em como vender a ideia para mim.

— Tente imaginar que você está acordando na sala de estar depois de uma soneca. É o fim da tarde no domingo e estou na cozinha, cortando batatas no balcão de mármore. Darce está rabugenta depois da naninha e precisa ser alimentada.

— Falar sobre planos abertos não está no topo da lista das minhas taras. — Olho para o teto. — Tá, na verdade... continue falando.

Os olhos dele se franzem nos cantinhos.

— Você abre os olhos e pode me ver. Não há paredes. A luz entra por todo lado, e há flores na mesa de jantar entre nós. Lírios rosados que eu trouxe pra você, só porque deu vontade.

Posso ver a cena: o jeans meio solto na bunda e uma camiseta branca se esticando nos ombros, justinha, enquanto ele se debruça sobre a bancada. O cheiro do pólen nas minhas narinas. Garotas como eu guardam suas flores preferidas como segredos vergonhosos, mas ele sabe.

— O que mais esse plano aberto de fantasia oferece?

— Eu olho e digo: *Oi, você acordou*, e você se espreguiça e diz: *Tom, estou tão contente por ter concordado em deixar você derrubar aquela parede, o layout da casa está melhor do que nos meus sonhos mais loucos.*

Ele arrisca um sorriso.

— Tenho quase certeza de que eu diria algo diferente. *Caramba, essa calça. Vem pra cá.*

Estou imaginando tapinhas no sofá ao meu lado. Ele se aproxima com um meio sorriso e uma das mãos no cinto, os vegetais já esquecidos. É uma linda fantasia, e acaba de me fazer perceber que quero muito isso. Um lar. Ser domesticada, importar-me com o jantar. Uma mesa de jantar e flores. Quem quereria isso comigo?

— Isso foi ideia do Jamie? Drinques com a cliente difícil? Da próxima vez, faça perguntas sobre coisas da casa na obra. Isso não foi nada profissional. — Eu me viro e faço um sinal para a bartender. — Seu segundo pior uísque, por favor.

— O que acaba de acontecer foi o seguinte. — Ele pega minha mão na sua. — Estou sentado ao lado de Darcy Barrett, perto o bastante para sentir o cheiro do perfume dela, e ela está olhando para mim com uma pergunta nos olhos. E sei que pergunta é essa. Entro em pânico e estrago tudo. Não sou corajoso como você, Darce.

— Pois pra mim chega de ser a corajosa, porque não é nada gostoso ficar aqui pendurada sozinha. A próxima atitude de coragem tem que vir de você. Não sou a única aqui com algo a perder.

— É por isso que estou me empenhando tanto nisso.

— Não a casa. Vou perder você. Vou estragar tudo com você. — Coloco os cotovelos no bar e o rosto nas mãos. — Tá, *essa* foi a última coisa corajosa que digo para você.

— Você não tem como estragar tudo comigo.

Ele diz isso como se fôssemos uma família. Como se tivesse que me perdoar, não importa o que eu faça.

Olho de soslaio para Tom.

— Amigos e familiares são os únicos que eu tenho uma chance de manter para sempre. E é isso o que quero. Manter você para sempre.

Ele assente como se eu não tivesse dito algo intenso ou estranho demais.

— É isso o que quero também.

— Precisamos chegar a oitenta anos de idade, num navio de cruzeiro, juntos, rindo de soluçar a respeito disso algum dia. *Ei, Tom, lembra daquela vez que nossos corpos jovenzinhos tentaram estragar tudo?* Sua esposa vai estar lá, e ela é alguém de quem eu gosto, porque, senão, não poderei ter você para sempre... — Paro de falar e sinto, bem no peito. Aquele velho relógio. — Se eu chegar aos oitenta.

Ele fica horrorizado.

— Claro que vai!

— Sei que não era a sua intenção, mas você me dizendo coisas que nunca vão acontecer... Não naquela casa, e nunca com você... Machuca. Bom, foda-se, se é tão importante para você, derrube a porra da lareira.

Pego o copo de uísque e o absorvo no meu ser.

Não consigo aguentar a expressão nos olhos dele e vou até o banheiro, onde passo alguns minutos só me encarando no espelho. Tiro meu batom e enfio os dedos no que resta do meu cabelo. Sobreponho a imagem de Megan sobre a minha e meus olhos se enchem de lágrimas. Quero ir até a penúltima cabine, jogar meu coração e dar a descarga. Se essa é a sensação de ser corajosa, pode me chamar de covarde pelo resto da vida.

Quando me recomponho, saio de volta para a música e os risos, e Vince me puxa pelo cotovelo.

— Ei.

Eu o faço soltar com um chacoalhão.

— Tô aqui com o Tom.

— Eu vi — responde Vince. Ele não está com ciúmes, porque a combinação que temos é uma perda de tempo inútil. — O que eu te disse sobre ele se apaixonar por você?

— Não vai acontecer. — Posso ouvir a desolação categórica em minha voz. — Não posso ter um cara daqueles.

— Mas podia ter um como eu — diz Vince, com um sorriso. — A mina com quem eu vim fica me falando sobre os coelhos que ela adotou. Vamos cair fora daqui. Manda uma mensagem de texto para ele na saída. Vai me economizar uma surra.

— Não vou fazer isso com ele. — Sério que esse é o tipo de pessoa que ele acha que sou? — Você acha que eu simplesmente sairia daqui e o deixaria para trás?

— Você já fez isso comigo. Darcy, você é gostosa, mas é uma vaca. Ele é bem pragmático a respeito.

— Ei — avisa Tom, materializando-se ao nosso lado. Ele observa nós dois com uma expressão indecifrável. — Cai fora.

— Não precisa ser grosso — responde Vince, sem firmeza alguma nas palavras. Ele corre o risco de ser amassado feito uma bituca.

Tom se coloca atrás de mim e passa os braços em torno do meu corpo. Sinto que afundo vinte centímetros entre as costelas dele. Estamos nos fundindo. Embrulhando. Entra em mim.

— Não apareça, não ligue para ela. Não incomode — determina Tom, acima da minha cabeça. É aquela voz de alfa. Faz cabeças se virarem até do outro lado do bar. — Entendeu? Ou quer descobrir se estou falando sério?

— Ela vai embora, cara. — Vince encolhe um dos ombros. — Ela já me largou aqui, tipo, umas seis vezes. No mínimo.

— Vai, sim — diz Tom, e suas palavras vibram em mim. — Mas vou ficar com ela enquanto puder, antes que ela vá.

Ele vira nossos corpos e estamos caminhando, seus braços ainda ao meu redor. Somos um compasso e estamos apontando para uma cama. Vince desapareceu atrás de nós. A multidão se parte para nós; olhos passam de mim para Tom; as mulheres parecem ter inveja, os homens desviam o olhar.

Quando paramos para deixar uma festa de despedida de solteira passar por nós numa procissão de coroas e boás de plumas, inclino a cabeça para trás. Como posso me sentir tão poderosa, envolvida nos músculos dele? Porque agora ele é meu.

— Você não chegou a me contar o que faria comigo quando a gente chegasse em casa.

— Não posso te dizer isso — responde Tom, e, quando erro o passo em meio ao grupo perto da porta, seu corpo pressiona ainda mais contra minhas costas. Sua mão encontra a barra do meu top e desliza para dentro, uma palma reta sobre minha barriga. — Você sabe que não posso.

— Só preciso de uma pista.

Depressa demais, estamos lá fora na calçada, o ar tão frio que arde. Eu me viro nos braços dele, mas ele já está recuando, seu calor se afastando. O relógio em seu punho, que ganhou de meu pai, segue seu tique-taque.

— Eu diria boa-noite — diz ele, visivelmente com dificuldade. Ele está se segurando e dói ver isso. Atrapalha sua respiração, as veias na parte de dentro de seu braço são como cabos. — E me certificaria de que a sua porta estava trancada.

— Não acho. — Aquele zumbido grave nos meus ossos está de volta. Aquela sensação de quem vai demolir uma cozinha. — Eu te pediria com muita, muita educação para me dar o que eu quero. Tudo — eu o relembro.

Os dentes brancos mordem seu lábio inferior e ele desvia o olhar, mirando a rua. Há tanto conflito em seus olhos... Enfim, ele concede:

— Se pudesse, é quase certeza que eu daria.

A confissão escapa, áspera e baixa, e suas pupilas estão envoltas em uma cor violenta.

Eu o conheço pela maior parte da minha vida, mas este homem é agora alguém que não tenho como conhecer.

Não até que estejamos reduzidos a pele e suor e beijos. Isso é tudo o que sempre quis dele. Quero aqueles dentes brancos perfeitos. Quero aquela possessividade masculina dos olhos estreitados, aquele *não toque nela*, aquela barreira que o corpo dele criou para bloquear o mundo do lado de fora. Seu punho feroz aberto, as pontas dos dedos deslizando gentis pela minha pele.

Quero provocar e atiçar até ele se entregar para mim, bruto e terno.

Não resta mais mobília alguma dentro da Maison de Destin, então acho que serão paredes, peitoris e bancos para nós. Não conseguiríamos chegar até a minha cama. Não ligo se isso arruinar nós dois, arruinar a casa. Preciso senti-lo, lá no fundo. Não quero me sentir faminta nunca mais.

Quero beijar Tom Valeska até tudo cair aos pedaços.

Eu podia muito bem ter dito tudo isso em voz alta, porque ele fecha os olhos brevemente e, quando torna a abri-los, eles parecem duas chamas.

CAPÍTULO 18

EU ME APRESSO PELO caminho quebrado da entrada porque estou amarelando, e feio.

A volta para casa foi tensa o bastante para quebrar ossos. A cada farol vermelho, olhávamos um para o outro e tínhamos que nos segurar no carro. Estou dolorida pelo esforço. Então agora estou, possivelmente, prestes a colocar a boca no meu amigo de infância. A única pessoa que me resta com quem não posso estragar tudo. E sou a primeira mulher com quem ele vai ficar desde seu romance épico de oito anos.

Serei a segunda mulher com quem ele se deita; enquanto isso, meu corpo tem programa de recompensa para visitantes assíduos... Preciso de um minutinho. Preciso cheirar minhas axilas, escovar os dentes. Preciso apenas chegar na porta da frente antes de sentir a mão de Tom no meu braço.

— Siga pela lateral da casa. — Ele espreme os olhos para o céu. — Acho que vai chover.

Ele faz soar como se isso fosse uma má notícia.

— Quero me despedir da lareira.

Nem estou brincando. Quero me sentar encostada nela, pensar em Loretta e pedir seus conselhos em minha mente.

— Não é seguro lá dentro. — Ele pega meus antebraços em suas mãos. — A energia está desligada. Venha.

É esquisito, insistente em demasia. Ele começa a me puxar e minha suspeita cresce.

— Por quê? O que tem lá dentro? — Eu me viro e enfio a chave na fechadura, abrindo a porta com um chute, e finalmente vejo por que ele está tentando me segurar.

Minha lareira se foi.

Seja lá quem a derrubou, não fez um trabalho de todo artístico. Restaram uma pilha de tijolos e um buraco no teto, coberto por uma lona. A pior parte é que Tom tinha razão. A casa agora parece imensa, estendendo-se até a porta dos fundos. Agora vejo o que era tudo isto.

— Jamie te disse para fazer primeiro e pedir perdão depois? — Não viro a cabeça. Já sei a resposta. — Demolição especializada, hein?

— Tive que tomar a decisão na hora. Não podia manter esses caras por mais duas semanas, então... — Ele põe as mãos na minha cintura e me vira para ele. — Desculpe. Eu estava na esperança de que você só visse isso de manhã. Eu ia me levantar cedo...

— E diria que chamou um pessoal logo de madrugada. Eu diria: *Uau, como você conseguiu fazer isso tão rápido?* Estalo os dedos — faço isso na cara dele — e meu desejo é concedido. Você é o anjinho, fazendo apenas o que te pedi para fazer.

— É. Esse era o meu plano. — Os olhos dele ficam um tanto maldosos. — Esse é o meu papel na sua família, não é? Tenho que conseguir seja lá o que vocês precisem, no mesmo instante e com perfeição. Ou estou fora.

— Do que é que você tá falando? — Mas que coisa mais bizarra de se dizer! — Não posso acreditar que você me tirou da casa enquanto isso acontecia. — Tento afastá-lo de mim. — Você estava contando com o fato de que ia me convencer a aceitar qualquer coisa.

Mas que vergonha do caralho.

— Estava contando com você ser razoável e confiar em mim de que este é o melhor caminho a tomar. — Ele me segura com mais firmeza enquanto eu o empurro. — Tem coisa pelo chão todo. É um canteiro de obras. Converse comigo. Grite comigo.

Lá fora, ouve-se um ronco que, por um milésimo de segundo, penso ser o carro de Vince. Pisca um clarão e me dou conta de que é uma tempestade, e está se aproximando. Nós dois olhamos para cima, para o novo buraco no teto. A lona se infla ao vento.

— Ah, caralho — ofega Tom. — Isso realmente não estava na previsão.

— Vai inundar? — Eu me afasto de suas mãos.

— Se eles prenderam tudo certinho, não deve ficar tão ruim — diz ele, mas seus olhos estão cheios de dúvida enquanto ele olha para o serviço inacabado e desleixado, os tijolos e a poeira. Ele me solta. — Vou subir e conferir.

— Claro, como se eu fosse deixar você subir no telhado à noite quando está prestes a chover. Você tem que viver com isso agora. — Sinto uma satisfação doentia quando vejo a expressão em seus olhos. — Você pensou que receberia permissão retroativa para algo que já tinha sido feito. Então vamos simplesmente ficar por aqui e ver se há vazamentos. Espero que haja.

— Isso não faz sentido. A casa é sua.

— Sou muito irracional. Não posso acreditar que você nem deixou que eu me despedisse dela.

Outra onda renovada de raiva e descrença me estrangula.

— De uma lareira?

— É, de uma lareira, sim. Você sabia que eu a amava. Sabia o quanto ela significava para mim. Você disse que nós a acenderíamos de novo antes que a casa fosse vendida.

— Você morou aqui a intervalos por anos. Poderia ter acendido a lareira a qualquer momento. — Ele recosta um ombro no batente da porta e olha para mim em desafio. — Mas é a sua cara. Você acha que pode pegar e largar as coisas, e elas sempre estarão por ali.

Minhas entranhas saltam e procuro em volta por algo para fazer.

— Além de não ter coragem e de ceder a Jamie como sempre, você não foi profissional. — Eu me abaixo e pego dois tijolos. — Você sabe que não foi.

— Eu tinha a concordância de um dos donos. — Ele está distraído, observando eu me mover de um lado para o outro da sala. — O que você está fazendo?

— Uma pilha organizada. Não restou nada para eu demolir, afinal. — Volto, pego mais dois, mas ele segura minhas mãos, vira-as com as palmas para cima, e assopra a poeira. Modo Princesa ativado.

O impulso de dar-lhe um tapa na cara me choca.

— Eu esperava mais de você. Se eu tivesse aberto a porta da frente e a lareira ainda estivesse aqui, seria uma prova de que sou uma sócia igualitária. Mas é óbvio que sou só outra burocracia a ser superada. Você sempre vai escolher Jamie. Sempre.

— Eu vi um modo de obter mais dinheiro na venda. O orçamento está... — Ele engole o resto dessa frase. — Sei que você não liga para dinheiro, mas isso é tudo com que me importo no momento.

— Antes, você disse que éramos um time. Então vamos esperar aqui, como um time. — Um salpico de chuva atinge a varanda e um vento sopra pela casa toda, como se viesse diretamente do mar. — Vamos ver o quanto isso pode piorar.

Esta noite, no bar, absorvendo toda a atenção e o amor... aquilo foi um vislumbre de algo que nunca terei.

O maxilar dele está chegando naquela postura teimosa conhecida.

— Já pedi desculpas. Eu queria me manter adiantado em relação ao cronograma e sabia que era o certo a se fazer para a reforma. Se isso acontecesse, então o piso poderia ser feito antes. Não estou acostumado a ter emoções relacionadas a uma casa em que estou trabalhando nem a ter mais de uma pessoa a quem pedir as coisas.

— Desculpe por ter te atrapalhado com meus sentimentos. — Eu me abaixo, apanho tijolos e os acrescento à minha pilha. — Deve ser difícil para você ter que ficar resolvendo a mim e a minhas lembranças cansativas da Vovó. — Percebo que as tábuas do piso na frente de onde ficava a lareira estão visivelmente gastas. É essa a frequência com que ficávamos ali. E agora ela se foi. — Você não tinha o direito de derrubar a lareira, Tom.

— Não consigo entender se apegar a uma lareira. Eu nunca vou herdar nada. Minha mãe não tem dinheiro. Meu pai, bem... — Ele meio que ri, amargo. — Ele durou uns três meses depois do teste de gravidez. Considere-se com sorte por pelo menos ter tido uma lareira, para começo de conversa.

Tento interrompê-lo, mas ele não me permite. O que precisa dizer está inchando dentro dele há muito tempo.

— Tenho todas essas emoções e lembranças flutuando dentro de mim, mas não tenho direito a nenhuma delas. — É o mais próximo que Tom já chegou de reclamar sobre sua situação na vida. — Sou contratado para fazer isso. Pense em como é a sensação disso para mim.

Pego outro tijolo.

— Até onde nos diz respeito, ela também era sua avó.

— E tudo o que tenho para comprovar isso é um chaveiro antigo do Garfield. — É uma declaração dolorosamente verdadeira. Tom não recebeu nada no testamento dela. Ele se dá conta no mesmo instante de como isso soou e acrescenta: — Mas eu não esperava receber nada. Não sou um Barrett, afinal de contas.

Ele vai me encurralando o caminho todo até a porta, até a zona limpa e segura delimitada pela luz da rua.

— Para de fazer isso.

Bato o punho no coração.

— Sempre fui uma inconveniência, a vida toda. Lembra como Jamie estava desesperado para ir à Disney e eu sequer conseguia melhorar o bastante para ir?

— Lembro — diz Tom, compassivo.

— Eu ficava deitada na cama, com raiva do meu coração. Se ele apenas cooperasse, tudo seria mais fácil. Jamie ficaria feliz. Todos nós tiraríamos férias fabulosas. Você é o único que nunca fez eu me sentir assim.

Minha voz forte falha.

— Darcy, isso não foi por sua causa. Isso fui eu e minha necessidade insana de fazer tudo com perfeição, antes do cronograma, abaixo do orçamento.

— Eu não espero perfeição — digo, mas ele apenas ri, amargo.

— Qual foi a primeira coisa que você disse para mim quando chegou em casa e se deparou comigo? *O que você está fazendo aqui, Tom Valeska, o homem mais perfeito do mundo?* — Ele aponta para o teto. — Tá aí sua resposta. Não sou. Você exige de mim um padrão que não tenho como atingir. Mas venho tentando há anos. Acredite.

— Você não precisa mais tentar. Apenas seja você mesmo. Faça o seu melhor. Foda com tudo, se quiser.

Posso ver o estresse sob o qual ele tem estado. É visível na posição de seu maxilar, na tensão em seus punhos. Ele é sempre a pedra angular calma que mantém tudo junto, desde que eu era pequena, fazendo as compras do mercado e tirando o lixo. Todos os funcionários abandonaram Aldo, menos Tom.

Ele apaga todos os incêndios ao seu redor e faz com que pareça fácil.

Não é fácil.

Ele balança a cabeça.

— Você tem um buraco no telhado e lágrimas nos olhos. Eu estou permanentemente deixando a desejar.

— Acho que vamos decidir que isso não se aplica mais — digo, e o vento sopra entre nós, chacoalhando a porta dos fundos. — Chega de perfeição.

— Quando você cresce sem um centavo e é adotado feito um cão de rua, faz de tudo para se encaixar naquilo que precisam de você. E estou estragando tudo. Estou, Darcy. Estraguei minhas contas.

Tenho uma sensação de horror quando olho para seu rosto desolado.

— Estragou como?

— Eu disse para a equipe que os traria para a minha empresa com um salário melhor. E havia um erro na minha planilha. O erro mais básico, bem na minha cara. Tenho que pagar a eles o salário que prometi, mais o alojamento, então isso está saindo da minha margem de lucro. Ou seja, estou fazendo isso aqui de graça.

Ele suspira, resignado.

A parte superprotetora em mim se sobrepõe a tudo. A raiva e a sensação de ter sido traída agora ficam com as medalhas de prata e bronze.

— Eu...

— Não diga que você vai resolver. O problema é meu, eu resolvo. Se o Jamie descobrir sobre isso, acabou para mim. Ele nunca vai me deixar esquecer.

— Por que você liga para o que meu irmão pensa de você?

A boca de Tom se retorce com humor.

— Seu irmão gêmeo.

Estamos próximos o bastante, e olho para sua boca. Coisa rápida, só uma espiada. Outra rajada de vento sopra por minhas roupas e as mãos dele se apertam em mim.

— Por que você trabalha tanto por nós?

— Porque não quero saber como é ficar trancado para fora. Nunca mais. — Os olhos dele estão cheios de honestidade. — Vou me encaixar no que for preciso. Não esqueça que já fui a peça errada uma vez.

— Você sempre foi a peça exata. Eu medi cada homem que conheci comparando-os com você. Ninguém chega a seus pés. Isso vem me assustando há muito tempo já, porque o que você faz quando não pode ter o homem dos seus sonhos?

Ele não diz nada, mas, por dentro, está pegando fogo. Eu sinto.

— Você é perfeito, Tom Valeska. Perfeito para mim. Você me quer, apesar de eu não ser digna?

Relâmpago lampeja.

— Eu quis você por toda a minha vida.

— Então fique comigo. Escolha a mim.

Ele faz uma última tentativa de me deter.

— Eu estraguei tudo. Não sou a pessoa que você espera que eu seja.

— Não ligo.

Seus olhos inesquecíveis são a última coisa que vejo antes de ele me puxar para a ponta dos pés e colocar sua boca na minha. O trovão estronda acima de nós e, então, o mundo fica em silêncio.

Numa dimensão paralela, sempre estivemos bem aqui nessa porta, desde aquela noite em que eu era uma adolescente idiota de dezoito anos e respondi *eu sei*. Nessa realidade diferente, ele engoliu a mágoa e decidiu ser paciente uma última vez. Bateu na porta de entrada da casa do destino, colocou sua boca na minha, e temos nos beijado desde então.

Sobrevivemos nessa realidade alternativa, iluminados ao fundo por tempestades de raios e dias de verão. Nos feriados, fogos de artifício iluminam nossos rostos. Anos se passaram para nós lá, sob a luz do dia e sob a escuridão. Meu cabelo cresceu até o chão. Folhas de outono se acumularam ao redor de nossos tornozelos, e as estações mudaram como um caleidoscópio atrás de nós.

Nunca suportamos o toque de outra pessoa e nunca tivemos que nos separar. É o lugar onde meu coração de verdade sempre existiu, batendo sem falhas e perfeito, e ele esteve seguro, porque estava com Tom.

Agora estamos nos inclinando, ultrapassando essa camada fina como teia de aranha para a outra dimensão e afundando nesses corpos mais velhos. Todos os outros beijos que recebi na minha vida estavam errados. Eu sempre soube.

É por isso que, com outros homens, nunca fico, nunca durmo e nunca amo.

Separando-se da minha boca, ele diz, incrédulo:

— É assim que você beija?

Antes que eu possa pensar em como responder, ele coloca um joelho entre minhas coxas e me levanta um pouquinho mais. Volta aos meus lábios com um gemido preso na garganta. Agora encontrei algo de que gosto mais do que açúcar e fico viciada no mesmo instante. Pior, dependente. Sobrevivi de seus olhares de um segundo durante a vida toda e agora tenho sua boca na minha? Sei o que eu faria para mantê-lo comigo. Ele deveria sentir medo.

O primeiro toque de sua língua afrouxa meus joelhos e fico grata por ele estar me segurando de pé. Exalo, trêmula. Ele inspira, muda nosso ângulo, exala minha respiração de volta para mim. O ar é melhor vindo de seus pulmões. A vida é melhor com seu beijo.

A palavra *meu* agora é algo que eu preciso fazer com que ele entenda.

O segundo toque de sua língua é um deslizar para dentro e não é calculado para me seduzir. Estou sendo lambida pelo meu sabor. Sinto a ponta de seu dente, o arranhar de seu queixo no meu. Por um momento, há uma pausa para deliberação, e então sinto o prazer escapar de seu corpo num estremecimento, sendo absorvido pela minha pele. Ele sentiu meu gosto, e é exatamente o gosto certo.

Acho que o bom rapaz diz alguma coisa na enevoada seção lógica do cérebro de Tom — *Está molhado demais para um primeiro beijo, faminto demais, animalesco demais, confira se ela está bem* —, e ele tenta terminar o beijo com um aperto gentil na minha cintura.

— Não ouse — eu o alerto. — Não pegue leve comigo.

Ele obedece de pronto, caindo sobre mim com uma sensação de alívio. Pressiona os quadris contra mim sem vergonha alguma, e o tamanho de seu desejo me deixa ofegante. Ele não vai pegar leve comigo hoje.

— Ninguém mais vai te beijar — ele fala baixinho, sem interromper nosso contato. — Sua boca é minha.

Essa ideia é mais do que ele pode suportar; agora estamos retorcendo as roupas um do outro, e o beijo parece uma conversa sem palavras — cada vez mais e mais alto, um falando por cima do outro. *Escuta aqui. Não, escuta aqui você.*

Em uníssono: *Eu vou matar qualquer pessoa que encoste em você.*

Alteramos o céu e afetamos o ar. Quando a nuvem bem acima de nós entra em ebulição e a chuva cai com mais força, eu mal registro. Uma bruma fina se assenta sobre nossas roupas.

Minha respiração soa como se eu não tivesse absolutamente nenhum preparo físico em cárdio. Vou me esgotar bem aqui nessa porta, mas tudo bem — a pessoa que estou beijando vai cuidar de mim.

Não me falhe agora, coração.

O pensamento me tira do ritmo e ele traça as pontas dos dedos pela minha garganta, levando-nos de volta à suavidade. Doçura. Leve o bastante para me dar a chance de reequilibrar meu corpo e meus batimentos cardíacos. Volto a ter consciência de sons; está chovendo de verdade agora, martelando o telhado de zinco da varanda.

O ronco do trovão acima de nós é ensurdecedor, mas é um pequenino uivo de lobo que nos separa. Nós fitamos um ao outro e dizemos ao mesmo tempo:

— Patty.

Não nos importamos com a bagunça; é o caminho mais rápido, então titubeamos pela casa arruinada no escuro. Toda vez que tropeço, as mãos dele me puxam até me colocar de pé. Como humanos maus e egoístas, paramos na porta dos fundos e nos beijamos de novo para nos fortificar para a corrida sob as calhas transbordando. A língua dele me promete mais, se eu conseguir chegar ao estúdio. Eu atravessaria o Canal da Mancha a nado, se preciso fosse.

Quando tiramos nossos sapatos e fechamos a porta de deslizar do estúdio, estamos empapados até os ossos. O interruptor não funciona, o display do meu rádio-relógio está escuro e Patty sumiu. No topo do guarda-roupas, Diana nos olha antes de retornar para seu caixote de maçã.

Tom está profundamente contrito.

— Patty, venha cá. — A carinha dela nos espia de debaixo da cama. — Eu me sinto tão mal.

— Você não sabia.

Tentamos por mais um minuto até que ela saia de lá, a barriga se arrastando no chão, e então vai para a caminha dela. Coloco um cobertor por cima dela e a acomodo. Quando nos endireitamos, o relâmpago pisca outra vez e ele dá uma olhada mais longa para mim. Vejo a camisa molhada grudada no corpo dele. Ambos soltamos uma exalação simultânea, acompanhada de piscadas involuntárias e cheias de luxúria idênticas. E então rimos um do outro.

— Você tinha um beijo daqueles dentro de você esse tempo todo?

Ele começa a abrir os botões da própria camisa, rápido, sem pensar, como se estivesse prestes a mergulhar numa piscina. Chega à metade do caminho, então desiste e se aproxima de mim. Mais alguns segundos sem meu corpo junto ao dele é algo que ele não consegue aguentar.

— Acho que vou ter que atualizar minha apólice de seguro.

— É melhor ligar para eles agora.

Sua risada está na minha boca, porque estamos nos beijando de novo. Sinto algo achatado nas minhas omoplatas; estou contra a parede. Só meus dedos do pé tocam o chão. A bolha dourada está colada à nossa pele. Quando minha cabeça se vira para um lado e a boca de Tom passa para meu pescoço, posso ver o vapor subindo de seus ombros úmidos. A máquina no peito dele está operando em marcha acelerada.

Por anos, ao observar a boca de Tom enquanto ele falava, eu sabia como seria o beijo dele. Ardente, sensual, primitivo. Cada pressão luxuriante é para aprender do que gosto — mas ele está descobrindo que gosto de qualquer jeito que ele fizer. Suave, devagar, dentes e língua. Rápido e brutal. Pontos extra para uma das mãos na minha garganta. Uma das mãos cheias com meu traseiro, apertando, deixa-me estremecendo e hipersensível; as costuras da minha roupa parecem lâminas contra minha pele. Ele não exibe compaixão alguma; em vez disso, faz um passeio pelo meu corpo. Quando meu seio está em sua mão, ele sente o piercing no meu mamilo contra sua palma.

— Cama — orientou ele, em sua voz de alfa, e minha calcinha perde o elástico. Eu disse exatamente a mesma coisa para ele. Eu me pergunto se o fiz sentir-se assim.

— Até que enfim você chegou no ponto em que estou. — Sou transportada de costas, sem nenhum esforço de minha parte. Sinto fios elétricos debaixo das solas dos meus pés, mas não tropeço nem fico presa neles. Ele está comigo. — Eu desmantelei um cômodo todo e te disse para ir para a minha cama, e você só...

Ele me deposita na cama.

— Vou compensar isso, prometo — diz ele, com um sorriso na voz.

CAPÍTULO 19

OS JOELHOS DE TOM pressionam o colchão, um, dois, de cada lado das minhas panturrilhas. Ele é uma silhueta enorme no escuro acima de mim. Mãos de cada lado da minha cabeça, uma, duas. Sinto seu corpo afundando, descendo, e ele respira junto à lateral do meu pescoço.

Digo para o teto:

— Diz que o meu cheiro é o cheiro certo.

Ele sente a incerteza implícita na minha ordem brusca.

— Seu cheiro é o único certo.

Exalo.

— Caralho, ainda bem.

Levanto os braços acima da cabeça e ele tira meu top.

— Sua obsessão com renda destruiu minha sanidade. Sabia que o seu sutiã está sempre visível, não importa o que você vista? É como se as suas roupas não quisessem ser roupas. — Ele dá um beijo em meu pescoço, que dá lugar a uma chupada e uma mordida. — Você é como uma banana que se descasca sozinha.

Começo a rir.

— É assim que eu me sinto por perto de você.

— Acaba comigo quando outros caras olham para a renda na sua pele.

Pensar nisso o faz voltar para meus lábios, e o ciúme é como uma especiaria em sua boca.

Sei como ele se sente. Vou manter minhas mãos na sua pele pelo resto da vida dele, de modo que não haja dúvidas sobre a quem Tom pertence.

Ele me arruma atravessada numa estreita faixa de luz vinda de um vão nas cortinas. Minha renda é admirada, elogiada, esfregada no rosto dele e, então, some num disparo de estilingue para o canto escuro do quarto. Ele desliza as palmas ásperas e esforçadas de suas mãos por todo meu corpo.

O piercing é um detalhe que o interessa intensamente. Ele se abaixa para investigar e eu enfim me dou conta do pleno potencial daquele metal, enfiado numa ponta tão sensível. Outros homens tentaram me sintonizar feito um rádio, mas Tom sabe o que fazer. Estremeço e trepido enquanto ele testa minhas reações.

Eu me pergunto se ele gosta.

— Então garotas duronas com piercing são a sua praia?

— Deus do céu, sim — diz ele, com o piercing na boca. — Como é que esse metal pode ser tão doce?

Sua língua toca o piercing conforme ele fala e eu levito para fora do colchão. Ele ri, contente, e continua o que estava fazendo.

— Toda vez que pensei nesse piercing misterioso, trombei com uma parede. Levanta — acrescenta ele, com a quantidade certa de prepotência na voz. Seu antebraço desliza sob mim; sou levantada e ele brinca comigo até eu levar a mão ao botão da minha calça jeans.

Ele me solta para falar.

— Isso está acontecendo de verdade? Ou trombei numa parede com força demais?

— É de fato real, sim.

Arrebento os botões que ainda restam na camisa dele. Ela se abre e deslizo as mãos por seu tronco, subindo. Seus cotovelos travam e destravam. Seus quadris se projetam para a frente. As reações involuntárias de seu corpo são sublimes.

Aquelas camisetas justinhas não estavam mentindo. Que corpo, que corpo, que corpo. Ele é a combinação mais espetacular de retas e curvas. Músculos de sobra. Linhas e quadris e tantas horas de trabalho manual que quase me fazem sofrer por ele. Por que ele tem que labutar tanto? Seu corpo ama minhas mãos.

— Isso está acontecendo mesmo, a menos que eu esteja tendo outros dos meus sonhos eróticos vívidos com Tom Valeska. Nesse caso, não vou conseguir olhar nos seus olhos amanhã.

Ele responde, achando graça:

— Acho que não vai conseguir de qualquer forma, depois de tudo que vou fazer com você. — Ele sente minhas coxas o apertarem e me beija de novo. Ele ama meus lábios. — Sacana, vou conhecer você melhor essa noite.

— Você já me conhece muito bem — digo, arrepiada, e ele balança a cabeça.

— Não do jeito que quero conhecer. — Ele sente quando levanto os quadris em resposta e suas mãos puxam minha calça até os joelhos. Tudo entra em pausa. Quando ele fala, está tentando se recompor. — Mas agora é um bom momento para te perguntar se você quer continuar. E, se não quiser, não tem problema nenhum.

Meu coração infla, cheio de amor. Ele é o melhor cara possível. O homem perfeito. E estou numa cama com ele. Tenho tanta sorte que podia até chorar. Tento me sentar, mas meu corpo está poupando suas forças.

— Por favor, por favor. Um sim entusiasmado. Súplicas patéticas etc. Nem estou brincando. Acabe com o meu sofrimento.

— Darcy Barrett, na cama, suplicando para mim. Estou tendo um dos meus sonhos febris.

Ele ri baixinho e sinto sua mão envolver meu tornozelo. Então sou rolada de barriga para baixo. Quando ele puxa meus quadris para cima, por dentro dou um pulo, surpresa. Por um segundo, espero o arrastar doloroso do elástico e uma pressão contundente, talvez com mãos apertadas marcando meus quadris. É um flashback de sexo ruim, e estou tremendo.

Ele diz:

— Mandona.

Aí eu entendo. Ele só está lendo o que está impresso na minha calcinha. Eu o amo tanto que tudo o que posso fazer é rir e cobrir meu rosto com as mãos.

Agora ele esfrega a barba por fazer pela minha coluna, subindo. Sinto sua testa pressionar meu ombro.

— Sua pele tem um brilho meio prateado, e tudo o que quero fazer é...

Ele me mostra. O que ele quer fazer envolve sua língua e seus dentes. Meus gemidos são abafados pelo colchão. Usa a mão para me virar outra vez. Ele me mima, me acalma e quer me conhecer. Eu o sinto arquivando cada tremor nas pálpebras, cada exalação. Ele passa as pontas dos dedos sobre mim, criando e perseguindo arrepios.

— Você e sua pele linda vêm me assombrando há anos. Teve um Natal em que te beijei no rosto para dar oi. E isso... foi demais para mim. Tive que ir me sentar no carro. — Ele repete o gesto agora, balançando a cabeça como se não pudesse acreditar. — Foi o melhor presente que eu recebi. — Várias e várias vezes, ele pressiona a maçã do meu rosto. — Obrigado.

Ele é tão meigo, tão franco; como é que posso me equiparar a Tom? Não tenho experiência em ser verdadeira ou suave na cama, mas tenho que tentar.

— Você é tão adorável. — Enfio os dedos no cabelo dele. — Bom, eu passava todos os Natais esperando pelo abraço de despedida. Isso — suspiro, enquanto ele me aperta junto a si. Essa pausa deliberada que me faz sentir como se ele estivesse dizendo meu nome em sua cabeça. — Ai, caramba, é ainda melhor agora que estamos na horizontal.

— Você passava todo Natal esperando para dizer adeus para mim? — Há mágoa em sua voz, mesmo enquanto ele puxa minha calcinha para baixo. — Sacana, tenho que te compensar por isso.

— Não se preocupe, vou garantir que você compense. — Sinto sua hesitação. Ele ficou tímido. Mordendo meu lábio para conter um sorriso, pego sua mão e a deslizo pela minha perna. — Comece agora.

Ele me apalpa, inala o quanto estou pronta, e agora estamos de volta à ferocidade.

Ele morde o lóbulo da minha orelha para me manter imóvel enquanto testa e brinca, seus dedos tranquilos e certeiros. Tom é muito bom em resolver problemas. Meu corpo estremece na gaiola formada por seu corpo, e sua respiração no meu ouvido soa inumana. Eu me tensiono; ele enrijece. Eu relaxo; ele me recompensa. Ele me quer complacente e mole. Ele me quer líquida e suave.

— Vá mais devagar ou vou gozar — solto, e então rio, incrédula. — Eu literalmente nunca disse isso antes.

Tento em desespero abrir a gaveta da mesa de cabeceira.

— Por sorte, estou na cama com o trabalhador mais esforçado do mundo.

— É melhor eu pegar leve com você.

— Por quê?

Mal tenho luz suficiente para ver o brilho em seus olhos quando ele morde o quadrado de plástico metálico como se fosse um pacote de doce. Aí acesso meu baú de memórias e rio.

— Ah, é verdade. Tinha me esquecido do seu pau.

— Ah, você se esqueceu, é? — Ele ri e me dá um tapa na bunda. — Valeu mesmo, sacana.

— De fato, como é que eu pude esquecer? — A mão dele está entre as minhas pernas de novo, e recebo o toque de seu polegar, gentil e terno. — Tudo em você é sublime. Ando até dolorida de tanto que quero você. Tom Valeska, entra em mim.

Ele sempre me dá o que peço.

Não consigo calar a boca ou silenciar meu gemido.

— Ah, caralho. Você realmente é o homem mais perfeito do mundo.

Ele ri, mesmo enquanto seu avanço gentil e infindável se transforma num vai e volta fácil entre nós. Ele é maior do que qualquer um que já tive. Odeio esse pensamento intrusivo — como meu cérebro ousa sequer pensar em qualquer um dos outros? Mas ele vem pareado com a compreensão de que está cuidando de mim, e isso é a coisa mais gostosa.

— Obrigado — diz ele, com afeto. — Você é como um sonho que virou realidade.

Meu corpo está aceso de prazer. Ele tem um quê de reservado em seus movimentos. Se eu puder apenas fazer Tom Valeska perder o controle comigo, posso morrer feliz.

— De jeito nenhum. Não pegue leve.

— Só... Só me deixe ir com cuidado.

— Não quero cuidado. Quero honestidade. — Finalmente, o primeiro escorregão em seu controle. É bom a ponto de derreter o cérebro, sentir o corpo dele sendo tão autêntico. — Quero isso todos os dias. Mais fundo. Tom, mais forte, eu quero...

No automático, levo minha mão para baixo, entre nós. Meu orgasmo é responsabilidade minha. Só que, pelo visto, não é, não.

— É para isso que estou aqui, boba — ele me censura, entre respirações de nado livre. Roça as pontas dos dedos contra mim, enquanto se contém. — Seu coração... tá bem?

É a primeira vez que um cara me pergunta isso na cama, porque ninguém nunca soube. Eu seguro o *claro* que vem de pronto e me avalio. Minha pulsação é um tambor distante e descuidado nos meus ouvidos.

— Tô bem, mas, se eu superaquecer ou você me pressionar para baixo, vou começar a sentir tontura e claustrofobia. E aí vêm as palpitações e não vou conseguir...

Minhas partes fecham a fabriquinha e não vou conseguir me libertar dessa luxúria agoniante.

Ele se afasta de mim. Lento, luxuriante.

Luto com as pernas.

— Devolve! Eu estraguei o clima?

— Não, claro que não. Que tal... — diz ele, com um tom pensativo —... isso?

— Você não precisa mudar nadinha — imploro, mas ele está me rolando de lado e se curvando ao meu redor. É confortável o bastante para dormir, apenas um par de conchinhas peladas platônicas. Os cobertores são jogados longe e o ar frio atinge minha pele. Por um momento terrível, penso que ele desistiu de mim.

Só que estou enganada. Como sempre, ele encontrou uma solução. Está beijando minha nuca enquanto penetra em meu corpo outra vez. Agora ele ondula contra mim, uma das mãos no meu quadril.

— Não se preocupe com nada — sugere ele, deslizando a mão para baixo. — Apenas relaxe e respire.

Eu nunca teria pensado que preocupação poderia ser sexy. Falo, no escuro:

— Posso confessar uma coisa? — Sinto ele anuir contra o meu ombro e a fricção aveludada diminui. — Gozar de vez em quando dispara meu coração. E essa vai ser uma daquelas. Então, se acontecer, não leve para o pessoal.

— Vou tentar não te dar um curto-circuito total. — Ele geme quando o aperto. — Quer me testar e ver como me saio?

Algum dia eu já recebi uma oferta tão suculenta? A voz de Tom soa mais como um rosnado.

— Quero que você entre em mim. — Pressiono o rosto contra seu bíceps para me ancorar enquanto seu toque me leva cada vez mais para perto do abismo. — Mais fundo. Mais forte. Não como se você sentisse pena de mim ou se preocupasse comigo. Quero que você se meta em mim como se fôssemos fazer isso todos os dias, daqui para a frente. Pra vida toda.

O sangue quente formiga sob minha pele, mas estou preparada para lidar com o que pode ocorrer. Ele faz exatamente o que eu lhe disse para fazer. Ele me dá tudo o que tem.

O orgasmo me atinge como se eu tivesse corrido a toda velocidade de encontro a uma parede de tijolos.

Eu me contraio e ouço minha própria inspiração. Tudo se retesa e estou exalando. Em queda livre. E, embora mal consiga ouvir alguma coisa por cima do ruído dentro do meu peito, estou segura entre esses braços, com alguém que me conhece de A a Z.

Não tenho que me preocupar em fingir ser normal. Exatamente quando penso em como isso foi bacana, ele mete com tanta força em mim que continuo tremendo e parece que estou chorando. Mas ele é esperto e não diminui o ritmo. Agora tenho espasmos, lágrimas escorrem pelo meu rosto e contribuo com uma oração interminável e sem sentido de *mais, isso, mais*. Os braços de Tom têm que me segurar junto dele, ou eu estaria do outro lado da cama.

— Agora, agora — ordeno, e ele me obedece.

Tom está compartilhando uma parte secreta dele mesmo; sou mordida, escancarada, agarrada, e nunca fui desejada com tamanha intensidade assim. Ele vai matar, viver e morrer por mim. É imenso isso que ele está sentindo. Tudo o que sei é que sou dele agora.

Coloco uma das mãos em sua nuca quando ele pressiona um beijo no meu ombro.

— Agora, era isso que eu esperava — diz ele, após vários minutos tentando respirar. — No final, os livros da Loretta não me deram expectativas irreais.

Ele se desvencilha de mim com dificuldade. No escuro, fala:

— É assim que é com você. Simplesmente... elétrico.

Sinto Tom se reclinar para fora da cama.

Mãos deslizam sobre mim. Não estou nem de longe cansada. Preciso de outro beijo. Preciso da pele dele contra a minha, para nunca ficar faminta de novo. Ouço um ruído de papelão no escuro e algo sendo arrastado. Ele está guardando a caixa de camisinhas?

— Eu disse para você no bar que ser o foco de Darcy Barrett é intenso. Não tinha nem ideia do que estava falando. *Isso* foi intenso. Certo, contei mais quatro dessas — diz Tom sobre as camisinhas, e me arrepio até os ossos. — Vamos ver até onde conseguimos chegar?

Não resisto.

— Você não tem que acordar cedo amanhã?

— Espertinha. É melhor pôr mãos à obra, então.

Sua boca encosta na minha, nós respiramos e recomeçamos.

Sou acordada por uma chihuahua arranhando a porta do estúdio. Tom sumiu, mal há luz lá fora e os lençóis estão frios. Eu me embrulho num robe de seda preto e meu despertador pisca 12:00 sem parar. Tudo o que sei é que a energia elétrica está de volta e é incrivelmente cedo.

— Tá, tá — digo a Patty. — Cadê o papai?

Estou decepcionada. Nunca acordei ao lado de um homem e estava ansiosa por outra primeira vez. A cada passo que dou na direção da porta, sinto ecos do que ele fez comigo essa noite. Estou exausta, gloriosamente exausta. A noite passada foi uma luta de mentira, bruta e suave ao mesmo tempo.

Deixe que eu mime Darcy Barrett um pouquinho. Deixe eu provar dessa sensação.

Foi a melhor noite da minha vida. Eu me pergunto se ele acharia esquisito caso ficasse sabendo disso. Enfim fiquei com a única pessoa com quem não preciso fingir ser descolada. Se eu contasse a ele, ele sorriria. E aí usaria aquela voz de chefe que eu gosto. *Tira esse robe.*

Eu abro a porta, deslizando.

— Tom? — chamo.

Em vez de ir para seu trecho de gramado de sempre, Patty dispara com determinação nos passos. Está indo para a lateral da casa, a única coisa em sua mente é encontrar seu dono.

— Patty, volta aqui!

Os calçados mais próximos são um par de sapatos de salto que deixei encostados na parede. Eu os enfio no pé. Por dentro, estremeço quando as solas escorregam na lama e ouve-se um repulsivo esmagar de lesma. Os músculos das minhas coxas se alongam e dão câimbra até eu soltar um gritinho.

Descubro que chihuahuas podem impor um ritmo olímpico. Ela é agora apenas um rabinho desaparecendo pela curva da casa. Já está subindo pela entrada da casa quando um carro encosta. Patty tem o instinto de sobrevivência de um lêmingue. Meu coração dispara de susto. Pisco, e meus olhos me enganam; penso vê-la embaixo da roda. Pisco de novo e ela está bem, o rabo balançando como uma bandeira em saudação.

— Cuidado! — grito, com o que me resta de fôlego, e agito o braço para chamar a atenção. Quando a caminhonete freia, vejo que é Tom. Aonde ele foi a essa hora? O sol nem saiu ainda.

Coloco as mãos nos joelhos. Se eu conseguisse apenas recuperar o fôlego... Ufa, ufa, ufa. Não estou tão mal assim, com certeza. Meu coração martela de um jeito estranho, cada vez mais rápido, até eu saber o que está havendo. Sinto que poderia colocar a mão dentro do meu peito e retirar o órgão, como se fosse um hamster. Pressiono a área, tentando forçá-lo a ir mais devagar. A porta do motorista se abre, levanto os olhos, e Tom está completamente consternado.

A porta do passageiro também se abre e surge um corte de cabelo loiro igual ao meu, e fecho os olhos, desejando poder me controlar, porque esse é o pior momento possível para isso acontecer.

Reconheceria o cheiro do meu irmão em qualquer lugar. Tecido caro e um perfume esnobe italiano que cheira a casca de limão misturada com limpa-vidros; é para ser atraente para as mulheres, e para a maioria delas é. Ele está ao meu lado e Tom está do outro, os dois falando ao mesmo tempo. Tom está frenético. Dedos pressionam meu pulso e, quando Tom sai, eu me viro para tentar segui-lo.

— Ele está pegando o seu remédio — diz Jamie, e eu desmorono contra ele.

Meu coração ainda acha que é parte de um par de gêmeos, porque se apega a meu irmão feito um ímã até que Tom coloque uma dose na minha mão, uma garrafa de água, e eu engula.

Tudo está cinza. Tudo deu errado.

— Estou bem — consigo dizer, mas parece que não consigo me desgrudar de Jamie. Minhas mãos se agarram e minha visão está embaçando, estou quase desmaiando, quando a voz de aço de Jamie me faz levantar.

— Não ouse, Darcy.

— Vou fazer a ligação? — Tom segura seu telefone. — Jamie, vou ou não vou?

Ele está desesperado. Balanço a cabeça vigorosamente. Jamie também chacoalha a dele. Ele tem confiança de que é mais qualificado do que um paramédico.

— Você é importante demais — Jamie me fala num sussurro, como se fosse um segredo nosso, que nem mesmo Tom deve ouvir. — Você é importante demais para mim. Vamos lá, vamos, apenas respire e deixe esse coração se aquietar.

Jamie me dá um abraço que só ele pode dar. Senti tanta saudade dele que estou tremendo. Caralho. Eu me esforcei tanto, mas sou a gêmea dele agora, mais do que nunca. Até que um de nós morra, estamos presos um ao outro.

Passam mais um ou dois minutos antes que as palpitações comecem a reduzir seu ritmo. As mãos de Tom estão nos meus ombros e consigo enfiar meu furacão particular de volta no cofre dentro do meu peito. Tento me afastar de Jamie, mas caio de costas em Tom.

— Parabéns por me dar um ataque cardíaco — diz Jamie, e é assim que sei que já estou bem. — Nós poderíamos dividir uma cova só no cemitério para reduzir os custos.

— Tem espaço para mim nessa cova? — A voz de Tom soa baixa acima da minha cabeça.

— Patty escapou e saiu correndo — digo, e os braços de Tom me abraçam apertado em torno da cintura. Posso sentir a tensão em seu corpo, escoando em ondas palpáveis. — Pensei que ela seria esmagada.

— E é exatamente por isso que estou aqui. Eu sabia. — Jamie está furioso. Tenho certeza de que fomos descobertos; estou recostada em Tom, num robe, e os braços dele estão ao meu redor. Mas aí ele acrescenta: — Ela não aguenta nem perseguir uma chihuahua hoje em dia. Duas semanas trabalhando aqui e ela está quase morta.

— Desculpe. — Tom se encolhe atrás de mim como se fosse o responsável por isso. — Ela disse que estava bem...

— Ela estava mentindo. — Jamie segura meus ombros e me afasta de Tom, colocando-nos lado a lado como se fôssemos Barbie e Ken. — Olha só para ela. Eu sabia que estava com um mau pressentimento! — Ele dá alguns passos até o carro e volta para nós. — Você é a única pessoa em quem confio para cuidar dela. E você estragou tudo.

Meu irmão, quando está com raiva... ele é meio que espetacular, de uma forma aterrorizante, de gelar o sangue. Ele me faz querer pegar minha câmera, só para lhe mostrar como ele fica.

Tom suspira, mas não nega.

— Ele não estragou nada. Ele acabou de chegar aqui! Minha saúde é da minha conta.

Jamie está para lá de exasperado.

— Você sabe que isso não é verdade. Você é da nossa conta. Vá botar uma roupa. A que horas os caras chegam aqui? De robe e salto alto... — Outra olhada para Tom, como se isso também fosse culpa dele.

— Vamos todos apenas relaxar — orienta Tom, naquela voz que ele usa, as palavras e a cadência sempre exatamente as mesmas.

Não sei o porquê, mas sempre funciona com os gêmeos Barrett; tem funcionado por todos esses anos. Nós sopramos ar pela boca, raivosos, e então Jamie começa a rir.

— Quase virei o único proprietário desta casa — diz Jamie, com um sorrisinho. Ele está aliviado, mas ainda é um cretino.

Tom lhe dá um olhar sombrio.

— Você está bem mesmo, Darce?

Puxo meu sapato, que está afundando na lama.

— Tô, eu só tomei um susto e ele disparou minha reação. E, sim, tem espaço para você na nossa cova. Convite aberto.

— Gremlin, você vai matar minha irmã — Jamie reclama com Patty, e ela se levanta nas patinhas traseiras, colocando as patas enlameadas na calça social cara dele. Ele a ama em segredo. Faz cócegas atrás da orelha dela e Patty deixa a língua pendurada. Em seguida, ele se lembra de sua calça. — Desce.

— Você veio até aqui porque teve um pressentimento?

— Foi, meu sentido de gêmeo estava apitando. Você tem razão — acrescenta Jamie, e não sei mesmo se ele já disse isso algum dia para mim. — Assistir a isso acontecendo da janela não tem graça.

Puxo meu robe para fechá-lo, porém, sempre que o aperto de um lado, ele solta de outro. Coxa, pescoço, não tem fim. Tom está correto. Minhas roupas não querem ser roupas. A memória da noite passada me atravessa num choque, e fazemos contato visual de verdade pela primeira vez.

Tom está com o cabelo desgrenhado, lábios rosados e pupilas dilatadas, tudo o entregando. Ele parece ter rolado pela cama comigo. Parece ter sido lambido, beijado e levado ao limite por mim, várias e várias vezes, os minutos se derretendo em horas, ofegando e gemendo, *por favor, por favor*. Quem é que sabe qual a minha aparência. Talvez, bem parecida com a dele.

A atenção de Tom está presa no meu pescoço; em seguida, ele fita a linha do telhado com uma concentração severa.

— Vamos lá, se vista. Quero ver a casa. — Jamie vai até o carro e tira de lá uma mochila de pernoite. — Obrigado por ir me buscar.

— Você sabia que ele estava vindo? Mas que diabos, Tom?

Tom pega Patty no colo.

— Eu disse a você. — Ele é tão impossivelmente frio, considerando-se as circunstâncias. — Fiquei acordado até bem tarde, conferindo os prejuízos causados pela chuva, e vi a mensagem do senhor Impulsivo aqui. Você sempre tem que pegar o voo noturno, não é?

— Barato. — É tudo o que Jamie diz.

— O título da sua autobiografia? — Sorrio quando os olhos cinzentos dele se voltam para mim.

— Nem comece. Que caralhos você estava aprontando essa noite?

Jamie enfia a mão no meu cabelo e o ajeita com dedos de especialista. Ele está arrumando meu cabelo para deixar como o seu. Sou patética, porque a sensação é maravilhosa.

— Tenho a impressão de que minha irmã caçula andou se exaurindo na horizontal, a julgar por esse chupão. Tem certeza de que não estava correndo atrás de um cara pela lateral da casa?

— Hahaha — respondo.

Jamie olha para Tom.

— Essa era uma das suas tarefas. Livrar-se dos caras até eu encontrar uma opção de marido para ela. Presumo que você não estava em seu posto de vigia essa noite. Não te culpo.

Ele se refere à lona e à chuva. Está olhando agora para a lama nos meus sapatos.

— É sério, vá se trocar. Esse robe é imoral.

Jamie pega sua mochila e caminha até a porta da frente, procurando sua chave.

Consigo chegar até a metade da lateral da casa antes que meus sapatos afundem por completo.

— Estou atolada.

Tom me levanta com um braço em volta da minha cintura e me carrega pelos últimos metros até meu banheiro particular. Quando ele foi entregue, Tom desenhou uma boneca de palito na porta com uma canetinha. Eu o amo por isso. Ele me deposita na escada de metal e Patty ainda está em seu outro braço. Honestamente, esse é o único jeito de viajar.

A pele dele tem um cheiro diferente e adorável.

— Obrigada — digo.

O robe se abriu de um jeito indecente, e ele tenta unir os dois lados com uma só mão, sem muito sucesso. A escada me colocou no nível do olho dele. No nível dos lábios. Eu me aproximo, mas ele foge.

Desiste do robe.

— Posso, por favor, comprar um robe novo para você?

— Isso seria um gesto muito romântico. Escolha um bem curto e sedoso.

Sorrio ante a expressão exasperada dele.

— Mais curto e sedoso do que esse? Por favor, não ande por aí desse jeito. Vai que o pessoal chega mais cedo...

— Isso foi uma emergência e você sabe. Não me diga o que vestir, não gosto disso. — Eu me apoio na porta atrás de mim e mordo o lábio. — Ei. Nós estamos com o cheiro um do outro.

Ele tenta em desespero me calar. Cruzo os pés descalços na altura dos tornozelos e olho para o corpo dele, o cérebro cheio de pensamentos agradecidos e lembranças eróticas, até ele encontrar palavras.

— Você precisa parar de me olhar desse jeito, é sério. Eu te acordei para avisar que estava saindo para o aeroporto. Tivemos uma conversa completa a respeito. Você estava praticamente em coma. — Ele sorri, a despeito do estresse. — Você disse: *Tá bom, Valeska. Pega!*

Ouvimos a voz de Jamie ecoando no espaço vazio. Ele podia estar no telefone ou, com a mesma probabilidade, falando consigo mesmo em voz alta.

— Juro, ele devia falar até no útero. Tom, eu mal consigo andar. A cada passo, eu sinto você. Meu corpo está tão... se apertando. Agora que você esteve em mim, tudo o que consigo sentir é um vazio.

Os cílios dele estremecem e ele engole seco.

— Se ele tivesse pegado um táxi...

— Nós estaríamos nos beijando no paraíso agora mesmo. Tudo bem. Vamos só falar com ele.

— O quê, agora?

O pânico o deixa com olhos doidos.

Entro no banheiro e fecho a porta.

— Agora, sim, claro. Você acha que vou abrir mão de ter mais daquilo que tive essa noite, só por causa do meu irmão? Estou surpresa por estar tão calma, na verdade.

Lavo minhas mãos e as seco em uma das toalhas de rosto de Loretta. Minha bolsa de cosméticos está aqui, mas olho para o espelho opaco e não preciso deles. Estou com o olho esfumaçado, lábios rosados feito marshmallow e uma marca roxa na garganta. Cabelo de menino e corpo de menina. Estou sexy pra caramba.

— Fiquei muito bem assim. Será que você pode bagunçar minha maquiagem para mim toda manhã?

Ele não diz nada. Espero que ainda esteja ali fora.

— Esse foi um belo toque.

Abro a porta e indico meu pescoço. Levanto minha mão para arrumar o cabelo dele, mas Tom recua um passo, saindo de meu alcance.

— Não podemos dizer nada para ele. Não podemos.

— Você já é bem grandinho — digo a ele, de sopetão, apesar de minha confiança começar a falhar. — Eu sou bem grandinha. Nenhum de nós tem oito anos. Vamos só contar a ele e lidar com isso. — Olho para a casa. — Talvez ele fique contente. Ele odeia minhas escolhas habituais. Você é, tipo, a opção suprema.

Meu cérebro imita Jamie num volume tão alto que eu me retraio. *A opção de marido.*

— Preste atenção em mim — diz Tom, a voz como aço. — Ele não vai ficar contente. Ele vai cortar meu pau fora.

— Eu te protejo. Absolutamente amo seu pau. Não deixei isso claro o bastante essa noite?

A expressão dele assume que sim.

— Se contarmos a ele, a reforma será um fracasso com certeza.

Ele olha para a casa. Os primeiros raios rosados de sol significam que a equipe em breve vai aparecer. Tom tem ainda mais coisas em seu prato, mais papéis para desempenhar. Funcionários e notas para pagar. Heranças para proteger.

— Estou te ajudando agora, tonto. Somos um time.

— Se contarmos a Jamie, ele vai ficar com raiva e magoado. Ele acha que sabe de tudo, mas nunca imaginou que isso aconteceria.

Não tenho remorso.

— Ele aguenta.

— Ele está trabalhando na cidade já faz um tempinho e desconfia que todo mundo está puxando seu tapete. Exceto eu. Sou uma das poucas pessoas em quem ele confia. Do mesmo jeito que você confia em mim. Por completo, cegamente.

Tom amolece um pouco.

— Você não sabe como é sentir esse tipo de responsabilidade.

— Talvez ele seja um romântico em segredo — tento, mas é ridículo pensar isso.

— Ele vai se sentir tão traído que vai nos contrariar em tudo, por questão de princípio. Se quisermos pintar a casa de azul, ele vai insistir em rosa. Vai querer recolocar a parede no lugar. Terei que cancelar cada coisa que já encomendei. Ele é a pessoa que vai fazer da minha vida um inferno.

— Talvez eu seja a outra pessoa a fazer isso. — Lanço um olhar exasperado para Tom. — É melhor eu me vestir para poder te apoiar durante essa crise mental e profissional.

— Leve isso a sério. Você será perdoada, não importa o que ocorra, Princesa. — Os olhos de Tom estão raivosos agora. — Já eu, estou completamente fodido.

Tom coloca Patty no chão e passa os braços por baixo de mim. Sou erguida com facilidade, como uma cachorrinha sendo carregada longe do chão sujo. Não há evidência de esforço nele quando damos a volta na casa, passamos pelo lago dos peixes e pegamos o caminho até minha porta.

— Você sabe como ele é. Por favor, Darce, temos que manter isso em segredo até a casa estar pronta. Se não conseguirmos uma boa venda...

Ele se impede de dizer mais.

Tom me coloca no limiar do estúdio e olha para meu robe, e nunca vi um ser humano mais em conflito. Ele deve lamentar o dia em que foi encontrado pelos Barrett. Meus pés estão limpos como os de uma princesa. Patty entra depois de nós, enlameada e irritada.

— Você nunca se importou com dinheiro. Eu tenho que me importar.

— Eu me importo. Por que você acha que trabalho no bar?

Ele bufa de maneira insultante.

— Com certeza, isso não cobre nem seu gasto com vinho.

— Cobre meu seguro-saúde — disparo de volta, furiosa. — Você acha mesmo que sou uma princesinha preguiçosa, vivendo às custas dos meus pais, né? Não pego um centavo deles.

— Mas se precisasse, eles te dariam qualquer coisa que pedisse. Isso não é algo ruim — diz ele, com mais suavidade. — É o que me ajuda a dormir à noite. Sempre haverá alguém cuidando de você.

É verdade. Abaixo de mim há múltiplas redes de segurança. Se eu perdesse tudo aqui, apenas me mudaria para um dos muitos quartos vazios na casa dos meus pais. Mamãe talvez me traria café na cama e abriria as portas venezianas para eu poder olhar para o mar.

— E você está prestes a receber uma herança. Sua situação financeira está ótima. Enquanto isso, eu preciso de dinheiro. — A sombra de um sorriso passou por sua boca. — Você acha que me arrebento desse jeito num canteiro de obras durante cinquenta semanas por ano por diversão? — Ele expira lentamente, num sopro. — Acho que não conseguiria lidar se meu negócio fracassasse antes mesmo de começar.

Eu me retraio, compassiva. De jeito nenhum quero que ele viva com a mistura horrível de fracasso e vergonha que sinto toda vez que olho para os buracos deixados pelos parafusos na porta da frente. Então penso em como, das últimas três vezes que fui impulsiva, não deu certo. Rasgando a oferta do empreiteiro, minha tentativa de comprar o anel de Jamie.

O incidente do *entra em mim*, nem um minuto depois de descobrir que Tom estava solteiro.

— Tá bom, tá bom. Estou disposta a esperar e montar uma estratégia. Você sabe que eu faria qualquer coisa para te ajudar. Jamie idiota. — Olho pela gola do robe para meu piercing. Tom o trouxe de volta à vida. O robe de seda roçando contra a pele é insuportável. — Ele literalmente nunca tira folga do trabalho.

— Ele está aqui, e essa é a sua chance de voltar a ser a melhor amiga dele.

— Esse cargo é seu — aponto, e Tom chacoalha a cabeça.

— Como é que você sempre entende errado? É seu. Você é a melhor amiga dele e ele está sofrendo sem você. Se vocês não perceberem isso agora e superarem essa briguinha besta que tiveram, pode ser tarde demais para os dois. Não jogue isso fora por minha causa. Vocês são gêmeos. Eu sou o vira-latas que veio do outro lado da rua.

— Não é, não! — Posso ver agora a amplitude do que ele está tentando realizar aqui. A reforma da relação entre os gêmeos. — Isso é a sua cara. Fazer sacrifícios, arrumar e se distanciar. Sumir no pano de fundo. Não se eu puder evitar, cacete.

— Cadê vocês, gente? — Jamie está na porta dos fundos. — Tom, que diabos há de errado com o teto da cozinha?

— A cozinha? — Tom está perturbado. — Já estou indo. Por favor, Darce — termina ele, num sussurro. — Por favor, me ajude a manter tudo sob controle.

— Dê aqui seu telefone, então — peço, e ele o coloca no bolsinho do meu robe. — Onde, diabos, está aquele tal de Chris? Ele já deveria estar aqui a essa hora. Devo ligar e comer o toco dele?

— Eu ficaria muito agradecido — diz Tom, afastando-se alguns passos quando a porta dos fundos se abre com uma pancada. A cena dispara uma sensação de *déjà-vu*. Acho que sempre estivemos um pouco perto demais.

— Pare de desperdiçar o tempo dele — dispara Jamie para mim, enquanto desce os degraus fazendo barulho. — Temos mais o que fazer. Espero que você vá consertar esses degraus, Tom.

Observamos Jamie ir até os banheiros químicos. Ele abre a porta do masculino.

— Ah, nem fodendo.

Ele entra no meu.

— Aquele é o meu banheiro. Agora estou com mais vontade de chorar do que nunca.

Exalo e coloco a mão sobre os olhos.

Eu me forço a confiar em Tom e enxergar as coisas sob a perspectiva dele. Vejo tudo o que ele tem a perder com mais clareza do que minhas potenciais perdas. Ele sempre vai me carregar. Nunca tropeçará nem me deixará cair.

Mas não consigo me segurar. Já me senti assim antes, muitas vezes. Meu eu inseguro e espinhoso diz:

— Então a noite de ontem foi um caso isolado.

— Claro que não. Mas, enquanto ele estiver aqui, não posso tocar em você. Você não pode olhar para mim. Não somos... nada.

— Uau, então não somos nada — eu me espanto, num cochicho fingido, enquanto a dor começar a tremeluzir. — Engraçado, não pareceu nada. Sinto que tive cada centímetro glorioso de Tom Valeska ontem à noite. Repetidas vezes. Várias e várias vezes, me fazendo gozar mais do que já havia gozado na vida.

Minhas palavras causam uma reação em cadeia: meu corpo se move, o dele se move, e nós dois olhamos para a cama. É uma bagunça, um desastre. Queremos estar deitados ou apoiados nela. Qualquer variação possível, queremos nos mover, ir fundo.

Eu faria sexo com ele num desenho a lápis dessa cama.

Fico na ponta dos pés, agarro Tom pela nuca e trago sua boca para a minha. É instantâneo. Ele me entrega tudo num piscar de olhos, uma intensidade tão forte que perco a capacidade de enxergar cores. Sinto uma superfície debaixo do meu traseiro; estou na beira da minha mesa de trabalho e ele está entre as minhas pernas. Dez segundos. Juro que levaria mais dez segundos para ele estar dentro de mim outra vez. Puxo seu cinto de couro e solto a fivela.

— Dentro, dentro, dentro — ordeno enquanto ele muda o ângulo de nosso beijo. Contra mim, sinto um tremor percorrer o corpo dele. A noite passada não aliviou nada entre nós. Só piorou. Piorou muito.

Agora ele está de costas para mim, os ombros subindo e descendo, agitados.

— Merda — bufa ele. — Está vendo o que quero dizer? Não podemos fazer isso na obra toda.

— Merda, de fato. — Levo a mão até a garganta, onde meu coração está entalado feito um sapo. — Se não tivermos cuidado, estarei grávida de três meses com trigêmeos gigantes seus quando o adesivo de "vendido" for colocado.

Os ombros dele estremecem e rolam. Ele dá meia-volta e tenho certeza de que vai retornar e terminar o que começamos agora. Com força. Tudo nele está retesado. Meu Deus, os olhos dele... Por um segundo fico apavorada. Provoquei algo que não sei se consigo dar conta.

Mas ele tem a força de vontade que me falta e assisto enquanto guarda tudo de volta.

Cruzo as pernas e tento, em vão, puxar o robe, fechando-o.

— Você acha que consegue parar de fazer isso comigo por mais três meses? Acha que podemos só fingir?

O corpo dele diz que não. Mas ele retruca:

— Venho fingindo perto de você desde que cheguei à puberdade. Posso fazer isso por mais alguns meses. Olha, pensei que tínhamos tempo, e não falei muita coisa na noite passada. — Tom está pesaroso. — Sacana, você sabe que é especial para mim, não sabe?

— Sei que você me ama — respondo, sem pensar. Ele despedaçou meu mundo na noite passada. Seu amor está pressionado em minha pele, entrou nas minhas células por meio de beijos. — Como poderia não amar?

Ele cai na risada em resposta.

— Tá aí a confiança Barrett de que tanto gosto. — Ele se arrisca e se aproxima, pressionando um beijo cuidadoso em minha bochecha. — Amo, sim. Mas você não sabe o quanto.

Coloco a palma da mão em seu maxilar e beijo seu rosto.

— Não se preocupe. Eu sei. Você sempre me disse, de um jeito ou de outro.

Jamie provavelmente está secando as mãos a essa altura ou bisbilhotando minha bolsa de cosméticos. Talvez aplicando corretivo sob os olhos. Eu não me surpreenderia.

— Você não sabe, mesmo. Princesa, você é a única garota com quem que eu nunca, nem em um milhão de anos, achei que conseguiria ficar. — Ele dá um beijo na minha têmpora. — Espere por mim mais um pouquinho. Por favor.

Ouvimos a voz de Jamie — *Tom!* —, a porta se fecha e lá se foi Tom.

Eu me sento de um jeito pesado em sua cadeira de escritório. O que é essa coisa linda e complicada que desenrolamos na noite passada? Talvez não seja uma bolha isso que temos. Um balão murcho de ar quente feito de seda preenche esse espaço. Ele tem todas as cores; pode flutuar e nos levar a vários lugares, mas uma única costura solta pode acabar com tudo.

Ainda assim, preciso aprender a ser otimista. Afinal, Tom não terminou tudo comigo agora há pouco. Ele me pediu para esperar por ele. Ele me ama. Eu me espreguiço suntuosamente sabendo disso — ele é meu e vai ser meu para sempre, até morrer.

Enquanto reviro aquela última parte da conversa em minha mente, percebo algo que me deixa nauseada.

Cometi o mesmo erro de quando tinha dezoito anos. Ele me ama? *Eu sei.*

Não faço nada além de tomar, tomar, tomar. Nunca falo de sentimentos com um homem com quem fiz sexo. Meu cérebro simplesmente não pega esse rumo lógico, o de responder da mesma forma.

— Ah, caralho — digo, em voz alta.

Patty inclina a cabeça para mim, percebendo o desespero em meu tom de voz.

— Patty, eu não disse *eu te amo* de volta para ele.

CAPÍTULO 20

FICO OUVINDO ÀS ESCONDIDAS enquanto caminho sem fazer barulho pelo corredor dos fundos, duas xícaras fumegantes de café nas mãos e Patty trotando mais adiante, indiferente aos problemas que me causou hoje cedo.

— E aí, ela surtou? — diz Jamie.

A sala ecoa, graças à decisão executiva de Tom.

— Sim. Não vou fazer isso outra vez — responde Tom, e há um ruído de tijolos sendo movidos. — Ela comeu meu toco. Sério, por que ainda te dou ouvidos?

Jamie responde como se isso fosse uma pergunta idiota.

— Porque você dá a ela tudo o que ela quer. Se você perguntasse antes, ela faria aqueles olhos enormes para você, e você estaria reconstruindo uma lareira que vai nos custar dinheiro na venda. Ah vá, a casa parece imensa. Ela vai superar.

— É, conheço esse olhar que você está falando. Ela é boa nisso. — Tijolos, um grunhido. — Acho mesmo que retirar a parede era o melhor para a reforma. Mas ela não é algo que a gente deva contornar.

— Olha, ela meio que é, sim — solta Jamie, em seu jeito maldoso de sempre.

Tom responde num rosnado.

— Ela também é proprietária. Nunca mais faço isso. Sai daí, Patty.

— Tá bem — concorda Jamie, depois de um instante. — É melhor contar a ela sobre a sala de jantar agora.

Exasperação.

— Não vou contar a ela. Vou perguntar a ela.

— Perguntar o que para mim?

Entro como se tivesse um timing impecável.

— Bom, e aí? Chris vai chegar daqui a quinze minutos. Como estou, chefe? — Abro um sorriso amplo para Tom. — Finalmente, estou de uniforme.

— Ficou meio grande — diz Jamie, com desdém.

Lanço um olhar raivoso para ele.

— A Truly vai arrumar para mim.

Tom encara minha camiseta da Serviços de Construção Valeska e acho que estoura uma veia dele. Ou ele sufoca. Algo instantâneo e doloroso. É uma camisa polo fluorescente e enorme, num tecido de que não gosto. Está desabotoada no colarinho e a parte de cima do meu sutiã está aparecendo. Esse sutiã é um dez na escala Richter. Sou uma pessoa má. Enquanto ele observa, junto a barra da camisa e dou um nó no quadril.

— Ficou boa — comenta Tom, feito um robô, mas estou francamente surpresa por ele não ter se aproximado, me jogado por cima do ombro e me carregado para fora.

— Quem é Chris? — Jamie odeia ficar por fora do que está acontecendo. — Por que ele vai chegar daqui a quinze minutos?

Entrego a segunda caneca que estou segurando para Tom.

— Ele vai reforçar os alicerces na parte em declive do terreno. E está atrasado. Eu disse a ele para trazer donuts como pedido de desculpas pelo atraso.

— Preciso demais disso aí — diz Jamie a Tom, com um leve tremor na voz. Ele estende dois dedos para a caneca de café. — Passa pra cá.

Açúcar é o meu tipo sanguíneo; cafeína é o de Jamie. É a muleta que o mantém de pé e funcional. Tom apenas dá um gole como resposta. Bate aqui.

Jamie funga.

— Onde foi que você conseguiu isso aí?

— Darce tem uma cafeteira no quarto dela — diz Tom, congelando em seguida, como se tivesse sido flagrado.

— Tá, trinta segundos. — Jamie faz uma linha reta para a porta dos fundos. — É melhor haver uma terceira caneca.

— Não podia cobrir isso com maquiagem? — Tom está olhando para o chupão no meu pescoço. — Vou ter que lidar com caras olhando para isso o dia todo, pensando em você. — Uma lembrança deixa seus olhos pretos. Ele pressiona o polegar contra a mancha e, sem dúvida, sente minha pulsação. — Isso é meu. Só eu posso olhar.

Inevitável que eu me erga na ponta dos pés e pressione um beijo em seu maxilar. A barba por fazer é como cristais de açúcar nos meus lábios. Ele se esqueceu do meu irmão. Ele se esqueceu de qualquer um que não seja eu.

— Que olhem. Sei quem deixou isso em mim.

— Eles também vão saber. Não são burros. — Ele olha para a porta dos fundos e suas próximas palavras são quase inaudíveis. — Não consigo acreditar que Jamie não está percebendo. As suas roupas praticamente caem do corpo perto de mim. — Sua unha se arrasta sobre o bordado da empresa. — Sou um animal por amar ter o meu nome no seu peito?

— Você sempre foi um animal, Valeska. Alguma hora te explico. — Levanto-me até seu ouvido. — Quando eu estiver usando só isso e mais nada.

Estou perdendo tempo. Tenho apenas um minuto. Eu nunca disse *eu te amo* para um homem, e este aqui é o único a quem direi. Como é que eu faço isso direito?

— Ei, o que você estava falando antes...

Como é que eu estruturo isso? Tenho medo de que vou abrir a boca e gritar na cara dele. Engulo seco e solto uma fungada.

— Eu queria te dizer que...

— Eu sei.

Ele me interrompe com tranquilidade e saio da ponta dos pés. Ele sabe? Ou não quer ouvir minha tentativa lamentável de declaração? Ele sabe que sou emocionalmente atrofiada e está tentando me poupar. Que embaraçoso não ser capaz de me equiparar à suavidade e à profundidade dele.

Ele passa a mão pelo meu colarinho para ajeitá-lo, mas acaba me puxando mais para perto. Abaixa um pouco para inspirar meu pescoço.

— Espero que o Alex tenha lavado essa camisa.

— Ele lavou. Acho. — Isso era o que vinha fácil para nós. O desejo.

A ideia do cheiro de outro homem em mim reduz Tom à sua versão mais primitiva. É palpável; o ar estala, elétrico, e fico desesperada por suas mãos na minha pele. Ele está duro contra mim. Se estivéssemos sozinhos, ele me colocaria contra uma parede e meteria em mim.

Ouvimos meu irmão resmungando e Tom coloca alguns metros entre nós.

— Não sei como você é fisicamente capaz. — Olho para a parte da frente da calça de Tom. — O que é preciso para te deixar esgotado?

Ele ainda está olhando para o nome dele em mim.

— Talvez seja impossível.

Um dos meus joelhos cede ao pensar nisso.

— Mas enfim, que diabos? Nem uma gota do buraco imenso no teto, mas a cozinha tem uma espinha cheia de água?

Aponto para o volume pesado no teto da cozinha.

Tom dá de ombros, sem se alterar.

— Bem-vinda à minha vida.

— Contei quatro embalagens de camisinha no chão. Estou impressionado, Darce. — Jamie anuncia tão alto que ouço os pombos no telhado levantando voo e Patty late.

Tom se derrete numa poça, vazando entre as tábuas do assoalho.

— Quase foram cinco — cochicho para Tom. — Mas... prioridades.

Eu me lembro da mão dele em meu cabelo, puxando o couro cabeludo, implorando. *Darce, Darce... não... tá, sim.*

Quase me sinto mal por atormentá-lo. Seu café está escorrendo em fio para sua bota. Passos escalam a escada dos fundos, mais pesados do que os meus, mas na mesma cadência. A porta telada se abre num repente e Jamie está de volta.

— Deus do céu, nem eu sou tão prolífico. Eu cumprimentaria o cara, se não estivesse dando uma surra nele. Não é de espantar que você estivesse à beira de uma parada cardíaca. — Jamie entra gingando, café na mão. — É melhor deixar ela se recuperar agora de manhã, Tom.

— É, Tom. Talvez você devesse pegar leve comigo.

Tomo um gole da minha caneca bastante apropriada.

Sei que toda essa situação é extremamente séria, mas sinto pontadas de tanto segurar o riso.

— Minha virgindade já se foi há muito, muito tempo. Não sei por que você está tentando se mostrar todo machão e fraternal. Não está impressionando Tom.

— Ei, não estou vendo esse cara misterioso aqui agora, não é? — Jamie me dá uma olhada e eu, por milagre, não cedo sob a pressão. — Qualquer cara que apenas te dá as costas depois desse tipo de esforço é um bosta. Será que você não consegue encontrar alguém que te leve para comer panquecas no dia seguinte?

— Ele com certeza levaria. Só está... ocupado. Espera, é isso o que você faz?

Nunca encontrei uma garota tomando café nessa cozinha. Talvez Jamie tenha ficado romântico desde que se mudou para a cidade.

Jamie coloca a mão no quadril.

— Pode ter certeza que sim. E aposto que Tom trataria uma mulher melhor do que isso. O que você faria se visse um cara saindo escondido do quarto dela de madrugada?

Tom olha para sua caneca de café, pensando. Ele pode passar nesse teste de Jamie com facilidade. Seus olhos encontram os meus, e há uma honestidade brutal neles.

— Eu o comeria na porrada.

Lanço um olhar fulminante para ele.

Jamie assente para Tom, satisfeito.

— Arrume alguém decente, Darce. Tom e eu queremos nos embebedar no seu casamento e sarrar nas madrinhas.

Ele começa a dançar de um jeito lento e sensual, com a caneca erguida na sua frente. Jamie descobriu aos cinco anos que as mulheres adoram um cara que saiba dançar, e isso funcionou bem para ele.

— Saca só essa rebolada.

É uma bela rebolada. Ele nem derrama café. Tom e eu rimos, o que apenas o encoraja. Isso é o que acontece nas festas. Jamie se empolga, forma-se um círculo de gente batendo palmas em torno dele, e ele acaba beijando uma garota contra a parede perto dos banheiros.

Balanço a cabeça.

— Se você fizer uma dancinha coreografada no meu casamento, vou te matar, Jamie.

— Ele faria mesmo — concorda Tom, os olhos afetuosos. Ele ama o ridículo do meu irmão.

Jamie está sorrindo.

— Vou fazer uma com sua amiga mais gostosa. Quem é?

— Você sabe quem é. — Eu espero e espero, até ser forçada a fornecer o nome. — Truly Nicholson, do ensino médio. Ela é uma fofa. Se eu fosse gay ou o gêmeo menino, me casaria com ela.

Jamie engasga e tosse. Acho que ele prefere suas mulheres um pouco mais magrelas. Agora a graça acabou.

— Então, queremos te dizer que… Não, espera. Tom, você faz isso. Você é bom em pedir as coisas para ela. — Jamie me considera, pensativo. — Aposto que ela diria sim para qualquer coisa que você pedisse.

— Eu diria que você está correto — minha boca solta, sem permissão. Os dedos dos meus pés se encolhem dentro dos sapatos.

Tom reinicia seu computador central durante um longo gole de café.

— Agora que isso aqui se foi — pontua ele, referindo-se à parede —, acho que deveríamos transformar a sala de jantar num terceiro quarto. Esse é um chalé com dois quartos, o que não é muito atraente para uma família em busca de uma casa. Se quiséssemos, poderíamos fazer dele o quarto principal e acrescentar um banheiro anexo, uma suíte. Um quarto extra e um banheiro extra.

Jamie completa o pensamento.

— Dinheiro extra. Muito extra.

— Claro — digo e termino meu café num gole quente.

— Espera aí, como é? Você simplesmente concordou?

Jamie segue atrás de mim quando entro na cozinha.

— Como assim, simplesmente concordei? Sou a irmã razoável, quando me pedem do jeito certo.

Dou uma olhada para Tom e ele se retrai, contrito.

Ainda há azulejos na parede onde ficava a bancada na cozinha. Pego o pé de cabra e os retiro com movimentos pequenos e organizados, porque sou uma exibida.

Digo a Tom:

— É uma boa ideia. Mas, se vamos cortar todos os arbustos, vai entrar luz nesse quarto à noite. Precisaremos de cortinas boas. E quero que a lareira de lá seja mantida. Nem que seja apenas como decoração.

— Tudo bem — diz Tom. Há um traço de descrença no tom dele.

— Espera, espera, espera. Estamos todos de acordo? Este lugar ficará pronto rapidinho. — Jamie olha para o pé de cabra. — Deixa eu tentar.

— Não.

Tento segurar a ferramenta, mas é inútil. Meu irmão é a versão maior e mais musculosa de mim. Ele retira o pé de cabra da minha mão com dois dedos. Olho acima de nós.

— Esse dano causado pela água parece feio.

— Tom vai arrumar — anuncia Jamie, sem nem pensar.

A cada vez que ele fala essas coisas com tanta confiança, a pressão sobre Tom piora.

— Nós todos vamos arrumar, juntos.

Coloco a mão no telefone dele no meu bolso. Eu me pergunto o que mais Jamie e eu podemos fazer para ajudá-lo a respirar um pouco mais livremente.

— Você não vai fazer mais nenhum outro trabalho — diz Jamie para mim. — Você estava um fantasma não faz nem meia hora e esteve acordada a noite *tooooooodinha*. Está demitida.

— Tomei meu remédio. Tom, estou bem agora. Diga a ele.

Jamie bate de leve com o pé de cabra na própria mão.

— Não, diga você a ele como ficou tonta no banheiro e apenas desabou depois de um dia sem comer. Você estava toda branca por causa da hipoglicemia. Meu espião me passou essa atualização.

— Não desabei, não. — Olhei de um para o outro. — Tom, não foi nada.

Os olhos dele mudam enquanto minha pequena traição, do tamanho de um coração, é compreendida.

— Mesmo quando não estou aqui, se algo importante acontece, eu sei.

Jamie me afasta com o ombro e começa a esmigalhar azulejos. Ele está deixando grandes cacos intactos em vez de retirá-los por completo.

— Estou protegendo meus investimentos.

Meu irmão está executando um serviço porco com um sorriso na cara. E por que faria qualquer coisa com cuidado ou perfeição? Ele nasceu homem.

— Conexões, mais o sentido de gêmeo, é igual a Jamie sabendo de tudo. E sei que vocês estão ficando muito chegados.

Não me permito nem sequer piscar.

— Deixe eu continuar tentando.

— Não. — Tom está com raiva por eu ter mentido. — Chega de serviços braçais.

Patty olha para mim mais vigilante do que de costume, equilibrada no triângulo do braço dele.

— Ótimo. Não faz nem uma hora desde que meu irmão chegou e já estou sendo expulsa do meu próprio projeto.

Tom olha para seu relógio.

— Daqui a um ou dois minutos, aquele telefone vai começar a tocar e não vai parar mais, acredite. Tenho uma porção de equipamentos alugados para ir buscar e orçamentos que não terminei de pegar. Você sabe que é para isso que preciso de você.

— E, olha só, ela tem uma cafeteira — relembra Jamie.

— Você não está demitida — diz Tom, com um olhar violento para as costas de Jamie. — Só foi transferida. Foque na placa de vendido, não numa caixa de azulejos quebrados. Veja o quadro maior comigo aqui, sacana.

Preciso recuar um passo e retomar o quadro maior e mais bonito: eu, beijando Tom Valeska todos os minutos de todos os dias, até morrermos de exaustão. Não faz sentido ficar arrancando papel de parede se eu estiver morta demais para ficar com ele depois que o cheque da venda for depositado.

Tom está falando como se Jamie não estivesse aqui.

— Nunca administrei meu próprio negócio, mas você já. É com isso que preciso de ajuda. Os Serviços de Construção Valeska não funcionam sem você.

A fera protetora dentro de mim não consegue recusar.

— Meu cargo pode receber um título?

— Subgerente de obras da Serviços de Construção Valeska, que tal? — Tom tem uma faísca nos olhos quando eles descem até a parte na camisa polo que está mexendo com ele mais do que um conjunto de lingerie cheio de tirinhas. — É, combina com você.

— Ouviu isso, Jamie? Acabo de ser promovida.

Eu me pergunto se foi só porque dormi com o chefe.

— Ele tem um ponto fraco por você do tamanho de um campo de futebol — resmunga Jamie. — E você se aproveita disso, subgerente Darcy.

Acho que minha boca está se curvando num sorriso, porque Tom me dá uma olhada que diz *nem pense nisso*.

— Qual é a sua próxima reforma? — Jamie não espera que Tom responda. — Vou comprar aquela casa na rua de trás da dos meus pais. Não é na frente da praia, mas ainda é um bom local, e muito barata. Mas que tranqueira. Preciso que você a deixe habitável.

— Talvez — enrola Tom. Sei que ele está pensando em seu erro de cálculo no orçamento.

— Depois disso, Tom não vai fazer mais nenhum favor para nós. — Tento tomar o pé de cabra de volta. — Ele está livre e desimpedido.

Jamie está fazendo uma bagunça brutal com os azulejos. Em sua mente, ele decide que vai convencer Tom e segue em frente. Próximo assunto.

— Preciso ver se consigo um tempo de folga para sua consulta do coração. Passe a data.

— Como é que você se lembra dessas coisas? Você não precisa fazer isso.

— Natal, Páscoa, coração da Darcy. Fui com você todas as vezes, desde que você nasceu — diz Jamie, balançando o pé de cabra ao lado do corpo como se estivesse pensando em arrebentar meu crânio com ele. — Faz dois anos que você pula a consulta. Essa porcaria deve estar prestes a abrir o bico. Mesmo que não estejamos tecnicamente conversando um com o outro no momento, eu ainda vou.

Ele pegaria um avião para vir à minha consulta médica?

— Por quê?

— Sou seu doador de órgãos ambulante. É melhor estar disponível.

— Você só tem um coração, seu idiota.

— Eu sei — aceita Jamie. — Estou mantendo-o quentinho para você.

Meu gêmeo idiota ainda me ama. Não consigo evitar: passo meus braços em volta dele e aperto até sentir as costelas de Jamie estalarem. Ele faz o mesmo comigo e agora estamos travados num clássico estrangulamento Barrett. Cada vez mais apertado.

— Ai, ai — grito, enquanto minhas botas saem do chão e Jamie começa a me chacoalhar de um lado para o outro feito um cachorro. — Foi demais, Jamie, me põe no chão.

Patty está pulando embaixo dos meus pés, latindo e mordendo. Ouço Tom rindo. A vida é dourada. Vou viver para sempre.

— Manda as informações da consulta para mim — repete Jamie quando me põe no chão. Ele está corado, rosado, sorrindo. Tenho certeza de que estou igual.

— E se eu quiser levar mais uma pessoa?

Talvez a presença de Tom na consulta ajude esse negócio a bater corretamente, pelo menos uma vez.

— Quem? O senhor Chupão? Apresente-o para mim, e aí penso no assunto. — Jamie sorri para Tom, querendo que ele se junte à brincadeira de *vamos zoar com a Darcy*. Ele me empurra para fora do nosso abraço, mas não com maldade. — Não sabia que você tinha enfim revelado sua situaçãozinha cardíaca para um cara. Deve ser sério.

— Talvez eu te apresente. Você vai gostar dele.

— Duvido. Você já viu esse cara, Tom? Deixe eu adivinhar. Ele tem eternos dezessete anos, com um canivete no bolso.

Tom não consegue segurar e ri alto. Jamie fica satisfeito e começa a atacar os pedaços restantes de azulejo na parede.

— Vou te apresentar para um cara com quem trabalho. Um ser humano adulto do sexo masculino. Vai ser uma novidade para você, Darce. — Jamie sorri para Tom, querendo ver se ele ri dessa. — O nome dele é Tyler.

— Não precisa dizer mais nada. Ele parece repugnante.

— Não é culpa dele seus pais terem lhe dado esse nome. Ele é alto, gosta de caminhadas, animais e toda aquela merda que a mulherada adora. Tem uma moto e é boa pinta. — Ele se vira para mim para destacar seu melhor argumento. — Uma moto.

Atrás dele, Tom cruza os braços.

— Ele vai estar por aqui para uma conferência na semana que vem. Passei seu endereço para ele. Virá te buscar e você pode dar um passeio. Na moto dele. — Para Tom, Jamie dá uma piscadinha conspiratória. — Um dos meus planos infalíveis.

Chuto a canela do meu irmão.

— Não. Se ele aparecer, vou abrir a mangueira do quintal nele. Pare de mexer com a minha vida amorosa.

— Vida amorosa? Amorosa? — Jamie gargalha. — Você nunca disse essa palavra na sua vida. Vida *amorosa?* Está mais para sua vigorosa vida sexual. — Ele estende a mão para o meu pescoço e dá tapinhas no chupão marcado ali, sem reparar como Tom está mudando atrás dele. — Espero que isso aqui desapareça antes que Tyler chegue aqui.

— Nada de planos. Esqueça esse cara — Tom aconselha meu irmão, a voz se aprofundando naquele tom que meus ovários adoram. — O que foi que acabei de dizer? Vou comê-lo na porrada.

— Não precisa — digo e manobro a conversa depressa de volta para meu irmão. — Ainda está com aquela bela greyhound altona?

— Rachel? Terminei com ela. Ela ficava me arrastando na frente de vitrines de joalherias. Estou de olho em outra pessoa. — Jamie se dá conta de algo e sua boca se abre. Torço para que seja assim que eu fique quando sorrio. — Provavelmente serei eu quem vai arrastá-la por vitrines de joalherias.

Apenas por um momento, ele está cheio de cores, como um vitral, e seus olhos ficam de um azul clarinho. Eu queria estar com minha câmera. E então ele se lembra de alguma coisa e retoma sua atividade na parede, sem muito ânimo.

Exalo.

— Bem, estou feliz por ela não ficar com a safira de Loretta. Graças aos céus. Por um acaso você não...

— Não. Ela a deixou para mim. É para a minha noiva. — Jamie diz *minha noiva* numa vozinha idiota em falsete. Que os deuses ajudem quem ele escolher para a vaga.

— Pelo menos me deixe usar o anel. Ou olhar para ele.

Segundo Loretta, a safira ficou preta depois de ser enterrada num vaso durante a guerra. Qual guerra, não tenho certeza. Será verdade? Não tenho certeza. Meu anel favorito no mundo todo agora vive um destino pior do que um vaso de flores: está no cofre de Jamie.

— Dê seu preço. — Não consigo calar a boca. — Suponho que um bilhãozinho?

Ele nunca vai ceder nisso.

— Vou precisar daquele anel um dia. O tempo não parou para os gêmeos. Está na hora de encontrarmos um par de vítimas desafortunadas para aguentar nossas bobajadas pela vida toda.

— Tenho certeza de que a *sua noiva* vai preferir algo da Tiffany. Me deixa ficar com o anel, por favor. Talvez eu... talvez eu não tenha tanto tempo assim.

Deixo minha voz soar fragilizada enquanto uso a carta do coração estragado, e Jamie vê exatamente o que estou fazendo. Até Tom meio que ri, sua irritação possessiva diminuindo.

Suspiro e desisto.

— Certifique-se de que ela seja alguém que eu não vá odiar, sentada usando meu anel quando todos nós formos naquele cruzeiro quando tivermos oitenta anos. Ela virá tomar drinques comigo antes do almoço e talvez me deixe colocar o anel um pouquinho.

Se Tom tiver uma esposa e ela não for eu, vou atraí-la para fora da cabine à noite e jogar seus velhos ossos no mar.

— Nós vamos participar de um cruzeiro quando tivermos oitenta anos? Mal posso esperar. Vou ser ricaço.

Jamie sorri, positivamente romântico sobre sua futura conta bancária. Em seguida, lembra-se de algo.

— Não alimente muita esperança. Ela acha que sou um pesadelo. Mas, sim, ela beberia durante o dia num navio de cruzeiro com você.

É um ponto dolorido e quero muito, muito mesmo apertá-lo, porque Jamie está precisando correr atrás de alguém, pelo menos uma vez. Eu já a amo, seja lá quem for.

— Bem, parece que ela te conhece. Como se chama?

— Não.

As orelhas dele estão vermelhas. A frustração me pega pela garganta. A julgar pela sua linguagem corporal e pelo pé de cabra em sua mão, é melhor eu deixar o assunto morrer. Houve um tempo em que eu sabia cada coisinha sobre o meu irmão. Como eu posso voltar a isso, se ele sempre me deixa de fora?

Eu me pergunto se Tom sabe. Ele balança a cabeça, dando de ombros.

— Mal posso esperar para ir nesse cruzeiro com você e seu marido idoso, Tyler — tenta Jamie, mas eu o interrompo com uma carranca e um aceno.

— Então estamos de acordo, isso aqui é um quarto? — Tom está na entrada da sala de jantar e também em seu inferno pessoal. Sei o que ele sussurraria sobre Tyler… no escuro, ritmicamente tirando meu ar. Esse fodido não pode ficar comigo.

Ele está prendendo algo em volta da cintura, devagar, como se fosse uma vingança. É um cinto de ferramentas, juro por Deus. Tem um martelo num dos lados. O cinto cai baixo nos quadris dele, e eu não aguento.

Tudo ferve dentro de mim, o chão vibra sob meus pés, meus ossos chacoalham, meu coração salta. Os pontos de costura da camisa que estou usando se desfazem, meu coração se desenrola como algodão e não aguento nem mais dez segundos sem beijar Tom. Coloco a mão na marca que ele me deixou e mordo o lábio. Travo tudo para não emitir nenhum som.

Ele me convenceu na noite passada que sou linda. Pela expressão em seus olhos, eu o convenci de que ele é um gênio sexual. Um sorrisinho minúsculo e convencido toca seus lábios.

— Darce? Você quer um quarto, né?

Tusso para limpar a garganta.

— Faça um quarto de princesa. Papel de parede, lareira e uma cama de dossel. Faça alguém se apaixonar por esse quarto.

— Claro, como se fosse fácil assim — responde Jamie, com sarcasmo na voz. — Ele não é seu escravo.

— Ah, é seu escravo, né? — O telefone de Tom vibra no meu bolso. — Tom, é a sua mãe. Caramba, é bem cedo para ela.

Entrego-lhe o telefone. Em seguida, viro para meu irmão. Aquela sensação familiar está no ar. Uma Batalha Barrett.

— Então você convenceu Tom a derrubar minha lareira.

Sei que isso é errado. Que não vai levar a nada de bom. Mas tenho que começar a fazer Jamie se acostumar com o fato de que Tom vai escolher a mim em vez de a ele daqui por diante.

— Eu disse que confiava nele. Não é o que você faz? Confia nele? Por que não agora? — Jamie planta os pés exatamente onde ficava a lareira e abre os braços. — A sala está imensa. Agora há uma chance de fazer com que ela pareça moderna.

Tom está falando em tons tranquilizantes ao telefone e escapa pela porta da frente.

— Ele vai explodir — digo, observando-o sair. — Quanto mais pode ser jogado em cima dele? Estou tentando ajudá-lo.

— Você nunca vai ajudá-lo. Jamais. Você é um peso extra nas costas dele. — Jamie espera que isso me magoe. Quando não funciona, ele tenta de novo. — Ele só está aqui porque eu pedi que viesse.

— Ele só está aqui porque eu estou aqui.

Acabo de falar a coisa errada, e dessa vez Jamie não confunde o que quero dizer. Ele ri e me olha de cima a baixo como se eu não fosse nada de especial.

— Quem você pensa que é? — pergunta ele com doçura. São as mesmas palavras que usou na nossa grande briga. As palavras que ecoam na minha cabeça toda vez que boto o lixo para fora no bar ou abro uma caixa com cinquenta canecas engraçadinhas.

— Quem penso que sou? Sou Darcy Barrett, caralho!

Jamie ri agora. Minha curta farsa acabou, com certeza.

— Você acha que tem alguma chance com ele?

Meu temperamento é um vulcão em erupção.

— Tenho, sim! — Aponto para meu pescoço. — Isso aqui foi ele! Ele é meu, agora! — É tão satisfatório ver o ar escapar do corpo de Jamie. É suntuoso. Eu ganhei. — Ele é meu. Ele me ama. Vou ficar com ele.

— Ficar com ele — balbucia Jamie. — Ficar com ele? Você está transando com Tom? Darcy, o que foi que a gente conversou?

— Você não suporta me ver feliz.

— Ah, e o Tom parece feliz pra cacete — contrapõe Jamie. — Você pelo menos lidou com o dia seguinte como uma adulta?

Ele vê a hesitação minúscula e vem com tudo.

— Você só fez o que sempre faz. Você se divertiu, não envolveu sentimento algum e vai cair fora da próxima vez que uma passagem entrar em oferta.

— Dessa vez, não vou, não.

Surpreendo até a mim mesma com minha intensidade. Jamie pisca e recua, mas se recupera depressa.

— Só porque não está com seu passaporte. Já o encontrou?

— Devolve. Para mim. Agora.

— Não estou com ele — diz Jamie, e está falando a verdade. Ele olha pela janela da frente, distraído. — É sério, Darce, por que você tinha que escolher logo o Tom? Ele é bom demais para você. Você se aproveitou dele. Ele faria qualquer coisa que alguém lhe pedisse.

— Bom, eu pedi muita coisa dele na noite passada.

— Viu? Compare-se com ele, faça o favor. Ele não é nada além de honesto, bom e merecedor de um final feliz. Você é apenas... — Jamie vasculha seu cérebro. — Você é um destroço humano, sabia?

A expressão perdura no ar, feito um gongo.

— Do que é que você acaba de me chamar?

Jamie se recupera tranquilamente.

— Você é lixo comparada a ele.

— Não. Diga o que disse da primeira vez. — Sinto que minhas veias estão cheias de água quente. — Você me chamou de destroço humano. Destroço humano. — Avanço para cima dele e ele começa a recuar. Imagens do telefone de Truly piscando com várias notificações começam a fazer sentido. O rubor dela. Seus olhos se desviando. O jeito como ela muda de assunto a respeito de Jamie, toda vez, sem falha. — Como? Como você chegou até ela? Truly é a sua espiã?

Pego um tijolo e jogo nele. Ele acerta a parede e arranca um pedaço. Jamie se abaixa e pega um tijolo também. Agora vai. É a Quarta Guerra Mundial, com tijolos, em vez de um aparelho de jantar.

— Posso falar com quem eu quiser — grita ele para mim e arremessa o tijolo triscando meu quadril. — Não te devo satisfações!

— Ela é minha! Minha amiga. Minha melhor amiga.

— Bom, e ele é meu.

Damos voltas em torno um do outro, furiosos. Essa é a briga que nunca chegamos a terminar. Um fio de água escorre entre nós, mas eu mal registro esse fato. Tudo o que vejo é o rosto furibundo do meu irmão, as orelhas envergonhadas e o brilho em sua testa.

Berro, frustrada:

— Como? Diga como você chegou até ela. Explique para mim. — Apanho outro tijolo e o peso na palma na mão. Imagino lançando-o no rosto dele, e é uma imagem vívida. — Você não podia deixar essa única pessoa em paz. A única pessoa que eu queria só para mim.

— Ela é minha amiga! — ruge Jamie.

— Não é, não! — Jogo o tijolo e ele arranca um naco devastador do assoalho. — Só porque você acha que é um presente de Deus para as mulheres, não quer dizer que ela vai cair nessa história.

Isso arranca um pouco do ânimo dele. Eu me lembro do que ele disse — *Ela acha que eu sou um pesadelo.*

— Estou dizendo a verdade, Darcy. Ela é uma das minhas melhores amigas. Andamos trocando e-mails.

Dou uma risada desdenhosa com isso, mas Jamie me cala.

— Eu precisava de um jeito de ficar de olho em você depois da nossa briga. Mandei um e-mail para ela no site da Ultrajes de Baixo. Ela respondeu. Eu gostei.

Eu o ataco com as mãos estendidas. Vou matar Jamie. E ela. E todo mundo.

— Jamie, seu cabeça de merda...

— Parem com isso — diz Tom, da porta aberta. Ele está com o telefone na mão e severidade no rosto. — Parem com isso, vocês dois.

Ele olha para cima. A lona que cobre o buraco no telhado está vazando.

— Saio da sala por dois minutos, e acontece isso. — Ele olha para os novos danos que causamos e o tijolo na minha mão. — O que você fez, Darcy?

— Ele sabe de tudo. Que nós estamos juntos. Você é meu, cem por cento.

Tom apenas caminha até mim e tira o tijolo da minha mão. E não diz nada.

— E aí? — dispara Jamie. — E aí?

— Não aguento mais isso — responde Tom.

Ele está frio e furioso. Algo dentro de mim começa a escorregar.

— É só dizer a ele que você me ama e que estamos juntos, e nós subimos e consertamos a lona e empilhamos os tijolos. Tom, diga a ele.

— Eu pedi uma coisa para você. Não contar a Jamie até que a casa estivesse vendida. Três meses esperando por mim. Mas isso foi pedir demais.

— Esperei minha vida inteira por você. — Mordo o lábio. Estendo a mão para ele, mas ele se afasta de meu alcance. — Desculpe. Você sabe como eu sou, eu só...

Tom olha para seu relógio.

— É, eu sei como você é. Pedi três meses. Você aguentou trinta minutos.

Ele se recusa a falar que me ama para meu irmão.

— Oi, eu tô bem aqui — anuncia Jamie, sarcástico. — Você queria mentir para mim?

Não é só isso.

— Cala a boca, Jamie. Sobre o que era aquele telefonema? O que aconteceu?

Eu me aproximo dele outra vez.

Tom exala e fecha os olhos.

— Minha mãe está sendo despejada agora mesmo. É só... móveis e gatos, e ela está surtando.

Odeio como minhas mãos não estão sendo percebidas por ele.

— A essa hora, num domingo?

— O proprietário é um cuzão. Preciso ir para lá.

A raiva dele está se apagando num desânimo assustador.

— Olha — diz Jamie, lançando os olhos para mim, alarmado. — Nós perdemos o controle, acontece, mas vamos arrumar isso...

— A gente vai agora — interrompo Jamie, com urgência na voz. — Nós vamos todos juntos e...

— Aldo tinha razão. — Tom está olhando para o buraco no telhado. — Não fui feito para isso. Não sou o chefe. Sou o músculo.

— Você está se saindo muito bem — Jamie e eu dizemos, praticamente em uníssono.

— Não teria nem chegado até aqui sem a Darcy. Não consigo administrar o telefone e a obra ao mesmo tempo. Isso é óbvio. Nada profissional, né? Recrutando a cliente? Nunca vi o Aldo fazer isso.

— Aldo tinha você a quem delegar. Você não pode delegar para si mesmo — argumenta Jamie.

Tom está inabalável.

— Então você acha que não vai ter problema quando eu me mudar para a próxima obra e a vida ficar difícil de novo para você e você for embora?

Ele olha para mim.

— Você entendeu tudo errado. Não vou a lugar nenhum. — Olho para meu irmão e arregalo os olhos. — Ajuda aqui.

— Vamos só relaxar — diz Jamie, tentando fazer a voz especial de Tom e falhando miseravelmente.

Tom coloca a mão no quadril.

— Chega de mentiras. Jamie, eu arrebentei o orçamento.

— Como assim, arrebentou? — Os olhos de Jamie se aguçam. Dinheiro é seu calcanhar de Aquiles, e está apertando. — Em quanto?

— Todos os meus cinco por cento, talvez. Usei uma planilha antiga para o projeto. Não a atualizei com os novos valores que prometi para minha equipe me acompanhar. Além disso, ainda há os custos do hotel para os três essenciais. Eu só… estraguei tudo. — Ele levanta os braços e os deixa cair. — Um único erro, completamente estúpido, e eu estava distraído demais para reparar nisso. Então, é isso. Mais munição para você ficar mencionando sem parar, pelo resto da sua vida. Hahaha, lembra que o Tom não sabia nadar? Lembra que o Tom estragou seu primeiro serviço solo?

— Quero ver a planilha — ordena Jamie. — Agora. Nós temos um contrato.

— Estou plenamente ciente. — Tom volta os olhos para mim e há uma dureza neles agora. — E venho mentindo para você a respeito de uma coisa.

— Não me importo com o que seja. — Não vou ceder sob essa pressão, seja o que for. — Não ligo se ela ainda está com sua aliança. Se o casamento voltou a entrar nos planos. Se você já está casado. Isso não vai me impedir de amar você.

Ele me silencia.

— Estou com o seu passaporte.

Tudo se esvai de mim e meu tendão de Aquiles é atravessado por uma flecha.

— O quê?

— Eu o encontrei na noite que cheguei. Estava em cima da geladeira. Fora da sua linha de visão. — Um vago traço de sorriso está em seu rosto. — Eu o coloquei no bolso e fiquei com ele. Tive um milhão de momentos em que poderia tê-lo colocado em algum lugar para você encontrar, mas não quis. Queria manter você aqui. Então, é isso — diz ele, indo na direção da porta dos fundos com Patty em seus calcanhares. — Não sou a pessoa perfeita que vocês dois requerem que eu seja.

A porta telada se fecha. Eu me levanto para segui-lo, mas Jamie me impede.

— Deixe ele esfriar a cabeça. Olha só o que você fez. — Ele passa a mão sobre o rosto, abalado. — Mas que diabos?

Ele olha para a porta dos fundos.

— Nunca o vi desse jeito. — Eu torno a ir para a porta, mas Jamie passa o braço em torno da minha cintura.

— Me solta!

— Não solto, não. — Jamie me segura com tanta força que dói. — Se eu deixar você ir, acabou. Serão você e ele contra mim. Vocês dois vão se esquecer de mim por completo.

Eu responderia com sarcasmo, mas ouço o medo na voz dele.

— Você não vai ser isolado. Nada muda, exceto Tom e eu.

— Se eu descobrir que ele estava comigo esse tempo todo para chegar até você, não sei se vou conseguir aguentar. Aquele cara é meu único amigo de verdade.

A postura de Jamie é defensiva — braços cruzados, assomando sobre mim, mas seus olhos são os de uma criança assustada.

— Claro que isso não é verdade. — Levo a mão ao cotovelo de Jamie. — Vamos todos conversar sobre isso. Você fica aqui e gerencia a obra, e eu vou com Tom buscar a mãe dele.

— Certo. Leve-a para a casa da Mamãe e do Papai. — Ele pensa em algo. — Logo vou fechar negócio na casa em que vou investir. Vou alugá-la para a mãe de Tom.

Jamie repara em algo pela janela da frente.

— O cara do alicerce está aqui. Com donuts.

Ele abre a porta.

— É, pode entrar. Oi. Estamos no meio de uma crise, mas...

Jamie e eu passamos um ou dois minutos tentando fingir que está tudo sob controle. Chris se espanta com o buraco no teto e nós fingimos que não é nada demais. Que não temos um buraco enorme e terrível no centro de nosso universo, deixando a chuva escorrer para dentro como se fossem lágrimas.

— Vou buscar Tom — digo aos dois.

Caminho até meu quarto, mas ele não está lá. Subo pela lateral da casa. Estou pisando ao lado das pegadas deixadas pelos meus saltos hoje cedo. Típico pra caralho. Eu continuo seguindo o mesmo caminho impulsivo e egoísta.

A caminhonete de Tom já está na metade do caminho na entrada, saindo de ré. Corro, mas não sou rápida o bastante. Tento. Eu o persigo até a esquina, quando perco toda a potência e, pelo retrovisor, se ele olhasse, iria me ver dobrada na altura da cintura, amaldiçoando meu coração, amaldiçoando a mim mesma.

Mas sinto que, dessa vez, ele não olhou para trás para me ver.

⚷

Depois de dois dias sem Tom, estou um caco.

— Amanhã ele vai estar de volta — diz Jamie, mas seu tom confiante de sempre está derrapando. Ele me entrega uma caneca de chá. — Tome isto.

— Não consigo. — Eu me viro nos degraus da entrada e coloco a xícara no chão com uma onda no líquido. — Não consigo.

O pôr do sol está empapando tudo em suas cores irritantemente lindas.

— Você vai ter que comer ou beber alguma coisa. E dormir, em algum momento. Seu cabelo vai ficar branco desse jeito. — Jamie coloca o vidro de remédio em minha mão. — Tome.

Ele se senta ao meu lado com um grunhido. Está cansado depois de dois dias vivendo a vida de Tom.

— Não consigo acreditar no tanto de merda com que ele lida.

Jamie passou para o modo recuperação após me retirar do asfalto e meu coração retomar a habilidade de bombear. Ele meio que me carregou para dentro, sentou-me na tampa da privada e confiscou Colin no momento em que ele chegou.

— Dobro seu salário para ser gerente da obra. Tom teve uma emergência.

— Feito — disse Colin.

Não há nenhum traço de *eu avisei* nos olhos dele, apenas preocupação.

— Certo, rapazes, montem tudo e vou passar as tarefas para Chris. A energia estará desligada a partir das nove em ponto.

Com a experiência de Colin, a força de vontade esmagadora de Jamie e minhas habilidades atendendo ao telefone, a reforma continuou a caminhar.

— Precisamos dele de volta — suspiro, desesperada, amassando as palmas das mãos contra os olhos fechados. — Nós o quebramos.

Escuto um ruído de motor de carro. Sento-me mais aprumada. Ele passa por nós e eu exalo e deito a cabeça nas mãos.

— Você ligou para Mamãe e Papai?

Jamie está com o braço em torno dos meus ombros agora.

— Tom esteve lá ontem. Ele deixou a mãe dele lá por volta da hora do jantar. Ela está no quarto vago deles, aquele bacana, com vista pro mar. Ela está bem. Tem gatos idênticos para todo lado.

Jamie saca seu telefone e me mostra uma foto que Mamãe enviou. Tem gatos preto e branco no banco. Nos sofás. Nos peitoris das janelas e em cima da geladeira.

— Mamãe está meio que adorando isso. Ela chama todos eles de senhor Smoking.

Há outra foto da mãe de Tom, Fiona, acenando para a câmera. O sorriso não chega até seus olhos. A imagem me lembra de quando lhe demos nossa cesta de boas-vindas, tantos anos atrás.

— Não ligo para os gatos. Aonde ele foi?

— Mamãe não sabe. Ela disse que ele mal falou enquanto estava lá e que tinha que ir embora. Ele não passou a noite lá. Ela tentou convencê-lo a ficar, mas ele já estava de volta na caminhonete. Pediu desculpas, mas ela não sabia pelo quê.

Jamie hesita antes de dizer mais alguma coisa.

— Conta.

— Tom deixou a Patty com eles.

Ele me abraça mais apertado, até estarmos com os quadris lado a lado. Juntos, estremecemos cogitando todos os cenários.

— Não me importo com o que ele fez. — Encontrei meu passaporte no travesseiro. Eu o enfiaria na torradeira para ter Tom de volta. — Ele de fato pensa que nós nunca o perdoaremos. Por causa de dinheiro e de um passaporte!

— Não é um salto muito grande de dar — admite Jamie. — Nós dois somos psicopatas quando se trata de...

— Dinheiro e liberdade. Eu sei, eu sei. Odeio a gente. — Penduro a cabeça entre os joelhos. — Não suporto isso. Ele apenas desapareceu por completo do radar.

— É uma merda, né? — diz Jamie, sem acusação em sua voz. Ele é gentil. — É por isso que a gente fica magoado quando você faz isso.

— Não vou mais fazer isso. — Engulo um nó enorme na garganta. — Se vocês conseguirem me aguentar...

— É. Você vai ficar, sim. — Jamie dá tapinhas na minha mão e então pega o telefone de Tom. — Você sabe que a gente precisa tentar ligar para a Megan.

Ele diz isso com um tom contrito na voz que eu nunca tinha ouvido antes.

— Precisamos tentar, Darce. Estou bem aqui.

Ele mantém o braço em torno de mim enquanto liga para ela.

— Darcy? — pergunta Megan, assim que atende.

— Darcy e Jamie — responde Jamie, quando vê que não tenho voz. — Tom está aí?

— Tá, ele me disse o que responder quando vocês ligassem. Primeiro: não entrem em pânico. Não, espera, esse era para mim.

Segundo: avise a Darcy que nós não voltamos. — Megan exala, nervosa. — Ouviu isso, Darcy? Não estamos juntos.

— Ouvi. — Minha voz está rachando. — Ele está bem?

— Está. Ele disse que precisa de tempo para pensar. Disse que cometeu dois grandes erros e deixou vocês dois com raiva.

— Não deixou, não — respondemos em uníssono gêmeo.

— Foi o que eu falei para ele — responde Megan. — Todo mundo sabe o quanto vocês dois o amam. Vocês sabem como ele é. Tão rígido consigo mesmo se não for...

— Perfeito. — A palavra horrível soa como uma maldição saindo de minha boca. — É, a gente sabe.

— Ele estava sob muita pressão e apenas foi demais.

— Posso... posso falar com ele? — Subitamente, estou enjoada de tanto nervosismo.

— Ele não está aqui comigo. Ele só passou para...

Ela faz uma pausa.

— Para pegar a aliança — completa Jamie, sem tato algum.

— É — responde ela, triste e baixinho. — Ele disse que precisa dela para algo importante.

— Megan, desculpe por ficar encarando você nas festas de Natal. — Disparo sem querer. — Desculpa. Nunca quis que vocês se separassem, acho a sua pele fenomenal.

Ela ri. Ouço sons de crianças ao fundo. Como se ela estivesse ao ar livre.

— Você me encarava mesmo, e bastante. — Ela não está ressentida. — Mas eu também te encarava.

É risível. Ela é uma nota dez. Eu sou uma nota seis, com a luz certa.

— Eu? E por que faria isso?

Megan cobre o bocal. Ela diz algo como *um minutinho, meu bem*. E então declara:

— Porque sempre soube o quanto ele te amava.

— Nós crescemos juntos — respondo, sem jeito. Olho de lado para Jamie, mas ele se mostra neutro enquanto ouve. — É claro que ele me ama. Somos meio que família. É como se eu fosse irmã dele.

— Ele ganhava vida no Natal — conta ela. — Levei anos para admitir a mim mesma, mas, se você estava lá, ele se iluminava. E, se você estava viajando, ele ficava desanimado. Tudo bem — ela corre a me tranquilizar quando começo a rebater. — Sei que, de certa forma, eu estava atrás de você na fila.

— Desculpe — interpõe Jamie, desesperado. — Só pensei que, se apresentasse vocês dois, você ajudaria a tirá-lo da depressão em que ele estava. Quando você foi embora, ele ficou bem mal — Jamie acrescenta para mim, contrito. — Megan, na prática, é perfeita para ele.

— Não sou, não — diz Megan, e o gritinho feliz de uma criança quase nos ensurdece. — De verdade, não sou. Mas Darcy é. Desculpem, gente, mas tenho que ir.

— Como você arrumou um filho tão rápido?

Fico feliz por ela apenas rir em resposta.

— Namoro um cara que tem um filho de três anos. Estou no parque agora, olhando enquanto ele brinca. Foi bastante inesperado. Como se apaixonar, só que em dobro. — Megan faz uma pausa. — Vocês podem me avisar quando ele voltar? Por favor, peguem leve com ele.

— Acabo de perceber uma coisa. Tom nunca nos pediu nada. Você sabia disso? — fala Jamie e olha para mim. Vasculho meu cérebro. É verdade. — Nada. Nem um copo d'água quando está calor. Dinheiro, ajuda, nada. Ele simplesmente não sabe como pedir.

— Isso é algo com que eu tive dificuldade também — ressalta Megan.

— É fácil — corrijo os dois. — Você apenas força ele a aceitar as coisas, e ele suspira e diz *tá bom*.

— Acho que isso só funciona se for você — aponta Jamie. — E, sim, Megan, a gente vai pegar leve com ele. Não há nada que ele possa fazer que nos faça...

Jamie não consegue terminar. Sua voz está embargada.

— Deixar de amá-lo — termino, firme e forte. — Ele deu alguns tropeços, mas não é nada demais. Nós o amamos. Só o queremos de volta. Vamos nos certificar de que o merecemos dessa vez.

Nós desligamos e fitamos a rua juntos. Quando o próximo carro se aproxima, Jamie e eu nos aprumamos. Desabamos juntos. Pela primeira vez desde que éramos pequenos, apoiamo-nos um no outro.

— Você tem razão, Darce — assume Jamie. Após um longo período se passar, estarmos arrepiados e cheios de picadas de mosquito. — Os gêmeos precisam decifrar como podemos merecer alguém como Tom Valeska. Quando ele voltar, temos que ser capazes de provar isso.

Passo meu braço por dentro do braço do meu irmão.

— Como podemos fazer isso? Ele é tão…

A palavra *perfeito* não é mais permitida. Olho para o céu e uma estrela cadente passa lá no alto, descendo.

Loretta está aqui. Eu a sinto. Deixo as lágrimas rolarem.

— Sinto saudade dela. Sinto saudade dela.

Jamie sabe exatamente de quem estou falando.

— Nós não perdemos nenhum dos dois, não de verdade. Os dois estão apenas… tirando umas férias. Tudo bem. A gente vai consertar tudo.

— Mas ele deixou a Patty.

Tenho que me maravilhar com o modo como meu coração consegue continuar batendo devagar e sempre, mesmo enquanto coloco meu rosto no ombro de Jamie e choro.

○────

— Enviei um e-mail para ele com os detalhes da consulta — diz Jamie, enquanto nos sentamos na sala de espera do meu cardiologista. — Mandei para o endereço antigo. Aposto que ele ainda confere aquele e-mail. Ele vai vir. Eu sei. É hoje. — Mais forte, ele me tranquiliza: — Tom prometeu a você.

Não respondo. Não tenho usado muito minha voz ultimamente. Sou apenas uma semipessoa, meio apagada, mantida viva por Truly me alimentando com doces e Jamie jogando água por minha garganta abaixo. É bizarro vê-los na mesma sala. Eles fazem um rebuliço juntos, discutindo e forçando e persuadindo. Jamie tem razão. Ela acha que ele é um pesadelo. Um pesadelo muito, muito lindo.

Por sorte, ele ainda não reparou nisso.

— Desculpem, desculpem — Truly interrompe o momento quando entra e se senta na lateral da minha cama, mas eu apenas balanço a cabeça, cansada.

Quem se importa? Sei como é meu irmão. Quem resistiria a responder a um de seus e-mails engraçados e descarados? Ninguém. Nem uma única pessoa na Terra que o conheceu poderia ignorá-lo. Eu não deveria exigir de minhas amigas um padrão que elas não têm como alcançar.

Ela me abraçou até o céu ficar preto e Jamie pedir uma pizza. Se eu não estivesse com o coração tão despedaçado, cavoucaria o relacionamento dos dois um pouquinho, mas não consigo fazer nada além de segurar o telefone de Tom e me corrigir toda vez que fraquejo.

Ele vai voltar para você. Vai, sim.

Assisto enquanto Jamie seleciona uma revista para mim.

— *Golfe & Lazer* — diz ele, tentando me fazer rir, e a abre sobre meu colo num artigo. — Vamos, Darce. Você precisa melhorar sua tacada.

— Tá bom. Mas você também precisa se aprimorar. — Escolho uma revista para ele. — Aprenda a fazer presunto glaceado.

Por esses dias, fazemos de tudo para nos aprimorar. Estamos determinados a fazer uma versão melhor de nós mesmos. Nós dois nos concentramos em nossa leitura designada até o telefone de Tom vibrar. Como sempre, damos um pulo e corremos para atender.

— É uma mensagem da corretora de imóveis. Margie virá às três. Estaremos de volta a tempo?

— Estaremos, e, se não conseguirmos, Colin pode recebê-la.

Já faz dois meses. É difícil acreditar que temos uma casa razoavelmente bem formada para mostrar a uma corretora. Ela quer preparar um plano de ação. A procura por propriedades em nossa área está fervendo.

— Dois meses — digo a Jamie, e ele sabe do que estou falando.

Nós nos sentamos, olhando sem ver a mesa da recepcionista por algum tempo. Viro a cabeça com esforço para olhar para meu irmão. Meu espelho. Ele parece tão mal quanto eu.

— É, estamos uma merda — confirma ele, virando o rosto para o meu. Somos apenas dois cadáveres. — É ridículo, né?

— O quê?

— Como não podemos viver sem ele.

— É. Estou preocupada que é isso o que vão me dizer nessa consulta. Sou um caso perdido, Jamie.

Solto um grunhido cansado e caio numa soneca.

Conforme os minutos vão passando, tenho que aceitar. Ele se foi. Não vai voltar para mim e meu coração idiota. Confiro o telefone em minha mão outra vez. Quero espremê-lo até sair uma mensagem. Só uma palavra, uma notícia avisando que ele está bem, e posso me prender aos fios e eles vão encontrar uma pulsação.

Chamam o nome que faz nossas cabeças virarem.

— Barrett?

— Nós só precisamos esperar mais um pouquinho — argumenta Jamie, com educação, com a assistente do cardiologista. — Estamos esperando nosso amigo vir para a consulta também.

— Eu o levo para dentro quando ele chegar — diz a recepcionista. — Precisamos manter o cronograma.

Derrotados, os gêmeos Barrett se arrastam pelo longo corredor branco. Estou com medo. Meu coração é uma semente seca de damasco. Terão que me costurar junto a Jamie para eu pegar o dele emprestado, e teremos que viver como irmãos siameses.

A mão de Jamie se fecha na minha, e nunca tive tanto medo por mim mesma.

— O que é que vou fazer? — cochicho para ele quando nos sentamos. — O quê?

— Não sei — responde ele, baixinho. — Mas você vai ficar bem. Eu tô aqui.

— Darcy Barrett — chama dr. Galdon para mim com um floreio. Ele me conhece há anos. — Não vejo a sua cara há muito, muito tempo.

Seu sorriso desaparece quando a resposta engraçadinha que ele esperava não vem. De nenhum dos gêmeos.

— O que está havendo?

— Só um pouco de coração partido — respondo, inquieta. — A sensação nessa área não está muito boa.

Aponto para meu peito.

— Hummm — diz o dr. Galdon, e tento não ler nas entrelinhas do que sua expressão significa enquanto ele confere minha pressão sanguínea. Sei que estou com uma aparência terrível. Minhas maçãs do rosto estão uma lâmina de tão afiladas e meus globos oculares estão permanentemente rosados. Tom achava que as minhas roupas caíam do corpo antes? Eu pareço um esfregão enfiado em tecido preto.

— Vamos preparar você.

Coloco uma camisola de hospital por trás de uma divisória no canto da sala. Dr. Galdon me ajuda a sentar na beira do banco de exames e aproxima o monitor cardíaco. Ele prende pequenos adesivos pelo meu corpo, conectando os fios a suas máquinas. Isso me assustava tanto quando era pequena! Eu achava que levaria um choque para ganhar vida. Talvez isso fosse algo bom para mim agora.

— Ela não come nada, esquece de tomar o remédio, que está vencido. — Jamie me dedura de um jeito sem vida, automático. — Bebe demais. Não faz nenhum exercício. Chora o dia todo. Açúcar, Deus do céu, a quantidade de açúcar.

— Certo, certo — diz dr. Galdon, prendendo o último adesivo em meu peito.

Eu me viro e deito.

— Não a deixe agitada.

O médico testemunhou nossas briguinhas vezes suficientes. Mais uma vez, ele fica em silêncio quando não respondo.

Mal sabe ele que os gêmeos Barrett pararam de brigar.

Demanda esforço demais; além disso, precisamos nos agarrar um ao outro para continuar à tona. Sem nosso amortecedor feito sob medida para nós para nos equilibrar. Ouço a inflexão de um bipe ficando mais aguda e todos observamos enquanto meu coração começa a se retorcer e pular pela tela com toda a energia de um girino moribundo. Ouço um zumbido e, por um segundo, penso que é o som da minha morte.

— Vou só atender isso aqui — anuncia dr. Galdon. — É uma chamada de emergência. Esperem um pouquinho.

Ele sai da sala e eu continuo deitada, olhando para as linhas na tela.

Bip-bop. Bip-bop.

— O advogado mandou a papelada — comenta Jamie, para quebrar o silêncio. — Chegou por mensageiro. Ele vai matar a gente.

Ele acrescenta essa última parte com alegria, como se mal pudesse esperar pelo momento em que Tom balance a cabeça ao ver o que fizemos.

— Vai. — Suspiro pesadamente. — Já posso até ouvi-lo. *Não preciso da ajuda de vocês...*

Jamie interrompe, imitando Tom.

— *Não preciso de um terço do valor da venda.*

— *Não mereço isso* — continuo a imitação dele. — *Não sou um Barrett. A herança é de vocês, não minha.*

Esfrego os braços e tento não observar os monitores.

— Mas ele merece, sim. E vai receber. Obrigada, Jamie. É o jeito perfeito de mostrar para ele que ele é importante e igual, e que nós o amamos para sempre.

— Ele não herdou nada, e nós nem pensamos duas vezes a respeito. — Jamie vem se martirizando a respeito disso. — Tudo em que pensei foi no meu dinheiro. Não nele. Ele foi praticamente o terceiro neto dela e não recebeu nada. Isso está só corrigindo as coisas.

— Mas será que você consegue fazer com que ele assine? Ele é tão orgulhoso...

— Quando eu o encontrar — diz Jamie, com confiança total —, posso convencê-lo a fazer qualquer coisa. Até assinar aquele documento.

— Quando você o encontrar.

Exalo, Jamie exala e a sala fica em silêncio. É impossível encontrar alguém que está magoado e se escondendo. Eu que o diga. Venho fazendo isso há anos. Quem sabe em que ponto da Terra Tom poderia estar.

— Assim que eu receber permissão para viajar, vou sair para procurá-lo.

Jamie não me proíbe nem fala que é uma ideia estúpida. Tudo o que ele diz é:

— Onde você vai procurar primeiro?

— Não tenho certeza. Vou começar pelo hemisfério norte...

— E eu cuido do hemisfério sul. — Jamie sorri para mim. — Nós vamos encontrá-lo. Somos indivíduos muito determinados. Dois tanques de artilharia loiros sendo lançados. Cobrindo cada centímetro quadrado.

Ele está tentando me fazer sorrir, mas uma sensação me distrai.

Sinto uma vibração nos ossos. Um tremor que vem desde a sola dos pés e um filete escorrendo em minhas veias. Na tela, o ritmo da minha pulsação está acelerando. Estou começando a me sentir com calor.

— Deus do céu, você está para explodir? — Jamie se levanta e olha para a tela, fazendo uma careta. — Que caralhos está acontecendo? Vou buscar o doutor...

A porta se abre.

— Ali dentro — diz a recepcionista, e Darcy e Jamie Barrett têm ataques cardíacos gêmeos.

Tom Valeska sempre chega exatamente quando mais precisamos dele.

Ele está de pé na porta, o cenho vincado e a camiseta larga demais no corpo. Um pé está posicionado mais atrás, como se ele já estivesse pronto para empreender fuga.

— Obrigado — diz Tom com sua polidez automática para a recepcionista. Seus olhos dardejam entre Jamie e eu, ligeiros e desesperados. Está corado e suando. Ele é a pessoa mais linda que eu já vi.

— Oi — digo, amarrada ali pelo meu coração. — Você veio.

Jamie sai de seu estado de surpresa com um choque e faz o que não posso fazer. Vai até Tom, coloca seus braços em torno dele e o aperta.

— Você veio — ecoa Jamie e não deixa que o abraço termine. — Você tá aqui. Você tá bem.

— É claro que tô bem. Você está bem, Darce?

Os olhos de Tom estão na máquina ao meu lado e nos fios que saem do meu peito. Ele nunca viu isso antes, eu aqui deitada numa camisola, presa a uma máquina. É desafiador. Tento retirá-los, mas eles estão bem presos.

— Estou bem — respondo, com o que me resta de ar. Eu me puxo para me sentar na beira do banco. O ar está cheio de bipes. — Vem pra cá. Por favor, vem pra cá.

Meus olhos estão cheios de lágrimas.

Jamie o libera e Tom se enfia entre meus joelhos. O mundo inteiro se desvanece. Ele coloca a ponta dos dedos em meu cabelo desgrenhado e inclina meu rosto para cima.

— O que aconteceu aqui? — pergunta ele, numa voz rouca e cheia de compaixão. — Você está terrível, bela Darcy Barrett.

Pressiono meu rosto no plexo solar dele e sinto suas mãos quentes na nuca. Ele passa o braço livre em meio aos fios e pelas minhas costas. Vou carregar a sensação desse aperto pelo resto da minha vida.

— Tom, você tá bem?

— Estou, sim — diz Tom. — Desculpem, gente — ele tenta dizer, mas nós dois o silenciamos em desespero.

Jamie está se sentindo excluído e se espreme na mesa de exame ao meu lado. Somos apenas dois passarinhos loiros olhando para Tom como se precisássemos dele para sobreviver. Ah, espera aí... Nós precisamos mesmo.

— Mas eu... — ele tenta outra vez, e nós chacoalhamos a cabeça. — Eu acabo de...

— Nós não ligamos — fala Jamie, silenciando-o. — Não estamos nem aí. Você está de volta. Isso é tudo. Por favor, faça a minha irmã continuar viva. Por qualquer meio necessário.

— Do que ela precisa para continuar viva?

— Você — diz Jamie, com simplicidade.

É uma palavra só, mas é potente; Tom olha de pronto para ele, como se não pudesse acreditar no que está ouvindo.

— Você — ecoo. — Por onde diabos você andou?

— Pensei que tinha estragado tudo, que não havia como me perdoar. Então só saí dirigindo. Acho que apenas fui embora. Talvez eu seja como meu pai. — Tom suspira e esfrega o rosto. — Talvez seja disso que tive medo a vida toda. De ser como ele.

— Você não é — rebato. Esfrego o antebraço dele. — É por isso que você vem se empenhando mais do que qualquer ser humano, sua vida toda?

Ele dá de ombros e sei que estou certa.

— Você deixou a Patty — diz Jamie, com um pouco de acusação na voz. — Nós pensamos que você tinha jogado o carro e seu belo traseiro de um penhasco.

Tom ri, mesmo enquanto suas mãos passam sobre mim, acalmando o terror que faz o monitor cardíaco guinchar.

— Patty precisava de umas férias na praia. A velhinha parecia esgotada.

— Idem — suspiro, enquanto as unhas dele arranham em círculos gentis na lateral do meu pescoço. — Tom, quase morri sem você. O doutor Galdon está prestes a confirmar.

— É, cadê ele? Vou buscá-lo.

Jamie sai com a testa franzida, fechando a porta atrás de si. Puta merda. Ele saiu de uma sala para podermos ficar sozinhos. Meu coração está apitando tanto que Tom olha meio de lado, preocupado.

— Acalme-se.

As palmas quentes de suas mãos estão no meu maxilar, e ele observa meu rosto com atenção. Um beijo perfeito é pressionado em minha boca. É suave e gentil, como um amigo.

— Eu também morri sem você.

— Nós fizemos tanta coisa — aviso, tentando trazê-lo de volta para um beijo mais longo. — Espere só até você ver.

Ele foge dos meus lábios.

— Não sei te dizer o quanto me arrependo — assume ele, retraindo-se. — Vou consertar tudo. Não vou dormir até que esteja perfeito.

— Não estou falando da casa. Ela tá bem. Colin tem sido o gerente da obra, e eu, a subgerente. Jamie cortou uma porção de custos e o orçamento está em ordem. Tonto — eu o censuro gentilmente, esfregando seu braço. — Podemos consertar tudo pra você.

— É só o que vocês tentam fazer — grunhe ele, culpado.

— O que eu queria dizer era que Jamie e eu estamos trabalhando em nós mesmos. Estamos reformando tudo por aqui. — Pego a palma de sua mão e pressiono contra meu coração, por cima dos adesivos do monitor. — Vamos trabalhar em nós mesmos por um longo tempo. Para garantir que nunca mais façamos você fugir. Aonde você foi?

— Acho que fingi que você estava sentada no banco do passageiro ao meu lado e só... dirigi. Estivemos em vários lugares. Nós pegamos estradinhas, dormimos em hotéis baratos e em um bem caro. Na praia. Um restaurante ótimo em que vou te levar de verdade...

Seu brilho vai se apagando, como se ele lembrasse que é impossível.

— Pois me leve.

— Mas e o seu passaporte?

— Não ligo.

Consigo colocar uma das mãos atrás do pescoço dele e puxá-lo para baixo. Meu coração está a ponto de virar do avesso quando nos beijamos, as bocas abertas, e sentimos o sabor um do outro de novo. Ele é mais doce do que açúcar, mais delicioso do que qualquer coisa que eu já tenha provado. Todos os meus pedidos de aniversário.

— Mas é imperdoável — argumenta ele, enquanto afasta a boca, e termina com uma mordida suculenta no meu lábio inferior.

— Foi a pior mentira que já te contei...

— Quando você disse que não aguentava mais isso, aquela, sim, foi a pior mentira. Era mentira, né?

Ofego quando as mãos dele se encaixam em torno da minha garganta, quentes, elétricas, e o beijo seguinte é elétrico. Estou surpresa por não explodir o monitor cardíaco. É feito de línguas e mordidas e exalações e desejo. Muito desejo.

— Você ainda me quer? Mesmo eu sendo um desastre? — pergunta ele ao erguer a cabeça, e há aquele brilho sombrio e perigoso que só eu consigo reconhecer. Todo mundo enxerga apenas um mocinho meigo e educado. Mas bem aqui, nesses momentos entre nós, ele é o meu Valeska. Aquele que sempre precisei ao meu lado, a cada passo que dou.

— Cem por cento meu.

Tom considera isso, depois talvez se lembra do abraço desesperado que meu irmão lhe deu. Ele inclina a cabeça na direção da porta.

— É melhor deixar que ele tenha um por cento de mim.

Tom sorri e eu rio.

— Certo. Noventa e nove por cento meu. Isso soa bem. Nunca diga que eu não estou aberta a negociar. Agora, vou te dizer exatamente o quanto eu te amo.

— Já sei o quanto.

Balanço a cabeça.

— Você não tem como saber. Eu não te disse.

— Você sempre me fez sentir. Sempre. — Os olhos dele ardem de intensidade. — É o motivo para eu poder ver você sorrir para entregadores bonitos. Nenhum desconhecido vai conversar dois minutos com você e te roubar de mim. Você não permitiria.

Ele não está se entregando a uma besteira de arrogância masculina. Está fazendo o que faz de melhor: Tom está dizendo a verdade.

Ele continua.

— É por isso que você me tratou todos esses anos como se me proteger fosse um serviço seu. E ninguém mais tentou, nunca, aliás. Todo mundo acha que estou totalmente bem, mas você sempre soube que preciso de você, em todos os sentidos. Você sentiu isso.

Assinto, a respiração presa na garganta.

— Você nunca namorou ninguém a quem pudesse amar, porque não queria que nada ameaçasse o que sente por mim. Você estava sempre sozinha na mesa de Natal, olhando para mim e para Megan, com olhos de quem estava esperando que eu me recompusesse e me desse conta. Sentada lá fora, sozinha, nos degraus dos fundos, olhando para as estrelas lá no alto, esperando por mim.

Ele está me tocando agora, devagar e de leve, como se eu fosse um animal assustado.

— Você me evitou por anos e viajou, porque era demais pra você. Você morre de medo, porque alguém como você ama uma vez só. E é a mim.

As palavras dele causam um choque em mim. Suas mãos estão na minha cintura e ele aperta para incentivar uma resposta.

— Estou certo?

— Claro que está. Agora me beije.

Esse é um beijo doce, gentil, até eu arruinar tudo com um deslizar da língua. Ele resmunga um alerta na garganta. Humm, senti saudade desse grave do alfa.

Ele nos separa.

— Nunca te disse o quanto te amo. Como você acha que me sinto? Pode dizer.

Não tenho experiência articulando sentimentos, quanto mais algo tão vivo e primitivo, mas preciso tentar. Deve ser assim que Loretta se sentiu quando virou a primeira carta de tarô. *Use a sua intuição*, ela instruiria. *Sinta a verdade*. Pressiono minha mão contra o coração dele e seus dedos deslizam para meus cabelos.

— Você dormia numa beliche no quarto de Jamie. Esse é um dos jeitos em que teve que se esforçar por mim. Aguentando meu irmão, só para dormir a uma parede de distância de mim e colocar sua escova de dentes perto da minha.

Ele assente com um sorriso e a lembrança em seus olhos.

— Você dorme na grama do lado de fora da minha janela só para ficar perto de mim.

— Mais.

— Quando nos abraçamos na época de Natal, você sempre respira fundo e prende o ar. Seja lá o que for que você goste na minha pele, está bem fundo, na parte homem das cavernas do seu cérebro.

Não faço ideia de onde essa verdade estranha está vindo, mas tenho razão. Ele deixa a cabeça tombar e, no meu ombro, sinto suas narinas puxando ar.

— Mais ainda — diz ele, exalando.

Nós dois estamos superaquecendo. Nem preciso procurar dentro de mim para saber o que dizer. Essas palavras estão na ponta da minha língua por toda uma vida.

— O diamante de outro homem na minha mão é o seu pior pesadelo, e há anos você acorda no meio da noite com medo disso.

Sinto um tremor percorrer o corpo dele. Agora tenho que dizer a parte mais difícil.

— Colocar um diamante em outra mulher te deixou doente. Mas, sendo um cara bacana, você não podia admitir isso nem para si mesmo, quanto mais para ela, até a renda branca começar a invadir pelas beiradas e você ver meus pais, loucamente apaixonados, juntos.

— Mais ainda do que isso.

— Você mataria por mim. Cavaria uma sepultura por mim.

Ele ri.

— Isso. Agora você está chegando perto.

Estamos nos beijando quando a porta torna a abrir.

— Tudo bem então — anuncia dr. Galdon quando entra e então tosse quando nos separamos. — Vamos dar uma olhada em você, senhorita Barrett.

Ele aperta a mão de Tom e se apresenta. Tom se senta ao lado de Jamie. Nunca vi nada mais adorável: meus dois seres humanos preferidos lado a lado, e eles me amam.

— Olha só para ela — comenta Jamie, cutucando Tom com o cotovelo. — Já está até corada de novo, Darce.

— Eu ia mencionar isso agora — diz dr. Galdon com uma risada. Ele consulta o monitor. — Esse é o coração partido com a cura mais rápida que já vi. Melhoria de cem por cento comparado a cinco minutos atrás. — Seu sorriso desaparece quando ele anota algo no meu histórico. — Mas nós precisamos conversar sobre sua medicação e fazer um ECG. Há algumas irregularidades aqui que não tinha visto antes.

— Tudo bem, é só relaxar — fala Tom para mim e para Jamie quando nós dois nos retesamos. E diz naquele tom que nós não conseguimos resistir nunca. — Nós vamos consertar você, Darce. Vai ficar novinha em folha. Temos um cruzeiro para ir quando estivermos com oitenta anos — explica ele para o médico. — Vamos precisar dela aqui para isso.

— Acho que podemos arranjar isso — concorda dr. Galdon, rindo. — Desde que ela tenha alguém cuidando dela até lá.

— Vai ter — dizem Tom e Jamie em uníssono. Como se fossem gêmeos.

Tenho tanta sorte que a sala está cheia dela. Bip-bip-bip, meu coração bate como se eu fosse viver para sempre. Preciso que isso seja verdade.

CAPÍTULO 21

ESTOU EM MEU PONTO zen: meu passaporte na mão e deixando o país.

Amo este momento: em pé, à deriva num mar de estranhos, zombando deles na minha cabeça por suas pashminas e seus travesseiros. Será que eles pensam que não existem travesseiros no lugar para onde estão indo? Algumas pessoas viajam como se honestamente acreditassem que estão deixando o planeta.

Marte não vende meias nem pasta de dente.

Eu me seguro; estou julgando as pessoas e sendo desagradável. Essa não é a pessoa que quero ser. Eu me forço a perder a carranca cinzenta e o vinco na testa.

Eu me recosto na pilastra ao lado das vidraças que vão do piso ao teto e tento bloquear o barulho. Em todo lugar, cada vez mais grupos estão se encontrando, gritando de empolgação, tirando fotos juntos antes da partida. Um grupo de rapazes vestindo bermudas de surfe vaga até o vidro para olhar lá fora. Um deles olha para mim e ergue a sobrancelha num *oi*.

Confiro meu relógio. Logo estará na hora de embarcar.

— Oi — diz Tom.

Quando levanto a cabeça para ele, meu coração se desdobra. Não há um jeito melhor para descrever. É como uma foto em lapso de tempo de uma rosa desabrochando sempre que penso que ele é meu. Portanto, o tempo todo. Ele trouxe garrafas de água para nós. Elas estão geladas na parte de trás da minha cintura quando ele passa os braços em torno de mim, um joelho se enfiando entre minhas coxas. Ele lança um olhar fechado para o grupo de rapazes e então ri para si mesmo.

— Estou sendo o Valeska de novo, não é?

Controlando-se, coloca as garrafas em sua mochila.

— Todos os dias da sua vida. Tudo bem? Você parece preocupado.

Puxo sua camiseta, endireitando-a em seu corpo. Uma idosa perto de mim pensa consigo mesma: *Sortuda*. Esse é o efeito que esse corpo e esse rosto exercem. É algo com que não se pode discutir. Vou achá-lo atraente quando estiver com oitenta anos.

— Estou bem — diz Tom, mas está inquieto. — É só que tinha uma surpresa para você, mas talvez não dê certo.

Ele confere seu relógio roboticamente.

— Ei, não preciso de surpresas. — Passo meu braço pela cintura dele. — Tá tudo bem.

Sucumbo a uma sensação avassaladora de satisfação quando ele abaixa a cabeça, apoiando sua testa na minha. Tem alguma coisa mais insuportável do que gente arrebatada de tão apaixonada? Não estou nem aí.

Dou um beijo em sua boca e sua mão se retesa na parte baixa das minhas costas. E, então, como estamos contra uma pilastra, ele abandona seu lado de bom-moço, coloca uma das mãos na minha bunda e aperta até eu ficar na ponta dos pés.

Ele está me distraindo. Não consigo decifrar por que está agitado.

Tento manter o foco enquanto ele beija um ponto embaixo da minha orelha.

— Entregaram a cozinha hoje cedo. — Estou supervisionando à distância a equipe de Tom enquanto eles reformam a casa que Jamie comprou à beira-mar como investimento, na mesma rua em que Papai e Mamãe moram. — Jamie é tão cabeça-dura, insistindo numa passarela do lado de fora para os gatos.

— Não te contei? Convenci Jamie a deixar um gato dentro de casa de cada vez.

Tom ri olhando para o teto e suas mãos me puxam ainda mais apertado contra seu corpo.

Nós seremos sempre, sempre assim. *Entra em mim.*

— Uau! Essa é uma concessão enorme. Pode ficar orgulhoso. — Subo minha mão pelas costas dele, admirando os músculos. — Quando estivermos de volta, você já vai mudá-la para a última casa em que ela vai morar.

Jamie deu à sra. Valeska um aluguel com contrato sem fim. Se Tom quiser comprar o imóvel, ele pode.

— Estamos todos organizados. Não sobrou nada para estressar.

— E você está organizada. — Tom se volta para mim. — Já fez suas edições. Alguma notícia?

— Minha agente disse que eles estão tentando decidir qual imagem deve ir na capa.

Meu filhinho, meu livro, entrou em minha vida esperneando e gritando alguns meses atrás. No final, minhas fotografias eram boas. Mais do que boas. Meu primeiro livro de fotografia, *O beco do diabo*, vai sair daqui a mais ou menos seis meses. Tempo de sobra para eu começar minha próxima proposta, *A casa do destino*, acompanhando a evolução do chalé de Loretta. Todas aquelas fotos de tijolos musguentos e rachaduras no papel de parede, acumuladas, deram em algo lindo, e isso significa que minhas memórias de infância poderão seguir vivas. Quero dar este livro a meus pais no aniversário de casamento deles. Quem imaginaria que ter um objetivo podia manter meu coração batendo tão bem? O novo medicamento também não faz mal. Prometi ao dr. Galdon que cuidaria do meu coração daqui em diante.

Tom me pressiona até a pilastra gelar a pele entre minhas omoplatas e se abaixa para me beijar. Sinto as pessoas encarando. Estou me acostumando com isso a essa altura. A coisa é tão quente entre nós que me faz até rir. Podem olhar, gente. Olha só o que tenho. Olha só o que é todo meu.

Nós nos separamos no ponto em que começa a ficar socialmente inadequado.

— Todas essas pessoas são tão velhas — diz Tom, entre uma respiração funda e outra. — Não queremos causar nenhum ataque cardíaco.

Dúzias de olhos se desviam de nós quando encaramos a multidão à espera. As mulheres mais velhas, aquelas com cabelos brancos e bengalas, nem se incomodam em desviar o olhar.

— São velhas mesmo — concordo.

Eu me pergunto se Tom já conferiu sua conta bancária. Também estou ficando inquieta. Odeio guardar segredo dele, mas esse era impossível de resistir, e meu irmão foi esperto demais.

— O que você esperava, escolhendo uma viagem dessas?

Eu me lembro de algo.

— Trouxe um presente para você. Algo incrível para brindar a venda da casa.

Reviro dentro da minha mochila.

— Não sei nem te dizer o quanto briguei por isso aqui. Algum cretino estava tentando dar um lance mais alto do que o meu até o último segundo.

Puxo uma garrafa e a apresento para ele.

— Você comprou uma garrafa de Tubaína original para mim.

Ele ri e analisa o rótulo.

— Vale mais do que uma garrafa de champanhe Cristal. Se estiver choca, vou ficar furiosa.

— Você sabia que eu amava Tubaína porque foi a bebida que seus pais me deram na primeira noite que jantei na sua casa? Espero que não tenha sido muito cara.

— Estou rica agora, lembra?

Ele ri da displicência na minha voz.

— Hoje é o dia do pagamento, né? O seu dinheiro já deve estar na conta. Bom timing.

Ele quer dizer, antes da nossa viagem.

— Sim.

Somos distraídos por um segundo por um anúncio no alto-falante. O embarque começa em breve. Isso o deixa mais nervoso, as mãos se espremendo. O que o está deixando assim?

Ele se concentra em mim. Tom é bom nisso, em me fazer sentir como se eu fosse a única pessoa do mundo.

— Triste com a venda?

— Não. Foi perfeita. Ainda não consigo acreditar que a melhor oferta veio de uma família com gêmeos. Foi o último sinal de Loretta para nós. Você fez um serviço incrível com o design interior. Ficou tudo... — Não uso mais a palavra *perfeito*. — Incrível. Estou orgulhosa de você. Sei que te incomoda não estar lá para a primeira oferta. Mas você tem toda uma vida de casas à sua espera.

Dou uma olhada no meu aplicativo bancário. Meu presente grande e inacreditável de liberdade vindo de Loretta já caiu. Tanto dinheiro. Mais do que eu poderia merecer.

— Já caiu. — Levanto o celular para mostrar a ele.

Tom olha para o valor na minha conta e, como sabia que faria, sua testa se enruga.

— Isso não está certo.

— Está, sim. O seu já caiu?

Mantenho uma expressão totalmente neutra enquanto ele saca o próprio celular e entra em sua conta. E aí vejo a cara dele. Ele levanta seu celular ao lado do meu; temos depósitos iguais. Até o último centavo.

— O que você fez? — começa ele, mas eu apenas rio e o beijo.

— Você de fato precisa começar a ler as coisas que assina — aponto, tentando ajudar. — Isso é importante para o dono de uma empresa.

— Não, Darce — grunhe ele. — Isso não está certo.

— Não apenas está certo. — Decido abrir uma exceção à minha regra e usar a palavra proibida. — É *perfeito*. É uma grande fatia do bolo, cortado em três porções. Você merece. Você é da família. Você é a minha família.

— Você não sabe o que isso significa — suspira ele, colocando a mão na testa.

Sei o que isso significa. Significa que Tom Valeska não precisa mais lutar e se esfalfar para sobreviver; sua mãe está bem cuidada e ele pode ser seletivo quanto a qual imóvel será seu próximo. Significa que Tom tem uma vida de possibilidades, do tipo que os gêmeos Barrett desfrutaram sem esforço algum.

Ele está se preparando para me censurar quando se distrai.

— Ah, espere um pouco, tá aí a sua surpresa chegando. Mas é sério, Darce. Estou bravo.

Sigo sua linha de visão e notamos alguém abrindo passagem forçosamente pela multidão. Por um segundo, meus olhos me enganam. Olho para Tom com o cenho franzido.

Ele se explica, nervoso.

— Trouxe um negócio para você. Uma surpresa. Duas surpresas. Não sei se você vai ficar feliz com uma delas.

Vejo o que ele quer dizer.

Em meio à aglomeração, Jamie agita sua mala.

— Com licença — fala ele bem alto para um casal conversando, e eles se separam num pulo, surpresos. Sulcando um caminho até nós, ele para de súbito e olha para seu relógio. — Porcaria de taxista, não sabia de nada.

Ele olha para mim como se estivesse com medo. E, então, olha de novo para Tom, repara na garrafa de Tubaína na mão dele e berra:

— Darcy, era você que estava disputando comigo?

— Era você? Pelo amor, Jamie, eu paguei uma fortuna por essa garrafa de Tubaína. — Começo a rir. — Que diabos você está fazendo aqui?

— É que nós pensamos que seria divertido fazer um cruzeiro juntos quando ainda temos menos de trinta, em vez de aos oitenta — diz Tom.

Posso ouvir a nota de incerteza em sua voz. Em todos os nossos murmúrios e planos de viagem na cama, éramos sempre só nós dois.

Nós dois nos beijando nas espreguiçadeiras, o oceano se estendendo ao nosso redor até horizontes ininterruptos. Nós, metendo a cara no bufê. Sozinhos.

— Não vou atrapalhar vocês. Tenho a minha própria cabine, é claro. — Jamie faz uma careta para nós quando um pensamento lhe ocorre. — Se vocês quiserem ficar por lá se beijando, eu fico sozinho, sem problemas. Na verdade, vou me sentar sozinho sempre. Vocês não vão nem me ver…

Ele para de falar quando coloco meus braços ao redor dele e o abraço.

Sinto a tensão se esvair dele. Meu irmão? Ele é metade de mim. E amo demais Tom por convidar meu irmão gêmeo para vir conosco. É o único jeito de lhe mostrar que ele não foi excluído da nossa vida e que sempre estará conosco, boiando numa piscina como quando éramos crianças.

— Obrigado, Darce — diz Jamie acima da minha cabeça, e sinto sua emoção.

Nada precisa mudar. Ninguém tem que perder ninguém. E aí ele estraga o momento, como apenas ele sabe fazer.

— Vocês não acreditam quanto minha faxineira está cobrando para cuidar do meu apartamento e da Diana. É uma extorsão. Vocês sabiam que aquela gata fica acordada entre duas e quatro da manhã, todo dia? Ela está me matando. Talvez minha inquilina possa cuidar de sete gatos. Aliás, deem uma olhada nisso.

Jamie levanta seu celular. Mamãe enviou uma foto de Patty tomando banho de sol numa toalha de praia. É bacana o fato de ela estar tirando suas férias.

Não vou deixar Jamie se safar.

— Não, não. Diana é sua. Todo gênio do mal precisa de um gato fofinho para afagar.

Dou um último apertão nele e o solto. Quando levanto a cabeça, meu irmão está olhando para a multidão.

— Espera, aquela ali não é...

— Minha segunda surpresa para Darcy. — Tom prende meu cabelo atrás da orelha.

— Puta merda — ri Jamie.

Em meio à aglomeração, vejo meu segundo presente. É Truly, e ela carrega uma mala grande o bastante para enfiar um cadáver dentro. Ela está com óculos em formato de coração no topo da cabeça. Não consegue passar por esse amontoado de gente. Fica na ponta dos pés, acena e faz uma cara frustrada.

— Aqui está a garota que vai tomar uísque com você antes do almoço — diz Jamie.

Os olhos dele estão daquele azul clarinho que entrega sua excitação e seu prazer. Penso nele arrastando Truly pela frente da vitrine de uma joalheria. Não posso acreditar que estou admitindo isso, mas acho que Jamie vai conseguir o que quer um dia desses.

— Tom. — Estou com vontade de chorar. — É perfeito demais.

Jamie me transfere para os braços de Tom.

— Vou ajudá-la.

Ele atravessa a multidão como o tanque de artilharia loiro que é e retira a alça da mala das mãos dela. Truly a pega de volta. Eles discutem e Jamie começa a tentar encantá-la para melhorar o humor. A ponta de seu dedo toca os óculos escuros dela. Sua mão se encaixa no cotovelo dela e aperta. Ela ri alto, a contragosto, e, quando a música que está tocando pelo terminal de embarque nos navios de cruzeiro muda, Jamie começa a dançar de um jeito bobo e falsamente sexy.

A química entre eles escorre em nuvens cor-de-rosa, e agora Tom e eu não somos o único casal lindo do qual as pessoas não conseguem tirar os olhos.

Tom está, de um modo gentil, achando graça.

— De fato sou um cara esperto.

Jamie e Truly se reúnem perto de nós, e mais uma vez sinto um pouquinho da vulnerabilidade deles quando os dois fitam com fixação os braços de Tom ao meu redor. Eles sentem que estão se intrometendo.

— Minha melhor amiga está aqui. — Eu me inclino na direção de Truly. — Como a Holly está se saindo com você?

Nossos pedidos de demissão concomitantes para o bar foi um momento digno de um toca-aqui. Holly e eu saímos daquele lugar lado a lado, compramos um bolo e o comemos no capô do meu carro.

— Ela é fabulosa. — Truly diz isso com um beijo no meu rosto. — Fico te devendo por essa, de verdade. Me lembre de te mostrar minhas fichas técnicas das peças depois. Estou chegando lá.

O sonho dela de ampliar seus negócios está tão próximo que quase podemos sentir o gosto.

— Quando isso acontecer para você, vou poder morrer feliz. — Sorrio para ela.

— Você pode viver feliz — Tom me corrige. — Ei, você trouxe aquele negócio que eu te pedi, Jamie?

Meu irmão se espanta.

— Você quer fazer isso aqui?

— Chega de segredos daqui em diante.

Tom pega uma caixa de joias de veludo e meu coração foge do corpo. Porém, antes que eu possa processar esse fato, Jamie faz o mesmo. Eles trocam de caixas. Eu reconheço a que está na mão de Tom agora.

— Isso é... — É a safira de Loretta. Eu sei. A pátina na caixa de couro antiga é tão familiar para mim quanto a pele das minhas mãos. — Tom, me dá.

Começo a pular tentando pegá-la, mas ele está segurando a caixa acima de sua cabeça, e ele tem um metro e noventa e oito, estendendo-se uma eternidade para cima.

— Você trocou pela aliança de Megan? Ai, que linda! — Truly olha para a caixa que Jamie abriu para lhe mostrar. — Mas isso é meio de mau gosto de sua parte — emenda ela.

— Mau gosto? Como assim? Fiz um ótimo negócio aqui — protesta Jamie. — A claridade e o corte nessa pedra são fenomenais. Tom tem bom gosto — termina ele, com sua falta de tato usual.

— Mas isso pertenceu a outra pessoa, e essa pessoa amava essa peça — censura Truly com gentileza. — Seja lá com quem você resolver se casar um dia, ela vai ter a aliança de outra pessoa na mão.

— Esse não é um jeito muito prático de ver as coisas — argumenta Jamie. — Darce, pare de pular. — Ele enfia a aliança de Megan no bolso.

— Agora você me fez parar para pensar — diz ele para Truly, rabugento. — Tom, talvez eu queira desfazer a troca.

— Desculpe, trato é trato.

Tom não tem nem um pingo de arrependimento. Ele me empurra contra a pilastra de novo. Por trás dos meus olhos, a cada vez que pisco, vejo safiras. Safiras pretas. Refratoras, escuras, misteriosas, brilhantes. Eu as quero. Preciso delas.

Quero tanto o nome *Valeska* em mim que posso até gritar, e acho que ele sabe disso, pelo modo como me olha.

— Ah, é o nosso — diz Jamie, quando o embarque é anunciado. — Vamos lá ficar velhinhos.

Ele apanha a mala de Truly e começa a guiá-la na direção da passarela.

— Eu quero. — Meus dedos tocam o volume quadrado no bolso de Tom.

— Eu sei. É por isso que fiz um trato com o diabo. — Os olhos dele brilham, divertidos, enquanto as pessoas começam a passar por nós. O som de mil rodinhas de malas é ensurdecedor. — Agora, tem certeza de que quer morar numa barraca comigo quando voltarmos?

— Muita. Sou subgerente de obras, afinal de contas. Preciso estar por perto.

Ele ainda não consegue conceber isso. Para ele, princesas não dormem no chão.

— Porque, assim que encontrarmos uma casa com a qual você queira ficar, vou fazer dela o seu lar. Tudo o que você quiser que seja. Ela vai ter um estúdio fotográfico e...

— Vem, gente, vocês podem se pegar no navio! — Jamie vira e grita para nós. — Estamos indo.

— Eu quero — repito. Quero dizer a casa, a aliança e ele. O futuro. — Eu te amo e eu quero.

Tom se abaixa para me dar um selinho.

— Mas você já fez por merecer?

Hesito. Balanço a cabeça em negação no automático.

— Como é que eu poderia fazer por merecer você?

Ele retira meu tremor de dúvida como só ele pode fazer.

— Você faz por me merecer diariamente. Vamos, você sabe que te dou tudo o que você quer. Apenas relaxe. Deixe que eu mime Darcy Barrett um pouquinho, pelo resto da vida dela. Deixe eu provar dessa sensação.

Tudo o que eu posso dizer é que é uma sensação doce.

EPÍLOGO: MAIS 1 %

EU ME VISTO SOZINHA, à luz do amanhecer. Meu shorts de ontem não está muito sujo, então o puxo para cima, junto com minha camisa Serviços de Construção Valeska. Está tão respingada de tinta e argamassa que já está perto da aposentadoria. No espaço reduzido da barraca, calço as botas aos pouquinhos, puxo meus cabelos para trás num rabo de cavalo curto e atravesso uma nuvem de perfume.

Hoje em dia, durmo feito uma pedra. Acordo como se quisesse viver para sempre.

Estamos numa vizinhança legal no momento. Como sempre, estamos na pior casa da melhor rua. Passo pelo quarto principal vazio, indo para meu banheiro preferido. Deve ser o melhor que Tom já fez. A iluminação que ele escolheu me faz amá-lo ainda mais; é tão lisonjeira que minha pele parece quase iridescente. Estou com as bochechas rosadas e meus lábios estão manchados de tanto beijar. Uma noite com Tom Valeska é o tipo de cosmético que não dá para engarrafar.

Estou mais linda do que já fui na vida toda. Sei disso porque Tom me diz, e, para onde eu vá, as pessoas se apaixonam por mim. Ando por aí numa nuvem de sexo e felicidade. Sinto um aperto/dor agradecido em minha pélvis e uma luz por dentro. Até Colin me disse que estou reluzindo.

A cada dois entregadores, um me pergunta se estou livre hoje à noite. Eu rio e digo: *De jeito nenhum! Está brincando? Estou ocupada hoje à noite*. Tom escuta e sorri consigo mesmo. Aí, mais tarde, ele vai dizer no meu ouvido algo como: *Sacana, estou planejando ficar extremamente ocupado hoje à noite*. E então ele vai embora, o telefone vai vibrar no meu bolso e terei que batalhar com minha imaginação ativa. Os rapazes são marotos com Tom quando guardam tudo no fim do dia.

Tenha uma boa-noite, chefe.

É uma coisa potente estar por perto de nós. Todos podem sentir os feromônios misturados com o cloro na pele de Tom — a testosterona, a paixão e a obsessão dele. Não importa onde estamos, que novas equipes montamos para nossas casas, Tom me declara como sua de modos calmos e sutis. Em compensação, sou descarada, empurrando-o contra paredes sempre que tenho uma chance. Nós subimos a temperatura dos canteiros de obra sem nem olhar um para o outro.

Por causa dessa nuvem em que estou envolta, encontro-me inspirada. Tudo é lindo. Minha câmera me valeu um apelido com os rapazes: a Paparazzo. Tom contou a eles, numa de nossas sextas com pizza, que eu não ficava assim desde que tinha dezesseis anos, e é verdade. Estou apaixonada por Tom, mas também voltei a me apaixonar por minha câmera, e dessa vez é para sempre.

Tom se submete à minha obsessão com seu rosto e, conforme o sol se põe, sentamo-nos de frente um para o outro, os joelhos encostados um no outro, no jardim da casa atrás da qual estivermos morando naquele momento. Uso minha lente preferida e tiro fotos de seu rosto perfeito. Os olhos dele mudam a cada piscada. Essas fotos são as minhas favoritas, e eu o fotografo sem parar.

Ele me quer. Precisa de mim. Respira por mim. Eu capturo tudo isso.

Olho em volta para o banheiro. Honestamente, é perfeito. Seja lá quem comprar esta casa, vai amar os acabamentos que ele escolheu. Acho que admirei essa pia num showroom como quem não quer nada — *Olha, que coisa mais linda!* — e, quando me dei conta, ela estava sendo instalada. Deslizo as pontas dos dedos na torneira. Juro, a cada casa, Tom se supera. Sei o que ele está fazendo.

Está tentando encontrar a combinação dos meus sonhos em tintas, acabamentos, pisos e endereço.

Ai, a iluminação aqui é tão fantástica! Eu meio que odeio quem comprar esta casa.

Há uma caneca onde se lê BABACA #1 no balcão de mármore da cozinha, e ela está fumegante. O notebook de Tom está ao lado dela e começo a ler nossos e-mails. Tem um de uma transportadora que usamos.

— Estão pedindo indenização ao seguro pelo vidro da janela da entrada — digo, sem levantar a voz. Não posso vê-lo, mas ele deve estar por perto, porque Patty está aqui, dormindo num facho de sol. Ela está sempre a poucos metros dele. — Pelo visto, ele quebrou antes de sair do estado.

— Aham. — Ele não está contente, seja lá onde estiver. — Você pode ligar para o fornecedor e...

— Fazer alguém pedir desculpas profusamente e nos dar um crédito parcial no próximo pedido? Já fiz isso.

Beberico meu café.

— Caramba, você é boa nisso. Qual é o problema com o lixamento do piso? Pensei que isso ia rolar na sexta.

— E vai, mas, a menos que eu faça isso antes de ir para o estúdio, é melhor a gente alugar a lixadeira na segunda. Acho que não dá para lixar a casa toda numa manhã só. A não ser que peçamos ajuda ao Alex.

— Ele tá...

— Ah, é.

Usamos abreviações e atalhos cada vez mais um com o outro. Alex estará no telhado, instalando os painéis de energia solar na sexta. Ele foi promovido a faz-tudo geral. Tento reorganizar o resto da equipe na minha cabeça, mas nada funciona.

Eu ofereceria para reagendar meu horário no estúdio, mas sei que Tom não quer nem ouvir. Além do mais, marquei com uma senhora idosa muito interessante para tirar um retrato comigo. Ela joga tarô e a encontrei usando um caderno de endereços antigo da minha avó. Esta é outra série em que estou trabalhando: retratos de videntes. Este ano, vou entrar na mesma competição de retratos que ganhei tanto tempo atrás. Quero ver se consigo voltar ao pico da minha carreira.

— Os pisos não vão sair daqui — diz Tom, como se soubesse o que estou pensando. — Eles podem esperar para ser lixados. Você ainda quer os pisos originais, né?

— Quero, adoro esses pisos.

Não sei do que são essas tábuas, mas a sensação é correta quando ando nelas com os pés descalços. Madeira de uma floresta mágica.

Abro o gabinete de cozinha mais próximo algumas vezes — silencioso, resistente e impossível de arrancar no calor do momento. A maçaneta se encaixa certinho em meus dedos. Estou tendo uma sensação estranha de *dèjá-vu*: esta casa é mais perfeita do que qualquer outra que já fizemos.

— Como é que vamos superar essa? De maneira alguma vamos conseguir fazer melhor do que esta casa.

Ele não responde, mas sinto seu prazer ao ouvir esse comentário reverberando pela parede.

Tomo um gole de café e mudo alguns preços de fornecedores em nossa planilha mestra. É triste que eu sinta uma pequena onda de adrenalina toda vez que um preço desce. Devo puxar um pouquinho ao meu irmão, no fim das contas. É uma onda ainda maior saber que sou boa nisso. Muito, muito melhor do que meu gêmeo seria.

Clico em salvar.

— Você acredita que aquele cara me deu um desconto bom assim nos pisos de arenito?

— Na verdade, acredito, sim — concorda Tom, com um traço na voz que me faz sair à sua procura. Entro na sala de estar e o encontro no topo de uma escada. Ele está com uma chave de fenda na mão, a base da luminária feia na outra, que ele larga no chão. Essa vai para o lixo. — Você foi muito charmosa.

Tomo outra golada de café. Sei que não devia, mas adoro esse joguinho.

— Sou uma moça charmosa.

— Ele provavelmente te daria os pisos de graça, se eu te desse mais cinco minutos.

Ele me dá um olhar de esguelha, que é uma parte diversão outra parte irritação, antes de se esticar para pressionar o polegar nos buracos de parafuso esfarelando no teto. Ele vai cobri-los e lixá-los. Não dá para acreditar agora, mas, depois de um pouco de tinta branca, vai ficar um teto perfeito.

— Acho que você se diverte flertando com outros caras na minha frente — acrescenta ele, meio distraído.

Deixo meus olhos subirem pelo seu corpo, devagar. Sei com o que me divirto. Já o vi de pé em cada um dos degraus dessa escada, mas a visão sempre me afeta do mesmo jeito: uma sensação quente na garganta e uma fraqueza líquida nas coxas. Quando ele se estica, posso ver uma faixa da cintura da cueca dele. Essa faixa não é o bastante.

Uma lembrança da noite passada percorre meu corpo como se fosse uma moeda. Ondulações se espalham por minha barriga, tremeluzindo.

— Me diverti ontem à noite.

Não fizemos nada extraordinário. Jantamos, limpamos as bancadas de mármore, abrimos o zíper da barraca e tiramos as roupas um do outro.

Ele cai na risada ante a sinceridade na minha voz.

— Eu sei. Eu estava lá.

Seus olhos escurecem enquanto ele olha para mim. Eu me pergunto qual lembrança está causando isso. A dorzinha nos meus músculos é da noite passada ou da anterior? É tudo uma cadeia infinita de noites, borrando juntas do jeito mais exuberante possível.

Dou de ombros.

— Você definitivamente estava lá, debaixo de mim. Em mim. Atrás de mim. É por isso que você não precisa ficar com ciúmes de caras que vendem pisos.

— Ciúmes?

Há um timbre grave em sua voz ao qual algo dentro de mim sempre responde. Aquela ondulação interna se aprofunda. Estou encrencada — ou com sorte. Vejamos qual dos dois. Confiro meu relógio. A equipe deve chegar em breve.

Ele desce até o piso, apanha-me pela cintura e vai me descendo aos poucos, até meus pés estarem estáveis no último degrau da escada. Isso me deixa mais próxima do nível da boca de Tom. Sinto o cuidado que ele toma comigo, mesmo quando seus olhos ficam um pouco perigosos.

— Você acha que estou com ciúmes? Sacana, eles todos é que estão com ciúmes de mim.

Ele pega minha mão, endireita o anel de safira e coloca os lábios nos meus.

Meu mundo vira ouro.

Por toda minha vida, Tom esteve lá quando precisei dele, os olhos estreitados, pensando, enquanto analisa como me ajudar. Traduza isso para nossa vida sexual. Nunca fui capaz de testar meus limites físicos com outro homem, mas esse aqui me conhece de A a Z. Neste momento, há uma chave de fenda em seu punho, e eu a sinto contra minhas costas. Isso me faz sorrir.

Ele é o tipo mais atraente de competência.

Às vezes, quando é especialmente criativo, meu coração não consegue acompanhar. Aí ele pega mais leve, até que nossos movimentos fiquem lânguidos, e me abraça até meu sistema reiniciar e possamos então retomar. E nós retomamos *muito*. Ele quase me mata, e tá tudo bem. Eu sobrevivo.

Às vezes, sou eu quem quase o mata. É a minha atividade favorita.

Ele separa nossos lábios para perguntar:

— Quando vamos retirar a sua cama do depósito?

Encolho os ombros e, como resposta, ele morde meu lábio inferior até sentir o tremor que percorre meus ossos. É uma pequena reprimenda por ficar enrolando para tomar essa decisão.

Apertamos outra volta no parafuso desse desejo. Sinto sua mão subindo por minhas costas, traçando a alça do meu sutiã por alguns segundos trêmulos.

— A maioria das garotas estaria cansada de viver numa barraca a essa altura. Você não.

— Eu me pergunto o porquê. — Equilibro-me melhor nas pontas dos pés para me erguer um pouco mais. Coloco a mão no cabelo em sua nuca e o encorajo a se aproximar. — Sexo na barraca está me estragando para os outros tipos de sexo.

— Estou falando sério, Darcy — suspira ele, quando lhe permito respirar. E então afundamos juntos de novo, sua língua contra a minha. Ele tenta nos conduzir para algo um pouco mais lento. — Esta vai ser a nossa casa? Você acabou de me dizer que ela era perfeita.

Termino o beijo e olho ao redor, fingindo considerar a ideia.

— Vai ficar bem bacana. — É tudo o que digo, encobrindo a pontada de medo dentro de mim. A vida na barraca combina comigo. Será que sou o tipo de pessoa que pode ter uma casa para sempre? Como seria essa sensação? Quando herdei a casa de Loretta, havia um prazo de validade embutido.

Desde que Tom colocou essa aliança no meu dedo, ele vem me desafiando a lidar com meu medo do *para sempre*. A condição do meu coração anda tão estável que estou começando a achar que posso fazer isso.

— Você acha que consigo? Morar num lugar só?

— Acho. — Ele inclina o corpo na minha direção. — Acho que nós dois podemos aprender juntos.

Tarde demais, lembro que ele tem tantas coisas que o deixam inseguro quanto eu. Ele se mudou para todo lado, trabalhando em casas por anos. Sinto sua mão colocar a chave de fenda no bolso traseiro apertado de meu shorts. Ele me aperta com força. Gosto de seu grunhido.

Tento me explicar.

— É a minha vontade de viajar. Acho que fui artista de circo na minha outra vida. Adoro armar essa barraca em um lugar novo.

— Isso nem pode ser considerado viagem.

Ele fica com aquela expressão preocupada nos olhos. Tom tem a paranoia de que está sufocando minhas aspirações a viagens internacionais, mas ele não entende. Já vi todas as esquinas, bares e becos. A novidade dessas microjornadas de casa em casa tem sido uma delícia.

Um dia, vou levar Tom para todos os meus lugares preferidos. É um dos meus devaneios formar a lista de locais. Tudo bem precisarmos de mais algumas reformas antes.

Ele beija a maçã do meu rosto.

— Toda vez que compramos uma casa, eu penso: *É essa. Ela vai amar essa aqui. Essa vai ser a nossa casa.* E aí você a vende. — Ele está melancólico agora. — Duas casas atrás, você poderia ter tido um estúdio caseiro. Eu via a sua cara quando você estava naquele carpete italiano. E aí... vendida.

Ele suspira.

— Nós reformamos casas para vender. — Ajeito o cabelo dele com as unhas. — Você me viciou. Não quero parar.

— É isso o que você acha que vai acontecer? Que vai parar?

— Você vai seguir para a próxima reforma e vai ficar na barraca sem mim.

— Você sabe que não consigo fazer isso sem você. Vamos escolher casas a uma curta distância e estaremos em casa toda noite. — Pacientemente, ele acaba com cada preocupação minha. — Escolha uma casa.

— Por quê?

Estou só fazendo doce. A essa altura, eu sei por quê.

— Para eu poder fazer dela a sua casa dos sonhos.

— Acho que aquela barraca é tudo o que eu sempre quis — respondo. Fitamos os olhos um do outro e as bordas do quarto começam a escurecer e desaparecer. — Uma vez, eu tive um pensamento impossível. Decidi que se você fosse meu...

Engulo minhas palavras quando ele inclina meu maxilar para um lado e começa a beijar meu pescoço. Não é justo. Ele sabe que isso causa um curto-circuito em mim.

— Se eu fosse seu — incentiva ele, com um sorriso na voz.

— Decidi que, se você fosse meu — tento outra vez, e minha voz é um sopro vivo e rouco que enrijece o corpo dele e afia seus dentes na minha pele —, eu dormiria com você numa barraca, a noite toda, enquanto o vento uivava e a chuva caía. Para estar com você, eu dormiria no chão pelo resto da minha vida.

— E eu disse a mim mesmo que construiria um castelo para a princesa. — Ele se aproxima ainda mais e a escada oscila embaixo de mim. Não sinto sequer um momento de medo. Ele jamais me deixaria cair. — Foi isso o que prometi para mim mesmo.

— Não preciso disso — argumento, mas ele me interrompe.

— Prometi isso para mim mesmo quando era um menino. Quando um martelo era tudo o que eu sabia usar, decidi que um dia Darcy Barrett entraria numa casa que eu construí e olharia para mim como... — Ele vai silenciando, e sua expressão fica irônica e melancólica. — Na verdade, como você está olhando para mim agora.

— Como se eu tivesse tudo o que quero, se tiver você. — Eu me certifico de que ele está me entendendo. — Eu te amo tanto.

Tom está inquieto agora, tentando decifrar como me convencer.

— É tão difícil mimar alguém que não quer ser mimado...

— Você me mima toda noite.

Coloco os dedos na fivela de seu cinto. Seu lábio inferior relaxa, surpreso, e o mordo. Sua mão tenta interferir, apertando a minha, mas continuo deslizando a unha no metal. Ele parece agir como um conduíte para um lugar de pura luxúria para Tom, porque ele mal consegue tolerar o gesto.

— Você quer mesmo que eu escolha uma casa.

— Quero, por favor.

Ele soa completamente desesperado. Olho para o quarto em volta. Ainda precisa que uma parede seja removida e essa cornija é horrenda, mas a luz entra de um jeito agradável e gosto da cerca viva de lavanda que zune, cheia de abelhas.

Penso no quanto o amo e no próximo modo com que posso provar isso.

— Esta casa — enfim me permito dizer. São palavras que venho segurando há semanas já. A decisão parece uma chave se encaixando na fechadura. — Esta é a nossa casa.

Coloco minha mão no maxilar dele, inclinando seu rosto apenas para observar sua surpresa.

— Localização, tamanho, aquela luz no banheiro. Pode me colocar naquele banheiro e nunca mais me deixar sair.

— Esta é a casa? Tem certeza? — Ele faz uma pausa, um novo pensamento lhe dando prazer. — É por essa soleira que vou te carregar no colo?

Há uma labareda nos seus olhos; aquele animal dentro dele não quer mais nada além de colocar uma aliança de ouro na minha outra mão.

— Tenho — eu lhe asseguro, preparando-me para o beijo que sei que está vindo. Vai ser intenso, com todo seu coração e excitação nele. Finalmente, Tom Valeska pode deixar de ser aquele menino trancado do lado de fora no escuro, esperando para ser encontrado. Quando retomar o trabalho, vai ser uma nova experiência para ele. Vai ser algo que nunca sentiu antes, e fico muito feliz por ter lhe dado isso agora.

Esta casa? É a casa de Tom Valeska. É a casa de Darcy Barrett.

Puta merda, estou vivendo meu sonho tornado realidade.

Ele me pega agora nas mãos, ignorando o som de portas de carro se fechando lá fora e de botas se aproximando. Eles vão nos flagrar nos beijando, mas isso já aconteceu centenas de vezes antes. Além do mais, isso é monumental. O profissionalismo que vá para o inferno. Darcy Barrett e Tom Valeska agora têm um lar. Ele inclina minha cabeça para trás, pronto para demonstrar o quanto está feliz.

— Você sabe que vou te amar mesmo se você me fizer morar numa barraca pelo resto da minha vida. Tem certeza mesmo?

— Muita.

Fecho os olhos e sua boca está na minha, e estamos felizes. É simples assim.

AGRADECIMENTOS

MEU MUITO OBRIGADA ÀS pessoas a seguir por não me matarem na pancada durante o processo de escrita deste livro.

Meu marido, Roland, sempre respondeu com *consegue, sim* quando eu choramingava *não consigo*. Obrigada por estar certo e por me apoiar quando a escrita inesperadamente mudou a minha vida. Minha mãe, Sue, é minha fã número um. Minha pug, Delia, é minha segunda maior fã.

Taylor Haggerty, da Root Literary, é minha agente e meu farol além-mar. Ela me incentivou com uma positividade inabalável. HarperCollins foi muito paciente comigo enquanto eu retomava meu equilíbrio depois do sucesso inesperado de minha estreia. Carrie Feron é minha editora, e sua confiança calma em mim significou muito.

Obrigada a todos os meus amigos, mas a estas duas em particular: Tina Gephart me enviava mensagens todas as tardes para ver se eu estava tendo um bom dia de escrita. Spoiler: em geral, eu não estava, mas Tina ainda assim conferia no dia seguinte. Obrigada por ser uma boa amiga e mentora. Obrigada a Christina Hobbs por aquela longa chamada via Skype. Eu me levantei do chão mais uma vez e agora posso escrever isto aqui.

O Flamethrowers é um grupo de leitores maravilhosos que descobriu *O jogo do amor/ódio* e o amou pra cacete. Eu escrevi este livro para todos vocês.

POR TRÁS DO LIVRO

DIZEM QUE SE VOCÊ encarar o abismo por muito tempo, o abismo também vai olhar para você. Bem, estou aqui para lhe dizer que o abismo de que falam aqui é um documento em branco do Microsoft Word.

Quando escrevi meu primeiro livro, *O jogo do amor/ódio*, nem sabia que estava escrevendo um livro. *Haha*, pensei, sorrindo para mim mesma enquanto digitava sempre que me dava vontade. *Que divertido, que espirituoso!* Como foi que eu fiz isso? Vai saber, mas está impresso e tem uma capa que é uma graça! E agora?

Abri um documento em branco e fiquei olhando.

Imagine eu, sentadinha na cama feito Beth March, de *Mulherzinhas*, lentamente me desvanecendo graças à Síndrome do Próximo Livro. Minhas enfermeiras especializadas, durante essa crise, deram-se sopa de colherinha e garantiram-me que era um distúrbio muito comum em escritores e que eu sobreviveria. Não acreditei nelas e, com franqueza, pensei que era um caso perdido. Duvidei de minha criatividade, meu talento e minhas habilidades com tamanha intensidade que quase desisti umas noventa e nove vezes.

Mas eu amava o título do meu livro. Ele causava arrepios nos meus antebraços. *99% meu*. Eu dizia isso para mim mesma até virar um mantra, sinônimo de *não desista*. O mundo lá fora se apagou e comecei a rir de mim mesma outra vez, enquanto digitava. *Haha, que espirituoso.*

Aprendi uma lição muito difícil, que vou compartilhar com você agora. Aquela coisa importante, impossível, da qual você quase desistiu noventa e nove vezes? Termine-a. Seja ela um sucesso ou um fracasso, ninguém pode tirar de você o seu prêmio de *fim*. Terminar é o que há de mais importante. É a prova do quanto você se esforçou em sua tentativa. Este livro foi impresso em tinta ecologicamente correta com base nas lágrimas que chorei em um tonel, mas não mudaria isso.

Antes, fiquei atônita por perceber que tinha escrito um livro.

Agora sei que escrevi um livro. Eu estava lá, em cada momento feio e áspero da coisa. Se ele vai ser um sucesso ou não, não vem ao caso. Eu terminei algo que era impossivelmente difícil para mim.

Inseri aqui um vislumbre do *felizes para sempre* de Tom e Darcy, pois senti de fato que, depois de uma vida amando um ao outro, eles mereciam esse momento extra.